Jan Steinbach

Was wir Glück nennen

atb aufbau taschenbuch

Jan Steinbach, geboren 1973, ist das Pseudonym eines erfolgreichen deutschen Schriftstellers, den es in seinen Romanen stets an norddeutsche Küsten und Landstriche verschlägt und der sich mit »Was wir Glück nennen« den Traum verwirklicht hat, seine Lieblingsstadt im Norden literarisch zu besuchen: Lüneburg.

Bei Rütten & Loening und im Aufbau Taschenbuch liegen von ihm die Romane »Willems letzte Reise«, »Das Café der kleinen Kostbarkeiten«, »Das Strandhaus der kleinen Kostbarkeiten« und »Die Schwestern von Marienfehn« vor.

Lüneburg, heute: Als sie an einem großen Projekt im Rathaus der Stadt arbeitet, stößt die Restauratorin Jordis auf Ungereimtheiten, die auch mit ihrer eigenen Geschichte zu tun haben.

Lüneburg, 1961: Der Familienbetrieb Hansen tritt seinen bislang wichtigsten Auftrag an. Auch die Tochter Monika hilft bei der Restaurierung der Renaissance-Werke; nichts liebt sie mehr, als die Kunst der alten Meister wieder zum Leben zu erwecken – auch wenn niemand davon erfahren darf: Eine Frau als Restauratorin ist unvorstellbar, ihr Bruder Wolfgang soll den Betrieb übernehmen. Doch dessen Herz schlägt für die Beatmusik, er will nach Hamburg gehen, wo die Beatles auf der Reeperbahn gerade ihren Durchbruch erleben. Um ihre Träume Wirklichkeit werden zu lassen, müssen beide Geschwister große Risiken eingehen – mit dramatischen Folgen …

Ein einfühlsamer Roman über den Mut, einen eigenen Weg zu gehen.

Jan Steinbach

Was wir Glück nennen

Roman

aufbau taschenbuch

MIX
Papier aus verantwortungsvollen Quellen
FSC® C083411

ISBN 978-3-7466-3819-5

Aufbau Taschenbuch ist eine Marke
der Aufbau Verlage GmbH & Co. KG

1. Auflage 2022

Umschlaggestaltung www.buerosued.de, München
unter Verwendung eines Bildes von © akg-images/arkivi
Satz Greiner & Reichel, Köln
Druck und Binden CPI books GmbH, Leck, Germany
Printed in Germany

www.aufbau-verlage.de

Prolog

Herbst 1962

Etwa zwei Dutzend Menschen waren zur Feierstunde in die Große Ratsstube des Lüneburger Rathauses gekommen. Ratsherren und deren Gattinnen, Mitarbeiter der Landesbehörde und hochstehende Persönlichkeiten der Stadt. Lauter arrivierte Herren in Anzügen, mit Wohlstandsbäuchen und Hornbrillen, von denen Monika, obwohl sie schon länger als ein Jahr in Lüneburg lebte, so gut wie niemanden kannte.

Sie stand abseits, dicht an den wuchtigen Wandvertäfelungen. Kaum jemand achtete auf sie, trotzdem fühlte sie sich unwohl. Sie gehörte nicht hierher.

Wäre doch nur Wolfgang da, dachte sie. Ohne ihren großen Bruder wusste sie nicht, wie sie all das überstehen sollte. Sie waren ihr Leben lang füreinander da gewesen. Kein anderer stand ihr so nahe. Doch ausgerechnet jetzt hatte er sie im Stich gelassen. Sie wusste zwar, er konnte nicht anders. Trotzdem war es ein bitteres Gefühl, dass er, als sie ihn am dringendsten brauchte, nicht da war.

Die Gäste wandten sich dem Stadtdirektor Doktor Priggen zu, der vortrat. Er zeigte ein breites Grinsen, als wären solche Ansprachen für ihn mehr Spiel als feierlicher Ernst.

»Verehrte Damen und Herren«, begann er und breitete die Arme aus. »Nehmen Sie sich Zeit, schauen Sie sich um. Werfen Sie einen Blick zur Decke. Es lohnt sich.«

Als hätte dies nicht jeder im Raum längst getan, reckten alle die Köpfe und bewunderten die frisch renovierte Ratsstube des

Lüneburger Rathauses. Die Schnitzarbeiten der Renaissance, die allegorischen, bildgewaltigen Ölgemälde und vor allem die wiederentdeckten kunstvollen Deckenmalereien.

»Wenige Jahre ist es her«, sprach der Stadtdirektor weiter, »da wurden unter den Farb- und Schmutzschichten an dieser Decke die Originalmalereien aus dem sechzehnten Jahrhundert entdeckt. Ein verborgenes Meisterwerk, mit dem niemand gerechnet hatte.«

Mit großer Geste wies er auf Monikas Vater.

»Und nun, dank der kundigen Arbeit unseres hochverehrten Restaurators Heinrich Hansen und seiner Familie, konnte diese Historie wieder lebendig werden. Mit Fingerspitzengefühl und fundiertem Kunstverstand wurde alles freigelegt. Einen Applaus für unseren Restaurator, wenn ich bitten darf. Herr Hansen!«

Die geladenen Gäste klatschten wohlwollend. Monika sah, wie ihr Vater sich von der Bank erhob, eine Verbeugung in mehrere Richtungen andeutete und sich wieder setzte. Das Lächeln, um das er sich bemühte, wirkte falsch und erzwungen. Er war blass, sein Gesicht schien eingefallen. Es kostete ihn Mühe, dieses Schauspiel zu Ende zu bringen, das war deutlich zu erkennen.

Der Stadtdirektor redete weiter, doch Monika hörte kaum mehr zu. Ihr Blick wanderte zu dem verhangenen Gemälde, das hinter ihm aufgebaut war. Unter dem Stoff lag das Monumentalgemälde der Renaissance verborgen, ebenfalls frisch restauriert. *Das Bildnis des gerechten Richters*, wie es genannt wurde, obwohl kein eindeutiger Name überliefert war. Dieses Gemälde voller Rätsel und Geheimnisse, von dem Monika jeden einzelnen Millimeter kannte. Es hatte sie über Monate begleitet. Hatte ihr Glück, Trost und Zuversicht beschert. Und jetzt wünschte sie inbrünstig, es würde unter den weißen Stoffbahnen verborgen bleiben.

»Bevor wir uns der Kuchentafel im Huldigungssaal zuwenden, verehrte Gäste«, sagte Doktor Priggen, »möchte ich mich dem Höhepunkt der heutigen Feststunde nähern. *Das Bildnis des gerechten Richters*. Oder auch: *Der Sieg der Tugend über das Laster*, wie es von Kunsthistorikern genannt wird. Herr Hansen, wenn ich bitten darf?«

Ihr Vater erstarrte. Es war nicht abgesprochen, dass er das Bild enthüllen sollte. Und Monika glaubte kaum, dass er es als Ehre betrachten würde, diese Aufgabe zu übernehmen.

»Treten Sie vor, verehrter Herr Restaurator«, insistierte der Regierungspräsident. »Zeigen Sie uns, welches Schmuckstück die Stadt Lüneburg dank Ihrer Hilfe zukünftig präsentieren kann. Nochmals Applaus, wenn ich bitten darf.«

Unwillig erhob sich ihr Vater. Die Gäste applaudierten erneut. Er wandte sich der Menge zu, und für eine Sekunde trafen sich ihre Blicke. Monika hielt den Atem an. Doch die Augen ihres Vaters blieben unergründlich. Dann trat er vor das Gemälde, um das Tuch fortzuziehen.

Sie wollte das Bild nicht sehen. Lautlos schlüpfte sie durch die Tür und floh hinaus in die Rathausdiele. Am liebsten wäre sie ganz aus dem Rathaus hinausgerannt. Aus der Stadt.

Von nebenan drangen Reden, es wurde geklatscht, vereinzelt sogar gelacht. Irgendwann öffnete sich die Tür, und die ersten Gäste schlenderten hinaus, um zur Kuchentafel zu gehen.

Ihr Vater kam auf sie zu und packte sie am Arm.

»Wir reisen ab, so schnell wie möglich.«

»Aber …«

Sie hatte gehofft, Wolfgang noch einmal zu sehen. Sich von ihm verabschieden zu können.

»Du tust, was ich sage. Keine Diskussion.«

Ihr Vater klammerte sich an die Rolle des Patriarchen. Sie war das Einzige, was ihn aufrecht hielt.

»Es ist alles erledigt«, bestimmte er. »Wir sind fertig.«

Er marschierte weiter, ohne sich nach ihr umzusehen. Monika zögerte, dann folgte sie ihm. Keiner merkte, wie die beiden sich davonmachten. Keiner rief sie zurück. Bürgerschaft,

Presse, Verwaltung, sie feierten sich selbst und die Fertigstellung des Monumentalgemäldes. Dafür brauchten sie die Restauratoren nicht länger.

Es dauerte nur eine Stunde, bis sie in ihrer Unterkunft alles zusammengepackt und auf dem kleinen Lastwagen verstaut hatten. Monika schob zuletzt ihren Koffer und den ihres kleinen Bruders Helmut auf die Ladefläche. Wolfgangs Koffer ließ sie im Haus zurück. Er würde ihn später abholen kommen, wenn sie fort wären.

Sie hätte sich zu den anderen beiden ins Führerhaus quetschen können, doch wollte sie lieber hinter der Plane auf der Ladefläche sitzen. Es war ihr Stammplatz, den sie und Wolfgang stets eingenommen hatten, auf ihren Touren von Baustelle zu Baustelle.

Als sie hochkletterte, warf sie einen Blick auf das Patrizierhaus, in dessen Hinterhof sie ein Jahr lang gelebt hatten. Es schien niemand zu Hause zu sein. Die Fenster waren wie blinde Spiegel. Sie schlug mit der Hand gegen die Rückwand der Kabine, und ihr Vater startete den Motor.

»Hoffen wir, dass wir nie wieder zurückkehren«, war sein einziger Kommentar gewesen, als er ins Führerhaus geklettert war.

Der Motor startete knatternd, und der Lastwagen holperte los, über Kopfsteinpflaster und durch enge Gassen. Jenseits der Plane sah sie die Backsteinfassaden und die hochragenden Giebel der mittelalterlichen Stadt. Das Panorama verschwamm nach und nach hinter einem Tränenfilm. Sie ließ die Plane zurückgleiten und lehnte sich zurück.

Die Stadt wäre zukünftig ein weißer Fleck auf ihrer Landkarte. Sie würde ein neues Leben anfangen.

»Monika!«

Eine vertraute Stimme, draußen auf der Straße. Jemand rannte hinter dem Wagen her. Sie wusste, wer das war. Doch sie wollte ihn nicht wiedersehen, niemals mehr.

»Warte doch! Monika.«

Sie hielt den Atem an. Blieb reglos auf ihrem Platz sitzen, bewegte sich nicht.

»Jetzt warte doch!«, rief er wieder, doch der Lastwagen nahm an Fahrt auf und die Rufe entfernten sich. Bald verschwanden auch die anderen Geräusche der Stadt. Das Rattern des Motors und das Rumpeln des Wagens auf der Landstraße betäubten ihre Ohren.

»Wir können uns doch unsere Wünsche erfüllen«, hatte Wolfgang zu ihr gesagt. »Wir können alles sein, was wir uns erträumen. Wir müssen nur dafür kämpfen, siehst du das nicht, Monika? Wir müssen kämpfen.«

Es war eine Lüge gewesen. Ihre Träume würden sich niemals erfüllen. Sie wollte alles vergessen. Der Lastwagen ratterte weiter, und mit jeder Sekunde entfernte sie sich weiter von dem, was sie für Wolfgang empfunden hatte. Schlug eine unbekannte Richtung ein, in ihr neues, zukünftiges Leben.

Kapitel eins

Heute

Vor ihr schwebte das Gesicht der Kanzelfigur, das Bildnis der Heiligen Jungfrau, das ihr nach wochenlanger Arbeit vertrauter war als das eigene Spiegelbild. Jordis brauchte eine ruhige Hand. Das Blattgold schimmerte im Licht der Scheinwerfer. Der kleinste Luftzug konnte ausreichen, alles zu ruinieren.

Sie betrachtete die Jungfrau. Dieser hintergründige, geheimnisvolle Blick, den sie von zahllosen Schichten Staub und Ruß befreit hatte, ruhte jetzt aufmerksam auf ihr. Du schaffst das, schien er zu sagen. Ich habe Vertrauen in dich, Jordis.

Sie führte die Pinselspitze mit dem Blattgold zur Corona und tupfte es mit einer einzigen, fließenden Bewegung passgenau in die Lücke. Sorgsam strich sie die Enden glatt und trat einen Schritt zurück.

Es saß perfekt. Die goldene Corona war geschlossen, das letzte Puzzleteil eingefügt. Sie ließ das mystische Gesicht in alter Schönheit aufleuchten. Jordis glaubte für einen Moment, die Madonna lächle sie an. Doch das war natürlich Einbildung.

»Chefin!«

Es kam ihr vor, als erwache sie aus einem Traum. Sie trat zurück, lehnte sich über das Geländer und blickte vom Gerüst hinunter in das Kirchenschiff.

Dort stand Florian, ihr Geselle.

»Chefin, hörst du mich überhaupt?«

»Du bist ja laut genug.«

»Es ist sieben Uhr. Das Abendessen wartet auf uns.«

Sie Chefin zu nennen, obwohl sie fast gleich alt waren, hatte er sich angewöhnt, seit sie vor Kurzem eine wichtige Auszeichnung als Jungunternehmerin bekommen hatte. Schon die zweite Ehrung in diesem Jahr, nach der Denkmalschutzmedaille. Sie machte sich einen Namen in der Restauratorenszene, es ging bergauf mit ihrer Werkstatt.

Indem Florian sie augenzwinkernd Chefin nannte, machte er sich zwar ein bisschen lustig über sie, aber das war eben seine Art Humor. Sie wusste, dass er mächtig stolz auf seine achtundzwanzigjährige Arbeitgeberin war und ihre Erfolge.

Jordis blickte auf ihre Armbanduhr.

»Tatsächlich«, murmelte sie. »Schon sieben Uhr. Ich habe gar nicht gemerkt, wie die Zeit vergeht.«

Die Madonna stand unverändert neben ihr, doch auf einmal spürte Jordis ihren steifen Nacken und die schmerzenden Beine. Florian holte sie im rechten Moment. Sie hatte mal wieder zu lange und beharrlich gearbeitet.

»Ich habe im Gasthof versprochen, dass wir pünktlich sind«, rief er hinauf. »Also, wie sieht's aus? Kommst du?«

Sie merkte, wie hungrig sie war. Dennoch fiel es ihr schwer, sich von der Kanzelfigur zu trennen. Sie lächelte der Madonna zu. Gute Nacht, meine Schöne, dachte sie, als sie sich zur Kabeltrommel wandte und den Scheinwerfer abstellte.

Sie kletterte am Gerüst hinunter und sprang über die letzten Sprossen in den Altarraum. Die kleine Barockkirche war voller Malereien und Skulpturen, ein wahres Kleinod. Zwar arbeitete sie schon seit Wochen in diesen Räumen, trotzdem wusste Jordis, wie ihr das Kirchlein fehlen würde, wenn sie die Arbeiten beendet hätten. Ein so prachtvoller Ort wie dieser war voller Magie. Randvoll mit Geschichten, die sich über Jahrhunderte aufgehäuft hatten. Man musste nur lange genug hinsehen und lauschen, dann offenbarten sie sich einem.

»Dann wollen wir mal. Seit heute Morgen hab ich nichts mehr gegessen.« Sie massierte sich den Nacken. »Ich sollte öfter eine Pause einlegen.«

»Wie ich gehört habe, gibt es heute Leberknödelsuppe. Und danach Krautwickerl mit Salzkartoffeln.«

Die Köchin in ihrem Gasthof hatte einen sportlichen Ehrgeiz entwickelt, ihren norddeutschen Gästen die bayerische Küche nahezubringen. Vielleicht lag es daran, dass in der Nebensaison kaum Touristen da waren. Vielleicht war auch Florian dafür verantwortlich, der am ersten Abend in Anbetracht einer Speisekarte voll bayerischer Spezialitäten fragte, ob er auch Pommes mit Ketchup bekommen könne. Jedenfalls entwickelten sie sich langsam zu wahren Fans der bayerischen Küche.

»Zum Nachtisch gibt es Dampfnudeln«, sagte er.

»Dampfnudeln«, schwärmte Jordis. »Ich möchte hier nie wieder weg. Sicher findet sich noch irgendetwas in der Kirche, das wir restaurieren könnten. Und dann bleiben wir für immer.«

»Das machen wir«, lachte er und schob die schwere Kirchentür auf. »Bis wir dick und fett sind und aus allen Nähten platzen.«

Bevor sie hinaus auf den Kirchhof trat, sah Jordis noch einmal zurück zur Kanzelfigur. Über den leeren Bänken der Gemeinde strahlte die Jungfrau mit dem geheimnisvollen Gesicht im alten Glanz. Jordis lächelte zufrieden und wandte sich ab.

Florian bemerkte ihren Blick und durchschaute sie.

»Jordis Hansen, jüngste Trägerin der Denkmalschutzmedaille«, kommentierte er. »Ausgezeichnet mit dem Bundespreis für Handwerk in der Denkmalpflege.«

»Ach, hör schon auf. Ich bin einfach zufrieden mit meiner Arbeit. Das ist doch was Gutes.«

»Ich mach ja nur Spaß, das weißt du doch.«

Florian war von Anfang an dabei gewesen, seit sie den Familienbetrieb der Hansens wiederbelebt hatte. Wenige hatten ihr zugetraut, an die Erfolge ihrer Vorfahren anzuknüpfen, geschweige denn sie zu übertreffen. Selbst innerhalb der

Familie hatten alle geglaubt, sie würde nicht lange durchhalten. Ohne nennenswertes Startkapital, ohne Kontakte und Verbindungen, dafür aber mit einem angeknacksten Ruf in der Branche.

»Morgen erledigen wir die restlichen Arbeiten«, sagte sie, »und dann können wir zusammenpacken. Wir sind genau im Zeitplan.«

»Dann können wir endlich mal Urlaub machen.«

Sie versteifte sich ein wenig. Urlaub. Natürlich hätte sie allein reisen können, irgendwohin, wo sie am Meer liegen und Bücher lesen würde. Doch die Angst vor der Einsamkeit war zu groß. Sie kam nicht umhin, sich zu fragen, mit wem Jonas wohl diesen Sommer verbrachte. Ob es immer noch diese Frau war, mit der er sie betrogen hatte. Wie es ihm gehen mochte, wo er jetzt wohnte? Sie dachte an sein Lächeln, an seine Grübchen und das Aufblitzen in den grünen Augen, wenn er sich über etwas freute. Eigentlich sollte sie wütend auf ihn sein. Er hatte sie belogen. Sie sollte ihn dafür hassen. Doch alles, was sie fühlte, war Traurigkeit.

Sie versuchte, den Gedanken an ihren Ex beiseitezuschieben. Florian würde nur wieder damit loslegen, dass sie froh sein konnte, ihn los zu sein. Dass sie ihm keine Träne hinterherweinen sollte.

Er warf ihr einen Seitenblick zu. Irgendwie schien er zu ahnen, was ihr durch den Kopf ging. Er wollte etwas sagen, doch sie kam ihm zuvor.

»Habt ihr schon Pläne für den Urlaub, du und Cem?«

Cem war Florians Lebenspartner. Ein netter Kerl, der für ein Start-up Videospiele entwickelte.

»Wir gucken, ob wir kurzfristig einen günstigen Flug auf die Kanaren bekommen. La Palma wäre großartig zu dieser Jahreszeit. Und was ist mit dir?«

»Ach, ich habe noch nichts entschieden.«

»Du wirst doch deine freie Zeit nicht wieder zum Aufräumen und Saubermachen verschwenden?«

»Na ja, die Steuer muss dringend gemacht werden. Und … es wäre tatsächlich nicht schlecht, die Werkstatt mal wieder gründlich aufzuräumen.«

»Jordis! Du solltest dringend mal ausspannen und die Seele baumeln lassen. Was ist mit deinem Liebesleben? Da muss doch mal was Neues kommen.«

»O Gott. Vielen Dank, aber dafür habe ich wirklich keine Zeit.«

»Dafür hat man immer Zeit. Das ist doch das Wichtigste.«

»Ich habe einen Betrieb. Ich mache Karriere. Alles gleichzeitig geht nun mal nicht.«

»Was redest du für einen Quatsch. Wir nehmen dich mit auf die Kanaren. Da finden wir schon einen geeigneten Kandidaten für dich, versprochen.«

»Ganz bestimmt. Und Cem wäre sicher begeistert, wenn du deine Chefin mitbringst in den Pärchenurlaub.«

»Dann verkriech dich halt in der Werkstatt. Aber sieh dich wenigstens mal auf Tinder um. Hast du überhaupt ein Profil?«

Sie verdrehte die Augen. Sie hatte wenig Lust, über ihr Liebesleben zu diskutieren.

»Dann werden wir dir eins anlegen«, sagte Florian. »Das mache ich gern für dich. Wozu hast du mich?«

»Für mittelalterliche Fresken, hatte ich gedacht.«

»Jetzt hab dich nicht so. Wir sehen uns mal auf Tinder um für dich. Das macht Spaß.«

Sie erreichten das Hotel, das aussah wie einer bayerischen Touristenbroschüre entsprungen: mit weiß getünchten Wänden, hölzernen Balkonen und massenweise Geranien.

Jordis ging in ihr Zimmer, um schnell unter die Dusche zu springen. Anschließend nahm sie sich kurz ihr Laptop vor. Sie würde nur rasch die Mails abrufen, dann ginge es schnurstracks zum Essen. Sie rechnete jeden Tag mit der Antwort auf eine Ausschreibung, an der sie teilgenommen hatte.

Sie klappte den Computer auf und ging die Posteingänge

durch. Nichts. Auch nicht bei den gestrigen Nachrichten. Eher aus Frust klickte sie sich durch den Spam-Ordner. Dann stolperte sie über den Absender: *Niedersächsisches Landesamt für Denkmalpflege.*

Ihr Herz setzte einen Schlag aus. Zittrig öffnete sie die Mail, überflog rasch die Zeilen, las alles ein weiteres Mal gründlich, um jeden Irrtum auszuschließen, sprang auf und stieß einen Freudenschrei aus. Dann lief sie hinunter in den Gastraum, wo außer ihr und Florian keine Gäste waren.

Florian stand am Tresen und sprach mit der Köchin über sein Lieblingsthema, die bayerische Küche, während die Suppe bereits auf dem eingedeckten Tisch am Fenster stand.

»Da bist du endlich.« Florian bemerkte ihr strahlendes Gesicht und stutzte. »Ist etwas passiert?«

»Wir haben den Auftrag!«, stieß sie hervor. »Ich habe Post aus Hannover. Wir haben den Zuschlag bekommen. Fürs Lüneburger Rathaus.«

»Lüneburg?«, fragte er ungläubig. »Das gibt's doch gar nicht. Wir sind dabei?«

So ein Projekt war der Traum jedes Restaurators. Das Lüneburger Rathaus, das den einstmaligen Reichtum der Salz- und Hansestadt repräsentierte, war eines der größten mittelalterlichen Rathäuser in Norddeutschland. Da der Gebäudekomplex im Krieg unbeschädigt geblieben war, waren sämtliche Kunstschätze erhalten. Jordis kannte nichts Vergleichbares.

»Sind wir!«, bestätigte sie. »Wir restaurieren die Figur der heiligen Ursula.«

Das Standbild der Schutzheiligen schmückte einen Pfeiler der Gerichtslaube, des ältesten Teils des Rathauses, der aus dem frühen dreizehnten Jahrhundert stammte. Die Aussicht, an einem historisch so bedeutsamen Ort arbeiten zu dürfen, begeisterte sie beide.

»Das ist großartig, Jordis. Wahnsinn.«

»Hört sich an, als gäbe es was zum Anstoßen«, mischte sich die Köchin ein. »Ich schenk Ihnen ein Weißbier ein, wie es sich gehört.« Doch dann schien ihr bewusst zu werden, dass Weißbier nicht unbedingt das Passende für so einen Anlass war. »Oder mögen Sie lieber ein Glas Sekt? Wir hätten auch Champagner.«

»Wir trinken Weißbier«, verkündete Florian übermütig. »Und zwar das teuerste, das Sie auf der Karte haben.«

Die Köchin lachte, und die beiden setzten sich an ihren Tisch im Fenster. Trotz ihres Enthusiasmus schweiften Jordis' Gedanken ab. Das erkannte auch Florian. Denn er wusste, was dieser Auftrag für sie persönlich bedeutete.

»Dann geht es zurück zu den Anfängen«, sagte er. »Die Restaurationswerkstatt Hansen kehrt nach Lüneburg zurück.«

»Nach all den Jahren«, stimmte Jordis zu. »Das ist beinahe so großartig wie die Tatsache, dass wir diesen Job überhaupt bekommen haben.«

Denn das Lüneburger Rathaus war der Ort, an dem der Ruf der Hansens einst begründet worden war. Jordis' Urgroßvater, Heinrich Hansen, der nach dem Zweiten Weltkrieg den Familienbetrieb wiederaufbaute, konnte in Lüneburg Anfang der sechziger Jahre einen wichtigen Auftrag ergattern: die Restaurierung alter Deckenmalereien aus dem Mittelalter. Und weil diese Arbeit zur großen Zufriedenheit der Geldgeber erfüllt worden war, war er anschließend beauftragt worden, ein bekanntes Monumentalgemälde im Rathaus zu restaurieren, ein allegorisches Gemälde, das dem Renaissancemaler Daniel Frese zugeschrieben wurde. Es war nicht nur der Durchbruch ihres Urgroßvaters als Restaurator gewesen, sondern gleichfalls sein Lebenswerk, das wichtigste Gemälde, das er restauriert hatte. Und nun, durch den Zuschlag bei der Ausschreibung, kehrte Jordis zu diesen Wurzeln zurück. Es fühlte sich an, als würde sich endlich ein Kreis schließen, als würde sie die Arbeit ihres Ahnen vollenden.

»Warst du schon mal im Lüneburger Rathaus?«, fragte Florian. »Hast du die Arbeit deines Urgroßvaters schon mal gesehen?«

»Ich habe es bisher nie geschafft, eine Schande eigentlich. Ich kenne nur Fotos davon. Ich bin so gespannt darauf, alles mit eigenen Augen zu sehen.«

»Ein Monumentalgemälde aus der Renaissance. Das ist schon was Besonderes.«

»Eines Tages machen wir auch so etwas. Warte nur ab.«

»Ich weiß nicht, ob das nicht eine Nummer zu groß für mich wäre.«

Die Köchin brachte zwei große Weizengläser und stellte sie auf dem Tisch ab. Mit leichtem Bedauern betrachtete sie die Suppenteller, die kaum angerührt waren.

»Schmeckt Ihnen die Leberknödelsuppe nicht?«

»Sie ist köstlich«, beeilte sich Florian zu sagen. »Das wissen Sie doch. Ich werde den Rest meines Lebens von der bayerischen Küche schwärmen.«

»Schon recht.« Sie stellte die Gläser ab. »Sie haben was zu feiern, richtig? Dann will ich nicht stören.«

Florian zwinkerte und blickte ihr nach, wie sie wieder in die Küche verschwand. Dann hob er das Glas, um mit Jordis anzustoßen.

»Auf Lüneburg. Auf die Geschichte der Familie Hansen.«

»Auf Lüneburg.«

»Wann soll es denn losgehen?«

Jordis, die gerade anstoßen wollte, hielt verlegen inne.

»Nun. Also, weißt du …«

»Jordis?« Er schlug einen drohenden Tonfall an. »Wann geht es los?«

»Sei mir nicht böse, Florian. Ich habe gesagt, wir sind verfügbar.«

»Heißt das etwa …?«

»Leider ja. Ich hoffe, du kannst La Palma noch einmal verschieben?«

Kapitel zwei

»Den nächsten Raum werden Sie sicher kennen, Frau Hansen. Folgen Sie mir.«

Herr Grotjahn, der etwas zugeknöpft wirkende Oberbürgermeister der Stadt Lüneburg, wies auf eine Tür, die, wie Jordis vermutete, zur Großen Ratsstube führte.

»Ihr Großvater hat bestimmt Fotografien von seiner Arbeit erstellt«, sagte er. »Mal sehen, ob Sie etwas wiedererkennen.«

»Ich kann es kaum erwarten«, sagte sie.

Sie ließ den anderen aus dem Begrüßungskomitee den Vortritt. Da waren eine ältere Dame, die von der Landesdenkmalbehörde aus Hannover angereist war, ein langhaariger Mann vom Lüneburger Stadtarchiv und eine junge Frau aus der Stadtverwaltung, die Herr Grotjahn nur mit Annika ansprach. Sie hatten Jordis und Florian durch den Rathauskomplex geführt, eine nicht enden wollende Folge von Prachtsälen und geschichtsträchtigen Räumen, die unterschiedliche Jahrhunderte und Stilepochen widerspiegelten: der Fürstensaal, die Kämmerei, das Hansekontor, der Huldigungssaal. Und nun die Große Ratsstube, das Meisterwerk der Renaissance.

»Er war allerdings mein Urgroßvater«, korrigierte sie Herrn Grotjahn.

»Ihr *Ur*großvater? Wie alt sind Sie denn?«, sagte der Bürgermeister, begriff jedoch gleich darauf, wie unhöflich seine Frage war. »Vergessen Sie das. Sie müssen entschuldigen. Ich war ein Schuljunge, als Ihr Urgroßvater in Lüneburg war. Anfang der Sechziger. Mein Vater war damals Stadtarchivar, die beiden kannten sich gut. Lieber Himmel, wie die Zeit vergeht. Ich vergesse manchmal, wie alt ich bin.«

»Haben Sie meinen Urgroßvater kennengelernt?«

»Leider nein. Damals habe ich mich eher für Fußball interessiert und weniger für Geschichte.«

Er öffnete die beschlagene Holztür und führte die Karawane in den dunklen, vertäfelten Raum. Sie tauchten ein in die Welt der Renaissance. Holzverkleidungen, prachtvolle Schnitzereien und große Ölgemälde dominierten das Bild. Lüneburg hatte sowohl den Dreißigjährigen Krieg als auch den Zweiten Weltkrieg unbeschadet überstanden, weshalb sich der Raum in den vergangenen fünfhundert Jahren kaum verändert hatte.

Jordis richtete den Blick zur Decke. Man musste nicht Restauratorin sein, um Ehrfurcht zu verspüren. Üppige Balkenmalereien, Kassettenfelder aus zartem Grün, mit kunstvollen Konturen und symmetrischen goldenen Rosetten.

Trotzdem fragte sie sich, wo das Bild des gerechten Richters hängen mochte. Im Raum waren mehrere Gemälde, die sie dem Maler Daniel Frese zuordnete, doch das Monumentalgemälde war nicht unter ihnen.

»Bei den Fresebildern dreht sich alles um Recht und Gesetz«, erklärte Herr Grotjahn, der auf die Ölgemälde unterhalb der Decke deutete. »Um Gericht und Urteilsfindung, und um das Ideal des gesellschaftlichen Zusammenlebens. Ich wünschte, Doktor Adler wäre hier, unser Mitarbeiter der Denkmalpflege. Er könnte Ihnen mehr dazu sagen. Er ist Historiker und wollte eigentlich die Führung übernehmen.« An die junge Frau aus der Verwaltung gewandt fragte er: »Hast du immer noch nichts von ihm gehört?«

»Nein, sein Handy ist abgeschaltet. Tut mir leid.«

»Wirklich ärgerlich. Wir waren doch verabredet.«

Jordis betrachtete die Gemälde des Renaissancemalers. Daniel Frese, der Michelangelo von Lüneburg, wie er auch genannt wurde. Seine Bilder hatten meist weltlichen Charakter, religiöse Motive spielten eine untergeordnete Rolle. Es waren allegorische Darstellungen, die in ihrer Botschaft heute noch modern waren.

»Wo hängt denn das Gemälde vom gerechten Richter?«, fragte sie. »Sie wissen schon, früher nannte man es: *Der Sieg der Tugend über das Laster.*«

»Gleich nebenan«, sagte Herr Grotjahn. »Es hängt im Treppenhaus. Kommen Sie.«

Die Frau von der Denkmalbehörde konnte sich kaum vom Saal losreißen. Sie lächelte den beiden Restauratoren zu, als wolle sie sagen: Ihr habt es gut, ihr dürft in den nächsten Wochen hier euren Lebensmittelpunkt haben.

»Bist du einer, erkennst du einen«, flüsterte Florian, der den Blick der Historikerin ebenfalls bemerkt hatte. Ein geflügelter Ausdruck, den für gewöhnlich Drogenabhängige füreinander benutzten. Jordis stieß ihm neckisch in die Seite, bevor sie dem Oberbürgermeister nach nebenan folgte.

Dann, ehe sie begriff, was passierte, stand sie direkt davor. Sie fühlte sich wie erschlagen von Größe und Ausdruckskraft des Gemäldes. Fast zwei Dutzend farbenfrohe, allegorische Figuren waren darauf zu sehen, meist Frauenfiguren, die auf einen Richter am oberen Bildrand einwirkten. Auf der einen Seite die Mächte des Bösen, angeführt von der Mendacium, der Lüge, und der Calumnia, der Verleumdung, und auf der anderen Seite die Mächte des Guten, dargestellt von der Veritas, der Wahrheit, oder der Innocentia, der Unschuld. Ein Baum teilte die beiden Aufzüge in der Mitte des Bildes, halbseitig war er kahl und verdorben, halbseitig blühend. Jordis wusste, man konnte Stunden damit zubringen, über mögliche Interpretationen nachzudenken oder einzelne Bildgegenstände zu entdecken. Doch in diesem Moment spürte sie vor allem Überwältigung angesichts des Ausmaßes des Gemäldes. Was für eine Großtat, dieses monumentale Werk zu restaurieren. Welchen Mut erforderte es, ein solches Projekt anzugehen?

»Das Bildnis des gerechten Richters«, kommentierte Herr Grotjahn. »In der neueren Forschung nennen wir es auch: Die Verleumdung des Appelles, weil es sich auf eben jenes Meisterwerk von Botticelli bezieht. Das Hauptwerk Daniel Freses. Wenn es denn von Daniel Frese ist. Eindeutig kann man ihm das nicht zuordnen. Schon merkwürdig, nicht wahr? Gerade bei seiner größten Arbeit fehlt die Signatur.«

»Ein Werk voller Geheimnisse«, sagte der Mann vom Stadtarchiv. »Es ist auch kein Titel für das Bild überliefert, deshalb weiß man nicht einmal genau, wie es heißt.«

»Früher nannte man es *Der Sieg der Tugend über das Laster*, doch das kommt der vielschichtigen Aussage kaum nahe. Der Gerechtigkeitsbegriff ist weiter gefasst, das Idealbild des gerechten Richters geht darüber hinaus. Aber bevor ich etwas Falsches sage … auch das sollte besser Doktor Adler erklären. Ich bin kein Historiker.«

Jordis konnte kaum den Blick von dem Aufzug der meisterhaften Figuren lösen. Wie gern wäre sie dabei gewesen, damals, als ihr Urgroßvater dieses unglaubliche Unterfangen realisiert hatte. Wie aufregend wäre es gewesen, so ein Gemälde in einer Werkstatt Millimeter für Millimeter zu untersuchen. In es einzutauchen, die Darstellungen lebendig werden zu lassen. Den Staub und den Schmutz der Jahrhunderte zu entfernen und es in altem, neuem Glanz wiederauferstehen zu lassen.

Der Bürgermeister redete weiter, doch seine Worte drangen kaum zu ihr durch. Sie versank in der Darstellung, wollte nur noch schauen, jede Kleinigkeit für sich entdecken. Was für eine beeindruckende Arbeit.

Florian legte den Arm um ihre Schultern. Überrascht sah sie auf. Die Karawane war bereits weitergezogen. Der Oberbürgermeister und die Historikerin aus Hannover plauderten angeregt, während Annika auf ihrem Handy herumtippte und wahrscheinlich immer noch versuchte, den Historiker von der Denkmalpflege zu erreichen.

»Es geht weiter zur Gerichtslaube«, sagte Florian. »Zu unserem Projekt. Komm schon, wir können uns später in Ruhe damit befassen.«

Jordis löste sich widerwillig von der Arbeit ihres Urgroßvaters. Florian hatte recht. Sie würden später genügend Zeit haben, alles in Ruhe zu erforschen.

Sie folgten dem Grüppchen durch das alte Gemäuer und durchquerten eine Halle, die zur Gerichtslaube führte, dem ältesten Teil des Rathauses, das im vierzehnten Jahrhundert errichtet worden war. Das Handy der Verwaltungsangestellten klingelte, sie zog es eilig hervor, wandte sich ab und flüsterte hinein.

»Herr Doktor Adler ist in fünfzehn Minuten hier«, verkündete sie anschließend und fügte schuldbewusst hinzu: »Ich habe ihm die falsche Uhrzeit genannt. Tut mir leid.«

Jordis konnte dem Oberbürgermeister ansehen, wie schwer es ihm fiel, seinen Ärger zu unterdrücken. Mit aufgesetzter Fröhlichkeit sagte er: »Dann ziehen wir doch einfach die Kaffeepause vor. Unten ist alles vorbereitet. Kaffee, Tee, Gebäck. Wenn Sie nichts dagegen haben, gehen wir runter, und nach der Pause geht es in die Gerichtslaube. Sicher ist es besser, wenn Doktor Adler anwesend ist.«

Keiner hatte was dagegen, einen Kaffee zu trinken. Die Plaudereien wurden wieder aufgenommen, und die Gruppe bewegte sich zum Treppenhaus. Jordis nutzte die Gelegenheit, sich von Herrn Grotjahn den Weg zu den Toiletten erklären zu lassen. Sie machte sich schnell frisch, checkte gewohnheitsmäßig ihr Handy und ging anschließend zu den anderen zurück.

Auf dem Weg passierte sie das Treppenhaus, und ohne darüber nachzudenken, kehrte sie zum Monumentalbild zurück. Es war, als würde eine magnetische Anziehungskraft von dem Gemälde ausgehen. Doch war sie nun nicht mehr allein. Auf den Stufen vor dem Bild entdeckte sie ein Mädchen. Es saß mit dem Rücken an die Wand gelehnt und balancierte einen

Zeichenblock auf den Knien. Ein schmächtiges Kind mit aschblonden Haaren, das Jordis auf elf oder zwölf Jahre schätzte. Sie fixierte das Fresebild und bearbeitete anschließend mit dem Bleistift hitzig ihren Block.

»Hallo«, sagte Jordis. »Was machst du da?«

Das Mädchen hatte sie nicht kommen hören. Es zuckte zusammen und drückte den Block schützend an die Brust. Sicher war es ihr nicht erlaubt, sich hier aufzuhalten. Das Rathaus war voller Kunstschätze, und Besucher durften sich nicht frei bewegen. Jordis fragte sich, ob das Mädchen zu einer Besuchergruppe gehörte und sich von der Führung abgesetzt hatte.

»Zeichnest du das Bild?«, fragte sie.

»Ich male Figuren ab. Nur so, aus Spaß.«

»Darf ich mal sehen?«

Sie zögerte. Ganz geheuer schien ihr Jordis nicht zu sein. Doch dann löste sie den Block von der Brust und hielt ihn so, dass Jordis einen Blick auf die Zeichnung werfen konnte.

Das Bild war grandios. Viel besser, als sie es von einer Zwölfjährigen erwartet hätte. Das Mädchen hatte die Mendacium abgemalt, die Lüge. Die Rädelsführerin der Anklage, mit den zwei Gesichtern, den hölzernen Stelzbeinen, den Eidfingern und der Schlange. Die Proportionen waren perfekt. In ein paar Jahren würde das Mädchen eine sehr gute Zeichnerin abgeben.

»Du bist talentiert!«, meinte Jordis.

Das Mädchen blickte kritisch auf ihre Zeichnung. »Die Falten von dem Kleid stimmen nicht. Und das Gesicht … das sieht nicht echt aus.«

»Du bist zu streng mit dir. Ich kenne niemanden in deinem Alter, der so was hinbekommen würde. Probier das mit dem Kleid noch mal. Du musst die Stellung des Oberschenkels beachten. Dir den Abstand zum Bein unter dem Kleid vorstellen. Dann klappt es.«

»Bist du Malerin?«

»Ich bin Restauratorin«, sagte Jordis. »Wieso malst du ausgerechnet die Lüge? Wieso nicht die Victoria? Oder den gerechten Richter?«

»Weiß nicht. Ich mag sie irgendwie.«

Seltsam, dachte sie. Die Mendacium war die schaurigste Figur auf dem Gemälde.

»Sie ist am schwersten zu malen«, fügte die Kleine hinzu. »Das gefällt mir an ihr. Ich möchte sie perfekt hinbekommen.«

»Es gibt nicht viele Mädchen, die sich für alte Meister interessieren. Malst du auch andere Sachen? Mangas vielleicht?«

»Mangas lesen ist cool. Aber ... die Bilder hier finde ich besser. Die sind alt und ... wahr. Keine Ahnung.«

Jordis wusste schon, was das Mädchen sagen wollte. Die Gemälde verfügten über eine mythische Ebene. Sie handelten von der Natur des Menschen, vom Widerstreit der irdischen Kräfte.

»Mir geht es auch so. Ich finde die alten Bilder besser.«

»Marie?«, tönte es durch das Gemäuer. »Marie, wo bist du?«

Es war ein skandinavischer Akzent, den Jordis nicht genau zuordnen konnte. Das Mädchen schien nicht begeistert, die Stimme zu hören.

»Bist du das? Heißt du Marie?«, fragte Jordis, worauf das Mädchen schlecht gelaunt nickte.

Eine junge Frau tauchte auf, kräftig gebaut und betont modisch gekleidet. Sie wirkte ein wenig steif und blickte streng.

»Was machst du hier, Marie? Du darfst hier doch nicht rein. Du solltest im Vorzimmer bleiben und warten. Ich bekomme nur Ärger wegen dir.«

Jordis vermutete, dass die Frau ein Au-Pair war, das auf Marie aufpassen sollte. Eine junge Skandinavierin in Norddeutschland.

»Hast du irgendwas angefasst? Jetzt komm schon, deine Eltern warten auf uns.«

Sie wartete ungeduldig, bis Marie den Zeichenblock eingesteckt hatte und lustlos die Treppe hinunterspazierte. Dann marschierte sie entschlossen davon, ohne Jordis weiter Beachtung zu schenken. Marie drehte sich zu ihr um und winkte, dann trottete sie der Frau hinterher.

Jordis blickte dem Mädchen nachdenklich nach, bevor sie sich wieder dem Ölgemälde zuwandte und den Faltenwurf des Kleides der Mendacium betrachtete.

»Du kannst dich einfach nicht losreißen, oder?«

Florian war hinter ihr aufgetaucht. Er stellte sich neben sie und folgte ihrem Blick. »Dieser Doktor der Denkmalschutzbehörde ist angekommen, es kann weitergehen. Ob dein Urgroßvater auch vom Verwaltungschef begrüßt worden ist? Mit Rathaustour und allem Drum und Dran?«

»Keine Ahnung. Er war damals mit der ganzen Familie angereist. Meine Oma Monika war dabei und auch mein Großonkel Wolfgang. Ein richtiger Familienbetrieb eben.«

»Schade, dass keiner von ihnen mehr lebt. Wäre bestimmt interessant, was sie zu sagen haben.«

»Wolfgang Hansen lebt noch«, korrigierte sie ihn. »Er wohnt in Hamburg. Ich sollte mich bei ihm melden, wir haben uns seit Ewigkeiten nicht gesehen. Vielleicht kann ich ihn mal am Wochenende besuchen, es ist ja nur ein Katzensprung.«

»Oder du lädst ihn nach Lüneburg ein. Er wird sich bestimmt freuen, noch mal ins Rathaus zu kommen. Ist doch für ihn auch toll, dass du die Tradition fortführst. Du arbeitest am Rathaus, so wie er.«

»Ja, du hast recht. Das sollte ich machen.«

»Dann lass uns zu den anderen zurückgehen.«

»Ich komme«, sagte sie, blieb jedoch in der Betrachtung versunken.

Es wäre eine gute Idee, Onkel Wolfgang einzuladen. Sie freute sich, ihn wiederzusehen. Wiedervereint im Rathaus Lüneburg, das klang vielversprechend.

»Was für ein Glück dein Urgroßvater hatte, diesen Auftrag zu bekommen«, sagte Florian. »Er muss außer sich gewesen sein.«

Seltsamerweise wusste sie gar nichts darüber. Es war in der Familie über den Aufenthalt in dieser Stadt nie viel gesprochen worden. Sie wusste nur, dass es nach der Arbeit mit dem Betrieb bergauf gegangen war.

»Das denke ich auch«, sagte sie, weil sie sich gar nichts anderes vorstellen konnte. »Er war sicher überglücklich.«

Kapitel drei

Hallo, Onkel Wolfgang. Ein Glück, dass ich dich erreiche.«

»Jordis, bist du das?« Er ließ sein heiseres Lachen ertönen, das unverwechselbar war und Jordis an ihre Kindheit erinnerte. Ein warmes Gefühl erfasste sie.

»Das ist ja eine Überraschung. Ich habe seit Ewigkeiten nichts von dir gehört.«

»Ich weiß. Ich habe ein ganz schlechtes Gewissen. Es war so viel los in letzter Zeit, ich hatte ständig zu tun.«

»Ach, bitte. Du musst kein schlechtes Gewissen haben. Ich freu mich riesig, dass es beruflich bei dir vorangeht. Deine Mutter hat mir erzählt, dass du den Bundespreis für Handwerk in der Denkmalpflege bekommen hast? Sie war mächtig stolz auf dich, kannst du mir glauben.«

»Mama war sehr stolz. Aber ich weiß nicht, ob mein Vater genauso gedacht hat. Manchmal frage ich mich, ob er mir den Erfolg nicht gönnt.«

»Versuch, ihn zu verstehen. Er hat den Laden nicht über Wasser halten können. Das ist nie leicht, zu scheitern. Für keinen. Insgeheim platzt er vor Stolz, da bin ich sicher.«

Was das anging, kannte sie ihren Vater besser.

»Wenn du meinst.«

»Das Handwerk ist nicht für jeden was. Auch wenn es Teil unserer Familientradition ist. Vergiss das nicht.«

Ihr Onkel klang reserviert, als er das sagte, und sie fragte sich, ob er immer noch von ihrem Vater sprach oder schon von sich selbst.

»Onkel Wolfgang, ich habe eine Überraschung. Du wirst nicht glauben, wo ich bin.«

»Jetzt sag schon.«

»In Lüneburg.«

Es folgte Stille am anderen Ende.

»Was machst du da?«

»Das wollte ich dir längst gesagt haben, aber bei mir ging es drunter und drüber. Ich habe einen Auftrag bekommen, von der Denkmalbehörde. Und zwar, jetzt halt dich fest …« Sie hob die Stimme, um die Katze aus dem Sack zu lassen. »Im Lüneburger Rathaus.«

Onkel Wolfgang sagte nichts. Eine unangenehme Pause entstand. Jordis räusperte sich irritiert. Was war denn jetzt los?

»Aber nicht in der Großen Ratsstube, falls du das denkst«, redete sie weiter. »Ich arbeite in der Gerichtslaube. Die Figur der heiligen Ursula soll aufpoliert werden. Wie gesagt, ich wollte dir längst davon erzählen, aber ich habe es nicht eher geschafft.«

»Kein Problem«, sagte er und fügte etwas lahm hinzu: »Na, da gratuliere ich.«

»Kennst du die Skulptur von früher?«

»Natürlich. Ich war lang genug im Rathaus.«

»Ich konnte es nicht glauben, als ich den Zuschlag bekommen habe. Es fühlt sich an, als ob ich eure Arbeit weiterführe.«

Warum war er plötzlich so reserviert? Irgendwas stimmte nicht. Jordis fragte sich, ob er sauer auf sie war, weil sie nicht früher Bescheid gesagt hatte.

Sie hätte mit etwas mehr Begeisterung gerechnet. Mit aufgesetzter Fröhlichkeit redete sie weiter: »Ich kehre zu unseren Wurzeln zurück. In Lüneburg habt ihr euch damals mit der Werkstatt etabliert, und nun arbeite ich hier weiter. Ich habe heute das Fresebild gesehen. Mann, das war wirklich eine Großtat von euch.«

»*Der Sieg der Tugend über das Laster.* Den Namen werde ich niemals vergessen.«

Es wird heute nicht mehr so genannt, hätte sie beinahe gesagt. Doch sie wollte das Gespräch nicht weiter belasten, es war so schon seltsam genug.

»Wir hätten es fast nicht geschafft, es war ein großes Stück Arbeit«, sagte er.

»Das kann ich mir vorstellen.«

»Wie lange ist das her? Fast sechzig Jahre. Unfassbar, wie die Zeit vergeht. Ich habe seit Ewigkeiten nicht mehr an das Fresebild gedacht. Hätte nicht damit gerechnet, noch mal darauf angesprochen zu werden. Du bist also in Lüneburg.«

»Genau, ich checke hier eure Arbeit von damals.«

Es sollte ein Witz sein, doch sie hörte selbst, wie aufgesetzt er klang.

»Du musst mich besuchen kommen, Jordis, wenn du so nah bist. Wie wäre es am Sonntag? Wir könnten an der Außenalster spazieren gehen. Ich lade dich in ein nettes Café ein. Dann erzählst du mir alles von deiner Arbeit. Von den Preisen, die du einheimst. Du musst es den Männern im Handwerk ja ordentlich zeigen, wenn du ihnen alles vor der Nase wegschnappst.«

»Ich dachte eigentlich ... Wie wäre es, wenn du nach Lüneburg kommst, Onkel Wolfgang? Du könntest uns von damals erzählen, und wir besuchen das Monumentalgemälde. Florian, mein Kollege, würde dich gern kennenlernen. Du hast doch damals wesentlich daran mitgearbeitet.«

»Nach Lüneburg? Ich?«

Es klang wenig begeistert.

»Warum denn nicht? Es ist doch nur ein Katzensprung. Wir würden uns freuen.« Bemüht fügte sie hinzu: »Vielleicht hast du ja ein paar Tipps für uns. Wir lernen gern von den Alten.«

Er ließ wieder sein heiseres Lachen ertönen, doch diesmal klang es gekünstelt. »Ich würde euch nur im Weg herumstehen. Nein, nein. Das ist nichts für mich.«

»Es geht dir doch gut, oder? Was macht deine Hüfte?«

»Meiner Hüfte geht's hervorragend, danke der Nachfrage. Aber was Lüneburg betrifft … Ich muss sehen, was mein Terminkalender sagt, Jordis. Ich … wenn ich mehr weiß, dann melde ich mich. In Ordnung?«

»Du bist hier jederzeit willkommen, Onkel Wolfgang. Aber wenn du nicht herkommen möchtest, besuche ich dich in Hamburg. Und dann reden wir mal über alles. Was meinst du?«

»Ich meine, das hört sich hervorragend an.« Nun nahm sie ihm das Lachen wieder ab. Seine Stimme wurde warm, als er sagte: »Schön, dass du in der Nähe bist, Jordis. Wir sehen uns viel zu selten.«

»Das denke ich auch, Onkel Wolfgang.«

Nachdem sie aufgelegt hatte, trat sie ans Hotelfenster und sah hinaus. Das ganze Telefonat war merkwürdig gewesen. Sie begriff nicht, was los war. Sonderbar.

Von ihrem Zimmer aus überblickte sie die Ilmenau und die mittelalterlichen Uferhäuser. Backsteingotik und Fachwerk, Treppengiebel, Türmchen und Erker. Der alte Stadtkern von Lüneburg war beinahe vollständig erhalten. Es glich einem Wunder. So war ein Spaziergang durch Lüneburg heute wie ein Ausflug ins Mittelalter.

Sie blickte zur Uhr. Wenn sie rechtzeitig zu ihrer Verabredung erscheinen wollte, musste sie sich beeilen. Sie überprüfte ihr Outfit im Spiegel. Die Haare waren hochgesteckt, etwas Make-up und Lippenstift aufgelegt, das luftige Baumwollkleid saß perfekt. Sie liebte diese Verwandlungen, die manche Leute denken ließen, sie hätten es mit zwei verschiedenen Persönlichkeiten zu tun. Tagsüber die Restauratorin mit Arbeitshosen und Baseballkappe und abends eine komplett andere, ihre Weiblichkeit betonende Frau.

Sie und Florian waren mit dem Historiker der Denkmalbehörde zum Essen verabredet. Diese Verabredung hatten sie Florian zu verdanken. Denn als Doktor Adler im Rathaus aufgetaucht war, ein gut aussehender Mann mit einem warmherzigen Lächeln, hatte er sofort bemerkt, dass Jordis den Mann spontan mochte. Wie nebenbei hatte Florian im Gespräch herausgefunden, dass Doktor Adler nicht nur ziemlich attraktiv, sondern auch Single war. Mit anderen Worten: Perfekt, um ihn mit seiner Chefin zu verkuppeln.

Jordis war erst ein bisschen genervt gewesen. Florian mochte das lustig finden, aber sie hatte langsam genug davon, dass er sich ständig in ihr Privatleben einmischte. Doch im Hotel gab es wenig zu tun, und auf diese Weise würde sie die Stadt besser kennenlernen. Wein trinken, etwas essen, sich mit einem Kenner über die Lüneburger Geschichte unterhalten, das war vielversprechender, als auf dem Hotelbett zu liegen und auf dem Tablet eine Serie zu gucken.

Sie nahm den Schlüssel und ging hinunter in die Hotellobby.

Die Sofas in den Sitzecken waren verwaist, und ein dicker Teppich schluckte jedes Geräusch. Hinter einem Wandvorsprung war der Tresen der Rezeption untergebracht. Jordis hörte Stimmen, eine gedämpfte Unterhaltung, dann rückte der Tresen in ihr Blickfeld. Da waren die Mutter der Hotelwirtin, eine rüstige alte Dame mit schneeweißem Haar, und vor dem Tresen ein älterer Mann, offenbar ein Bekannter, mit dem sie plauderte.

Die beiden verstummten und blickten Jordis erwartungsvoll an, als sie um die Ecke marschierte. Sie schaute sich irritiert um. Von Florian war nichts zu sehen, dabei war er sonst überpünktlich.

»Entschuldigen Sie, ich bin die Restauratorin von Zimmer siebzehn. Hat mein Kollege sich hier blicken lassen? Oder könnten Sie kurz bei ihm anrufen und Bescheid sagen, dass ich warte?«

»Sie sind Frau Hansen, richtig?«, fragte die ältere Dame. »Ihr Kollege war eben unten. Er lässt ausrichten, dass er sich für das Abendessen entschuldigt.«

»Er tut *was?*«

Das war doch ein schlechter Scherz. Jetzt sollte sie *allein* mit diesem Doktor Adler essen gehen? Wie plump glaubte Florian, sein zu können?

Na warte, Freundchen, dachte sie. So einfach kommst du mir nicht davon.

»Hat er auch gesagt, weshalb er sich entschuldigt?«

»Ja. Ich soll Ihnen ausrichten, dass er mit seinem …« Sie wechselte einen verunsicherten Blick mit ihrem Bekannten. »… mit seinem Ehemann skypen will. Er hat sich das Passwort fürs WLAN geben lassen.«

Trotz allem konnte Jordis sich ein Lächeln nicht verkneifen. Das war typisch Florian. Natürlich musste er den älteren Herrschaften auf die Nase binden, dass er einen Ehemann hatte.

Wenn er mit Cem skypte, dann konnte sie ihn getrost unterbrechen. Cem hätte auf jeden Fall Verständnis für sie. Notfalls würde sie Florian an den Haaren herbeiziehen.

Sie dankte der Frau und steuerte das Treppenhaus an. In der verwaisten Lobby fiel ihr Blick durch das Fenster. Zwischen Rosenstöcken und Kopfsteinpflaster sah sie Doktor Adler, der auf das Hotel zuging. Sie musste sich beeilen, wenn sie Florian den Marsch blasen wollte. Sonst würde sie doch mit diesem Typen allein essen gehen müssen.

»Hansen«, hörte sie eine Stimme sagen. »Dann ist es gar kein Zufall?«

Das war der ältere Herr gewesen. Die beiden an der Rezeption hatten offenbar nicht bemerkt, dass Jordis in der Lobby am Fenster stehen geblieben war.

»Nein, es ist die Enkelin«, erwiderte die weißhaarige Frau. »Derselbe Betrieb. Restaurationswerkstatt Hansen. Musste der Auftrag ausgerechnet an die vergeben werden?«

»Ach, Margot. Die Leute, die diese Aufträge vergeben, das sind doch meistens Zugezogene. Oder die sind zu jung, um sich zu erinnern.«

»Trotzdem. Das hätte nicht sein gemusst.«

»Lass gut sein. Die alten Geschichten. Wen interessiert das heute noch?«

»Ich sage ja nur: Es wäre besser gewesen, eine andere Firma hätte diesen Auftrag angenommen.«

Die Tür öffnete sich, und die beiden wurden unterbrochen. Jordis hörte die Stimme von Doktor Adler, der sich nach ihr und Florian erkundigte. In Jordis' Kopf dröhnte es. Sie hatte keine Ahnung, wovon die Frau sprach. Mit der Arbeit im Lüneburger Rathaus hatte sich der Betrieb damals Ansehen verschafft. Hier war nichts passiert, was so eine Aussage rechtfertigte.

»Der Herr lässt sich entschuldigen«, hörte sie die Frau sagen. »Die Dame war gerade noch hier. Sie müsste eigentlich gleich wiederkommen. Ich kann aber versuchen, sie telefonisch ...«

Da spazierte Jordis um die Ecke. Es war zu spät, Florian zu holen. Sie strahlte übers ganze Gesicht, als sie auf den Historiker zuging. Später würde sie über das Gesagte nachdenken. Nicht jetzt.

»Hallo, Herr Adler. Freut mich, dass Sie es einrichten konnten.«

»Bitte. Nennen Sie mich Emilian, das ist mein Vorname. Wir sind ja nicht im Rathaus. Was meinen Sie? Am liebsten wäre es mir, wir duzen uns.«

»Also gut. Ich bin Jordis. Mein Kollege hat es sich anders überlegt. Tut mir leid, so ist er manchmal. Ich hoffe, es stört dich nicht, mit mir vorliebnehmen zu müssen.«

»Überhaupt nicht, im Gegenteil. Uns werden die Gesprächsthemen schon nicht ausgehen.« Er reichte ihr seinen Arm. »Wollen wir?«

Jordis warf einen Blick zu den älteren Herrschaften, die sich beide nichts anmerken ließen. Sie unterdrückte ein Stirnrunzeln, holte tief Luft, wie um sich Mut zu machen, und hakte sich unter.

»Gern«, flötete sie. »Ich sterbe vor Hunger.«

Das Telefon in der Hand, saß Wolfgang Hansen in seinem Sessel neben dem Bücherregal und blickte durch das Terrassenfenster hinaus auf die Trauerweiden am Alsterufer.

Lüneburg. Es war ihm jahrelang gelungen, die Stadt auszublenden, sie wie einen weißen Fleck auf der Landkarte zu behandeln, obwohl sie nur wenige Kilometer entfernt lag. Jetzt kehrte sie durch diesen Anruf zurück in sein Leben und damit auch die Vergangenheit.

Monika kam ihm in den Sinn. Seine kleine Schwester. Er wünschte, er könnte die Zeit zurückdrehen. Bevor alles passiert war. Als sie voller Vorfreude waren auf die Zukunft. Er wünschte, sie wäre noch da und könnte ihm einen Rat geben. Aber sie lebte schon seit Jahren nur noch in seinen Erinnerungen.

Er warf den Blick auf ein Foto, das Monika als Fünfzigjährige zeigte. Das war kurz nach der Wende gewesen, bei einem gemeinsamen Besuch in Dresden. Sie lachte unbeschwert in die Kamera, schien ihm direkt in die Augen zu sehen.

»Was soll ich nur tun?«

Möglich, dass Jordis' Aufenthalt in Lüneburg ein Zeichen war. Dass es an der Zeit wäre, dorthin zurückzukehren. Doch was hätte er dort verloren? Nein, er wollte nicht zurück.

Nachdenklich betrachtete er das Telefon in der Hand. Er musste das nicht heute entscheiden. Jordis wäre wochenlang in Lüneburg. Er hatte Zeit, seine Erinnerungen zu sortieren. Und dann konnte er immer noch entscheiden, ob er sich diesem Ort und seiner Vergangenheit stellen wollte.

Kapitel vier

September 1961

Mit dem Hanomag Kurier, dem kleinen und für sie einzig erschwinglichen Lastwagen, dem ganzen Stolz ihres Vaters, rumpelten sie durch die zahlreichen Schlaglöcher im Kopfsteinpflaster der Landstraße. Auf dem Pritschenwagen verstaut standen die Werkzeuge, die Materialien und das bisschen Hab und Gut, das sie als Familie mit sich herumschleppten und überall dort ausluden, wo sie einen Auftrag und eine Unterkunft bekamen. Hinten, verdeckt von der Plane, hockten Wolfgang und Monika, die älteren Kinder, für die im Führerhaus neben dem Vater und dem jüngeren Bruder Helmut nicht genügend Platz war. Diese Aufteilung, Vater und Helmut vorn, Monika und Wolfgang hinten auf der Ladefläche, hatte sich bei ihren vielen Reisen eingespielt, jeder nahm automatisch seinen Platz ein.

Wolfgang hatte ein Dreieck aus der Plane hochgeschlagen und blickte hinaus auf die blühende Heidelandschaft. Als die Kirchtürme von Lüneburg ins Blickfeld rückten, lehnte er sich weit aus dem Pritschenwagen heraus. Der Dieselmotor knatterte fröhlich, und der kleine Transporter mit seiner Handwerkerfracht wackelte unermüdlich weiter.

»Monika!«, rief Wolfgang. »Schau doch. Schau!«

Ein Schlagloch hätte ihn beinahe aus dem Wagen geschleudert. Lachend klammerte er sich an die Ladeklappe und winkte seine drei Jahre jüngere Schwester zu sich.

»Jetzt komm schon.«

»Kopf runter«, rief Monika, die hinter ihm sicher auf der Pritsche hockte. »Wenn dich die Polizei sieht.«

»Ach, hier doch nicht. Schau, da ist Lüneburg.«

Monika kroch zur Ladeklappe und sah ebenfalls hinaus, den Kopf im Fahrtwind. Die Häuser waren dicht gedrängt. Türme, Kuppeln, Giebel, zahllose schiefe Dächer. Ein ehrwürdiges altes Städtchen. Es gab keine Ruinen, keine Brachflächen oder Trümmerhaufen wie sonst überall im Land.

Plötzlich schrie Monika auf. Hinter ihnen fuhr ein Polizeiauto, ein VW-Käfer. Lachend warfen sich die Geschwister zurück auf die Ladefläche und zogen die Plane herunter. Sicher hatten die Polizisten sie gesehen, doch sie störten sich offensichtlich nicht an den beiden Jugendlichen auf dem Lastwagen.

Auf der verdunkelten Pritsche, eingeklemmt zwischen ihrem Gepäck, zog Wolfgang seine Gitarre hervor, wie er es immer tat, wenn er sich langweilte. Er spielte ein vertrautes Riff, sah zu Monika hinüber, ob sie es erkannte, wiederholte es, als er ihr Lächeln bemerkte, und begann zu singen: *»Wake up, little Susie, wake up!«*

Er sang ein paar Zeilen, summte dann weiter, wo er den Text nicht kannte, und fing wieder von vorn an. Er wollte unbedingt Englisch lernen, um die Texte besser zu verstehen. Die amerikanischen Besatzer hatten die Musik in das zerstörte Köln mitgebracht, wo er aufgewachsen war. Erst den Jazz, dann den Rock 'n' Roll.

»Ist das Elvis Presley?«, fragte Monika, die mit dem Fuß wippte.

»Nein, das sind die Everly Brothers. Aber das Lied hat Akkorde wie beim Rock 'n' Roll, auch wenn es eigentlich Western-Musik ist. Deswegen hört es sich an wie Elvis.«

Monika zuckte mit den Schultern, sie hatte längst das Interesse verloren. Musik war nicht ihr Ding, ganz im Gegensatz zu Wolfgang, der gar nicht genug davon bekommen konnte, egal, um welche Art Musik es ging.

Sicher lag das an ihrer Mutter. Er hatte kaum Erinnerungen an sie, doch sie war ebenfalls musisch veranlagt gewesen. Früher hatte es ein Klavier bei ihnen gegeben, und woran sich Wolfgang vage erinnern konnte, war, wie er neben ihr auf dem Schemel gesessen und ihren Duft gerochen hatte, ihr Rosenparfüm. Sie hatte ihm Klavierunterricht gegeben, und jedes Mal, wenn sie zusammen auf dem Schemel saßen, hatte er sie für sich ganz allein gehabt. Sie war nur für ihn da, und zusammen machten sie Musik, umhüllt von ihrem Rosenduft. Es war die schönste Erinnerung an seine Mutter.

Nach ihrem Tod verschwand das Klavier, sein Vater wollte es nicht mehr in der Wohnung haben. Wolfgangs Klavierspiel war damit beendet worden, doch nicht seine Leidenschaft für die Musik. Als er alt genug war, besorgte er sich eine Gitarre und brachte sich das Spielen selbst bei. Ein Klavier konnte er sich nicht leisten, außerdem waren sie immer unterwegs. Doch das Gitarrenspiel gefiel ihm fast genauso gut.

»Ich mag sowieso lieber Peter Kraus«, sagte Monika. »Der macht auch Rock 'n' Roll. Und ist viel besser als Elvis.«

»Peter Kraus?«, rief Wolfgang verächtlich. »Das ist was für Backfische.«

Monika streckte ihm die Zunge raus. »Na und?«

»Wenn schon deutsch, dann lieber Caterina Valente«, sagte er. »Die ist wenigstens eine große Künstlerin.«

»Oder Trude Herr!«, rief Monika begeistert. Und augenblicklich leitete Wolfgang mit der Gitarre zu der Schlager-Akkordfolge über.

»Ich will keine Schokolade«, grölten sie gemeinsam auf dem Pritschenwagen, *»ich will lieber einen Mann. Ich will einen, der mich küssen und um den Finger wickeln kann.«*

Sie lachten laut, der Wagen rumpelte, und Monika schlug wieder ein Dreieck von der Plane hoch, um hinaussehen zu können. Der Lastwagen verlangsamte sein Tempo, sie hatten die Stadt erreicht. Wolfgang legte die Gitarre aus der Hand, verstaute sie vorsichtig und kroch zu seiner Schwester.

Nun ging es wieder über Kopfsteinpflaster. Alte, aber völlig unbeschädigte Häuser säumten die Straße, ihnen gegenüber waren Uferwiesen und ein Wasserlauf, die Ilmenau, die durch Lüneburg floss. Ihr Vater verlangsamte weiter, bog ab und steuerte den Hanomag durch die engen Gassen der Altstadt.

»Schau nur, das sind alles Gebäude aus dem Mittelalter«, sagte Monika aufgeregt. Sie deutete auf ein schmales Hafenbecken, das umgeben war von Fachwerkhäusern und Kontoren mit Backsteingiebel und dessen Zentrum ein historischer Hafenkran dominierte. »Der Kran, Wolfgang! Ist das nicht einzigartig?«

Er musste lächeln. Seine Schwester interessierte sich wirklich für dieses ganze alte Zeug. Ihm reichte völlig, auf den Baustellen des Betriebs zu arbeiten. Aber wenn es um seine Freizeit ging, da machte er lieber Musik.

Der Lastwagen schaukelte durch enge Gassen, und Monika bewunderte mit offenem Mund die Bauwerke der Hansestadt. Wolfgang hätte sich am liebsten wieder seiner Gitarre gewidmet.

»Im Grunde ist es ein Glück, dass es ab dem siebzehnten Jahrhundert mit dem Salzreichtum in Lüneburg vorbei war.«

»Was sagst du da?«

»Der Salzabbau. Womit Lüneburg reich geworden ist. Im späten Mittelalter war das alles vorbei. Da sind die Preise verfallen. Deshalb ist in den Jahrhunderten danach so wenig abgerissen worden. Erst der ganze Reichtum, und dann war nicht mehr genug Geld da, um Häuser abzureißen und neu zu bauen. So ist alles erhalten geblieben.«

Wolfgang runzelte lächelnd die Stirn.

»Ist das wirklich so?«

»Ja. Durch den Aufstieg der Niederlande …«

»Nein, ich meine, wieso weißt du das alles?«

»Na ja, es interessiert mich halt.«

»Unfassbar.«

Das war typisch Monika. Man sah sie ständig mit einem Buch in der Hand. Und sie liebte es, Vorträge über Kunstgeschichte zu halten. Wolfgang fand, sie sollte Lehrerin werden, das wäre der perfekte Beruf für sie. Doch davon wollte sie nichts hören.

»Die ganzen Patrizier, für die Lüneburg berühmt war, sind weggezogen, um woanders Geld zu machen«, erklärte sie. »Von da an wurde es ruhiger um die Stadt. Wenn du mich fragst, war das ein Glück, denn sieh nur, was dadurch erhalten geblieben ist.«

Der Hanomag hielt in einer Gasse, und der Vater stellte den Motor ab. Eng, wie die Straße war, blockierten sie mit dem Lastwagen die Durchfahrt. Der Vater kletterte aus dem Führerhaus, die Fahrertür fiel ins Schloss, und sie hörten ihn rufen: »Wir bringen unser Zeug erst mal rein. Den Lkw und das Werkzeug stellen wir danach am Rathaus ab.«

Wolfgang warf einen Blick aus dem Wagen, um ihre Unterkunft in Augenschein zu nehmen. In der Gasse stand ein prachtvolles, zweigeschossiges Patrizierhaus mit Backsteingiebel und breiter Toreinfahrt. Nicht breit genug für den Lkw, aber ein Pferdegespann würde mühelos hindurchfahren können. Im Hof war ihre Unterkunft. Sie würden im Gesindehaus untergebracht sein, einem Seitenanbau des Patrizierhauses. Dort wäre ihr Zuhause während der nächsten zwölf Monate.

Wolfgang überblickte das Gepäck mit ihren persönlichen Sachen. Er wollte zuerst die Unterkunft in Augenschein nehmen, bevor er die Koffer hinüberschleppte. Er griff nur die Gitarre, seinen wertvollsten Besitz, und kletterte von der Ladefläche. Monika betrachtete begeistert das Gebäude und entdeckte das Familienwappen der ehemaligen Patrizier, die das Haus erbaut hatten.

»Die Flügeltür stammt aus dem frühen Barock«, sagte sie begeistert. »Aber die Steinfassungen, die sind älter.«

Heinrich Hansen entdeckte die Gitarre im Arm seines Sohnes. Sein Blick verfinsterte sich. Er schätzte Wolfgangs Musikleidenschaft nicht.

»Ist das unser Haus? Das ist ja riesig. Ein richtiges Schloss.« Helmut, der mit seinen elf Jahren immer noch die Begeisterung eines Kindes zur Schau stellen konnte, sprang aufgeregt auf die Straße. »Ich möchte im Dach wohnen, da hinter dem kleinen Giebelfenster.«

»Das war mal ein Lastenaufzug«, erklärte Monika froh, einen Zuhörer gefunden zu haben. »Da oben wurde das Getreide gelagert.«

Wolfgang hielt dem Blick seines Vaters stand und umfasste entschlossen die Gitarre. Er glaubte, sein Vater würde etwas sagen, doch er spuckte nur aus, schnappte sich einen Koffer und marschierte zur Tordurchfahrt.

Heinrich Hansen hatte längst verfügt, dass Wolfgang den Betrieb weiterführen würde, den er nach dem Krieg wiederaufgebaut hatte. Restaurierungen Hansen, das sollte sein Vermächtnis für seine Kinder und Enkel sein. Zwar zeigte Wolfgang nicht das erhoffte Talent im Handwerk, doch war an diesem Entschluss nicht zu rütteln. Sein Sohn würde an sich arbeiten, und mit der Zeit würde sich der Erfolg einstellen.

Und Wolfgang, der ohnehin nicht wusste, was er aus seinem Leben machen sollte, würde sich fügen. Es gab nichts, was er liebte außer der Musik. Also konnte er auch Handwerker werden und den Betrieb übernehmen. Man packte da an, wo man hingestellt wurde. Das sagte sein Vater immer. Deutschland wurde wieder aufgebaut, und jeder wollte Geld machen. Solche Sätze hörte man überall.

Wolfgang war inzwischen Geselle und bereitete sich auf seine Meisterprüfung vor. Er tat sein Bestes, auch wenn das in den Augen seines Vaters nicht genug war. Insgeheim war er davon überzeugt, dass sein Vater auf seinen zukünftigen Enkel hoffte. Es war ja bekannt, dass solche Begabungen gern eine Generation übersprangen. Und ein Familienunternehmen plante man über mehrere Generationen.

In der Toreinfahrt lief ihnen eine kräftige Frau mit einer Schürze entgegen, offenbar eine Bedienstete des Hauses. Sie hatte den Hanomag vorm Haus stehen sehen und war nach draußen gelaufen.

»Sind Sie die Hansens?«, fragte sie leicht außer Atem. »Die Restauratoren-Familie?«

»Ich bin Heinrich Hansen«, sagte ihr Vater und trat vor. »Und dies sind meine Kinder. Freut mich.«

»Mein Name ist Aenne Fehn. Ich bin die Haushälterin der Familie Priggen. Ich habe im Gesindehaus alles für Sie vorbereitet. Wenn Sie mir bitte folgen wollen?«

»Ist Doktor Priggen nicht zu sprechen? Er wollte uns begrüßen. Er sagte, er sei zu Hause, wenn wir ankämen.«

Die Haushälterin wollte antworten, doch dann warf sie einen Blick über die Schultern der Neuankömmlinge und verstummte. Ergeben senkte sie den Kopf und knetete ein Geschirrtuch in der Hand. Die Hansens wandten sich um.

»Der Herr Stadtdirektor ist leider nicht abkömmlich«, erklang es herrschaftsvoll. »Sie werden sich gedulden müssen.«

Hinter ihnen waren die barocken Flügeltüren weit geöffnet worden, und eine kleine, dürre Gestalt stand aufrecht auf der Eingangstreppe. Kaum eins fünfzig groß, in Schwarz gekleidet und mit den Zügen eines Greifvogels, blickte sie auf die Hansens herab. Wolfgang wusste sofort, wen sie vor sich hatten, und seinem Vater erging es offenbar genauso. Es war die Matriarchin der Familie, Agnes Priggen.

»Frau Priggen«, begrüßte ihr Vater sie. »Ich freue mich, Sie kennenzulernen. Es ist sehr großzügig von Ihnen, uns während der Arbeiten aufzunehmen.«

»Das ist das Mindeste, was wir tun können. Ich hoffe, die Unterkunft genügt Ihren Ansprüchen. Im Gesindehaus waren nach dem Krieg Flüchtlingsfamilien untergebracht, und später wohnte unser Chauffeur mit seiner Frau darin. Doch wir haben keine Bediensteten mehr, bis auf unser Fräulein Fehn, nicht wahr, deshalb steht das Gesindehaus leer. Wir möchten die Arbeit im Rathaus unterstützen, wo wir können. Die Unterkunft stellen wir gern zur Verfügung.«

»Ich bin sicher, wir werden uns wohlfühlen.«

Sie nickte auf gnädige Weise zustimmend, was so herablassend wirkte, dass Wolfgang sich ein Lächeln verkneifen musste. Wer hätte gedacht, dass sich trotz Niederlage, Zerstörung und Hungerjahre solche Aristokratie erhalten konnte.

»Hast du nicht gesagt, die Patrizier sind im Mittelalter von hier abgehauen?«, flüsterte er Monika zu, die ihm mit dem Ellbogen in die Seite stieß.

Frau Priggen wandte Wolfgang ihr Raubvogelgesicht zu, als hätte sie verstanden, was er gesagt hatte.

»Mein Sohn erwartet Sie um eins im Rathaus«, sagte sie würdevoll. »Bitte seien Sie pünktlich. Es müsste bis dahin genug Zeit sein, sich einzurichten. Aenne wird Ihnen alles zeigen. Einen schönen Tag.«

Damit trat sie wieder ins Haus, nicht ohne Wolfgang einen letzten, strafenden Blick zuzuwerfen. Die Tür schloss sich, und sie blieben allein zurück an der Tordurchfahrt. Fräulein Fehn räusperte sich.

»Wenn Sie mir bitte folgen wollen«, sagte sie erneut und steuerte den Hof jenseits der Tordurchfahrt an.

Monika und Wolfgang wechselten einen Blick. Sie sahen stirnrunzelnd zum Haupthaus. Ein merkwürdiger Empfang.

»Sie haben im Gesindehaus alles zur Verfügung, auch eine Küche und eine Vorratskammer«, sagte Aenne Fehn. »Die Küche verfügt zwar über fließend Wasser, doch der Abtritt ist im Hof, sehen Sie, dort drüben finden Sie das Toilettenhäuschen. Es gibt zudem zwei Kammern im ersten Stockwerk und eine kleine Dachkammer, die aber niedrig ist und kaum zu nutzen.«

Monika betrat mit großen Augen das Innere des Hofs. Sie bestaunte das Gesindehaus, ein winziges Fachwerkhaus mit vorstehenden Balken, uraltem Backstein und Bleiglasfenstern. Wolfgang sah ihr amüsiert dabei zu. Sicher würde sie nicht lange brauchen, um Baujahre und Stilrichtungen der Wirtschaftsgebäude zu bestimmen.

»Darf ich mir mein Zimmer selber aussuchen?«, rief Helmut und stürmte auf das Haus zu. »Wer als Erster oben ist, kriegt das beste Zimmer.«

Wolfgang und Monika wechselten einen Blick, dann stürmten sie drauflos. Sie waren im Grunde zu alt für solche Kindereien, doch konnten sie nicht widerstehen. Bevor Helmut die niedrige, grün gestrichene Eingangstür erreicht hatte, überholten sie ihn und sicherten sich eine bessere Startposition. Helmut schimpfte und protestierte zwar, doch sie lachten nur und eilten ins Innere.

Das Erdgeschoss war ein großer Raum, der Küche und Wohnzimmer gleichzeitig darstellte. Die Einrichtung bestand aus einfachen und zweckmäßigen Möbeln, einem Buffetschrank, einer Anrichte mit Wanne und Arbeitsplatte, einem Holzofen, der zum Kochen und Heizen gleichermaßen diente, einem Tisch und einem Küchensofa.

Hinterm Ofen führte eine schmale, wacklige Treppe ins Obergeschoss. Die drei Geschwister kletterten gleichzeitig hinauf, auf die Gefahr hin, dass die wacklige Holztreppe unter ihnen zusammenbrach. Oben angekommen, drängelte sich Helmut an den beiden vorbei und sicherte sich den Zugang zu einer Leiter, die zur Dachkammer führte, einem zugigen Verschlag mit einem winzigen Giebelfensterchen.

»Das ist mein Zimmer!«, rief er von oben. »Hier schlafe ich.«

»Das ist perfekt, da können wir dich gut einsperren«, rief Wolfgang, doch Helmut ignorierte ihn.

»Famos! Das ist wie bei Heidi. Hier liegt schon eine Matratze auf dem Boden. Das ist meine.«

Monika und Wolfgang sahen sich im Obergeschoss um. Es bestand nur aus einem engen Flur, einer Abstellkammer und zwei kleinen Räumen, die zum Hof führten. Wolfgang nahm das Zimmer an der Wand zum Patrizierhaus für sich in Anspruch, nachdem er gesehen hatte, dass eine Regenrinne neben dem Fenster hinunterführte. Er würde dort ungesehen nach unten klettern können, wenn er mal ausbüxen musste. Mauern trennten den Hof von den Nachbargrundstücken, eine Remise bildete den Abschluss. Auf dem gepflasterten Areal standen Birnbäume und eine Rosenhecke, hinter den Mauern lagen die Gärten der Nachbarn, in denen es wucherte und blühte. Eine nette Aussicht, trotz der Enge, fand er.

»Ich weiß schon, warum du dieses Zimmer haben willst«, sagte Monika, die hinter ihm eingetreten war. »Es hat eine Fluchtmöglichkeit.«

Sie kannten sich zu lange, um so etwas voreinander zu verheimlichen.

»Erwischt. Aber wenn du nachts auch mal abhauen willst, kannst du gern durch mein Zimmer.«

»Als wenn ich so was jemals machen würde.« Sie stellte sich neben ihn und folgte seinem Blick. »Ganz hübsch hier, findest du nicht?«

»Wir sind schon schlechter untergekommen. Es ist in Ordnung.«

»Ich schlafe unten in der Küche«, stellte ihr Vater fest, der in der Tür aufgetaucht war. »Das Sofa reicht mir vollkommen. Breitet euch ruhig oben aus. Dann hat jeder ein eigenes Zimmer.«

Über ihren Köpfen donnerte es. Helmut sprang offenbar auf einer Matratze am Boden herum und sang lauthals ohne erkennbare Melodie, dass die Kammer ihm gehöre. Heinrich Hansen rief ihn übellaunig zur Ordnung und packte Monika am Arm.

»Komm, wir wollen sehen, was du für die Küche brauchst. Ein paar Lebensmittel sind in der Kammer, aber du solltest einkaufen gehen, bevor die Läden schließen.«

Die beiden verließen den Raum, und Helmut folgte ihnen laut singend nach unten. Wolfgang lehnte sich aus dem

Fenster. Der Himmel über dem Hof war leuchtend blau, Vögel zwitscherten in den Gärten, und von der Straße drangen gedämpft Geräusche. Es würde ihm hier gefallen, da war er sicher.

Er blickte zum Haupthaus hinüber. Durch ein Fenster im Erdgeschoss konnte er in die Küche sehen, wo Aenne Fehn mit ganzem Körpereinsatz einen Knetteig bearbeitete. Sie hob plötzlich die Hände, lief aus seinem Blickfeld, kehrte mit Mehl in der Handfläche zurück und knetete weiter. Über ihr, im ersten Stockwerk, befand sich eine Art Lesezimmer. Bücherregale bedeckten die Wände, ein alter Ohrensessel stand am Kamin, sonst schien der Raum dunkel und verwaist. Im Stockwerk darüber, einem niedrigen Zwischengeschoss unter dem Dachstuhl, meinte er eine Bewegung zu erkennen. Wolfgang fixierte das Sprossenfenster, doch der Himmel spiegelte sich in den Scheiben, und es war möglich, dass er gar nichts gesehen hatte.

Doch dann wurde mit einem Mal der Griff umgelegt und ein Fensterflügel aufgestoßen. Eine Frau mit blonden, hochtoupierten Haaren und kirschrotem Lippenstift beugte sich hinaus, um eine Zigarette anzuzünden. Ihm fiel ihr leuchtend grünes, tailliertes Kleid auf und dass sie Nagellack aufgetragen hatte. Sie inhalierte und blies auf elegante Weise den Rauch in den Himmel und schaute in die Ferne. Sie sah aus wie ein Filmstar. Wolfgang traute seinen Augen nicht.

In diesem Moment entdeckte sie ihn. In ihrem Gesicht breitete sich ein Lächeln aus, sie winkte, als wären sie alte Bekannte, dann zog sie nochmals an ihrer Zigarette. Wolfgang reagierte nicht schnell genug, denn bevor er zurückwinken konnte, hatte sie die halb gerauchte Zigarette ausgedrückt und war wieder in ihrem Zimmer verschwunden. Er starrte zum offenen Fenster hinauf, in der Hoffnung, sie würde sich nochmals zeigen, doch vergebens. Nichts rührte sich.

Aus der Küche drang die Stimme seines Vaters.

»Wolfgang! Komm mal runter.«

Es fiel ihm schwer, seinen Blick von dem Fenster unterm Dach zu lösen.

»Wolfgang, du wirst hier unten gebraucht.«

»Ich komme schon.«

Oben rührte sich nichts. Mit einem Seufzer wandte er sich ab, schloss das Fenster und lief hinunter in die Küche.

Kapitel fünf

Fräulein Fehn brachte zur Begrüßung ein Mittagessen ins Gesindehaus. Es gab deftige Erbsensuppe mit Schwarzbrot und Butter, sogar ein Würstchen war hineingeschnitten worden. Helmut war aus dem Häuschen.

»Werden wir jeden Tag so ein Festessen bekommen?«, fragte er die Haushälterin begeistert. »Gibt es auch Nachtisch? Rote Grütze vielleicht?«

Fräulein Fehn lächelte, halb amüsiert, halb verlegen.

»Helmut!«, ging sein Vater dazwischen. »Monika wird für uns kochen, wie wir das gewohnt sind. Das ist heute eine Ausnahme. Keine frechen Bemerkungen mehr.« Und an die Haushälterin gewandt sagte er: »Vielen Dank, Fräulein Fehn. Es ist sehr freundlich, uns auf diese Weise willkommen zu heißen. Richten Sie Frau Priggen meinen Dank aus.«

»Das werde ich. Bringen Sie die Suppenschüssel später einfach in meine Küche.«

Sie deutete einen Knicks an, besann sich und beließ es dabei, leicht mit dem Kopf zu nicken. Dann verschwand sie durch die Tür zum Hof. Sowie die Köchin fort war, fuhr Monika mit dem Thema fort, das am Tisch herrschte, bevor sie unterbrochen worden waren.

»Haben sie schon etwas zu deinen Probearbeiten gesagt, Papa?«, fragte sie. »Die beiden Deckenfelder, die du freigelegt hast? Die müssen doch begeistert gewesen sein.«

»Bisher habe ich noch nichts gehört. Aber wir haben den Auftrag bekommen. So schlecht kann die Arbeit nicht sein.«

»Ich möchte wissen, ob sie die Umrahmungen retuschieren wollen oder ob nur das Original ohne neuen Farbauftrag hervorgeholt wird. Was für eine Meinung haben sie dazu?«

Wolfgang stocherte gelangweilt in der Erbsensuppe herum. Monika konnte stundenlang mit ihrem Vater über Restaurierungen diskutieren. Zwar war er in der Lage, ihren Gedankengängen zu folgen, und er hatte genügend Kenntnis über das Handwerk, um mitzureden. Nur war ihm völlig egal, auf welche Weise dic Deckenmalereien erneuert würden.

Seine Gedanken wanderten zu der jungen Frau in dem grünen Kleid. Die hochtoupierten Haare hatten ausgesehen wie aus einer Modezeitschrift. Ob sie in dem Patrizierhaus wohnte? Gehörte sie vielleicht zur Familie Priggen? Möglich, dass sie eine Enkelin von Agnes Priggen war und somit die Tochter des Stadtdirektors. Wenn dem so wäre, würde das bedeuten, dass Wolfgang und sie in den nächsten Monaten quasi unter einem Dach wohnten.

Eine aufregende Vorstellung.

»Wolfgang! Hörst du mir überhaupt zu?«

Das war sein Vater gewesen. Er blickte auf.

»Wie bitte?«

»Ich sage, wir werden im Rathaus erwartet. Beeil dich mal mit dem Essen.«

Monika fing an, das schmutzige Geschirr abzuräumen.

»Du sprichst mit dem Volksschullehrer wegen Helmut«, sagte der Vater zu ihr. »Er muss seinen Abschluss machen, trotz der Lücken. Sag ihm, es liegt an den vielen Schulwechseln. Wir werden uns darum kümmern, dass Helmut den Stoff aufholt, den er braucht. Wir werden eine Zeitlang hier leben, mit ein bisschen Geduld und Spucke kriegen wir das schon hin mit dem Schulabschluss. Oder, Helmut?«

»So schlecht bin ich nicht in der Schule. Außer in Mathe.«

»Und in Schönschrift«, fügte Monika lachend hinzu.

Wolfgang schlang den Rest seiner Erbsensuppe hinunter

und reichte ihr den leeren Teller, den sie in die Waschschüssel legte. Dann sprang er auf und nahm seine Jacke.

Monika begann mit dem Abwasch, füllte ihre ungeliebte Rolle als Hausfrau aus. Sie blickte ihrem Bruder sehnsuchtsvoll hinterher, der genau wusste, dass sie nichts lieber tun würde, als ihn ins Rathaus zu begleiten. Die Baustelle zu sichten, über die alten Meister zu sprechen, die Arbeit vorzubereiten. Stattdessen musste sie spülen, putzen, einkaufen und sich um Helmuts Volksschulplatz kümmern.

Wolfgang schenkte ihr ein zerknirschtes Lächeln. Wenn es nach ihm ginge, könnte sie gern seinen Platz einnehmen. Doch mussten sie beide mit ihrer Rolle leben, die sie zu spielen hatten, ob es ihnen Vergnügen bereitete oder nicht.

»Wir sehen uns heute Abend«, sagte er. »Dann erzähle ich dir alles.«

Sie lächelte dankbar. »Ja, bis später.«

Auf dem Weg durch die Altstadtgassen fielen nicht viele Worte zwischen Wolfgang und seinem Vater. Der alte Herr marschierte entschlossen zum Rathaus, den Blick starr nach vorn gerichtet. Wolfgang wusste, mit Monika an seiner Seite gäbe es kein Schweigen, nicht bei einem so großen Auftrag. Doch was sollte er mit seinem Vater besprechen? Wenn es um Details der Arbeit ging, wurde schnell klar, dass er das Interesse nur vorgab. Wolfgang strengte sich an, das tat er wirklich. Er versuchte, sich in die Geheimnisse des Handwerks einzuarbeiten, in Materialien, Arbeitsweisen, Techniken. Doch am Ende vergaß er vieles wieder, daran war nichts zu ändern.

Schweigend betraten sie eine gewundene Gasse mit zahllosen Einkaufsläden. Verschachtelte aneinandergereihte Giebelhäuser, Erker und nach außen geöffnete Fensterchen, schiefe Dächer und rauchende Schornsteine. Es sah aus wie in einer Märchenlandschaft. Am Ende der Einkaufsstraße thronte weit sichtbar das Rathaus, wie bei einer Sichtachse in einem englischen Garten. Die Barockfassade leuchtete ihnen entgegen, der Turm ragte stolz hinauf, darüber nur der strahlend blaue Himmel. Doch auch dieser Ausblick wurde von den Männern mit keinem Wort gewürdigt.

Die düstere, abweisende Stimmung seines Vaters hellte sich erst auf dem Marktplatz auf. Am Brunnen entdeckte Wolfgang ein vertrautes Gesicht. Es war Johann Grote, ein Handwerksgeselle und Restaurator aus Braunschweig, ein Kollege also, der ihnen bei den Arbeiten im Rathaus assistieren würde. Ein netter Kerl, mit dem sie schon andere Projekte zusammen gestemmt hatten.

Wolfgang freute sich, ihn zu sehen, auch wenn die Freude einen schalen Beigeschmack hatte. Johann war alles, was sein Vater sich von einem Sohn wünschte. Fleißig, verlässlich und er arbeitete sorgfältig, ohne dabei je seine Gelassenheit und ruhige Hand zu verlieren. Ein hochgewachsener Bursche mit einer glänzenden Zukunft im Handwerk. Was hätte ein Sohn mehr sein können?

Mit einem Lachen trat sein Vater auf Johann zu und packte ihn an den Schultern.

»Mein Junge, was für ein Glück, dass wir diesen Auftrag ergattert haben. Jetzt zeigen wir den Herren mal, was ordentliches Handwerk ist.«

»Das machen wir. Wir werden eine gute Truppe sein.«

Er wandte sich an Wolfgang, begrüßte ihn herzlich und schien sich aufrichtig zu freuen, ihn wiederzusehen. Nach einem kurzen Wortwechsel traten sie in das Rathaus, wo die Auftraggeber auf sie warteten. Drei ältere Herren in Anzügen, mit Hüten, roten Wangen und zugeknöpften Mienen. Fehlten nur die qualmenden Zigarren, fand Wolfgang, dann wäre das Bild perfekt.

»Herr Hansen, willkommen in Lüneburg«, begrüßte einer der Herren seinen Vater. »Ich hoffe, Sie haben sich gut bei uns im Gesindehaus eingerichtet?«

Also war das der Stadtdirektor, Herr Doktor Priggen, dem das Patrizierhaus gehörte. Der Sohn der Matriarchin, die sie begrüßt hatte. Er hatte keinerlei Ähnlichkeit mit der jungen Frau am Fenster, doch das musste nichts bedeuten.

»Wir fühlen uns dort pudelwohl«, versicherte sein Vater. »Vielen Dank für die großzügige Unterstützung.«

»Es ist unser Beitrag an der Renovierung des Rathauses. Wir müssen die Kosten drücken, wo wir können. Und das Seitenhaus stand leer. So stolz wir auf unsere Kunstschätze sind, sie in Schuss zu halten, ist ein Fass ohne Boden. Wir werden noch viel Geld dafür ausgeben müssen. Wenn ich vorstellen darf, das ist Herr Professor Brügge, Landeskonservator aus Hannover, und Herr Eichelmann vom Stadtbauamt.«

Die beiden Männer nickten freundlich, der Landeskonservator lupfte den Hut.

»Und das muss Ihr Sohn sein«, sagte Herr Priggen und reichte Johann die Hand. »Der junge Mann, der einmal Ihr Nachfolger sein wird.«

Die peinliche Stille, die folgte, ließ sein joviales Lächeln gefrieren. Wolfgang räusperte sich.

»Ich bin der Sohn. Wolfgang Hansen, angenehm.«

»Natürlich. Entschuldigen Sie. Die Ähnlichkeit ist frappierend.« Sein Lachen klang ein bisschen künstlich, doch der verlegene Moment war damit überspielt.

Herr Priggen führte die Gruppe durch mittelalterliche Gewölbe, Innenhöfe und Treppenhäuser. Schließlich erreichten sie den Saal, in dem sie arbeiten würden, die Große Ratsstube.

Wolfgang blickte sich um. Die Holzschnitzarbeiten, die die Wände bedeckten, waren im Krieg ausgelagert und in den Fünfzigern sorgfältig wiederhergestellt worden. Die sauberen und frisch herausgeputzten Elemente standen im krassen Gegensatz zu der düsteren Decke, die unter Schichten von Ruß und Schmutz fast schwarz erschien.

An den Wänden hingen Ölgemälde mit allegorischen Darstellungen. Die Bilder waren von Daniel Frese, so viel wusste Wolfgang. Monika war ganz heiß auf die Gemälde des Renaissancemalers. Wenn sie denn als Frau im Handwerk arbeiten dürfte, hatte sie einmal gesagt, dann würde sie sich auf Ölgemälde spezialisieren. Das war, was sie am meisten begeisterte.

Wolfgang dagegen hätte man bis vor ein paar Tagen nicht fragen dürfen, wer Daniel Frese war. Was das anging, waren sie wahrlich ungleiche Geschwister.

Monika sollte hier sein und nicht er, dachte er. Sie sollte hier stehen und diese arrivierten Männer mit ihrem Wissen beeindrucken. Das wäre nur rechtmäßig. Stattdessen war er gezwungen, sich dem Theater auszusetzen.

Er versuchte, während der Besichtigungen ab und zu etwas zum Gespräch beizutragen, doch bald bemerkte er, dass es keinem auffiel, wenn er schwieg. Nach einer Weile stellte er sich ans Fenster und blickte hinaus auf den Ochsenmarkt, der sich seitlich des Rathauses befand. Menschen liefen umher und machten Besorgungen, eine Limousine rollte vorbei, dann klackerte ein Kohlenkarren übers Pflaster.

Vor dem Gerichtsgebäude entdeckte er einen Straßenmusiker, einen Clochard mit buntem Hut und wilder Mähne, der mit Trommeln auf dem Rücken, mit Schellen an den Beinen und einer Mundharmonika vorm Gesicht abwechselnd sang und spielte. Zu gern hätte Wolfgang das Fenster geöffnet, um ihm zuzuhören. Oder noch besser, seine Gitarre gepackt und sich danebengestellt. Er sah dem Clochard eine Weile zu, bis er bemerkte, dass er allein im Raum war. Die Herren waren verschwunden. Doch stand die Tür zum Treppenhaus offen, und er beeilte sich, ihnen zu folgen.

»Das ist ebenfalls eines der Fresebilder«, hörte er draußen den Stadtdirektor sagen. *»Der Sieg der Tugend über die Laster.«*

»Zumindest glaubt man, dass Daniel Frese es gemalt hat«, fügte der Stadtbaurat hinzu. »Ganz sicher ist man sich da nicht.«

»Das ist doch ein alter Streit«, erwiderte Priggen. »Nur weil er es nicht signiert hat. Wer soll es sonst gewesen sein? Daniel

Frese ist der Michelangelo von Lüneburg. Sonst kommt keiner infrage.«

Wolfgang holte auf. Keiner der Männer hatte sein Fehlen bemerkt. Er betrachtete das riesengroße Gemälde, vor dem sie stehen geblieben waren. Ein Aufzug mit zahllosen Figuren, wuchtig, überbordend, monumental, wie so vieles im Rathaus. Die Zeit hatte es verdunkelt und verbräunt, an einigen Stellen war es kaum zu erkennen. Aber dennoch wirkte es überwältigend.

»Wie auch immer«, sagte der Stadtdirektor. »Eine Schande, in welchem Zustand es ist. Aber was sollen wir machen? Wir haben kein Geld, alles gleichzeitig zu retten. Wir müssen nach und nach an die Sache rangehen.«

Wolfgang wusste, was er meinte. Das Bild war nicht nur von einem schmutzigen Film bedeckt. Teilweise war die Malschicht abgelöst, es gab leere Stellen im Bild. Möglich, dass sich Fäulnis breitgemacht hatte. Es brauchte dringend einen Restaurator, so viel war sicher. Bevor es unrettbar verloren war. Doch mehr konnte er mit seiner begrenzten Fachkenntnis dazu nicht sagen.

»Das lässt das Herz eines Restaurators bluten, nicht wahr?«, meinte der Stadtdirektor. »Dieses Gemälde in so einem Zustand zu sehen.«

Wolfgang begriff, dass er zu ihm sprach. Offenbar amüsierte ihn, wie versunken er in der Betrachtung des Gemäldes war, bloß zog er daraus die falschen Schlüsse.

»Eines Tages werden wir uns dieses Bild vornehmen, junger Mann. Aber zuerst geht es um die Deckenmalereien. Sie können es sicher kaum abwarten, morgen damit anzufangen. Habe ich recht?«

Er lachte schallend, und hinter ihm stand der Vater mit steinernem Gesicht. Wolfgang räusperte sich.

»Das stimmt«, sagte er. »Ich kann es kaum erwarten.«

»Was war das für ein Fresebild?«, wollte Monika wissen.

»Ich hab keine Ahnung, es war halt riesengroß. Es hing im Treppenhaus neben der Großen Ratsstube.«

»Und was war darauf abgebildet?«

»Ein Haufen Figuren, mehr weiß ich auch nicht.«

Sie verdrehte die Augen, nahm ihm die brennende Zigarette aus den Fingern, lehnte sich aus dem Fenster und inhalierte. Sich eine abendliche Zigarette zu teilen war ihr gemeinsames Ritual. Wolfgang, der auf der Fensterbank im Gesindehaus saß, zog die Beine an die Brust, damit Monika neben ihm Platz am Fenster fand.

»Du wirst es morgen selber sehen«, meinte er. »Wenn wir das Gerüst für die Deckenarbeiten aufbauen. Dann kannst du dir das Bild in Ruhe anschauen.«

Monika würde mitarbeiten, wie bei jedem Auftrag. Doch eine junge Frau auf der Baustelle wurde gemeinhin nicht gern gesehen, und ihr Vater ließ sie nur mitmachen, wenn ihre Aufgaben im Haushalt erledigt waren, zudem sollte es nicht an die große Glocke gehängt werden. Doch war sie praktisch auf der Baustelle aufgewachsen, als festes Mitglied der Mannschaft, und ohne ihre Mitarbeit war der Betrieb gar nicht denkbar.

»Ja, ich kann's kaum erwarten«, sagte sie und blies Rauch in den Hof. »Außerdem bin ich gespannt, den Zustand der Deckenfresken zu sehen. Ich war ja bei den Probearbeiten nicht dabei. Das ist so aufregend.«

»Aufregend.« Wolfgang lachte. »Du bist unverbesserlich.« Er fischte die Zigarette aus ihren Fingern. »Du solltest den Betrieb einmal übernehmen, nicht ich.«

»Du weißt genau, das geht nicht.«

»Nein? Ich finde, jeder sollte im Leben machen, wozu er am meisten Lust hat.«

»Ach ja? Und wozu hast du am meisten Lust?«

Er nahm einen tiefen Zug von der Zigarette, um Zeit zu gewinnen. Er sagte solche Sätze nur daher, meinte sie gar nicht ernst. Es spielte ohnehin keine Rolle, wozu er Lust hatte. Er würde den Betrieb übernehmen müssen und am besten vergeudete er seine Zeit nicht mit Träumereien.

»Du solltest etwas mit Musik machen«, sagte Monika.

»Das kannst du vergessen.«

»Wieso denn?«

»Ich bin nicht gut genug. So ist es nun mal.«

»Du bist mehr als gut.«

»Berufsmusiker haben viel mehr drauf als ich. Ich nehme ja nicht mal Unterricht.«

Er gab ihr die Zigarette und griff neben sich, wo seine Gitarre stand. Nahm sie vor die Brust und ließ einen Akkord erschallen. Monika wirkte verdrossen, doch sie widersprach nicht. Sie wusste, dass er recht hatte. Ein Berufsmusiker zu sein, dazu gehörte mehr als Talent. Es brauchte Förderung und Unterricht. Beides hatte er seit dem Tod ihrer Mutter nicht mehr erhalten.

Er spielte einen G-Dur-Akkord, gefolgt von einem E-Moll-Akkord, sah auf, lächelte.

»Weißt du noch, Monika, neulich in Köln im Kino?«

Er ließ die ersten Noten im Dreivierteltakt erklingen, und natürlich erkannte Monika das Lied sofort.

»Frühstück bei Tiffany«, rief sie.

»Genau. *Moon River.*«

»Was für ein wunderschöner Film das war. Wir sollten unbedingt häufiger ins Kino gehen. Es gibt eins hier in Lüneburg, wusstest du das?«

»Wir können ja mal sehen, was für Filme gezeigt werden. Sonst fahren wir nach Hamburg. Da haben wir die freie Auswahl.«

Er spielte weiter, doch unten in der Küche rief Helmut nach seiner Schwester. Monika sollte ihm bei den Hausaufgaben helfen. Sie seufzte, drückte die Zigarette säuberlich auf dem Fensterbrett aus und ließ sie mit spitzen Fingern in den Taschen der Kittelschürze verschwinden.

»Wir sehen uns später«, sagte sie und huschte davon.

Wolfgang spielte weiter. Als ihm bewusst wurde, dass Audrey Hepburn in dem Film genauso im offenen Fenster gesessen hatte, wie er es tat, musste er lächeln. Das Lied war kitschig, natürlich, trotzdem war es wunderschön.

»*Moon River*«, sang er und summte still weiter, da er den Text nicht kannte. Ließ die Klänge über den Hof in den Himmel schallen.

Über ihm tauchte ein Kopf im Fenster auf. Blonde, hochtoupierte Haare, kirschroter Lippenstift. Später wäre Wolfgang endlos stolz auf sich, nicht vor Schreck die Gitarre fallen gelassen zu haben. Er spielte weiter, trotz der Aufregung.

»*Wherever your're going, I'm going your way*«, sang sie am offenen Fenster, und ihre Stimme war gar nicht so schlecht. Zwei Dinge wurden ihm bewusst: Sie sprach Englisch, und sie beherrschte den Text des Liedes. Konnte es sein, dass sie sich ohne Grund in einem Hinterhof in Lüneburg trafen? Es fühlte sich an wie Bestimmung.

Er spielte weiter, sie sang, und beide lächelten einander zu. Als das Lied zu Ende war, lehnte sie sich weit aus dem Fenster und rief: »Das war wunderschön!«

»Du bist wunderschön«, rief er zurück, es rutschte ihm so heraus, woraufhin sie laut auflachte. Wahrscheinlich lachte sie ihn aus, doch das störte ihn nicht.

»Ich bin Wolfgang«, rief er hinauf.

»Hallo, Wolfgang. Ich heiße Helga.«

Sie winkte, dann verschwand sie im Zimmer und schloss das Fenster hinter sich. In den Scheiben spiegelte sich der Himmel, sonst war nichts zu sehen.

Helga. Nun kannte er ihren Namen.

Was für eine seltsame Wendung der Ereignisse, dachte er. Zuerst schien ihm Lüneburg nur eine weitere langweilige Station zu sein, an der ein blöder Auftrag auf sie wartete. Doch wer wusste schon, vielleicht stand ihm unerwartet ein großartiges Jahr bevor, hier in Lüneburg.

Kapitel sechs

Heute

Der Taxifahrer fluchte und drückte wütend auf die Hupe.

»Jetzt macht schon! Was soll das denn?«

Eine Reihe von Taxen staute sich vor dem Hamburger Hauptbahnhof. Ohne erkennbaren Grund ging es weder vor noch zurück, überall wurde geschimpft und gehupt.

Wolfgang blickte nachdenklich über den Bahnhofsvorplatz. Alles war voller Menschen. Grelle Werbebanner leuchteten, Punks mit Hunden hatten ihr Lager aufgeschlagen, und Rollkoffer ratterten über das Pflaster.

»Jetzt bewegt euch, verdammt«, brüllte der Taxifahrer.

»Vielen Dank, ich steige hier aus«, sagte Wolfgang. »Die letzten Meter laufe ich.«

Er bezahlte den Fahrer, gab ein großzügiges Trinkgeld und trat auf den Bürgersteig. Das Taxi machte eine waghalsige Wendung und fuhr mit quietschenden Reifen davon. Er blieb allein zurück. Fühlte sich etwas verloren vor dem großen Bahnhofsgebäude.

Wann war er das letzte Mal mit dem Zug gefahren? Das musste Jahrzehnte her sein. Er war immer stolz gewesen auf seinen jeweiligen Mercedes, stets das neueste Modell. Er hatte es geliebt, auf den Autobahnen durchs Land zu jagen und dabei per Freisprechanlage mit Geschäftspartnern zu verhandeln. Züge, die waren für ihn etwas für arme Leute. Dieses Gefühl wurde er nicht los, obwohl er es längst besser wusste. Und weil er der Armut seiner Kindheit im ausgebombten Köln entkommen war und die ärmliche Jugend als fahrender Handwerker hinter sich gelassen hatte, wollte er danach nie wieder in einem Zug sitzen.

In den letzten Jahren war es jedoch mit seinen Augen schlechter geworden, und vor ein paar Monaten hatte ihm sein Arzt schweren Herzens verkündet, dass er den Führerschein abgeben müsse. Es sei nicht mehr länger zu verantworten, sich hinters Steuer zu setzen.

»Opa!«, rief es über den Platz. »Ich bin hier.«

Sein Enkel Lucas stand neben dem Bahnhofseingang, breit grinsend und mit einem Skateboard unterm Arm. Er setzte das Board auf dem Boden ab und rollte zu ihm herüber.

»Ein merkwürdiger Anblick, du hier auf dem Platz«, lachte er. »Du siehst aus, als wärst du von Außerirdischen entführt worden.«

»Nur weil ich mit dem Zug fahren will? Ich komme aus einfachen Verhältnissen, vergiss das bitte nicht.«

Trotzdem blickte er sich unbehaglich um. Der Lärm, die Hektik und die vielen Menschen überforderten ihn.

»Aber du hast schon recht. Ein Glück, dass du da bist. Wo müssen wir denn hin?«

»Komm mit«, sagte Lucas gut gelaunt. »Keine Sorge, ich führe dich sicher durch diese fremde Zivilisation.«

Wolfgang machte ein griesgrämiges Gesicht, doch insgeheim gefiel ihm die Respektlosigkeit seines Enkels. In seinem Job würde keiner wagen, so mit ihm zu sprechen. Doch Lucas hatte nie was anderes in ihm gesehen als seinen lustigen Opa, der eben manchmal etwas schwer von Begriff war. Eine angenehme Abwechslung.

»Ich finde das so cool, dass wir zusammen wegfahren, Opa. Ich wäre ja auch mit dir nach Spanien oder Italien gefahren, aber wenn du meinst, dann halt in die Lüneburger Heide.«

»Eigentlich ist es hauptsächlich Lüneburg, wo wir sein werden. Aber wir können gern einen Ausflug in die Heide machen, wenn du das willst.«

»Ach, ist mir eigentlich egal. Wir machen einfach einen drauf, oder, Opa?«

Wolfgang war nicht sicher, ob Lucas einen Witz machte. Er hoffte nur, der Junge würde sich auf ihrer gemeinsamen Reise nicht zu sehr langweilen.

»Es ist schön, dass du mich begleitest. Ich hoffe, du bereust das nicht, mit einem alten Opa *abzuhängen.*«

»Quatsch. Ist doch lustig. Vor allem auf die Hotelsuite freue ich mich. Voll dekadent. Obwohl ich nicht verstehe, warum wir abends nicht wieder zurückfahren und in Hamburg schlafen.«

»Wir treffen uns mit deiner Großcousine zum Abendessen. Warum sollen wir nicht über Nacht bleiben, wenn wir vor Ort alle Bequemlichkeiten haben?«

»Ganz genau. Das sage ich auch immer.« Doch an seinem Grinsen erkannte Wolfgang, dass sein Enkel ihn auf den Arm nahm. »Da, auf dem Gleis wartet schon unser Zug. Komm, Opa.«

Sie drängten sich durch die Menschenmassen und stiegen in den Zug. Er hatte erste Klasse gebucht, was für die kurze Strecke im Intercity vielleicht übertrieben war, aber Wolfgang wollte es sich so angenehm wie möglich machen, wenn er diese Fahrt schon antrat. Lucas verstaute die beiden Reisetaschen auf der Kofferablage.

»Und du hast damals ein ganzes Jahr in Lüneburg gewohnt?«, fragte er, als er Platz genommen hatte und sich der Zug langsam in Bewegung setzte.

»Sogar etwas länger als ein Jahr. Aber das ist schon ewig her. 1961, du lieber Himmel. Fast sechzig Jahre.«

»Du warst damals zwanzig, oder? So alt wie ich.«

»Und frisch gebackener Handwerksgeselle. Wir haben in einem Hinterhof gewohnt, in einer Art Remise. Wenn man sich heute vorstellt, wie beengt das war …«

»Hattest du damals ein Mädchen in der Stadt?«

Die Frage überrumpelte Wolfgang. Er betrachtete seinen Enkel, mit den modischen Klamotten, den teuren Turnschuhen, dem Skateboard und der Frisur, die er genauso trug, wie er es wollte. Ihre Leben ließen sich schwer vergleichen. Lucas wusste nicht, wie es gewesen war in der gesellschaftlichen Enge der sechziger Jahre.

»Es waren andere Zeiten«, sagte er. »Das Leben früher … das ist nicht zu vergleichen.«

»Du meinst, früher hatte man kein Mädchen?«

»Du fragst Sachen.«

»Wenn du so rumdruckst, dann hattest du eins. Wusste ich's doch. War das Oma? Oder kam die später? Mit wem warst du zusammen?«

»Ich sage kein Wort mehr. Nicht zu dem Thema. Nur noch im Beisein meines Anwalts.«

Lucas lachte. Es war angenehm, eine so fröhliche Begleitung an der Seite zu haben. Das machte es einfacher, nach Lüneburg zurückzukehren, in eine Vergangenheit, von der er geglaubt hatte, sie für immer hinter sich gelassen zu haben. Er fragte sich, ob die Reise nicht doch ein Fehler war.

»Zeigst du mir später, wo ihr damals gelebt habt?«, fragte Lucas. »Den Hinterhof?«

»Wenn das Haus noch steht, ja. Wir werden sehen, was sich verändert hat.«

»Cool. Wir machen so einen richtigen Vergangenheitstrip. Mama hat erzählt, ihr hattet damals nur einen Lastwagen. Da waren eure Werkzeuge drauf und alles, und damit seid ihr von Auftrag zu Auftrag gefahren. Das stelle ich mir total krass vor.«

»Wir hatten später auch eine Werkstatt. In der Nähe von Köln. Vorher haben wir überall gewohnt, wo es billig war und wo wir arbeiten konnten.«

»Dann habt ihr ständig neue Leute kennengelernt. Immer on the road. Krass.«

»Ganz so romantisch war es nicht. Wir sind rumgekommen, ja. Aber ich hätte als Kind gern ein richtiges Zuhause gehabt.«

»Wie kommt es, dass du seit sechzig Jahren nicht mehr in Lüneburg warst? Das ist doch nur ein Steinwurf von Hamburg entfernt.«

Die Frage mochte naheliegend sein, die Antwort war aber kompliziert, und der Zugführer, der sich in diesem Moment über Lautsprecher meldete, ersparte sie Wolfgang. Die nächste Station war Lüneburg. Mit dem Intercity hatte die Fahrt keine halbe Stunde gedauert. Nur ein Wimpernschlag, und sechzig Jahre waren weggewischt.

Lucas kümmerte sich um das Gepäck, während Wolfgang den Blick schweifen ließ. Die Turmspitze von St. Johannis, der Wasserturm, dann versperrten Bäume und Mietshäuser die Sicht. Im Bahnhof gab es moderne Ladengeschäfte, es duftete nach Kaffee und Brötchen.

»Sollen wir uns ein Taxi nehmen?«, fragte Lucas.

»Es sind nur ein paar Meter, das ist nicht nötig. Komm, ich zeig dir den Weg.«

Rund um den Bahnhof hatte sich eine Menge verändert, doch zu Fuß waren es nur ein paar Minuten bis zum Lösegraben und zur Ilmenau, und dort begann die historische Altstadt, wo vieles noch wie damals aussah, wie Wolfgang schnell feststellte. Aber die Häuser waren hübscher und herausgeputzter als früher. Wo früher halb verfallene Dächer und mit Brettern zugenagelte Fenster waren, wirkte heute alles wie aus dem Ei gepellt. Ein Panorama prächtig erhaltener mittelalterlicher Häuser, wie auf einer Postkarte.

»Hier sieht es echt so aus wie bei *Rote Rosen*«, kommentierte Lucas, als sie den Alten Kran im Lüneburger Hafen erreichten.

Wolfgang blickte irritiert. »Rote Rosen?«

»Die Telenovela, die in der ARD läuft. Kennst du die nicht? Mama guckt die ständig. Die spielt hier in Lüneburg.«

»Das wusste ich gar nicht.«

»Weil du nachmittags kein Fernsehen guckst. Aber weißt du, das Hotel, in dem wir untergekommen sind, spielt in der

Telenovela eine Hauptrolle. Da heißt es Hotel ›Drei Könige‹. Mama war ganz aus dem Häuschen, als sie gehört hat, dass wir dort wohnen. Sie meinte, ich soll unbedingt ein paar Fotos mit dem Handy machen. Wir nächtigen nämlich quasi in den Kulissen. Krass, oder?«

»Ja«, sagte Wolfgang und ließ den Blick schweifen. »Krass.«

Die Erinnerungen kehrten zurück. Das alte Brauhaus, das Pons, die Lüner Straße, die von gedrungenen Häusern gesäumt nach einigen Metern hinter einer Kurve abtauchte. Nicht weit von hier war das Patrizierhaus, in dem die Familie Priggen damals gelebt hatte. Ob sich dort viel verändert hatte? Er wollte es unbedingt sehen, und es war nur ein paar Meter entfernt. Doch stellte er fest, dass er diesen Weg allein gehen wollte. Dieser Erinnerung musste er sich ohne seinen Enkel stellen. Zumindest vorerst.

»Bring doch das Gepäck schon mal in die Suite. Ich komme gleich nach, ja? Ich möchte kurz …«

Lucas legte den Kopf schief. Er schien zu begreifen, was los war. »Geht klar, Opa«, sagte er nur. »Wir sehen uns gleich. Ich probier schon mal den Zimmerservice aus.«

Er nahm die beiden Reisetaschen und sein Skateboard und schleppte alles am Hafen entlang, zu ihrem Hotel. Wolfgang spazierte am Brauhaus vorbei und auf St. Nicolai zu, die kleinste der drei Hauptkirchen der Stadt. Dann bog er in die vertraute Gasse ein.

Es war, als würde er durch ein Zeitfenster treten. Das Patrizierhaus sah fast unverändert aus. Die Fassade war restauriert, die Steinfassungen frisch getüncht. Leicht geblendet vom Sonnenlicht glaubte Wolfgang, zurückgekehrt in die sechziger Jahre zu sein. Er wurde überwältigt von Bildern, Stimmen, Erinnerungen. Er musste sich an einer Wand stützen und tief Luft holen, um die aufbrechenden Emotionen unter Kontrolle zu halten.

Lüneburg. Hätte man ihn gefragt, was seine stärkste Erinnerung sein würde, wenn er zurückkehrte, hätte er bestimmt

Helga genannt. Das Fenster im Gesindehaus, von wo aus er sie beobachtet hatte. Sein heftiges Verliebtsein. Alles, was danach für sie beide gefolgt war.

Doch stattdessen musste er an Monika denken. An seine kleine Schwester. An die Zeit, die sie als reisende Handwerker miteinander verbracht hatten. Dies war die letzte gemeinsame Station gewesen. Die Remise im Hof dieses Patrizierhauses. Danach hatten sich ihre Wege getrennt. Hier waren sie endgültig erwachsen geworden.

Sie waren zwar in Kontakt geblieben, hatten sich mehrmals im Jahr mit ihren Familien besucht. Doch es war nie mehr wie zuvor gewesen. Abends zusammen am offenen Fenster zu sitzen, sich Zigaretten und Geheimnisse zu teilen, das war zuletzt hier passiert.

Seit acht Jahren war Monika schon fort. Seit der Krebs sie besiegt hatte. Und immer noch fehlte sie ihm. Er wünschte, er könnte diese Zeit zurückholen. Könnte noch einmal mit ihr im Gesindehaus im Fenster sitzen und rauchen und über Gott und die Welt reden. Doch egal, was der Besuch in Lüneburg für ihn bereithalten würde, dieser Möglichkeit war er für immer beraubt.

Kapitel sieben

Lucas sang lautstark unter der Dusche, als Wolfgang die Suite betrat. Sein Gesang drang mit dem Rauschen des Wassers durch die verschlossene Badezimmertür. Wolfgang erkannte mit einem Blick, dass sein Enkel die wenige Zeit allein im Hotel genutzt hatte, um die Suite in ein Chaos zu verwandeln. Decken lagen herum, die Tür der Minibar stand offen, Erdnüsse und Cola waren über das Sideboard verteilt, der Fernseher lief und die Vorhänge am Fenster hingen seltsam schief.

Mit einem Kopfschütteln schloss er die Tür der Minibar, stellte den Fernseher aus und zog die Decke zurück auf das Kingsize-Bett. Dann legte er seinen Mantel ab und nahm auf der Couch Platz, um sich von der Fahrt und dem Spaziergang zu erholen. Die Beine machten sich bemerkbar, er wurde langsam alt. Mit einem Lächeln korrigierte er sich: Er *war* alt.

Das Wasser wurde abgestellt, begleitet von Pfeifen und Flöten purzelten Gegenstände in das Waschbecken, es rumste und polterte. Kurz darauf trat Lucas in dem weißen, flauschigen Bademantel des Hotels herein.

»Opa, da bist du ja«, begrüßte er ihn. »Ich habe es mir schon mal gemütlich gemacht.«

»Ja, das war nicht zu übersehen.«

»Der Bademantel ist total super. Was meinst du, darf ich den behalten?«

»Behalten? Natürlich nicht.«

Er schüttelte den Kopf.

»Du benimmst dich, als wärst du ein Rockstar.«

»Ich frag ja nur. Ich war noch nie in so einem schicken Hotel. Was weiß ich, wie das hier funktioniert.«

»Stell dir vor, du bist bei vornehmen Leuten zu Besuch und willst nicht unangenehm auffallen.«

»Okay, verstehe. Aber an der Minibar darf ich mich schon bedienen, oder?«

»Natürlich«, sagte Wolfgang, der fand, dass dies nicht der rechte Moment war, um knauserig zu sein.

Lucas fischte sich einen Schokoriegel heraus und warf sich im Bademantel aufs Bett.

»Hast du schon mit Jordis gesprochen?«, fragte er.

»Noch nicht. Sie ist bestimmt im Rathaus bei der Arbeit. Aber wir sind um acht verabredet. Sie wird uns rechtzeitig sagen, wo das Restaurant ist.«

»Und was willst du bis dahin unternehmen? Wir haben noch eine Menge Zeit.«

Am liebsten würde er sich einen Moment hinlegen. Doch von der Idee wäre sein Enkel sicher nicht begeistert.

»Möchtest du dir die Stadt ansehen, Lucas? Oder lieber ein Museum?«

»Ach so. Ich dachte eher … Opa, hier gibt's einen riesigen Wellnessbereich. Mit Pool, Sauna, Fitnessraum, alles. Da dürfen wir als Hotelgäste überall rein. Ist das nicht krass?«

»Also gut. Was hältst du davon, wenn wir uns die Stadt morgen früh ansehen, und heute erkundest du den Wellnessbereich?«

»Ist das dein Ernst?«

»So wie ich hier stehe.«

»Und was ist mit dir? Willst du nicht mitkommen?«

»Ich ruhe mich ein bisschen aus. Das kommt mir ganz gelegen. Geh doch runter und sieh dir alles an.«

Lucas betrachtete ihn, als würde er sich fragen, ob er seinen Opa allein lassen konnte. Natürlich hatte er Spaß auf diesem Trip mit ihm, aber er ahnte schon, dass er insgeheim für die Abteilung *Gute Laune* zuständig war. Dass es nicht leicht für

Wolfgang war, sich den Dämonen der Vergangenheit zu stellen, und er deshalb seinen Enkel eingeladen hatte mitzukommen.

»Keine Sorge, ich komme klar«, beeilte Wolfgang sich zu sagen. »Ich muss nur meinen Mittagsschlaf nachholen. Komm du erst in mein Alter, dann wirst du sehen, wie wichtig so was wird.«

»Meinetwegen, dann leg dich hin. Ich guck in der Zwischenzeit, was da unten abgeht.«

Er zog sich T-Shirt und Hose über und schlüpfte in seine Turnschuhe.

»Meinst du, ich kriege da unten eine Badehose, Opa? Auf die Idee, eine mitzunehmen, bin ich nicht gekommen.«

»Bestimmt. Sag ihnen, sie sollen es auf die Zimmerrechnung draufschlagen.«

»Danke, Opa. Sehr cool.«

Damit verschwand er aus der Suite. Die Tür schloss sich mit einem satten Geräusch, und Wolfgang war allein im Raum.

Er atmete durch. Lüneburg. Die Stille lastete auf ihm. Er fühlte sich unwohl. Dabei war er eben erst angekommen. Es würden noch viele Erinnerungen auf ihn warten.

Es klopfte an der Tür. Zuerst glaubte er, Lucas hätte etwas vergessen. Doch es war der Zimmerservice mit seinem Kaffee. Vorhin, auf dem Weg nach oben, hatte Wolfgang darum gebeten, ihm eine Tasse zu bringen.

Er nahm sie dankend entgegen, öffnete das Fenster und betrachtete das Geschehen in den Ausflugslokalen an der Uferpromenade. Dann machte er es sich auf der Couch gemütlich, nippte an der Kaffeetasse, dachte nach. Von draußen drangen Geräusche herein, ferne Unterhaltungen, verhaltenes Lachen, klirrende Teller, Fahrradklingeln. Sie machten ihn schläfrig. Er lehnte den Kopf an und schloss die Augen.

Wie sich wohl alles entwickelt hätte, fragte er sich, wären sie damals nicht nach Lüneburg gekommen? Was wäre aus ihnen geworden? Ob sie einen ähnlichen Lebensweg eingeschlagen hätten, ohne die Ereignisse in dieser Stadt? Irgendwie konnte er sich das nicht vorstellen. Die Jahre 1961 und 1962 waren zu entscheidend gewesen.

Ein leises Knattern mischte sich unter die Geräusche der Straßencafés. Es klang vertraut, und es dauerte eine Weile, bis Wolfgang begriff, woher er es kannte. Es war das Knattern des alten Hanomag Kurier, ihres Lastwagens, des ganzen Stolzes seines Vaters. Er sah ihn über das Kopfsteinpflaster holpern, durch die engen Gassen der Altstadt, und schließlich am Patrizierhaus der Priggens vorbeifahren, wo Wolfgang in der Toreinfahrt stand und ihm, mit der Hand schützend über den Augen, entgegenblickte. Doch der taubenblaue Pritschenwagen fuhr am Haus vorbei, war schwer bepackt, offenbar verließ er die Stadt. Wolfgang lief auf die Straße, winkte hinterher, rief, sie sollen warten, doch der Wagen fuhr weiter. Da wurde die Plane an der Ladefläche hochgeschlagen und Monikas Kopf tauchte auf. Eine achtzehnjährige Frau, die zupacken konnte. Ein bisschen Liselotte Pulver, ein bisschen Audrey Hepburn. Mit einem schwarzen Pony, der ihr in die Stirn fiel, und mit großen bernsteinfarbenen Augen, die schreckensstarr zu ihm herausblickten.

»Wolfgang! Beeil dich«, rief sie.

»Aber …«

»Sonst fahren wir ohne dich.«

Er spurtete los, dem Hanomag hinterher, rannte, so schnell er konnte, über das Kopfsteinpflaster.

»Wolfgang, lauf schneller«, rief Monika, die ihren Arm aus dem Lastwagen streckte und versuchte, nach seiner Hand zu greifen.

Er rannte und rannte, und einen Moment lang sah es so aus, als würde er Monikas ausgestreckte Hand ergreifen können. Doch sie verfehlten sich, der Hanomag beschleunigte, und der Abstand zwischen ihnen wurde immer größer, bis das Letzte, was er sah, Monikas schreckensweite Augen waren, die an einer Straßenecke hinter den mittelalterlichen Backsteinhäusern verschwanden. Er war zu langsam gewesen.

Das Klingeln seines Handys weckte ihn. Er schreckte auf, brauchte einen Moment, um sich zu orientieren. Ein angenehm kühler Windhauch wehte durchs Fenster herein. In den Straßencafés war es ruhiger geworden, die Sonne war weitergewandert. Er hatte keine Idee, wie lange er geschlafen hatte.

»Hansen«, meldete er sich am Apparat.

»Hier auch Hansen.« Es war Jordis. »Bist du in Lüneburg, Onkel Wolfgang?«

»Wir sind heute Nachmittag angekommen. Lucas erkundet gerade den Wellnessbereich. Ich glaube, er findet Geschmack am Luxus hier.«

»Das kann ich mir vorstellen«, lachte sie. »Das ist mal was anderes als ein Sechserzimmer im Hostel. Oder Zelten auf dem Campingplatz.«

»Er ist ein guter Junge. Ich bin froh, dass er mitgekommen ist.«

»Ich habe einen Tisch in einem Restaurant am Markt reserviert. Wir sehen uns dann um acht? Ich habe eine kleine Überraschung für dich, aber mehr verrate ich nicht.«

»Da bin ich gespannt. Also um acht.«

Wolfgang beendete das Gespräch, dann erhob er sich von der Couch und reckte sich. Er sah auf die Uhr. Lucas hätte längst zurück sein müssen. Er würde das Abendessen glatt vergessen, wenn der Fitnessraum nach seinen Vorstellungen war. Besser, er erinnerte ihn an ihre Verabredung, sagte er sich, und verließ das Zimmer, um den Wellnessbereich aufzusuchen.

❧ ❧

Eine Stunde später machten sie sich auf den Weg zu dem Treffen. Sie bummelten ein wenig durch die Altstadt, doch Wolfgang vermied es, am ehemaligen Haus der Priggens vorbeizugehen. Er würde es Lucas später zeigen. Links und rechts des Weges gab es genügend zu sehen und ausreichend Geschichten zu erzählen.

Sie landeten wieder einmal vor dem Rathaus mit seiner erneuerten Fassade aus dem 18. Jahrhundert.

»Unser Restaurant müsste dort vorn sein«, sagte Wolfgang und deutete auf eines der Giebelhäuser, die den Marktplatz säumten. »Komm, sehen wir mal nach.«

Der Kellner führte sie in den Keller des Gebäudes, wo in einem Backsteingewölbe ein Gastraum eingerichtet war. Das Gewölbe war indirekt ausgeleuchtet und mit bunt zusammengewürfelten Möbeln und einer gefliesten Bar bestückt, was gleichzeitig modern und uralt wirkte.

»Cool hier, oder, Opa?«, meinte Lucas.

Das fand Wolfgang auch. Er ließ sich von dem Kellner den Tisch zeigen, und sobald sie sich setzten, brachte er ihnen die Speise- und die Cocktailkarte und fragte nach einem Aperitif.

»Einen was?«, fragte Lucas erstaunt.

»Einen Aperitif«, wiederholte der Kellner. »Vielleicht einen Campari-Orange? Oder einen Gin-Fizz?«

»Campari-Orange klingt cool«, erwiderte Lucas mit breitem Grinsen. »Den nehm ich. Was ist mit dir, Opa?«

Wolfgang schenkte ihm einen skeptischen Blick. Wollte der Junge schon vor dem Essen Alkohol trinken?

»Was denn?«, protestierte Lucas. »Du hast gesagt, ich darf bestellen, was ich will.«

»Meinetwegen.« Wolfgang warf dem Kellner einen ergebenen Blick zu. »Ich schließe mich an.«

»Zwei Campari-Orange, wie Sie wünschen.«

Er nahm die Cocktailkarten und kehrte zurück zur Bar.

Da tauchte Jordis im Gastraum auf, stand mit suchendem Blick im Raum und lenkte wie üblich alle Augen auf sich. Sie sah umwerfend aus in ihrem eleganten Sommerkleid, mit den hochgesteckten Haaren und ihren wasserblauen Augen. Obwohl sie blond und blauäugig war, ähnelte sie ihrer Großmutter. Sie hatte eine gewisse Art von burschikoser Eleganz, die Monika ebenfalls besessen hatte. In ihrem Schlepptau war ein gut aussehender Mann. Wolfgang fragte sich, ob sie einen neuen Freund hatte. War das die Überraschung, von der sie gesprochen hatte?

Er hob die Hand, um auf sich aufmerksam zu machen, und erhob sich von seinem Platz. Jordis trat vor, umarmte ihren Großonkel und begrüßte Lucas mit Handschlag, dann deutete sie auf ihre Begleitung.

»Das ist Doktor Adler vom Denkmalamt«, stellte sie den Herrn vor. »Er ist Historiker, er betreut die Arbeiten im Rathaus. Ich hab ihm davon erzählt, dass du zu Besuch kommst, Onkel Wolfgang.«

»Ich will gar nicht lange stören, Herr Hansen. Das ist ein Familientreffen, das weiß ich.«

»Er will dir nur was zeigen. Ich habe doch gesagt, es gibt eine Überraschung. Herr Adler hat etwas mitgebracht.«

»Setzen Sie sich doch«, sagte Wolfgang. »Jetzt bin ich aber gespannt.«

Im gedämpften Licht des Gewölbes setzte er sich an den Tisch. Die Nebentische füllten sich, und überall wurde geplaudert und getrunken. Der Historiker zog eine Dokumententasche hervor.

»Sehen Sie mal«, sagte er und kramte ein paar Papiere hervor. »Das habe ich heute im Archiv gefunden, nachdem ich mit Frau Hansen gesprochen habe.«

Er legte den Abzug eines Schwarz-Weiß-Bildes auf den Tisch. Es war von der Baustelle. *Januar 1962 in der Großen Ratsstube*, war mit Kugelschreiber am Rand vermerkt worden. Sie standen auf dem Gerüst unter den Deckenmalereien, und sie waren alle versammelt: sein Vater und er, Helmut und Monika, sogar Johann, der Geselle, war mit von der Partie. Wolfgang konnte sich gar nicht erinnern, wann dieses Foto geschossen worden war. Oder zu welchem Zweck. Doch es war einer der wenigen Tage, wo alle gleichzeitig auf der Baustelle waren.

»Hier sind noch ein paar Artikel von damals«, sagte der Historiker und schob ihm sichtlich stolz seine Funde herüber.

»Aus der Lüneburger Landeszeitung. Ich dachte, das könnte Sie interessieren.«

Wolfgang ließ einen Blick über die Fotokopien der Artikel schweifen. Er hatte wenig Lust, sie zu lesen.

»Bist du das, Opa?«, fragte Lucas und deutete auf das Foto aus der Großen Ratsstube. »Der coole Typ mit der Lederjacke?«

»Das bin ich, jawohl. Da war ich zwanzig.«

»Du sahst total super aus.«

Amüsiert fragte Wolfgang: »Du klingst so überrascht?«

»So meine ich das nicht. Aber mal im Ernst. Du siehst aus wie James Dean oder so.«

»Na, das ist ein bisschen übertrieben.«

Es lag an seinem Outfit. Bluejeans, weißes T-Shirt und Lederjacke. Es war zeitlos, selbst heute sah man junge Leute, die sich so anzogen. Außerdem war es die Uniform der halbstarken Leinwandhelden seiner Zeit. Und natürlich hatte er sich die Pose damals abgeguckt vom Film *… denn sie wissen nicht, was sie tun.*

Lucas nahm das Foto und betrachtete es genau.

»Und deine Haartolle, die sieht aus wie die von Elvis. Hattest du damals ein Motorrad? Ich kann mir das super vorstellen, wie du mit diesen Klamotten auf einem Motorrad durch die Gegend fährst.«

»Ich war froh, dass ich mir eine Gitarre leisten konnte«, lachte Wolfgang. »Ein Motorrad war unerreichbar.«

Er bemerkte, dass Jordis und der Historiker ihn erwartungsvoll beobachteten. Er besann sich, beinahe hätte er die Höflichkeit vergessen.

»Das ist eine schöne Überraschung«, sagte er. »Damit hätte ich nicht gerechnet. Ich werde mir die Zeitungsartikel später im Hotel in Ruhe ansehen.«

»Du hast früher bestimmt eine Menge Frauen gehabt«, sagte Lucas mit dem Foto in der Hand. »Jetzt macht alles Sinn.«

»Was macht Sinn?«, fragte Jordis amüsiert.

»Opa Wolfgang hat hier eine Freundin gehabt, in Lüneburg«,

klärte Lucas sie auf. »Aber er will nicht darüber sprechen. Es soll ein Geheimnis bleiben.«

Jordis lachte. »Du bist ganz schön frech.«

»Nein, es stimmt. Ich schwöre. Ich weiß nur nicht, wer es ist. Aber das kriege ich noch raus.«

»Na, dann viel Erfolg«, meinte Jordis gut gelaunt.

Der Historiker, dieser Doktor Adler, stand auf und verabschiedete sich. Wolfgang versuchte, ihn zu überreden, gemeinsam mit ihnen zu essen. Doch er bestand darauf, die Familie unter sich sein zu lassen.

»Möglich, dass wir uns morgen im Rathaus wiedersehen, Herr Hansen. Doch für heute wünsche ich einen schönen Abend.«

Der Kellner brachte Jordis die Speisekarte, und Wolfgang nutzte die Gelegenheit, Fotos und Artikel zur Seite zu legen. Es war sicher gut gemeint, das alles aus dem Archiv herauszusuchen, doch er wollte sich lieber nicht damit beschäftigen.

»Jetzt erzähl von der Arbeit im Rathaus, Jordis. Wie geht es voran?«

»Wir sichten noch die Schäden. Überlegen, wie wir die Sache angehen. Es ist schon faszinierend. Die Ursula als Schutzheilige mitten im Lüneburger Rathaus. Mit so was rechnet man nicht.«

»Wieso denn nicht?«, fragte Lucas verständnislos.

»Na, weil es eine evangelische Stadt ist«, sagte Wolfgang.

»Ja, und weiter?«

Wolfgang schüttelte den Kopf.

»Es ist eine katholische Heilige. Bei den Protestanten gibt es die Heiligenverehrung nicht. Das wusstest du doch?«

»Woher soll ich wissen, dass Lüneburg nicht katholisch ist?«, verteidigte Lucas sich.

Jordis lachte, aber der Junge verstand nicht weshalb.

»Und warum ist die jetzt im Rathaus?«, fragte er.

»Wegen der Sankt-Ursula-Nacht 1371«, sagte Jordis. »Die Nacht des 21. Oktobers, ihres Heiligengedenktages.«

»Das muss ich jetzt aber nicht wissen, oder?«

»In dieser Nacht wollte das Fürstentum Braunschweig die Stadt einnehmen. Die Lüneburger sollten ihre Selbstverwaltungsrechte verlieren, vor allem das Salinenrecht, was für die Salzstadt so was wie das Recht zum Gelddrucken war. Die fürstlichen Truppen waren in der Überzahl und haben nachts die Stadt überfallen. Aber die Lüneburger haben sich heldenhaft gewehrt. Mithilfe von Listen haben sie das Blatt gewendet. Und schließlich ihre Stadt behauptet, und damit das Selbstbestimmungsrecht. Deshalb wird die heilige Ursula immer noch gefeiert und geehrt wie eine Schutzheilige, auch wenn die Lüneburger protestantisch sind, eben weil der Tag des Sieges der Tag der Ursula war.«

»Am Ende weiß man eben, wem man seinen Reichtum verdankt«, fügte Wolfgang augenzwinkernd hinzu.

Lucas wandte sich wieder der Speisekarte zu, ihm reichte es wohl mit Religion und Geschichte.

»Du musst mich unbedingt besuchen kommen, Onkel Wolfgang«, sagte Jordis. »Am besten am Vormittag.«

»Mal sehen. Ich wollte Lucas morgen die Stadt zeigen. Und später fahren wir zurück nach Hamburg. Ob wir da noch ins Rathaus kommen …«

»Du *musst* vorbeikommen! Ich bestehe darauf. Ich möchte doch, dass du mich in der Gerichtslaube besuchst. Du könntest meinen Mitarbeiter kennenlernen. Du weißt schon, Florian, ich habe dir viel von ihm erzählt.«

»Wir könnten uns in der Nähe zum Mittagessen treffen.«

»Aber … ich verstehe dich nicht, Onkel Wolfgang. Du willst doch sicher das Fresebild sehen. *Die Verleumdung des Apelles.* Ich habe es heute noch betrachtet und musste an euch denken. Wir ihr es restauriert habt. Es ist immer noch in gutem Zustand. Das war tolle Arbeit, die ihr geleistet habt.«

»Es ist nichts so Besonderes gewesen. Ein ganz normaler Auftrag. Ich würde das nicht überbewerten.«

»Das ist doch nicht dein Ernst. Es war eine Großtat.«

»Das meine ich nicht. Ich habe es damals nur nicht so besonders gefunden. Vielleicht, weil mein Vater und ich nicht das beste Verhältnis hatten. Ich war nicht gern in der Werkstatt.«

»Trotzdem musst du es doch sehen wollen.«

Er lächelte. Jordis war genau wie ihre Großmutter. So begeistert von den alten Meistern, dass es für sie undenkbar war, jemand könnte diese Begeisterung nicht teilen.

»Und was ist mit der heiligen Ursula?«, schob sie hinterher. »Willst du gar nicht sehen, was die Restaurierungswerkstatt Hansen in diesen Tagen für Aufträge bekommt?«

Wolfgang hatte wenig Lust, das Rathaus zu besuchen. Doch er ahnte schon, dass er sich nicht drücken konnte.

»Du bist immer noch ein Handwerker, Onkel Wolfgang. Ein Restauratorengeselle. Das muss dich interessieren.«

»Da hast du recht«, lachte er. »Ich bin immer noch Handwerksgeselle. Auch wenn das eine Ewigkeit her ist. Also gut, Jordis. Wir kommen morgen ins Rathaus. Bist du dabei, Lucas?«

»An mir soll's nicht scheitern. Ich find es cool, dahinzukommen. Die Touristen dürfen da sicher nicht hin, wo ihr arbeitet, oder?«

»So ist es«, sagte Jordis. »Jedenfalls nicht ohne einen Führer, der auf sie aufpasst.« Und mit einem Seitenblick fügte sie hinzu: »Wenigstens teilt hier einer meine Begeisterung.«

In diesem Moment trat der Kellner an den Tisch, um ihre Bestellungen aufzunehmen. So wurde Wolfgang die Verlegenheit erspart, darauf eine Antwort zu geben.

Nach dem Essen verabschiedeten sie sich vor dem Restaurant, und Wolfgang und Lucas kehrten in ihr Hotel zurück. Jordis blickte ihnen nach, bis sie hinter einer Straßenecke verschwunden waren. Sie fand, der Abend war seltsam gewesen. Onkel Wolfgang hatte nicht über die Arbeiten von damals im Rathaus sprechen wollen. Jedes Wort hatte sie ihm aus der

Nase ziehen müssen. Als würde er nicht gern daran erinnert werden. Dabei hatten ihre Ahnen damals Pionierarbeit geleistet, und er war mittendrin gewesen. Er müsste doch brennen, von der Arbeit damals zu erzählen. Trotzdem war es, als würde er das Thema am liebsten vermeiden.

Dennoch war es ein netter Abend gewesen. Sie hatten über die Familie geredet, über Lucas' Zukunftspläne nach dem Abitur, hatten über alles Mögliche gesprochen, nur eben nicht über das Fresebild, das Wolfgang damals mit seinem Vater restauriert hatte.

Feuchte und kühle Luft zog von der Ilmenau herauf. Jordis zog ihre Jeansjacke enger um das Sommerkleid und marschierte zum Ufer. Es gab eine Kneipe, ganz in der Nähe, da wollte sie kurz vorbeischauen. Emilian Adler hatte ihr gesagt, dass er dort einen Absacker trinken würde. Wenn sie nach dem Essen noch Lust auf ein Gespräch habe, solle sie doch vorbeischauen, meinte er. Möglich, dass er dann noch da sei.

Jordis war nicht sicher, ob diese Einladung ernst gemeint war oder nicht. Doch sie konnte nicht widerstehen. Wenigstens durchs Fenster spähen, sagte sie sich. Wenn er einsam am Tresen saß und mit dem Barkeeper redete, konnte sie immer noch überlegen, ob sie sich dazusetzen wollte.

Die Kneipe befand sich in einem der ältesten Brauereigebäude der Stadt, einem Backsteinbau aus dem Mittelalter, mit Speicheraufbauten, verschachtelten Erkern und großen Sprossenfenstern. Jordis blieb vor dem Spitzbogenportal stehen und sah ins einladend erleuchtete Innere. In dem gemütlichen, altdeutschen Gastraum wartete eine Überraschung auf sie. Zwar entdeckte sie Emilian Adler am Tresen unter den Deckenbalken, doch war es nicht der Barkeeper, mit dem er redete. Neben ihm hockte eine ältere Dame, die Jordis auf knapp achtzig schätzte und die überhaupt nicht zu dem Historiker zu passen schien, mit ihren grellrot gefärbten Haaren und der modischen Brille, mit dem Lippenstift und dem Lidschatten. Die beiden schienen sich prächtig zu amüsieren.

Jordis war neugierig geworden. Was war das für eine sonderbare Kombination? Sie prüfte ihr Spiegelbild im Fenster, dann zog sie die Tür auf und trat ein.

Als hätte Emilian Adler auf sie gewartet, entdeckte er sie in dem Augenblick, als sie durch die Tür trat. Sein Gesicht hellte sich auf. Er freute sich offenbar, sie zu sehen.

Er sagte etwas zu seiner Begleitung, erhob sich und strich mit einer eleganten Bewegung sein Anzugjackett glatt. Dann trat er auf sie zu und nahm sie in Empfang.

»Ich freue mich, dass du es geschafft hast, Jordis. Ich hoffe, du hattest einen netten Abend.«

»Den hatte ich, danke. Mein Großonkel wird morgen ins Rathaus kommen, dann sehen wir uns gemeinsam die Arbeit von damals an.«

Er führte sie zum Tresen, wo die ungewöhnliche ältere Dame mit verschmitztem Lächeln dasaß und ihr die Hand entgegenhielt.

»Darf ich vorstellen, das ist Brigitta Jacobs, meine ehemalige Vermieterin. Ich habe sie zufällig getroffen. Lüneburg ist eben ein Dorf.«

Jordis gab ihr die Hand und begrüßte sie höflich mit Nachnamen. Doch die ältere Dame winkte nur ab.

»Bitte. Nennen Sie mich Brigitta.«

»Brigitta. Freut mich, ich bin Jordis.«

»Jordis ist Restauratorin im Rathaus, ihr gehört die Firma Hansen.«

»Firma Hansen ... Das ist mir ein Begriff.«

»Sie arbeitet in der Gerichtslaube. Vielleicht hast du in der Zeitung davon gelesen.«

»Restaurator Hansen.« Ihr Gesicht hellte sich auf. »Jetzt weiß ich es wieder. Ihre Familie war früher schon mal in Lüneburg, richtig? Oder war das eine andere Firma?«

»Nein, du hast recht, das war ihr Urgroßvater«, sagte Emilian. »Es war der, der das Monumentalbild restauriert hat.«

»Wusste ich's doch.« Sie tippte sich mit dem Finger gegen

die Stirn. »Ganz verkalkt bin ich noch nicht. Die Hansens haben damals im Rathaus gearbeitet, ein Familienbetrieb.«

»Es waren meine Vorfahren. Und ich bin stolz darauf, die Arbeit weiterzuführen. Es gefällt mir in Lüneburg. Die Vorstellung, dass mein Urgroßvater zusammen mit meinem Großonkel das Bild restauriert hat, das ist schon was Besonderes.«

Das Lächeln der Vermieterin wich einem irritierten Ausdruck. Sie schob sich die Brille ins Haar.

»Aber ... es war nicht Ihr Urgroßvater, der das Meisterwerk restauriert hat.«

»Wie bitte? Natürlich war er es. Wer denn sonst?«

»Dann wissen Sie das gar nicht?«

Jordis und Emilian wechselten verdutzte Blicke.

»Es war seine Tochter«, sagte Brigitta Jacobs. »Sie hat das Meisterwerk restauriert.«

»Seine ... *Tochter?*«, fragte Jordis verständnislos.

Damit konnte nur ihre Großmutter gemeint sein. Die mütterliche, warmherzige Frau, die zu Jordis' Kindergeburtstagen ihren unverwechselbaren Schokoladenkuchen gebacken hatte.

»Das muss ein Irrtum sein«, sagte sie. »Das ist unmöglich.«

»Ich bin mir ganz sicher. Warten Sie, sie hieß ... Ja, ich glaube, sie hieß Monika.«

Kapitel acht

Oktober 1961

Es war einer der letzten warmen Herbstabende in diesem Jahr, an dem sich trockene und duftende Luft über die Gärten und Innenhöfe legte, an dem die Mücken im Abendlicht tanzten und bunte Blätter lautlos durch die Luft segelten. Die Fenster des Gesindehauses standen offen, um die feuchte Kühle der vergangenen Regentage aus den Ecken der Kammern zu vertreiben.

Monika stand in der Küche vor der Wanne, die sie mit Spülwasser gefüllt hatte, und machte sich an den Abwasch. Aus dem Hof wehten Gesprächsfetzen und das Klirren von Geschirr aus fremden Küchen herüber. Eine Katze lag vor der Tordurchfahrt und döste.

Zwar war das Abendessen durchaus bescheiden gewesen. Monika hatte eine Linsensuppe mit Rüben gekocht und dazu Roggenbrot mit Sirup gereicht. Butter und Schinken hatte das Haushaltsbudget nicht hergegeben, doch keiner hatte sich beschwert. Es hatte allen geschmeckt.

Helmut hockte oben in seiner Dachkammer, wo er sich ohnehin am liebsten aufhielt, und machte Hausaufgaben. An den leisen Gitarrenklängen aus der Etage darunter hörte Monika, dass ihr Bruder wieder Melodien ausprobierte oder komponierte. Sie hatte sich zum Geburtstag ein Lied von ihm gewünscht. Vielleicht arbeitete er ja daran. Und am Küchentisch saß ihr Vater, versunken in der Kirchenzeitung, eine Flasche Bier aus einer Lüneburger Brauerei vor sich auf dem Tisch.

Monika stellte die triefende Suppenschüssel zum Abtropfen in den Ausguss und wandte sich ihm zu. Die Ereignisse des Tages gingen ihr nicht aus dem Kopf.

Seit ein paar Wochen waren sie damit beschäftigt, die Übermalungen an der Decke in der Großen Ratsstube abzulösen, was sich als kompliziert und langwierig herausstellte. Monika fand es faszinierend, die alten Malereien freizulegen, die unter Schichten von Staub und Ruß und vor allem unter dicken Farbschichten verborgen lagen.

»Was haben sich diese Leute nur dabei gedacht, als sie vor hundert Jahren die Decke überstrichen haben«, regte sie sich auf, während sie sich die Hände am Geschirrtuch abtrocknete. »Was waren das für Banausen? Ich meine, die Malereien müssen doch zu erkennen gewesen sein, auch wenn sie verrußt waren. Was muss das für ein Gefühl sein, so was einfach mit Farbe zu übermalen?«

»Wir machen es ja wieder rückgängig«, sagte ihr Vater, ohne dabei die Zeitung zu senken. »Mach dir keine Sorgen deshalb.«

Sie zögerte. Vielleicht war nicht der richtige Moment, ihren Vater zu kritisieren. Trotzdem wollte sie es versuchen.

»Wir machen es nicht nur rückgängig«, begann sie vorsichtig. »Wir fügen etwas Neues hinzu, wenn wir die Ornamente retuschieren. Was wir tun, ist mehr, als das Alte zu erhalten.«

»Natürlich. Aber das tun wir, um den plastischen Eindruck zu verstärken. Und um die Lücken aufzufüllen. Was willst du denn damit sagen?«

Er klang genervt, trotzdem gab sie nicht auf.

»In dem Beispielfeld, das du für die Herren aus Hannover fertiggestellt hast, da hast du eine Menge retuschiert. Die Ornamente waren nur noch zur Hälfte vorhanden. Jetzt ist alles sehr plastisch, aber eigentlich sieht man vor allem deine Arbeit.«

Er ließ die Zeitung sinken. »Wirfst du mir vor, ich hätte zu großflächig übermalt?«

»Ich finde nur, man muss nicht alles übermalen, um den

Urzustand hervorzuholen. Es wäre doch besser, wenn das so zurückhaltend wie möglich gehalten wird.«

»Willst du sagen, ich hätte keinen Respekt vor den Künstlern der Renaissance?«

»Nein, ich … was ich sagen will …«

Sie wollte sich für ein modernes Verständnis der Restauration einsetzen. Dafür, dass man den Alterungsprozess akzeptierte und nur das hervorholte, was noch an Originalsubstanz da war.

»Monika, wir werden nicht darüber diskutieren«, sagte er bestimmt. »Das muss dich alles nicht belasten. Wir wissen schon, was wir tun.«

Sie wollte widersprechen, doch an seinem Gesichtsausdruck erkannte sie, dass dies wenig Sinn hatte. Zumindest nicht an diesem Abend.

Sie musste vorsichtig sein, denn ihr Vater war wenig begeistert davon, dass sie im Rathaus auf das Gerüst kletterte und mithalf. Sie waren nicht wie sonst für sich allein in einer Werkstatt, sondern arbeiteten in einem öffentlichen Gebäude. Es konnte jederzeit passieren, dass jemand hereinkam und sie überraschte. Wie sähe das aus, fragte er, wenn dann eine Frau an den alten Kunstschätzen herumhantierte?

Doch Monika wusste auch, dass ihr Vater sie bei der Arbeit brauchte. Er konnte es sich nicht leisten, auf einen guten Handwerker wie sie zu verzichten. Schon gar nicht, wenn dieser Handwerker nichts kostete.

Sie wechselte besser das Thema.

»Hast du das Bild im Treppenhaus gesehen?«, fragte sie und legte das Geschirrtuch aus der Hand. »Dieses Monumentalgemälde, das von Daniel Frese sein soll? Ich wusste gar nicht, dass es überhaupt existiert. Ich kannte nur die Bilder aus der Ratsstube. Hast du gesehen, in welchem Zustand es ist? Man kann kaum ertragen, es anzusehen. Es muss dringend restauriert werden. Auch wenn wenig Geld da ist. Wer weiß, wie lange es dauert, bis das Bild unrettbar verloren ist.«

»Ach, Monika.« Er legte die Kirchenzeitung beiseite und betrachtete sie. Er schien nicht mehr genervt zu sein, sondern vielmehr amüsiert. »Ich glaube, wir haben dich zu lange in der Werkstatt mitlaufen lassen.«

»Wieso? Ich habe doch recht. Das Bild *muss* restauriert werden.«

»Das bestreite ich gar nicht. Aber das soll nicht deine Sorge sein.«

»Wieso denn nicht? Es interessiert mich eben.«

»Das ist es ja.« Er seufzte. »Ich denke, das kommt zwangsläufig dabei heraus, wenn man ein Mädchen auf einer Baustelle großzieht. Dir fehlte der Schoß eines Frauenhaushalts.«

»Nur, weil ich mich für das Fresebild interessiere? Ich war doch immer gern in der Werkstatt. Mir hat die Mutter nicht so gefehlt wie …«

… wie Wolfgang, hätte sie fast gesagt. Doch das schluckte sie herunter. Monika hatte, anders als ihr Bruder, keine Erinnerungen mehr an ihre Mutter. Bei ihr war es eher ein Gefühl, das sie mit ihrer Mutter verband. Oder ein Bild. Wie sie ihre Tochter im Arm hielt und auf sie herabsah. Doch das war alles. Im Grunde hatte Monika es nie anders gekannt. Auch wenn ihr Vater das annahm, so fehlte ihr nichts.

Im Gegenteil. Es war für sie ein Privileg gewesen, auf der Baustelle aufzuwachsen. Sie liebte alles, was mit dieser Arbeit zu tun hatte. Die Werkzeuge, die Materialien, vor allem die alten Kunstwerke.

Anfangs hatte ihre Begeisterung auch allen Spaß gemacht. Ihre Versuche im Handwerk, ihr Ehrgeiz und ihre Hartnäckigkeit, nicht zuletzt ihr Talent. Sowohl ihr Vater wie seine jeweiligen Gesellen hatten über die Jahre immer Gefallen gefunden an diesem wissbegierigen Teenager in ihrer Mitte. Sie hatten es gemocht, ihre Fragen zu beantworten und sie ins Handwerk einzuführen. Mit der Zeit hatte Monika gelernt, Steindecken zu reinigen, Blattsilber aufzutragen, Marmor zu sägen und Farben zu mischen. Sie tat alles mit Geduld und

Hingabe und machte sich mit der Zeit unabkömmlich für die Firma.

In einem Frauenhaushalt hätte sie weit weniger Spaß gehabt, davon war sie überzeugt. Die Vorstellung war eher abschreckend. Da hätte sie nur langweiligen Haushaltskram gelernt.

»Mir fehlte gar nichts, Papa. Im Gegenteil, ich hatte alles, was ich mir nur wünschen konnte. Ich liebe das Handwerk.«

»Das meine ich eben.« Er legte die Zeitung seufzend beiseite. »Sieh mal, Monika. Ich habe ein schlechtes Gewissen, wenn ich dich so reden höre. Vielleicht sind wir zu nachsichtig gewesen mit dir. Ich weiß auch nicht. Es war, als hätte man einen kleinen Hund, dem man Kunststücke beibringt. Das ist alles ganz amüsant, aber wenn man einen Wachhund haben will, erreicht man möglicherweise das Gegenteil.«

»Ich bin doch kein Hund«, protestierte sie.

»Natürlich nicht. Ich will nur sagen … als du ein Kind warst, Monika, da schien es kein Problem zu sein, wenn du Hosen getragen und auf der Baustelle gearbeitet hast. Du warst immer so begeisterungsfähig, wenn du was Neues gelernt hast. Wir hatten unsere Freude mit dir. Zu der Zeit hat keiner bedacht, wohin das alles führen soll.«

»Was meinst du damit, wohin das führen soll? Ich mache die Arbeit doch gut, oder? Und du sparst dir einen weiteren Gesellen. Wie willst du den denn bezahlen?«

»Du wirst *achtzehn!*«, insistierte er. »Du wirst erwachsen, eine Frau. Du kannst nicht mehr als Junge durchgehen, das geht nicht. Du musst langsam zur Frau werden.«

»Ich bin eine Frau«, sagte sie nüchtern. »Ich koche euch jeden Tag was zu essen, ich mache die Wäsche. Ich kann doch beides sein.«

»Im Moment. Aber wir müssen der Tatsache ins Auge sehen, dass du einiges nachzuholen hast.«

Sie wollte protestieren, doch er schnitt ihr das Wort ab.

»Ich mache dir doch keinen Vorwurf, Monika. Versteh das

bitte. Wenn überhaupt, dann trage ich die Schuld. Wenn der Auftrag in Lüneburg vorbei ist, kehren wir nach Köln zurück. Wir werden eine Weile dort wohnen. Und du wirst die Hauswirtschaftsschule besuchen.«

»Die …?« Monika sprang auf. Alles, nur das nicht. »Was soll ich da? Mit albernen Hühnern und Backfischen lernen, wie man einen Bratensud macht? Das kann ich auch so.«

»Bitte, Monika. Es ist doch mehr als das Kochen. Es geht darum, einen Haushalt zu führen. Für einen Mann die passende Umgebung zu schaffen. Kinder großzuziehen.«

»Ich werde nicht zur Hauswirtschaftsschule gehen.«

»Das entscheidest nicht du«, erwiderte er hart, fügte dann weicher hinzu: »Was willst du sonst machen? In einer Werkstatt arbeiten? Handwerksgeselle werden? Dann sag mir, Monika: Wer sollte dich denn einstellen?«

Damit hatte er einen wunden Punkt getroffen. Wer würde sie einstellen? Da gab es wenig Aussichten, außerhalb der Firma ihres Vaters Arbeit zu bekommen.

»Und wie willst du einen Mann finden, der dich heiratet, wenn du im Blaumann rumläufst? Wenn du Schwielen an den Händen hast und Schmutz unter den Fingernägeln? Ganz zu schweigen davon, was du machen willst, wenn Kinder kommen. Spätestens dann musst du den Haushalt führen. Besser, du bereitest dich rechtzeitig darauf vor. Sieh doch bitte ein, wie unsinnig das ist.«

Alles in ihr schrie, dass er falschlag. Trotzdem wusste sie nicht, was sie erwidern sollte. Sie hatte das Gefühl, ihn mit Worten nicht erreichen zu können.

»Ich mache mir solche Vorwürfe«, seufzte er. »Ich konnte dir nicht Vater und Mutter gleichzeitig sein. Ich war nicht in der Lage, dir beizubringen, was es heißt, eine Frau zu sein.«

Er erhob sich müde vom Tisch, vergrub die Hände in den Taschen und ging zur Tür. Mit hängenden Schultern blieb er auf der Türschwelle stehen, sah Monika traurig und schuldbewusst an.

»Ich wollte nie so genau hinsehen, Monika. Du hast mich glauben lassen, ich hätte einen kleinen Jungen, der mir in der Werkstatt hinterherläuft. Das habe ich mir immer gewünscht, so einen Jungen zu haben. Doch wir können die Wahrheit nicht länger verleugnen.«

»Papa, das ist doch …«

Er hob die Hand und sie verstummte.

»Du wirst die Hauswirtschaftsschule besuchen, wenn wir zurück in Köln sind. Das ist mein letztes Wort.«

Damit wandte er sich ab, verließ das Gesindehaus und ließ die Tür hinter sich ins Schloss fallen.

Monika fühlte sich, als hätte sie eine Backpfeife bekommen. Sie lehnte sich gegen die Anrichte. Wenn sie an ihre Zukunft dachte, breitete sich Unbehagen in ihr aus. Es war schwer, einen Weg zu sehen, der nicht in die zwangsläufige Ehe führte. Es fühlte sich an wie eine Falle, der sie nicht entkommen konnte.

Sie tröstete sich damit, dass der Aufenthalt in Lüneburg mindestens ein Jahr dauern würde. Das wäre viel Zeit. Sie beschloss zu verdrängen, was danach folgte.

Eilig stellte sie das Geschirr in den Büfettschrank und lief nach oben zu Wolfgang, um sich auf andere Gedanken zu bringen. Sie wollte eine Zigarette mit ihm teilen und alle Zukunftssorgen vergessen.

Wolfgang saß im offenen Fenster, mit Bluejeans, seiner gegelten Haartolle und der Gitarre in der Hand. Er sah aus wie ein Beatmusiker. Als wäre er ein Star und würde gleich auf die Bühne gehen.

Als sie den Raum betrat, hörte er augenblicklich auf zu spielen. Räusperte sich und strich verlegen die Haare aus der Stirn. Er benahm sich, als hätte sie ihn bei etwas erwischt.

»Spiel doch weiter«, sagte sie und trat ans Bett, auf dem seine Lederjacke lag. Sie durchwühlte die Taschen, zog die Schachtel Ernte hervor und fischte eine Zigarette raus.

»Das Feuerzeug liegt auf dem Nachttisch«, sagte er.

Sie schnappte es sich und ging zum Fenster. Erst da bemerkte sie, dass er immer noch nicht weiterspielte.

»Komponierst du gerade mein Lied?«, fragte sie freudig.

»Na ja, ich bin dabei. Es wird ein Schlager, wie du ihn dir gewünscht hast.«

»Lass mal hören!«

»So weit bin ich noch nicht. Vergiss es einfach.«

Er angelte die Zigarette aus ihren Fingern und steckte sie sich in den Mund. Monika protestierte, doch er grinste breit, und sie gab ihm Feuer.

»Ich dachte, du würdest mir etwas komponieren, das du selber magst. Rock 'n' Roll zum Beispiel.«

Er schob die Zigarette in den Mundwinkel, schrammte auf seine Gitarre ein, dass ihm die Stirnlocke ins Gesicht fiel. Es waren Rock-'n'-Roll-Akkorde, glaubte sie. Sie klangen laut und wild.

Er hielt inne und fragte neckisch: »Soll ich lieber was von Peter Kraus spielen?«, die Zigarette weiterhin lässig im Mundwinkel.

Sie streckte ihm die Zunge raus. »Blödmann.«

Sie lachten, er machte Platz auf der Fensterbank und reichte ihr die brennende Zigarette.

»Wo du schon von Jugendmusik sprichst«, sagte er. »Was kostet es wohl, mit dem Zug nach Hamburg zu fahren?«

»Ich weiß nicht. Mit dem Bummelzug kann das nicht allzu teuer sein. Wieso fragst du?«

»Weißt du nicht, dass Hamburg das Mekka der Beatmusik ist? Vor allem St. Pauli. Da ist richtig was los. In den Clubs treten überall Gruppen auf, die spielen Blues und Rock 'n' Roll und alles, was neu ist. Es gibt Club-Konzerte mit Beatgruppen, die teilweise sogar aus England kommen, und jede Nacht wird Beatmusik gespielt. Das ist Wahnsinn.«

»Verstehe. Und du möchtest in einen Club und dir ein Konzert ansehen?«

»Lieber als alles andere.« Er hatte offenbar eine Idee. »Hast du nicht Lust mitzukommen? Wir könnten zusammen ein Konzert besuchen. Nach St. Pauli fahren. Wäre das nicht aufregend?«

»Lieber nicht«, lachte sie. »So eine Großstadt, das ist nichts für mich. Das ist mir viel zu gefährlich.«

»Komm schon. Ich bin ja bei dir.«

»Nein, ich glaube nicht, dass ein Club auf St. Pauli der richtige Ort für mich ist. Und ob ich ein Beatkonzert sehen möchte, das weiß ich auch nicht genau. Die Musik ist mir zu wild.«

»Zu wild?« Er schüttelte lachend den Kopf.

Dann nahm er seine Gitarre und spielte den Auftakt einer langsamen Rumba, wobei er die Saiten wie eine Harfe klingen ließ. Das Gegenteil von Beatmusik.

»Ich grüß meine Insel im Sonnenlicht«, begann er theatralisch zu singen, *»das sich silbern und hell im Morgen bricht.«*

Monika schmolz augenblicklich dahin. Caterina Valente. Eines ihrer Lieblingslieder. Sie konnte nicht anders, als sich im Takt der Musik zu wiegen.

»Wo meine Sonne scheint«, sang Wolfgang mit voller und sonorer Stimme, *»und wo meine Sterne stehen, da kann man der Hoffnung Glanz und der Freiheit Licht in der Ferne sehen.«*

Das Lied war kitschig, das wusste sie selbst. Aber auch wunderschön. Es sang von Hoffnung und Freiheit. Von dem, was Monika sich für ihre Zukunft wünschte. Da konnte es ruhig ein bisschen gefühlig sein.

»Das ist ein Belafonte-Song, wusstest du das?«, fragte Wolfgang, als er das Lied beendet hatte. »Das Original ist von Harry Belafonte, es heißt *Island In The Sun*. Die Valente hat es nur für den deutschen Markt abgekupfert.«

»Du solltest Sänger werden«, sagte Monika.

Er wirkte verlegen. Beinahe überrumpelt.

Dabei meinte sie es so. Wie er dasaß im offenen Fenster, mit dem weißen T-Shirt und seiner Tolle, er sah so fesch aus. Und in seiner Stimme war Gefühl, sie hätte ihm stundenlang lauschen können.

»Wenn du mit dem Klavier oder der Gitarre nicht gut genug bist«, fügte sie hinzu, »dann solltest du Sänger werden. Du könntest Musik machen. Ich würde mir ganz sicher eine Schallplatte kaufen, wenn du darauf singst.«

Er lächelte verlegen, schob sich die Haare aus der Stirn. Monika konnte nicht einschätzen, ob seine Stimme für die große Bühne reichte, doch hier im Hof am offenen Fenster, da klang sie wundervoll.

»Nein, das ist Unsinn.« Er lächelte wehmütig. »Es ist alles in die Wege geleitet. Ich werde Restaurator.«

»Aber du singst so ... besonders.«

»Nein, Monika. Wie viele kennst du, die gut singen? Glaub mir, ich bin als Sänger nicht besser, als ich es als Restaurator bin.« Lachend fügte er hinzu: »Na ja, jedenfalls nicht viel besser.«

»Du kannst das sicher eher beurteilen als ich. Aber ich finde ...«

Sie stockte, wusste nicht recht, wie sie es sagen sollte.

»Was findest du?«, fragte er.

»Jeder sollte im Leben das machen, was er sich von Herzen wünscht.« Sie konnte das Gespräch mit ihrem Vater eben doch nicht ganz verdrängen. »Warum soll es immer so sein, dass andere bestimmen, was man mit seinem Leben anstellt? Warum bekommen wir Rollen zugewiesen, ohne gefragt zu werden? Warum ist es unmöglich, gegen die Regeln anderer zu verstoßen? Es wäre doch eine viel bessere Welt, wenn jeder das machen könnte, worin er am besten ist. Wenn jeder macht, womit er glücklich wird. Oder findest du nicht?«

Er nahm einen letzten Zug von der Zigarette und drückte sie wütend auf dem Fenstersims aus.

»Du weißt selbst, dass das naiv ist. Ich werde niemals Sänger. Schon allein, weil meine Stimme nicht gut genug ist.«

Sie fielen in Schweigen. Sahen hinaus auf den Hof, wo die Katze aufsprang und hinter einem Mauervorsprung verschwand.

»Singst du es noch mal? *Wo meine Sonne scheint.*«

Er zögerte, und sie fügte hinzu: »Bitte, für mich.«

Ein Lächeln breitete sich in seinem Gesicht aus, dann nahm er die Gitarre und spielte erneut den Auftakt der Rumba. Monika lehnte ihren Kopf an den Fensterrahmen und lauschte. Diesmal begann er nicht theatralisch und übertrieben, sondern sang von Anfang an mit großem Ernst und voller Gefühl.

Sie blickte über die Gärten und Hinterhöfe, wo das sanfte Abendlicht allmählich schwächer wurde. Die Sonne verschwand hinter den schiefen Dächern und Giebeln der Altstadt. Mücken tanzten in der Luft, erste Grillen machten sich bemerkbar, und Schönwetterwolken zogen an dem hohen Himmel auf, dessen Blau sich langsam dunkel färbte.

Der Hoffnung Glanz und der Freiheit Licht. Sie wünschte, sie könnte das ebenfalls in der Ferne sehen, so wie Caterina Valente in dem Schlager. Sie wünschte, ihre Zukunft würde mehr bereithalten als den Besuch der Hauswirtschaftsschule und die Vorbereitung auf eine Heirat.

Kapitel neun

Monika beugte sich über den halb blinden Spiegel auf ihrem Waschtisch und kämmte sich die langen dunklen Haare. Unter der Woche band sie sich meist nur einen Pferdeschwanz, doch für den Kirchgang am Sonntag trug sie die Haare offen. Sie zupfte ihren Pony zurecht, legte den Kamm beiseite und prüfte ihr Aussehen, soweit das bei diesem Spiegel möglich war. Sie trug ein graues Kleid aus grobem Webstoff, darunter eine weiße, hochgeschlossene Bluse und schwarze Lackschuhe. Alles wirkte ordentlich und korrekt, ideale Sonntagskleidung eben.

Sie mochte die Schlichtheit und Aufrichtigkeit dieser Sachen, auch wenn Wolfgang meinte, dass sie damit piefig aussah. Ihr Bruder fand, mit ihrer schlanken Figur und ihren dunklen Haaren solle Monika sich an Audrey Hepburn orientieren, was Mode anging, sie solle sich den körperbetonten, hochgeschlossenen Stil der französischen Existenzialisten zum Vorbild nehmen. Das war typisch Wolfgang. Es wäre ganz nach seinem Geschmack, wenn sie als Geschwister wie James Dean und Audrey Hepburn aussähen.

Sie verließ ihre Kammer. Es wurde langsam Zeit, wenn sie rechtzeitig in St. Johannis sein wollten. Sie stieß Wolfgangs Zimmertür auf, um nachzusehen, ob er inzwischen aufgestanden war. Natürlich lag er noch in den Federn. Er hatte sich auf die andere Seite gedreht, nachdem sie ihn vor einer halben Stunde das erste Mal geweckt hatte.

»Wolfgang! Aufwachen. Es wird Zeit.«

Er stöhnte und räkelte sich.

»Nicht mal sonntags kann man ausschlafen.«

»Es ist schon halb neun. Wie lange willst du noch ausschlafen?«

»Verschwinde. Lass mich in Ruhe.«

Er zog sich das Kissen über den Kopf. Sie trat ans Bett, riss das Kissen blitzschnell fort und schlug damit auf ihn ein. Er protestierte wild, doch änderte das nichts daran, dass sie ihr Ziel erreicht hatte und er hellwach war.

»Beeil dich«, sagte sie, bevor sie über die schmale Treppe nach unten ging. Das Kissen, das er nach ihr warf, traf nur auf die geschlossene Zimmertür.

Unten in der Küche stand ihr Vater im Sonntagsanzug und mit polierten Schuhen. Er wartete auf sie. Helmut, ebenfalls im ordentlichen Hemd, saß am Tisch, trank Milch und aß ein Marmeladenbrot. Ein Klecks Erdbeermarmelade klebte an seiner Wange. Monika nahm ein feuchtes Tuch und wischte die Marmelade fort, unter murrenden Protesten des Jungen. Sollte noch einer sagen, sie sei nicht in der Lage, einen Haushalt zu führen, dachte sie bei sich.

»Wo bleibt denn Wolfgang?«, fragte ihr Vater ärgerlich. »Kann der nicht einmal pünktlich sein?«

»Ich bin doch schon hier«, kam es genervt von der Holztreppe, die unter seinen polternden Schritten knarzend nachgab.

Er hatte den Sonntagsanzug an, der leicht fadenscheinig war und an den Beinen kaum die Knöchel bedeckte. Lieber hätte er Jeans und Lederjacke getragen, doch das ging natürlich nicht. Nicht am Sonntag und nicht zur Kirche. So war er in seinen verhassten Anzug geschlüpft, hatte sein verknittertes Hemd übergezogen und die Krawatte zu einem losen Knoten verbunden. Nur seine Haartolle sah gepflegt aus, der Rest wirkte verlottert.

Sein Vater betrachtete ihn missmutig, ersparte ihm und sich allerdings einen Kommentar.

»Zum Frühstücken ist keine Zeit mehr«, sagte er. »Wir müssen los. Ich möchte nicht zu spät zum Gottesdienst kommen.«

Wolfgang goss sich ein Glas Milch ein und trank es in einem Zug leer. Dann wischte er sich über den Mund und folgte den anderen nach draußen.

»Ist es zu viel verlangt, wenn ich euch bitte, einen guten Eindruck zu machen?«, fragte ihr Vater. »Wir sind immer noch die Fremden hier in der Stadt. Ich möchte nicht, dass über uns getratscht wird. Haben wir uns verstanden?«

Wolfgang verdrehte zwar die Augen, gab aber keine Widerworte. Er schloss die Tür des Gesindehauses, und gemeinsam trotteten sie durch das Tor hinaus auf die Straße.

Vor dem Patrizierhaus entdeckten sie eine riesengroße Limousine, mit geschwungenen Kotflügeln und einem mächtigen Kühlergrill. Sie war tiefschwarz und furchtbar elegant. Wolfgang blieb ehrfurchtsvoll stehen.

»Ein Mercedes-Benz«, flüsterte er. »Ein 190 D. Sieh dir nur an, wie schön der Wagen ist.«

»Sieht aus wie die Adenauer-Limousine«, gab Monika zurück. »Findest du nicht?«

»Die ist ein 300 D, die ist noch größer. Aber einen 190 D, wie diesen hier, habe ich auch noch nie zu Gesicht bekommen.«

Ein Chauffeur saß wartend am Steuer, und ehe sie den Wagen näher bestaunen konnten, öffnete sich die Haustür am Haupthaus, und Agnes Priggen tauchte in einem schwarzen, streng geschnittenen Kostüm auf.

Begleitet wurde sie von ihren Enkelkindern. Monika hatte schon gehört, dass die beiden fast erwachsenen Kinder des Stadtdirektors im Vorderhaus wohnten, doch hatte sie die beiden bisher nicht zu Gesicht bekommen. Sie hießen Helga und Ludwig Priggen, und die Haushälterin Fräulein Fehn hatte gesagt, sie seien ungefähr in Wolfgangs und ihrem Alter.

Helga, das musste die modisch gekleidete Frau mit hochtoupierten blonden Haaren sein, die, so fand Monika, etwas Einschüchterndes an sich hatte. Ihr Bruder Ludwig war ein gut aussehender junger Mann mit den dunklen, zurückgegelten Haaren und dem taillierten Maßanzug samt Einstecktuch. Beide folgten ihrer Großmutter auf die Straße.

Helga schien gelangweilt und abwesend, während Ludwig den Sonntagsausflug im Wagen seiner Großmutter mit ironischer Distanz zu betrachten schien. Er war es, der die Handwerkerfamilie in der Toreinfahrt entdeckte. Ein amüsiertes Funkeln tauchte in seinen Augen auf, als er sich an Agnes Priggen wandte.

»Großmutter, unsere Hausgäste«, informierte er sie, da sie nur Augen für die Limousine hatte und hoheitsvoll die Stufen herabstieg. Sie wandte sich erstaunt zum Tor.

»Herr Hansen, was für eine Überraschung«, sagte sie und schenkte ihm ein gnädiges Lächeln. »Ich nehme an, Sie sind auf dem Weg in die Kirche. Haben Sie sich eingelebt in unserem Gesindehaus? Aus dem Rathaus hört man ja nur Gutes. Alle scheinen zufrieden zu sein mit Ihrer Arbeit.«

»Danke, Frau Priggen. Wir fühlen uns sehr wohl.«

»In diesem Fall ist es ein Glück, dass unsere Bediensteten nicht mehr im Haus leben. Wenn ich es mir manchmal auch anders wünschte. Das sind meine Enkelkinder, Helga und Ludwig. Kinder, das sind die Hansens.«

Ihr Vater nickte ihnen höflich zu. Monika machte automatisch einen Knicks, woraufhin Ludwigs Augen erneut ironisch aufblitzen. Sie wich seinem Blick aus. Wolfgang bemerkte nichts davon, er starrte Helga Priggen an, als wäre sie eine Heiligenerscheinung. Die junge Frau wiederum schenkte Wolfgang betont kühl keine Beachtung.

»Mein Herr Sohn, der Stadtdirektor Doktor Priggen, ist schon in der Kirche«, fuhr Agnes Priggen fort. »Er ist immer einer der Ersten, allein wegen seiner Funktion. Haben Sie vor, St. Johannis zu besuchen?«

»Das haben wir, Frau Priggen«, sagte ihr Vater.

»Eine wundervolle Kirche, das werden Sie als Fachmann zu würdigen wissen. Viele Familien haben ihre festen Bankreihen. Achten Sie darauf, in den hinteren Reihen finden sich sicher freie Plätze.«

Monika bemerkte, dass Ludwig sie ansah. Sie hasste sich dafür, dass sie errötete, denn das schien ihn erst recht zu amüsieren. Eilig senkte sie den Blick.

»Unsere berühmte Orgel in St. Johannis ist ein wahrer Genuss, sage ich Ihnen«, sagte Agnes Priggen.

»Ihrer Barockorgel haben wir schon lauschen dürfen«, bestätigte ihr Vater. »In der Tat ein Genuss. St. Johannis ist in unserem Metier sehr bekannt für die Orgel. Wurde sie nicht vor ein paar Jahren von Rudolf von Beckerath restauriert?«

»Ein Restaurator, der über die Grenzen Deutschlands berühmt ist«, stimmte Frau Priggen mit dünnem Lächeln zu. »Ich merke, dass ich es mit Leuten vom Fach zu tun habe.«

»Der Klangcharakter ist seit Beckerath wieder so wie im Barock«, wandte nun Ludwig Priggen ein und ließ dabei seinen Blick auf Monika ruhen. »Johann Sebastian Bach war hier in Lüneburg, müssen Sie wissen, Fräulein Hansen. Die Orgel klingt heute wieder genau wie zu seiner Zeit.«

Monika vermied es, etwas zu erwidern. Bach war zwar um 1700 in Lüneburg gewesen, doch zu dieser Zeit war die Renaissance-Orgel noch nicht zu einer Barock-Orgel umgebaut worden. Das passierte erst in den folgenden Jahren, da war sie vergrößert worden, hatte neue Pedalwerke und zusätzliche Register in eigens angefügten Türmen bekommen und dazu noch reichlich barocke Verzierungen, ganz im Sinne der damaligen Zeit. Auf dieser Orgel hatte Bach jedoch niemals gespielt, leider, immerhin war er doch ein Komponist des Barock. Aber sie verkniff sich, Ludwig Priggen zu korrigieren. Weder wollte sie ihren Vater in Verlegenheit bringen, noch glaubte sie, dass es hilfreich wäre, diesen leicht arroganten Sohn ihrer Gastgeber zu verärgern.

Jedoch schien es Ludwig Priggen nicht verborgen geblieben zu sein, dass sie insgeheim widersprechen wollte. Sein Blick bekam etwas Lauerndes.

»Ich habe Sie auf dem Gerüst gesehen«, wechselte er das Thema, »im Rathaus. Sie hatten einen Pinsel in der Hand, oder irre ich mich?«

Monika spürte förmlich, wie ihr Vater die Luft anhielt. Agnes Priggen verlor für einen Moment ihre hoheitliche Haltung und starrte Monika verblüfft an.

»Sie arbeiten aber nicht auf der Baustelle mit, oder?«

»Meine Tochter hilft bei einfachen Arbeiten«, beeilte sich ihr Vater zu sagen. »Als Handlanger, mehr nicht.«

»Aber ist denn eine Baustelle der richtige Platz für eine junge Frau?«, wunderte sich Agnes Priggen.

»Wir sind ein Familienbetrieb«, sagte er. »Da hilft jeder mit. Wenn sie sich nicht um den Haushalt kümmert, macht sie Hilfsarbeiten im Rathaus. Sie räumt auf und sortiert das Werkzeug. Unter meiner Aufsicht, versteht sich.«

So war das also, dachte Monika wütend.

»Ich verstehe«, meinte Agnes Priggen und rang sich ein Lächeln ab. »Dann muss man sich das mit reisenden Handwerkern vorstellen wie bei einer Zirkusfamilie?«

Sie wartete keine Antwort ab, sondern verabschiedete sich und stieg in die Limousine. Ihre beiden Enkelkinder folgten ihr. Erst tauchte Helga ab, die tat, als wären die Hansens gar nicht anwesend. Dann folgte Ludwig, der ihnen einen amüsierten Blick zuwarf und ebenfalls im Wagen verschwand. Er gab dem Chauffeur ein Zeichen, und die Limousine rollte davon.

Ihr Vater atmete auf und wandte sich an seine Tochter.

»Siehst du, was ich meine?«, fragte er. »Mehr muss ich dazu wohl nicht sagen.«

Er marschierte los und erwartete von seinen Kindern, dass sie ihm folgten. Sie waren spät dran, und der Gottesdienst würde nicht auf sie warten.

Monika hakte sich bei ihrem Bruder unter.

»Hast du das mitbekommen?«, flüsterte sie.

»Was meinst du?«, fragte er perplex.

»Na, wie die uns behandelt haben. Eine Zirkusfamilie. Und dann dieses aufgeblasene Söhnchen.«

»Ach, nimm das nicht so ernst«, lachte er. »Die haben halt Geld.«

Monika glaubte, sich verhört zu haben. Er musste doch begriffen haben, wie arrogant diese ganze Sippschaft war.

»Wie kannst du so locker bleiben?«, fragte sie.

»Ich kann nur sagen, lass dich nicht blenden. Schon gar nicht von der alten Hexe.«

»Bitte? Sprichst du von Agnes Priggen?«

»Genau. Sie spielt gern die große Dame, aber nach dem Krieg musste die erst mal ganz kleine Brötchen backen. Ihr Mann war so ein dicker Nazi, weißt du. Der hat ganz oben mitgespielt im tausendjährigen Reich, und sie war immer dabei als stolze Ehefrau. Der ist in den letzten Kriegstagen umgekommen. Zum Glück, könnte man sagen, denn so wurde ihnen die Schmach erspart, dass er von einem Kriegsgericht verurteilt worden wäre. Stell dir das mal vor. Jetzt tut sie so, als wäre nichts gewesen. Und da ihr Sohn offenbar ein feiner Kerl ist, spielt ganz Lüneburg mit.«

Monika war perplex. »Woher weißt du das denn alles?«

»Tja«, lachte er und legte den Arm um ihre Schultern. »Ich interessiere mich eben nicht nur für alte Renaissancebilder.«

Sie war sprachlos. Ihr Vater warf ihnen einen Blick zu.

»Wo bleibt ihr denn?«, fragte er verärgert. »Zum Plaudern habt ihr noch den ganzen Sonntag Zeit. Jetzt kommt.«

Monika sah der Limousine nachdenklich hinterher. Eine Familie mit schmutziger Vergangenheit. Mit einer Menge Geld und einer großen Portion Snobismus. Und einem Spross, vor dem sie sich besser in Acht nahm. Diesem Ludwig Priggen, so viel hatte sie nach der kurzen Begegnung schon begriffen, dem wollte sie lieber aus dem Weg gehen.

Kapitel zehn

Monika stand auf dem Gerüst, konzentrierte sich allein darauf, ihren Atem fließen zu lassen und die Deckenfresken in all ihren Details über sich wahrzunehmen. Sie durfte keine falsche Bewegung machen. Vorsichtig, aber zielgenau löste sie mit einem kleinen Schwämmchen die Farbschichten und den Schmutz der Jahrhunderte. Sie durfte sich nicht den kleinsten Fehler erlauben, zu leicht würde sie sonst die originalen Malereien beschädigen.

Es war berauschend für sie und immer wieder ein neues Wunder, wenn unter den Spuren der Vergangenheit die zarten Strukturen der Ornamente aus der Renaissance auftauchten – wenn uralte Meisterwerke zum Vorschein traten, die seit Ewigkeiten kein Mensch zu Gesicht bekommen hatte. Sie konnte sich völlig in dieser Arbeit verlieren.

»Willst du nicht mal eine Pause machen?«, fragte Wolfgang. »Ich hab Kaffee mitgebracht.« Er hielt eine blecherne Kanne wie eine Trophäe hoch. »Schöner, heißer Bohnenkaffee.«

Er stellte die Kanne auf dem Gerüst ab und zog eine Tasse hervor. »Wenn es dich nicht stört, kannst du aus meiner Blechtasse trinken.«

»Danke fürs Angebot, aber keinen Kaffee für mich.« Sie deutete mit dem Schwämmchen auf den Deckenbalken. »Ich muss eine ruhige Hand haben. Für die Rankenmuster. Ich darf nicht zu viel Farbe ablösen.«

»Wie du meinst. Dann trinke ich noch einen.«

Er goss ein und schraubte die Kanne zu. Dann stellte er sich neben sie und betrachtete die Decke.

»Wahnsinn«, meinte er.

Es passierte selten, dass er sich von ihrer Arbeit beeindruckt zeigte. Doch was unter der Farbe an der Decke auftauchte, die strahlende Perfektion der alten Ornamente, verblüffte selbst ihn.

»Nicht wahr? Ich könnte den Rest meines Lebens damit zubringen.«

Er lachte. »So weit würde ich nicht gehen. Aber du machst das gut, da kann ich nur zustimmen.«

»Monika!« Ihr Vater tauchte in der Ratsstube auf. »Komm da runter. Mach eine Pause.«

»Wieso? Was ist denn los?«

»Wir bekommen Besuch. Habt ihr das vergessen? Die Delegation aus Hannover ist draußen angekommen. Sie wollen die Deckenarbeiten besichtigen. Jetzt komm schon.«

Sie sollte also verschwinden. Die Freilegung der Ornamente war ihr bislang perfekt gelungen, sie hatte gute Arbeit geleistet. Doch jetzt sollte sie sich schnell verstecken. Weil sie eine Frau war.

»Du willst nicht, dass wir aussehen wie eine Zirkusfamilie, oder?«, fragte sie verärgert.

»Jetzt hör auf mit dem Unsinn. Komm schon runter.«

Sie überlegte düster, was sie darauf erwidern konnte.

»Monika. Hast du mich nicht gehört?«

Sie drückte Wolfgang wütend den Pinsel in die Hand und stieg lautstark am Gerüst hinab. Ihr Vater seufzte.

»Jetzt hab dich nicht so. Wir haben doch schon darüber geredet. Ich will nur, dass wir einen guten Eindruck machen. Ist das zu viel verlangt?«

»Sieh dir die Rankenornamente am Balken an. Denkst du, damit lässt sich kein guter Eindruck machen?«

»Jetzt sei nicht so ein Trotzkopf. Dieser Auftrag ist wichtig für uns. Geh und wasch die Pinsel aus. Und sammle die

Lumpen ein. Hier sieht es aus wie bei Luis Trenker in der Berghütte.«

Aus dem Treppenhaus drangen Stimmen. Männer näherten sich der Ratsstube. Ihr Vater warf einen nervösen Blick hinaus.

»Die Herrschaften kommen«, sagte er leise. »Monika, bitte, du hältst dich zurück. Ich möchte, dass du unsichtbar bist. Haben wir uns verstanden?«

Sie wandte sich wortlos ab und begann, die Pinsel auszuwaschen. Wolfgang, der ebenfalls vom Gerüst geklettert war, trat zum Vater und versuchte, einen aufgeräumten Eindruck zu machen. Er spielte den aufstrebenden, vielversprechenden Nachfolger des Betriebsleiters. Monika wandte sich säuerlich ab.

Sie brachten sich keinen Moment zu früh in Stellung, denn die Herren vom Landesamt aus Hannover spazierten im nächsten Augenblick herein, angeführt von Stadtdirektor Doktor Priggen, der die Familie Hansen jovial begrüßte.

»Zu Hause bekomme ich Sie nie zu Gesicht«, lachte er. »Dafür muss ich schon ins Rathaus gehen. Das zeigt mir, dass ich zu viel arbeite. Ich warte auf den Tag, an dem mich meine eigenen Kinder nicht erkennen, wenn ich durch die Tür komme.«

Er wandte sich an die beiden Männer aus Hannover, einen älteren Herrn mit Fliege, der Monika an Professor Bömmel aus der *Feuerzangenbowle* erinnerte, und einen jungen gut aussehenden Mann, der kaum alt genug sein konnte, um einen Doktor zu haben, und sagte: »Die Hansens leben bei uns im Gesindehaus, müssen Sie wissen. Während der Arbeiten im Rathaus. Natürlich mietfrei. Meine Familie wollte einen Beitrag leisten, was die Restaurierungen angeht.«

»Ehrenwert, Herr Priggen, sehr ehrenwert«, sagte Professor Bömmel etwas aufgesetzt. »Vorbildhaft für die Stadt. Das hören wir im Landesamt sehr gern, wenn die lokalen Stellen so engagiert sind.«

An den Vater gewandt meinte er: »Von Ihnen ist uns schon viel zu Ohren gekommen, Herr Hansen. Ihre bisherigen Arbeiten waren zufriedenstellend. Wenn Sie sich weiter behaupten, kann das nicht zu Ihrem Nachteil sein. Es werden noch viele Aufträge zu vergeben sein.«

»Das freut mich, Herr Professor Brügge.«

So hieß er also, dachte Monika. Brügge. Dabei passte Professor Bömmel viel besser, fand sie.

»Ach, meinen Assistenten kennen Sie noch gar nicht«, sagte der Professor. »Das ist Doktor Clemens Bertram. Er kommt frisch aus Hamburg von der Universität. Vor einer Woche hat er bei uns im Landesamt angefangen.«

»Hamburg!«

Das war Wolfgang gewesen, die Stimme voller Begeisterung. Der Professor bedachte ihn mit einem überraschten Blick.

»Sehr wohl, aus Hamburg«, sagte er und ließ es wie eine Frage klingen.

Wolfgang räusperte sich. »Eine faszinierende Stadt«, erwiderte er förmlich. »Ich stelle mir das aufregend vor, dort zu leben.«

»Ich muss zugeben, die Stadt fehlt mir ein wenig.«

Der junge Doktor schenkte Wolfgang ein Lächeln.

»Es ist mir nicht leichtgefallen, umzuziehen. Das Leben dort ist schon ein anderes.«

Wolfgang erwiderte höflich: »Der Hafen, die Alster. Und es gibt ein großes Kulturangebot. Das würde uns allen gut gefallen.«

»Und vor allem gibt es eine lebendige Musikszene«, sagte der junge Assistent zum Erstaunen aller. »Die fehlt mir am meisten.«

»Sie meinen doch nicht diese Hottentottenmusik!«, rief der Professor. »Dieser Rock 'n' Roll. Als wären wir im Urwald. Und die jungen Leute drehen durch, als hätten sie den Verstand verloren!«

Der Assistent wollte etwas erwidern, doch sein Vorgesetzter beendete die Diskussion mit einer Handbewegung.

»Nun ja, wir sind nicht hier, um Jugendkultur zu bewerten«, sagte er. »Hannover hat sicher auch einiges zu bieten. Wir sind immerhin Landeshauptstadt. Sie werden sich schnell einleben, Herr Bertram, und die Vorzüge der Stadt zu würdigen wissen.«

An den Stadtdirektor gewandt fuhr er fort: »Aber wir sollten die Arbeiten an der Decke besichtigen.«

»Natürlich. Folgen Sie mir bitte.«

Die Karawane betrat die Große Ratsstube. Zwischen Gerüsten und ausgebreiteten Decken gingen sie umher, die Köpfe in den Nacken gelegt.

»Beeindruckend«, murmelte Doktor Bertram.

»In der Tat«, pflichtete ihm der Professor bei. »In der Tat.«

Staunend betrachteten sie die Deckenmalereien.

»Die Decke ist hervorragend erhalten. Wer hätte gedacht, dass noch so viel Originalbestand vorhanden ist«, meinte Brügge.

Sie betrachteten jedes einzelne Detail, kommentierten dieses und jenes Ornament und bestaunten immer wieder den guten Zustand der Malereien.

»An diesen blassen Stellen dort sollten Sie ruhig kräftig retuschieren«, meinte der Professor. »So wie Sie es bei der Musterarbeit getan haben. Damit der Originalzustand wiederhergestellt wird.«

»Sollte man nicht die Lücke an dieser Stelle lassen?«, mischte Monika sich ein. »Das würde den Gesamteindruck nicht stören. Im Gegenteil.«

Der Professor wandte sich ihr mit großen Augen zu.

»Wie bitte, junge Frau?«

»Ich meine, es reicht doch, den Originalzustand hervorzuholen. Dann sieht man den Alterungsprozess. Ein bisschen Retusche ist nicht falsch, aber man sollte nicht zu viel übermalen. Damit erweist man dem Kunstwerk und seiner Geschichte den größten Respekt, finde ich.«

Es wurde still. Monika begriff zu spät, dass sie zu vorlaut gewesen war. Der Professor bedachte sie mit keiner Antwort. Stattdessen wandte er sich mit hochgezogenen Augenbrauen ihrem Vater zu.

»Monika!«, mahnte der.

Eigentlich wollte sie sich nicht so leicht abservieren lassen, doch der Blick ihres Vaters ließ sie verstummen.

»Ich muss schon sagen, eine sehr lebhafte junge Dame haben Sie als Tochter.«

»Monika, könntest du dich schon mal um Kaffee und Kekse kümmern?«, fragte ihr Vater beherrscht. »Frag doch bitte unten bei den Schreibdamen im Büro nach, die können dir sicher weiterhelfen.« Und an die Männer gewandt: »Haben die Herren einen bestimmten Wunsch?«

»Für mich einen schwarzen Tee«, sagte der Professor. »Aber mit Sahne, mein Fräulein. Nicht mit Milch, mit Sahne.«

Der Blick ihres Vaters war eisig. »Monika?«

Sie senkte den Kopf und ging an der Gruppe vorbei zum Ausgang. Sie lag richtig mit ihrer Kritik, und eigentlich sollte ein Landeskonservator das wissen. Auch ihr Vater hätte sich auf ihre Seite stellen müssen.

Im Büro der Sekretärinnen erfuhr sie, dass Kaffee und Gebäck längst vorbereitet waren. Wenn die Herren die Besichtigung abgeschlossen hätten, könnten sie jederzeit im Huldigungssaal bedient werden. Sie stellte sicher, dass für Professor Bömmel schwarzer Tee und Sahne vorhanden waren, dann machte sie sich auf den Weg zurück.

Den Rest des Gesprächs hatte sie verpasst, aber als sie das Treppenhaus vor der Großen Ratsstube erreichte, entdeckte sie den Assistenten des Professors, diesen Doktor Bertram, der vor dem Fresebild stand und es in Augenschein nahm. Das Monumentalgemälde schien Eindruck auf ihn zu machen, auch wenn er mit besorgter Miene die Schäden beäugte.

Monika wollte sich an ihm vorbeischleichen. Doch da wandte er sich vom Bild ab und lächelte ihr zu.

»Sie helfen bei den Arbeiten?«, fragte er.

Monika zögerte. Ihr Vater würde nicht wollen, dass sie mit dem Doktor aus Hannover über ihre Funktion bei der Restaurierung sprach.

»Ich gehöre zur Familie, das ist alles.«

»Aber Sie verstehen etwas vom Handwerk.«

»Man schnappt zwangsläufig ein bisschen was auf.«

Sein Lächeln wurde zu einem breiten Grinsen.

»Ich denke, Sie wissen mehr, als was man so aufschnappt.«

Sie ließ sich nicht aus der Reserve locken. Schweigend wartete sie darauf, aus dem Gespräch entlassen zu werden, damenhaft, wie es sich gehörte.

Er wandte sich wieder dem Ölgemälde zu.

»Hier muss dringend was passieren«, sagte er. »Und zwar von jemandem, der sein Handwerk versteht.«

»Die meisten Schäden wird man erst sehen, wenn man den Firnis abgenommen hat und die Malschicht sieht.«

Jetzt hatte sie schon wieder ihre Meinung gesagt. Sie musste sich zurückhalten.

»Ich mache mir Sorgen, was alles auftauchen könnte«, stimmte Bertram ihr zu.

Monika hatte da ein paar Vermutungen, wollte die aber für sich behalten. Sie hatte für genug Ärger gesorgt.

»Nun ja, wenn Sie Ihre Arbeit in der Ratsstube gut machen, bekommt die Firma Hansen den Folgeauftrag. Das mit der Finanzierung sieht vielversprechend aus. Wir können hiermit weitermachen.«

»Ein Folgeauftrag?«, fragte sie irritiert.

»Das Monumentalgemälde«, erwiderte er verwundert. »Hat Ihr Vater Ihnen das noch gar nicht erzählt? Wir haben entschieden, hierfür Geld bereitzustellen.«

»Wir … bekommen den Auftrag für das Fresebild?«

»Sieht so aus, ja.« Amüsiert fügte er hinzu: »Es sei denn, Sie reißen noch die Decke herunter. Dann überlegt es sich das Landesamt vielleicht noch einmal.«

Er zwinkerte ihr zu, dann trat er zurück in die Ratsstube, um zu den anderen aufzuschließen. Die Männer plauderten gut gelaunt, keiner achtete mehr auf sie.

Monika betrachtete das Gemälde. Sie hätte niemals zu träumen gewagt, so ein Meisterwerk zu restaurieren. Einen Meister der Renaissance.

»Was hast du mit dem Mann aus Hannover besprochen?«

Ihr Vater war hinter ihr aufgetaucht. Mit verschränkten Armen und lauerndem Blick.

»Gar nichts. Du kannst mir ruhig glauben.« Dann wandte sie sich ihm zu. »Stimmt das mit dem Fresebild, Papa? Wir bekommen den Auftrag?«

»Ja. Gerade deshalb sollte alles glatt laufen bei diesem Besuch. Wir müssen einen guten Eindruck machen. Wenn das gelingt, kriegen wir den Auftrag.«

»Aber warum hast du nichts davon erzählt? Das ist doch ein Traum, der wahr wird. Wenn ich das gewusst hätte …«

»Das soll nicht deine Sorge sein. Vergiss das alles. Du bist ab jetzt unsichtbar, haben wir uns verstanden? Geh zurück zu den Pinseln und reinige sie. Wir werden mit den Herren im Huldigungssaal Kaffee trinken. Und dich sehen wir nicht mehr.«

Ihm zu widersprechen wäre in diesem Augenblick keine gute Idee. Er war wütend auf sie, weil sie dem Landeskonservator ins Wort gefallen war. Er würde sich wieder beruhigen, doch im Moment goss sie besser kein Öl ins Feuer.

»Ach, und Monika …« Er rückte an sie heran. »Beim Monumentalbild wirst du nicht dabei sein. Diese Restauration überlässt du uns.«

Damit wandte er sich ab und marschierte davon.

Monika blickte ihm erschrocken hinterher. Es traf sie mehr, als sie geglaubt hätte. So ein Gemälde zu restaurieren war ihr größter Traum. Sie hatte genug Erfahrung, und sie hatte alles darüber gelesen. Sie wäre in der Lage, ein solches Projekt anzugehen.

Das konnte er ihr doch unmöglich absprechen, dachte sie verzweifelt. Er brauchte sie, das musste er erkennen.

In der Ratsstube entdeckte sie Wolfgang, der den Assistenten des Landeskonservators zur Seite gezogen hatte. Ihr Bruder schien ihn mit Fragen zu bombardieren, er wirkte aufgeregt. Sicher fragte er ihn über Hamburg aus. Um etwas über die Musikszene zu erfahren, von der Doktor Bertram gesprochen hatte. Welche Clubs angesagt waren, wo die spannendsten Bands spielten.

»Meine Herren«, rief der Stadtdirektor. »Die Damen aus dem Büro haben im Huldigungssaal Kaffee und Tee bereitgestellt. Wenn Sie mir folgen wollen?«

Angeführt von Herrn Priggen spazierten die Männer an ihr vorüber, ohne weitere Notiz von ihr zu nehmen. Nur Wolfgang schenkte ihr ein schiefes Lächeln, dann verschwand er mit den anderen im Huldigungssaal. Die Tür schloss sich, und Monika blieb allein vor dem Monumentalbild zurück.

Wehmütig betrachtete sie das Gemälde. Sie hatte die Schäden bis ins Detail studiert. Sie wusste, was zu tun war. Vielleicht überlegte es sich ihr Vater noch einmal, sagte sie sich. Vielleicht ließ er sie doch an einigen Arbeiten teilhaben.

Doch sie ahnte bereits, dass diese Hoffnung vergebens sein würde.

Kapitel elf

Heute

Wolfgang betrachtete das Foto in seiner Hand. Der Abzug, den ihm der Bekannte von Jordis, der Mann vom Denkmalschutz, mitgebracht hatte. Sie waren alle auf dem alten Schwarz-Weiß-Bild abgebildet: sein Vater, Helmut, Monika und er. Und das Monumentalbild, das frisch restauriert hinter ihnen an der Wand hing. Eingefroren in der Zeit, ein Blick in ein längst vergangenes Leben.

So viele Jahrzehnte waren seitdem vergangen. Es fühlte sich an, als betrachtete er das Leben eines anderen, nicht sein eigenes. Und gleichzeitig, als wäre das gar kein Widerspruch, schien dies alles erst gestern passiert zu sein. Als wäre er eben noch auf der Baustelle gewesen, hätte sich nur im Kreis gedreht, und nun stand er auf einmal in diesem Hotel, war alt und gebrechlich und verstand nicht, wo die vielen Jahre geblieben waren.

Er war der letzte Überlebende derjenigen, die auf dem Foto abgebildet waren. Ohne etwas dazu beizutragen, hatte Wolfgang alle überlebt. Das Glücksrad des Lebens hatte sich für ihn einfach immer weitergedreht, während er nach und nach alle anderen hatte zu Grabe tragen müssen.

Jordis, dachte er wieder, hatte so große Ähnlichkeit mit ihrer Großmutter, als die in ihrem Alter war. Die großen Augen, die schlanken Hüften, der scheue Ausdruck. Diese Mischung aus Zähigkeit und Fragilität. Jordis hatte zwar wasserblaue Augen und nicht bernsteinfarbene wie ihre Großmutter, doch konnte das nicht über die offensichtliche Verwandtschaft hinwegtäuschen.

Er verlor sich in der Betrachtung seiner Schwester auf dem Foto. Sie hätte überleben sollen und nicht er. Er hatte nie damit gerechnet, dass sie vor ihm sterben würde. Bei dem ungesunden Leben, das er geführt hatte, war ihm die Idee gar nicht gekommen, dass er seine jüngeren Geschwister überleben könnte.

Ohne Monika fühlte er sich unvollständig. Er wünschte, sie wäre hier und würde mit ihm das Rathaus besuchen. Dann wäre vieles leichter.

Er ließ das Foto sinken und trat ans Fenster, blickte auf den alten Hafen, auf die Fachwerkhäuser und Backsteingiebel und auf die vielen Cafés, die den Kai säumten. So früh am Tag war nicht viel los. Ein paar Urlauber tranken unter den Sonnenschirmen einen Morgenkaffee, doch die meisten Tische waren verwaist.

Alles strahlte Ruhe und Gediegenheit aus. Wäre da nicht Lucas, der mit seinem Skateboard waghalsig an der Kaimauer entlangraste. Er bremste unvermittelt ab, wechselte die Richtung, sprang über ein Geländer, während das Skateboard drunter hinwegrollte, und landete auf der anderen Seite sicher auf dem Brett. Auf Wolfgang wirkte das ganze Unterfangen mehr als halsbrecherisch.

Einige der Besucher, meist ältere Herrschaften, wandten sich verärgert um und schüttelten demonstrativ den Kopf. Doch Lucas schien das nicht zu stören. Er sauste zwischen Hängegeranien, historischen Hafenanlagen und Außenbestuhlung umher, als wäre er in einem Skatepark.

Wolfgang legte die Fotografie zurück auf das Nachtschränkchen. Er wusste nicht recht, ob er das Rathaus besuchen sollte. Es waren schon genug alte Gefühle aufgewühlt worden, am liebsten hätte er diesen Programmpunkt ausgelassen und wäre gleich zurück nach Hamburg gefahren. Doch wie sollte er das Jordis erklären?

Sein Handy klingelte. Er nahm das Gerät von dem Couchtisch auf und sah aufs Display. Es war Lucas. Verwundert nahm er das Gespräch entgegen.

»Opa, geh doch mal ans Fenster.«

»Ans *Fenster*? Was ist denn?«

Er trat zurück ans Sprossenfenster und sah hinaus. Lucas stand mit dem Handy zwischen der Außenbestuhlung an einer Treppe, die hinunter zu einer zweiten Ebene auf Höhe der Schiffe im Hafen führte, wo ebenfalls Besuchertische aufgebaut waren.

»Siehst du mich, Opa?«

Er hob den Arm und winkte.

»Ich sehe dich. Wieso fragst du?«

»Pass gut auf. Ich will dir was zeigen. Warte …«

Ehe Wolfgang die Chance hatte zu protestieren, legte Lucas das Handy auf dem Tisch ab, fuhr einen Bogen, nahm Anlauf und vollführte einen gewagten Sprung samt Skateboard, wobei er mit dem Board übers Treppengeländer nach unten schoss, auf der zweiten Ebene elegant auftippte und durch eine Vollbremsung verhinderte, samt Board ins Hafenbecken zu stürzen. Wolfgang entfuhr ein Stöhnen. Doch Lucas grinste breit zu ihm hoch, sprintete zurück zum Handy und hielt es sich ans Ohr.

»Na, was sagst du, Opa?«

»Am besten gar nichts. Du meine Güte.«

»Wann kommst du runter? Wir wollen doch ins Rathaus.«

»Eine Minute. Ich komme gleich.« Bevor er auflegte, sagte er: »Ach, Lucas? Bitte keinen tödlichen Unfall bis dahin. Deine Eltern werden mich sonst umbringen.«

»Geht klar, Opa.«

Er beendete das Gespräch und nahm seinen Mantel. Das Schwarz-Weiß-Bild ließ er auf dem Nachttisch stehen. Er hielt inne, als müsse er sich von der Gruppe auf dem Foto verabschieden.

Monika strahlte ihn an, mit perlendem Lachen.

»Du musst dir deine Träume erfüllen, Wolfgang«, hörte er sie in Gedanken sagen, damals, als sein Leben in eine Sackgasse geraten war. »Du musst das tun, was dein Herz dir sagt. Sonst wirst du niemals glücklich werden.«

Er betrachtete bekümmert ihr eingefrorenes, sorgloses Lachen.

»Und was ist aus deinen Träumen geworden, Monika?«, fragte er. »Wer hat sich darum gekümmert?«

Er bekam keine Antwort, natürlich nicht.

Nachdenklich nahm er das Handy, ließ es in die Manteltasche rutschen und folgte Lucas nach draußen. Als er auf dem Bohlenweg am Hafen auftauchte, rollte ihm sein Enkel auf dem Board entgegen.

»Da bist du ja«, begrüßte er ihn. »Das wurde auch Zeit. Ich will noch was sehen von der Gegend, bevor wir nach Hamburg zurückfahren.«

»Wir haben ja keine Eile. Wozu hast du Lust?«

»Keine Ahnung. Was ist denn cool hier?«

»Wir könnten einen Abstecher in die Lüneburger Heide machen. Aber ob das cool ist? Oder wir fahren ein Stück die Ilmenau runter. Wusstest du, dass Gerhard Schröder ein Haus an der Ilmenau hat?«

»Wer ist denn Gerhard Schröder?«

»Ach, nicht so wichtig.« Er dachte nach. »Uns fällt schon was ein, was wir mit dem Tag anfangen. Ich hoffe nur, es wird dir nicht langweilig.«

»Nein, ist doch super, mit dir zusammen unterwegs zu sein. Aber zuerst geht es ins Rathaus, oder?«

»Ja, Jordis wartet schon auf uns.«

Er würde diesen Besuch im historischen Rathaus schnell hinter sich bringen. Und wenn sie heute Abend zurück in Hamburg wären, dann könnte er diesen Teil seiner Vergangenheit wieder dorthinpacken, wo er viele Jahre gewesen war: tief in einer verborgenen Ecke seines Unterbewusstseins.

»Dann los«, sagte Lucas. »Willst du mal aufs Board?«

Die Vorstellung brachte Wolfgang zum Lachen.

»Nur, wenn du lieber in die Notaufnahme willst statt zum Rathaus.«

»Wie du meinst«, sagte Lucas und nahm das Board unter den Arm. »Zeigst du mir jetzt das Haus, wo ihr gewohnt habt?«

»Es liegt auf dem Weg«, sagte Wolfgang, der glaubte, ein zweiter Besuch in Anwesenheit seines Enkels würde die Geister der Vergangenheit ruhen lassen. »Ich zeig es dir. Komm mit.«

Jordis beobachtete Florian, der den Tisch mit der heiligen Ursula umrundete.

Sie hatten die Skulptur in den Arbeitsraum gebracht, den sie in einem Seitenflügel des Rathauses zur Verfügung gestellt bekommen hatten. Wenn die provisorische Werkstatt bereit war, konnten sie mit der Arbeit beginnen. Florian richtete alles ein, doch Jordis war in Gedanken immer noch bei ihrem Großonkel.

»Ich hatte nicht das Gefühl, dass er große Lust hat, uns zu besuchen«, sagte sie. »Das ist doch merkwürdig.«

»Ich weiß nicht, Jordis. Du deutest da zu viel rein, wenn du mich fragst.«

»Aber wenn er damals die Arbeiten am Gemälde durchgeführt hätte, würde er sich dann nicht freuen, es noch einmal zu sehen? Das wäre doch normal.«

Er beugte sich über die Figur und fixierte die Malschichten.

»Vielleicht interessiert es ihn nicht, weil er nicht dabei war«, sagte sie.

»Oder weil ihn das Handwerk grundsätzlich nie interessiert hat«, meinte Florian. »Er wollte den Betrieb nicht übernehmen. Das könnte doch der Grund sein.«

»Ich weiß nicht. Ich glaube, es steckt mehr dahinter.«

»Wieso fragst du ihn nicht, wenn er gleich kommt?«

»Das kann ich nicht.«

»Wieso nicht?«

»Wie stellst du dir das vor? *Hallo Onkel Wolfgang, stimmt es, dass damals alles ein Betrug war und du das Monumentalbild gar nicht restauriert hast, sondern Oma Monika? Und ihr habt uns ein Leben lang darüber belogen?* Das ist doch verrückt.«

»Du kannst es ja ein bisschen behutsamer ansprechen.«

»Er hätte es mir doch gesagt, wenn er es gewollt hätte. Wir haben über das Gemälde gesprochen. Über die Zeit damals. Meine Oma hat er mit keinem Wort erwähnt.«

»Und wenn es einfach ein Irrtum ist? Was diese Frau da gesagt hat? Es wäre damals doch aufgefallen, wenn eine junge Frau ein so wichtiges Werk bearbeitet hätte, meinst du nicht?«

Er stellte die Scheinwerfer ein und setzte seine Brille auf.

»Was sagt denn Doktor Love dazu?«, fragte er.

Sie warf ihm einen genervten Blick zu.

»Doktor Adler, Entschuldigung.«

»Er sagt, seine Vermieterin ist keine Idiotin. Sie würde sich so eine Geschichte nicht ausdenken. Sie hat damals in Lüneburg gelebt, und ihre Cousine war mit den Priggens befreundet. Sie meint, die Geschichte mit Monika war ein Gerücht, das damals jeder kannte.«

»Wenn ich mir vorstelle, wie es damals hier gewesen sein mag, in den Sechzigern …«, begann Florian. »Das waren doch alles Chauvis damals. Einen solchen Auftrag an eine Frau zu übertragen hätte doch einen Riesenärger gegeben. Selbst wenn sie die Restaurierung heimlich gemacht hat, kannst du dir vorstellen, dass das nicht aufgefallen wäre?«

»Eher nicht. Doktor Adler will im Archiv nachsehen, was er dazu findet. Er meint, die Arbeiten seien damals dokumentiert worden.«

In der Brusttasche ihres Overalls machte sich das Handy bemerkbar. Sie zog es hervor und warf einen Blick darauf.

»Wenn man vom Teufel spricht?«, fragte Florian.

Sie nickte, bedeutete ihm, still zu sein, ging ein paar Schritte und nahm das Gespräch entgegen.

»Hast du einen Moment?«, fragte Emilian. »Oder ist dein Großonkel schon zu Besuch?«

»Er ist noch nicht da. Aber er wird jeden Moment kommen.«

»Ich habe ein bisschen im Archiv gestöbert, wie versprochen. Es gibt Aktenvermerke und Protokolle. Besprechungen, Vereinbarungen, so was wurde dokumentiert, alles rund um das Monumentalgemälde.«

»Und? Hast du etwas gefunden?«

»Deine Großmutter taucht nirgendwo auf.«

»Du meinst, sie wurde nirgends erwähnt?«

»Nicht nur das. Sie scheint nicht einmal dabei gewesen zu sein. Die anwesenden Personen wurden bei den Protokollen immer aufgeführt, ausnahmslos alle, die im Raum waren. Das sind, je nachdem, was jeweils besprochen wurde, der Stadtdirektor Doktor Priggen, der Landeskonservator, Professor Brügge, manchmal noch dessen Assistent, einer vom Bauamt, na ja, und dann Heinrich und Wolfgang Hansen, die Restauratoren.«

»Von Monika Hansen keine Spur?«

»Nicht die geringste.«

»Denkst du, deine Vermieterin irrt sich?«

»Zuerst dachte ich, nein. Aber wer weiß. Möglich, dass sie etwas falsch verstanden hat.«

»Danke, dass du dir die Mühe gemacht hast, nachzusehen.«

»Wenn ich dir sonst weiterhelfen kann, lass es mich wissen. Halte mich auf dem Laufenden.«

Jordis versprach, sich bald zu melden, beendete das Gespräch und kehrte zur Baustelle zurück.

Gleich darauf tauchte ein junger Mitarbeiter der Stadtverwaltung auf, um Bescheid zu geben, dass Wolfgang und Lucas am Seiteneingang warteten. Jordis folgte ihm durch die Rathausdiele nach unten, wo die beiden an der Garderobe standen.

Wolfgang sah blass aus und schien erschöpft zu sein. Als würde dieser Trip nach Lüneburg seine Kräfte übersteigen. Jordis hatte gehört, dass er gesundheitlich angeschlagen war, doch sie wusste nichts Konkretes.

»Ich habe nur schlecht geschlafen«, erklärte er, als sie sich besorgt nach seinem Wohlergehen erkundigte. »Die ungewohnte Umgebung, du weißt schon.«

Sie traten durch den Vorraum in den kleinen Innenhof, den sie auf dem Weg zur Rathausdiele durchqueren mussten. Die Mauern und Fenster zeigten verschiedene Epochen der Backsteingotik, und wer den Hof betrat, konnte sich sofort ein Bild von der jahrhundertealten Geschichte des Gebäudekomplexes machen.

Wolfgang verzog das Gesicht, als hätte er einen alten Bekannten getroffen, den er nicht sonderlich mochte, dann folgte er Jordis weiter in die Rathausdiele. Sein Blick wurde steinern.

»Geht es dir wirklich gut, Onkel Wolfgang?«

»Aber ja. Es sind nur die Erinnerungen.«

»Ich wusste nicht, dass dir das so nahegeht.«

»Es zeigt nur, wie alt ich bin. Weiter nichts.«

»Sind es denn schlechte Erinnerungen, die du hiermit verbindest?«

»Nein, gar nicht. Es ist nur … als wenn ein Fenster in der Zeit aufgeht und man hindurchtritt. Wir waren damals so jung. Deine Großmutter und ich … nein, es war eine gute Zeit. Das ist alles.«

Jordis überlegte, ob sie nachhaken sollte. Doch blieb ihr Großonkel so vage und unklar, wenn es um die Vergangenheit ging, dass sie sich nicht traute. Es war nicht der richtige Zeitpunkt.

Sie bemerkte, wie Lucas neben sie trat und sich staunend umsah. Die Gemälde und Holzvertäfelungen, die Skulpturen und Deckenfresken, nicht zuletzt die Backsteingewölbe, all das konnte beim ersten Besuch überwältigend wirken.

»Wahnsinn. Das sieht krass aus. Wie bei *Game Of Thrones.*«

»Dann musst du erst die Gerichtslaube sehen«, meinte Jordis. »Das ist der älteste Teil des Rathauses. Mein Lieblingsort. Aber lasst uns zuerst das Fresebild anschauen. Es ist gleich um die Ecke.«

Sie führte die beiden zum Treppenaufgang, wo das Monumentalbild im Zwielicht des Vormittags hing. Durch die Butzenfenster fiel nicht genügend Tageslicht hinein, um es richtig wirken zu lassen. Es waren kaum mehr als die Umrisse der dargestellten Figuren zu erkennen.

»Wartet, ich mache mal die Lichter an«, sagte sie, huschte hinter eine Säule und betätigte die Schalter. »Wenn keine Besucher da sind, ist der Scheinwerfer meistens ausgeschaltet.«

Als sie zurückkehrte, stand ihr Großonkel wie erstarrt auf dem Treppenabsatz. Es war, als würde er ein Gespenst sehen. Das Fresebild schien ihm nicht annähernd so gleichgültig zu sein, wie er vorgegeben hatte.

»Der gerechte Richter«, stellte er fest. »Da ist es.«

»Es ist riesig«, meinte Lucas. »Und ganz schön durcheinander, oder? So viele Figuren, voll das Wimmelbild. Und die auf der linken Seite, die sehen ziemlich gruselig aus. Muss man das verstehen?«

»Es zeigt eine Allegorie auf die ideale Rechtsprechung«, erklärte Wolfgang. »Auf dem Thron am Rand sitzt der weise Richter, und jede Figur vor ihm steht für eine menschliche Triebfeder. Für unsere niederen Bedürfnisse genau wie für unsere Tugenden. Das Bild soll uns zeigen, was Gerechtigkeit ist, aber auch die menschlichen Eigenschaften, die ihr im Weg stehen. Dass es oftmals nicht leicht ist, auf die richtige Stimme zu hören. Damals sollte das Gemälde nicht nur den Lüneburgern veranschaulichen, was ideale Rechtsprechung ist, weißt du. Es sollte auch die Richter mahnen. Denn die haben das Bild gesehen, bevor sie in die Verhandlung gingen. Es sollte sie daran erinnern, wie schwer es ist, zwischen Gut und Böse zu unterscheiden. Wie leicht es ist, ein falsches Urteil zu sprechen.«

Jordis hörte aufmerksam zu. Ihr Großonkel kannte sich aus mit dem Gemälde. Er klang wie jemand, der eine sinnliche Beziehung zu einem Werk und seinen Inhalten hat. Mit einem Mal zweifelte sie, ob das Gerücht um ihre Großmutter wahr sein konnte. Es musste Wolfgang gewesen sein, der die Arbeiten durchgeführt hatte. Wie in den Protokollen angegeben.

»Und ihr habt das ganze Bild restauriert?«, fragte Lucas. »Dieses Riesenteil?«

»Ja. Es war in einem ausgesprochen schlechten Zustand. Dunkel und verschmutzt, voller Risse und Abblätterungen. Es gab sogar Bildbereiche, die ganz fehlten. Einzelne Elemente waren im neunzehnten Jahrhundert schon mal übermalt worden, das musste rückgängig gemacht werden. Kurz, es gab eine Menge zu tun.«

»Und das habt ihr alles im Treppenhaus gemacht?«

»Nein. Wir hatten eine Werkstatt, in der westlichen Altstadt. Damals stand der Stadtteil kurz vor dem Abriss. Da war alles runtergekommen, und viele Häuser standen leer. *Auf dem Meere*, so hieß die Straße. Da haben wir das Bild restauriert.«

Er fiel in Schweigen, schien gedankenverloren, ein trauriges Lächeln tauchte in seinem Gesicht auf. Lucas bestaunte das Gemälde, doch Jordis ließ ihren Großonkel nicht aus den Augen.

Nach einer Weile stützte er sich an dem Holzgeländer ab, wirkte erschöpft. Das Lächeln war aus seinem Gesicht verschwunden, ein dunkler Schatten lag darüber.

»Onkel Wolfgang? Alles in Ordnung?«

»Aber ja. Es ist nur … so viel ist passiert damals.«

»Du meinst beim Restaurieren des Gemäldes?«

»Ja. Ich habe schon lange nicht mehr daran gedacht.«

Er ließ den Blick auf dem Gemälde ruhen, mit der Hand umklammerte er das Geländer.

Es schien Jordis, als wäre er kurz davor, von damals zu erzählen. Zaghaft fragte sie: »Was ist denn passiert?«

Er zögerte. Sah sie mit wunden Augen an.

»Was war damals, Onkel Wolfgang?«

Doch statt sein Geheimnis preiszugeben, machte er eine wegwerfende Handbewegung.

»Denken wir nicht mehr daran. Es ist zu lange her. Aber schön, dass die Arbeit gut erhalten ist. Das Bild erstrahlt immer noch in altem Glanz. Das ist etwas, was mich freut.«

Jordis überlegte, wie sie das Gespräch zu den Ereignissen von damals zurücklenken konnte. Da klatschte Onkel Wolfgang in die Hände, und Leben schien in sein Gesicht zurückzukehren.

»Aber jetzt zu deiner Baustelle, Jordis. Die heilige Ursula. Die möchte ich unbedingt sehen.«

Es war zu spät. Sie hatte es verpasst, ihm etwas zu entlocken. Also sagte sie: »Sicher, Onkel Wolfgang. Kommt mit. Ich zeige euch, woran wir arbeiten.«

Dann führte sie die beiden durch die Rathausdiele in den Seitenflügel, wo ihnen der Raum zur Verfügung gestellt worden war. Sie hoffte, später eine weitere Gelegenheit zu bekommen, ihren Großonkel auf die Ereignisse anzusprechen. Denn zu gern würde sie wissen, was ihm vor dem Bild des gerechten Richters durch den Kopf gegangen war.

ဢ ဣ

Draußen wehte eine kühle Brise über den Ochsenmarkt. Wolfgang schüttelte sich, als er aus dem Rathaus trat, als könne er seine Erinnerungen abschütteln und vom Wind davontragen lassen.

Er hatte es hinter sich gebracht. Jetzt konnte er nach Hause fahren. Zurück nach Hamburg, die Vergangenheit hinter sich lassen.

Vor ihm lagen der Marktplatz, das Landgericht, die Giebelhäuser und der Brunnen mit der Göttin Artemis. Lucas tauchte neben ihm auf, setzte das Skateboard ab und stellte einen Fuß darauf.

»Das alte Bild war schon heftig, Opa. Vor allem, weil du das restauriert hast. Das ist echt cool, muss ich sagen.«

Wolfgang lachte, ein befreiendes Gefühl.

»Ich war das nicht. Ich am allerwenigsten.«

»Nicht?«, fragte er irritiert. »Wer war es denn?«

Wolfgang lachte wieder. Eine so einfache Frage und eine so komplizierte Antwort.

»Sagen wir mal: Wir waren ein Familienbetrieb. Es haben alle mitgewirkt.«

»Und was hast du gemacht? Während das Bild restauriert wurde?«

»Ich? Na, die meiste Zeit war ich in Hamburg.« Er zwinkerte. »Auf St. Pauli.«

Lucas machte ein Gesicht, als würde er sich auf den Arm genommen fühlen.

»Ich wollte eben Musik machen«, erklärte Wolfgang, »und nicht Restaurator werden. Dafür war St. Pauli der beste Ort der Welt. Wusstest du, dass ich da mal die Beatles kennengelernt habe?«

»Die Beatles? Das ist ja krass, Opa.«

»Ja, das war tatsächlich krass.«

»Hast du mit denen Party gemacht?«

»Hab ich. Monika hat mich gedeckt, damit ich heimlich nach Hamburg konnte. Sie hat dafür gesorgt, dass keiner was merkt.«

»Großtante Monika? Die hat dich gedeckt?«

»Wir haben damals zusammengehalten.«

»Das musst du genauer erzählen, Opa.«

Wolfgang überlegte. Dieser Teil der Geschichte war harmlos, warum sollte er ihn auch nicht erzählen? Den Rest konnte er immer noch für sich behalten.

»Ich weiß ein gemütliches Brauhaus«, sagte er. »Nicht weit von hier. Sollen wir dahingehen?«

»Auf jeden Fall, ich bin dabei.«

»Dann komm.« Lachend fügte er hinzu: »Zweiundsechzig auf St. Pauli. Du liebe Güte. Also gut, dann erzähle ich dir von damals. Wie ich die Beatles getroffen habe.«

Kapitel zwölf

April 1962

Erst mit der Dunkelheit und dem Glanz der Neonbeleuchtung zeigte sich der wahre Zauber von St. Pauli. Die ganze Verheißung der Reeperbahn. Wo tagsüber alles grau und hässlich wirkte, wo Brandwände und weggebombte Häuser das Bild bestimmten und eingeschossige, billige Ladenlokale vor schlichten Nachkriegsbauten standen, da verwandelte die Nacht alles in eine Märchenwelt. Es blinkte und leuchtete von zahllosen Reklametafeln und Neonröhren, und ein rosafarbener Abendhimmel reflektierte das Lichtermeer wie die Kuppel eines Zirkuszeltes.

Von überall drangen Lärm und Musik, Schlager und Jazz, Tanzmusik und sogar Rock 'n' Roll. Auf der Reeperbahn ging es zu wie auf dem Rummel. Alles war voller amüsierhungriger Menschen. Seeleute mit Matrosenanzügen und Mützen, dicke Glatzköpfe im Trenchcoat und mit Hornbrille, Frauen im Pelz und mit hochtoupierten Haaren, Mädchen in kurzen Röcken.

Türsteher und Conférenciers fingen flanierende Passanten ab, um sie in ihre Amüsiertempel zu locken, prahlten mit den schönsten Stripmädchen und den besten Cabaretshows.

Wolfgang wusste kaum, wie er alles um sich herum aufnehmen sollte. Erotik-Clubs, Tanzlokale, Stripshows, Trinkhallen, Sex-Schauen, sogar ein Damenringkampf im Schlamm wurde angepriesen. Er fühlte sich wie Alice, die in einen Kaninchenbau gefallen und in einem Wunderland gelandet war. Doch sein Gefühl sagte ihm: Hier gehörst du hin.

Eine Reihe Motorräder parkte am Rinnstein, einige Halbstarke und Mädchen in modisch bunt gemusterten Röcken standen herum, lachten, rauchten und benahmen sich, als gehörte ihnen die Welt. Wolfgang hätte gar nicht seinen Sonntagsanzug anzuziehen brauchen. Hier herrschte keine Kleiderordnung, jeder konnte tragen, was er wollte. Bluejeans und Lederjacke wären nicht falsch gewesen, im Gegenteil. Er hatte Angst gehabt, nicht in die beliebten Clubs zu gelangen, wenn er keinen Anzug tragen würde. Doch es sah nicht so aus, als wäre diese Sorge begründet.

Er wollte in den Kaiserkeller, einen Tanzclub, den ihm Clemens Bertram empfohlen hatte, der Assistent des Landeskonservators. Bertram, obwohl Kunsthistoriker und Schöngeist, war besonders von der Twist-Musik begeistert, und er hatte Wolfgang von Beatgruppen erzählt, die aus England kamen und deren Musik in Hamburg der letzte Schrei wäre.

Genau diese Gruppen wollte Wolfgang unbedingt mit eigenen Augen sehen. Er konnte kaum abwarten, diesen Kaiserkeller zu finden, der auf der Großen Freiheit beheimatet sein sollte.

Zwei junge Männer in seinem Alter spazierten auf ihn zu. Sie trugen Hosenträger und weite Hemden, hatten ihre Mützen tief ins Gesicht gezogen und die Hände in den Taschen vergraben. Als sie ihn entdeckten, stießen sie sich in die Seite und grinsten. Wolfgangs staunender Blick schien sie zu amüsieren.

»Suchst du irgendwas, Junge?«, fragte einer von ihnen.

Der andere nahm seine Zigarettenkippe aus dem Mundwinkel und meinte: »Du bist wohl nicht von hier?«

»Ich bin zu Besuch«, sagte Wolfgang. »Zum ersten Mal auf St. Pauli.«

»Ah, du willst einen draufmachen? Ein paar Mädchen, ein bisschen Liebe …«

Sie lachten über ihn, doch schienen sie es nicht böse zu meinen. Wolfgang lächelte.

»Eigentlich suche ich einen Tanzclub.«

»Was für einen? Kennen wir den?«

»Wisst ihr, wo die Große Freiheit ist?«

»Die Große Freiheit?« Sie lachten. »Noch nie gehört.«

Wahrscheinlich eine dumme Frage, ging es Wolfgang durch den Kopf. Aber er war nun mal zum ersten Mal in Hamburg.

»Ich will zum Kaiserkeller. Der soll da sein.«

»Klar, den kennen wir. Siehst du die Querstraße? Geh da durch, dann kommst du automatisch dahin.«

»Hier runter, meint ihr?«

»Na klar. Am Ende links, kannst du nicht verfehlen.«

Wolfgang dankte überschwänglich und trat in die dunkle Gasse. Auch hier waren Stripclubs und Trinkhallen, doch sah alles ein bisschen schmieriger und billiger aus. Vor allem war die Gasse beinahe menschenleer, was ein ziemlicher Gegensatz zur Reeperbahn und den großen Amüsierstraßen rundherum war.

Vor ihm tauchte die Silhouette eines breitschultrigen Typen auf, der mitten auf dem Weg stehen blieb. Wolfgang hatte sofort ein ungutes Gefühl und hielt inne. Der Typ stellte sich breitbeinig auf. Vielleicht ein Türsteher, der Amüsiergäste aufgabeln wollte. Doch lieber ging er kein Risiko ein.

Besser, er blieb auf der belebten Hauptstraße, dachte er und wandte sich ab, um möglichst unauffällig zurückzuschlendern. Doch auch der Rückweg war versperrt. Es waren die beiden Burschen, die ihn hierhergeschickt hatten.

Er begriff sofort. Was war er nur für ein Trottel. Der dumme Tourist, der sich ausnehmen ließ.

Sie kamen näher, in bedrohlicher Haltung. Er überlegte, loszupreschen und an ihnen vorbeizulaufen, doch damit rechneten sie sicherlich. Er brauchte eine andere Strategie.

»Kommt schon, sucht euch einen anderen«, rief er. »Sehe ich aus, als hätte ich viel Geld bei mir?«

Die beiden Burschen lachten wieder, genauso einnehmend und gut gelaunt wie zuvor.

»Wir nehmen einfach das bisschen, das du hast«, sagte der eine, und der andere fügte hinzu: »Das reicht uns schon.«

»Der Anzug sieht erbärmlich aus«, sagte der Bullige hinter ihnen, der eine finstere Miene zur Schau trug. Er schien der Anführer der Gruppe zu sein. »Der bringt kaum was beim Lumpenhändler.«

Lumpenhändler? Wollten sie ihm etwa die Sachen ausziehen? Ihn in Unterwäsche zurücklassen? Das konnte nicht wahr sein.

»Nicht meinen Anzug«, protestierte Wolfgang laut. »Soll ich hier etwa nackt rumlaufen?«

»Die Sitte wird mit ihm ihren Spaß haben.«

Er starrte sie böse an. Das war zu viel.

»Das könnt ihr nicht machen. Ich bin Musiker. Sucht euch einen alten Sack, der vor Geld stinkt. Ihr müsst nicht einen armen Künstler ausnehmen.« Er wollte sich diesen Ort nicht von diesen Typen verleiden lassen. »Das ist einfach unfair.«

Sie sahen sich an, grinsten.

»Schneid hat er ja«, meinte einer der Burschen.

Wolfgang sah die Faust des Bulligen nicht kommen. Blitzschnell schoss sie hervor und traf ihn im Gesicht. Sein Kopf wurde zurückgerissen, und er schlug gegen eine Hauswand. Er stöhnte auf, versuchte, das Gleichgewicht nicht zu verlieren, klammerte sich an hervorstehende Backsteine.

»Zieh dich aus«, befahl der Anführer.

Wolfgang spuckte Blut, betastete seine Zähne und die Nase, doch es schien nichts gebrochen zu sein.

»Ihr könnt alles Geld haben, das ich bei mir trage«, sagte er und legte seine ganze Entschlossenheit in die Stimme. »Aber ihr lasst mir meinen Anzug. Der ist sowieso nichts wert.«

Der Breitschultrige fixierte ihn. Wolfgang starrte zurück. Die Burschen warteten. Ein knappes Nicken reichte aus, um ihnen zu signalisieren, dass sie Wolfgang packen und ausnehmen sollten.

»Nein, das macht ihr nicht!«, brüllte er. »Ich bin Musiker. Ich gehöre hierher, genauso wie ihr.«

Die beiden Burschen schienen verunsichert, doch der Anführer schaute wie eine Sphinx.

»Ich gehöre hierher«, wiederholte Wolfgang eindringlich. »Ich will Musik machen, versteht ihr? Ich besitze nichts außer meiner Gitarre. Sucht euch einen anderen.«

Der Bullige seufzte, dann sagte er zu den beiden: »Nehmt ihm das Geld ab, das reicht.«

Sie wollten ihn packen, doch Wolfgang zog das Geld aus der Innentasche seines Jacketts hervor und überreichte es ihnen freiwillig. Sie packten ihn dennoch und durchsuchten seine Taschen, doch war nirgends mehr ein Pfennig zu finden. Sie nahmen ihm die Schachtel Zigaretten ab, dann stießen sie ihn weg und liefen davon. Der Anführer warf ihm einen letzten Blick zu, ein Lächeln tauchte in seinem Gesicht auf, als hätte ihn Wolfgangs dramatische Rede amüsiert, dann wandte er sich ab und folgte den Burschen.

Wolfgang blieb in der dunklen Gasse zurück. Er ließ sich auf den Bordstein sinken und holte Luft. Seine Lippe war aufgeplatzt, und ein Bluterguss bedeckte den Wangenknochen.

Es hätte schlimmer kommen können, sagte er sich. Alles in allem war er glimpflich davongekommen. Es war seine eigene Dummheit. Was hatte er sich nur gedacht?

Er zog seinen Schuh aus und tastete die Socke ab. Mit einem Seitenblick vergewisserte er sich, dass er allein in der Gasse war, dann zog er den Fünf-Mark-Schein aus der Socke hervor, den er für alle Fälle versteckt hatte. Er strich ihn glatt und steckte ihn sorgsam ein.

Weit würde er damit nicht kommen, aber es war besser als nichts. Wenn er morgen früh kein Billett für den Zug kaufte und sich vor dem Schaffner auf der Zugtoilette versteckte, blieb ihm ein bisschen Geld für die Nacht. Damit konnte er immerhin zwei oder drei Gläser Bier kaufen.

Er war wütend, doch gleichzeitig auch stolz. Er hatte seinen Anzug behalten, und ihm waren fünf Mark geblieben, und die Laune würde er sich nicht verderben lassen. Dies war immer noch St. Pauli, die Heimat des Rock 'n' Roll und der Beatmusik. Hier gehörte er hin.

Als er wieder ins Gewühl und ins Licht der Reklametafeln trat, bemerkte er, dass Blutflecken auf dem weißen Hemd waren. Er rubbelte an ihnen herum, machte es aber nur schlimmer. Gern hätte er sein Gesicht in einem Spiegel betrachtet, doch vorerst musste eine Schaufensterscheibe reichen. Er fand, dass er nicht so zerschunden aussah, wie er sich fühlte.

Auf der Großen Freiheit achtete kaum jemand auf ihn. Die Straße war ein einziges Lichtermeer, und seine Begeisterung kehrte sogleich zurück. Den Kaiserkeller erkannte er von Weitem. Trauben junger Leute standen vor dem Einlass und drängten hinein. Kaum einer trug einen Anzug, bemerkte er, doch das störte ihn nicht. Er hörte die Rhythmen, die aus dem Innern drangen. Es wurde Rock 'n' Roll gespielt. Ziemlich flott und von Musikern, die ihr Handwerk beherrschten. Er hatte keine Ahnung, was für eine Gruppe spielte, doch sie musste etwas draufhaben, und er konnte kaum abwarten, sie auf der Bühne zu sehen.

Er umklammerte den Geldschein und trat an den Einlass.

»Für dich gibt's heute nichts«, sagte der Türsteher gelangweilt. »Verschwinde.«

Hinter ihm wurde gedrängelt, der Türsteher wandte sich dem Nächsten zu.

»Aber ich komme extra aus Lüneburg.«

Der Mann betrachtete Wolfgangs Gesicht und die Blutflecken auf seinem Hemd. »Werd nüchtern und komm ein andermal wieder. Und jetzt verschwinde.«

Neuankömmlinge drängten sich an ihm vorbei. Der Türsteher achtete nicht weiter auf ihn. Wolfgang blieb mit hängenden Schultern vor dem Einlass stehen.

»Verschwinde endlich«, rief ihm der Türsteher zu, und er trottete mit eingekniffenem Schwanz davon.

Seinen ersten Besuch auf St. Pauli hatte er sich anders vorgestellt.

Also ließ er sich treiben, schaute in Schaufenster und Clubeingänge. Twist-Rhythmen drangen durch die vielen Geräusche hindurch. Er entdeckte einen kleinen Nachtclub, dessen Wände mit Plakaten zugekleistert waren und den Besucher über eine schmale Treppe betreten konnten.

Er blickte neugierig hinein. Der Club war nicht so schick wie der Kaiserkeller, doch die Musik lockte ihn. Er betrat den engen und verräucherten Barraum, dessen Wände blutrot gestrichen waren und der über einen schlauchförmigen Gastraum und eine winzige Bühne verfügte.

Auf der Bühne standen vier Musiker in lässiger Alltagskleidung und mit fransigen Haaren, die, er wusste nicht, wie er es besser formulieren sollte, Lärm machten, und zwar laut und schmutzig. Er kannte das Lied nicht, doch es war irgendetwas zwischen Rock 'n' Roll und Twist. Sie legten ihre ganze Leidenschaft hinein, und er wurde sofort von der Atmosphäre mitgerissen. Diese jungen Typen sangen, schrien und sprangen, als ginge es um ihr Leben.

Wolfgang setzte sich an die schmuddelige Bar und studierte die Preise. Lange würde er mit seinen paar Kröten nicht bleiben können. Der Wirt, ein bärtiger und tätowierter Muskelmann, tauchte auf, und Wolfgang bestellte ein Glas Astra.

Er wippte zur Musik und applaudierte nach jedem Song frenetisch.

Möglich, dass dies nicht war, was er sich erhofft hatte, aber der Auftritt und das Lokal waren besser als alles, was er jemals gesehen hatte. Sogar als die Tanzlokale der amerikanischen GIs in Köln.

Der Wirt stellte das Bierglas auf den Tresen und verschwand wieder. Wolfgang griff in die Innentasche der Anzugjacke, um seine Zigaretten hervorzuholen, da wurde ihm bewusst, dass er ja keine mehr hatte. Etwas frustriert nahm er sein Bier.

»Zigarette?«, fragte eine Stimme.

Von der Seite schob sich eine Schachtel Camel ins Bild. Er hob den Kopf. Ein Mann in den Dreißigern saß neben ihm, wie er im Anzug, nur dass seiner maßgeschneidert war. Die Frisur modisch und akkurat, an seinem Arm funkelte eine teure Uhr.

Er wirkte angetrunken, doch sein Blick war wach, die Augen leuchteten ironisch. Er zwinkerte ihm zu.

»Nur zu. Bedienen Sie sich.«

Wolfgang fragte sich, ob dies wieder eine Falle war. Zögernd nahm er eine Zigarette und bedankte sich. Der Mann gab ihm Feuer.

»Sie sehen aus, als hätten Sie einen schlechten Tag gehabt.«

Wolfgang versuchte, die Blutflecken mit der Anzugjacke zu verdecken, doch es war sinnlos.

»Sind Sie in eine Schlägerei geraten?«

»Mit ein paar Matrosen. Es ging um ein Mädchen.«

»Jetzt verstehe ich, wieso Sie so aussehen.«

»Dann sollten Sie erst die Matrosen sehen.«

Der Mann runzelte die Stirn, nicht sicher, ob er auf den Arm genommen wurde. Wolfgang grinste breit.

»Keine Matrosen«, gab er zu. »Ich bin nicht mal dazu gekommen, zurückzuschlagen. Man hat mir mein Geld abgenommen.«

Der Mann lachte. »Das kann jedem passieren. Nehmen Sie's nicht zu schwer. Ich lade Sie auf ein Bier ein.«

Die Gruppe auf der Bühne griff nach den Gläsern, die auf Stühlen und auf dem Klavier standen, kippten die Biere runter und stellten sich dann wieder an ihren Instrumenten auf, um das nächste Stück zu spielen. Der Wirt brachte ein Tablett mit vollen Biergläsern auf die Bühne, offenbar gehörte das zur Gage.

Die Tanzwütigen drängten von Neuem zur Bühne, während der Sänger, der aussah wie ein Hafenarbeiter, sich ans Klavier setzte, das Mikrofon zurechtrückte und dem Schlagzeuger ein Zeichen gab. Dann rockten sie los.

Wolfgang brauchte nur einen halben Takt, bis er den Song erkannte. *»Long Tall Sally«*, rief er freudig.

Ein Hit von Little Richard. Von vielen gecovert, doch das Original blieb unerreicht. Trotz der hohen Geschwindigkeit und des schwer zu singenden Textes machten die Jungs auf der Bühne eine gute Figur.

Der Mann warf Wolfgang einen interessierten Blick zu.

»Sie kennen sich mit Musik aus?«

»Ein bisschen. Und Sie?«

»Deshalb bin ich hier. Ich wollte mir die Gruppe ansehen. Ich arbeite für Polydor.«

»Die Plattenfirma?«

Wolfgang besaß keine Schallplatten. Er sparte zwar auf einen Plattenspieler, aber das konnte noch dauern. Und er hatte nicht gewusst, dass Polydor an solcherart Musik interessiert sein könnte. Er kannte sie nur als Produzenten von Schlagermusik.

»Diese Gruppe hier ist leidlich bekannt in Hamburg«, sagte der Mann. »Viele sind begeistert von denen. Die sagen, wir müssen sie unter Vertrag nehmen. Die kommen mal groß raus. Aber ob das eine Gruppe mit Zukunft ist ...«

»Der Sänger ist nicht gut genug«, meinte Wolfgang. »Er hat alles, was man für die Bühne braucht. Der ist ein echter Performer. Aber für eine Schallplatte reicht das nicht. Und die Musiker müssten ausgetauscht werden. Bis auf den Schlagzeuger, der ist gut.«

»Sind Sie Musiker?«

»Ich?«

Er zögerte. Bei den Dieben in der Gasse hatte er darauf bestanden, Musiker zu sein. Im Brustton der Überzeugung war er dafür eingetreten. Doch waren das keine Angestellten von Plattenfirmen gewesen.

»Ich liebe Musik, das ist alles.« Etwas verschämt fügte er hinzu: »Ich spiele Gitarre und singe, aber ich bin nur Amateur. Deshalb bin ich nach St. Pauli gekommen. Ich will neue Gruppen sehen.«

Ein lautes Krachen, und augenblicklich verstummte die

Musik. Die Zuschauer raunten, eine Frau schrie auf. Einer der Gitarristen war über einen Stuhl gestolpert und auf der Bühne hingefallen. Eine Lache aus Bier und Scherben breitete sich aus. Er stand auf, wankte, grinste schief ins Publikum. Dann ging die Musik weiter.

Der Mann hielt ihm wieder die Zigarettenschachtel hin.

»Ich finde, wir sollten uns duzen.«

»Wolfgang«, sagte er und nahm sich eine.

»Ich bin Adolf.«

»Autsch.«

»Jahrgang dreißig und benannt nach meinem Großvater.«

Sie stießen an, und es folgte ein Lied von Fats Domino. Adolf erzählte ihm, dass die Gruppen in den Tanzlokalen klare Vorgaben bekamen, welche Musik sie zu spielen hatten. Eben die bekannten und beliebten Rock-'n'-Roll-Nummern, die für Stimmung sorgten.

Ein Grüppchen junger Leute verließ die Tanzfläche, drängte sich an den anderen Gästen vorbei und passierte die Bar in Richtung Ausgang. Eine der Frauen trug ein enges, ärmelloses Kleid, ihre blonden Haare waren hochtoupiert. Wolfgang reckte den Hals. Er traute seinen Augen nicht. Es war Helga Priggen, die junge Frau aus dem Patrizierhaus. Was machte die denn hier?

Ehe er sich von seinem Schock erholen konnte, war sie vorbei und am Ausgang. Ihre Frisur leuchtete in dem engen Schlauch zwischen Garderobe und Kassenhäuschen, dann verschwand sie in der Menge und war fort.

»Entschuldigung«, sagte Wolfgang hastig und sprang auf.

Er kämpfte gegen die hereinströmenden Amüsierwilligen an, versuchte, Helga einzuholen. Doch als er endlich auf die Straße stolperte, die in Neonlicht getauchte Große Freiheit, war sie nicht zu sehen. Gemächlich flanierten Seeleute und leichte Mädchen, Trinker und Jugendliche herum. Von überall drangen Geräusche, Musik, marktschreierische Türsteher, Motoren, Gesang, Gelächter. Doch von Helga keine Spur.

Mit hängenden Schultern wandte er sich ab, um zurück in das Lokal zu gehen, da stand sie vor ihm. Mitten in einer Gruppe offenbar wohlhabender Jugendlicher zog sie spielerisch an einer Zigarettenspitze.

»Da bist du ja!«, entfuhr es Wolfgang.

Helga sah irritiert auf. In seinem billigen und verknitterten Anzug, mit Blutflecken und der aufgeplatzten Lippe musste er ziemlich zwielichtig wirken.

Aber dann erkannte sie, mit wem sie es zu tun hatte.

»Ach, der junge Handwerker«, sagte sie.

»Wolfgang«, half er ihr auf die Sprünge.

»Natürlich, Wolfgang. Bist du in eine Schlägerei geraten?«

Er grinste verlegen.

Jemand fragte herablassend, wer das sei und Helga solle sich doch beeilen, sonst kämen sie zu spät. Die gut gekleideten jungen Männer rümpften die Nase, sie fragten sich offensichtlich, warum Helga sich mit diesem Typen abgab. Auch die hübschen Mädels ließen Wolfgang deutlich spüren, dass er nicht ihren Anforderungen entsprach.

»Alles in Ordnung. Er wohnt bei uns«, sagte Helga, als müsste sie sich dafür entschuldigen, mit ihm zu sprechen. »Er ist gleich wieder weg.«

Dann rückte sie nah an ihn ran, so dass er ihr Parfum bemerkte. Es raubte Wolfgang den Atem.

»Wehe, du sagst ein Wort zu meiner Großmutter«, flüsterte sie drohend. »Dann bringe ich dich um. Wir sind uns hier nie begegnet. Ist das klar?«

»Absolut klar«, versicherte er. »Mach dir keine Sorgen.«

Sie fixierte ihn mit zusammengekniffenen Augen, als würde sie überlegen, ob es nicht besser wäre, ihn auf der Stelle zu erledigen, um sicherzugehen, dass Agnes Priggen nichts von den St.-Pauli-Ausflügen ihrer Enkelin erfuhr.

In ihrer Clique regte sich Unruhe.

»Helga, was willst du mit dem?«

»Wir sind spät dran. Los, Helga, lass ihn!«

»Komm endlich.«

Sie wandte sich ab, doch Wolfgang wollte sie nicht so schnell gehen lassen.

»Wohin geht ihr denn?«, fragte er.

»In den Star-Club«, sagte sie widerwillig. »Da spielen heute Abend die Beatles.«

»Die Beatles!« Er hatte von dieser Gruppe noch nie gehört, wollte sich aber nichts anmerken lassen. »Die muss ich unbedingt sehen.«

»Aber nicht mit uns, Junge«, spuckte einer der Männer aus. »Verzieh dich. Sonst schubs ich dich in die Gosse, wo du hingehörst.«

Die anderen lachten, und auf Helgas Gesicht tauchte ebenfalls ein Lächeln auf, wenn auch ein wenig schuldbewusst. Sie drehte sich um, hakte sich bei einem der gut aussehenden Männer ein und ohne ein weiteres Wort verschwand sie in der Menge.

»Mach's gut«, sagte Wolfgang. »Vielleicht bis bald.«

Er kehrte in das Tanzlokal zurück. Helga Priggen. Unfassbar, sie auf St. Pauli zu treffen. Dass sie heimlich davonlief und im Hamburger Sündenviertel feierte, beeindruckte ihn zutiefst. Sie war kein unbedarftes Mädchen aus gutem Hause. In ihr steckte mehr, das hatte er gleich erkannt. Und sie teilten nun ein Geheimnis miteinander.

In dem Lokal war keine Musik mehr zu hören. Nur lautes Stimmengewirr und einzelnes Gelächter. Die Stimmung war gut, doch hatte die Gruppe wieder aufgehört zu spielen.

Am Tresen hatte Adolf ihm seinen Platz freigehalten. Er winkte ihn zu sich, schien über Wolfgangs Rückkehr erfreut.

»Was ist mit der Band los?«, fragte er, als er auf seinen Barhocker rutschte. »Spielen sie nicht mehr?«

»Großes Drama«, meinte Adolf. »Der Gitarrist ist zu besoffen, um weiterzuspielen. Der liegt hinter der Bühne und ist nicht mehr ansprechbar. Er ist gerade einfach umgefallen. Das letzte Bier war wohl eins zu viel.«

»Heute habe ich kein Glück. Nichts klappt.«

Den Eintritt im Star-Club, wo Helga mit ihren Freunden war, würde er sich nicht leisten können. Er hatte noch Geld für ein Bier, danach wäre der Abend für ihn zu Ende. Ob er am Hauptbahnhof auf einer Bank schlafen konnte, ohne vertrieben zu werden? Bis zum ersten Zug nach Lüneburg morgen früh war es eine lange Zeit.

»Hey, du!« Das war der bullige Wirt mit den Tätowierungen. Wolfgang schaute überrascht auf. »Du kannst Gitarre spielen, höre ich?«

»Ich? Woher …?«

Adolf zwinkerte amüsiert. Das war auf seinem Mist gewachsen. Der Wirt verschränkte die muskulösen Arme, wartete ungeduldig auf eine Antwort.

»Ich bin nicht warmgespielt«, wandte Wolfgang ein. »Und ich habe meine Gitarre nicht dabei. Wir haben auch noch nie zusammen gespielt. Ich kann nicht einfach drauflosjammen.«

»Versuch es«, sagte Adolf. »Was kann schon schiefgehen?«

»Was schiefgehen soll?«

Dazu wäre Wolfgang eine Menge eingefallen. Ganz oben auf der Liste stand, dass er sich vor der Polydor lächerlich machen würde.

»Komm schon«, sagte Adolf. »Ein paar gängige Riffs kannst du. Ich habe doch gesagt, die spielen nur die üblichen Hits. Ansonsten musst du eben schrammeln. Das merkt eh keiner.«

Wolfgang wandte sich voller Unbehagen der Bühne zu. Die anderen Musiker standen herum und wirkten kaum nüchterner als ihr ausgefallener Kollege.

Nein, das konnte er nicht machen. Nicht ohne vorher zu proben.

»Die Gage ist zehn Mark. Und ein Teller Gulaschsuppe«, sagte der Wirt. »Das ist nicht zu verhandeln.«

Zehn Mark. Damit wäre seine Nacht gerettet.

»Jetzt mach. Leg los«, sagte Adolf.

Er spürte, wie sich sein Herzschlag verschnellerte. Die Hände wurden feucht. Vor so vielen Menschen hatte er noch nie gespielt. Er holte tief Luft, nahm das Bierglas und stürzte den Inhalt hinunter, dann stand er.

»Einverstanden«, sagte er. »Legen wir los.«

Kapitel dreizehn

Im Lichtkegel des Scheinwerfers herrschte Stille, die Konturen der Holzfresken traten indes umso deutlicher hervor. Pinselstriche, die vor über vierhundert Jahren auf den Balken gesetzt worden waren. Farben und Schattierungen, Ornamente mit optischen Effekten, die offenbarten, wie kunstfertig und visionär die Maler damals gewesen waren.

In der Einsamkeit der Ratsstube hatte sich der Geruch von Lösemitteln und Ölfarben ausgebreitet, während Monika auf dem Gerüst stand und den Schmutz der Vergangenheit löste. Millimeter für Millimeter arbeitete sie sich voran, und fand es herrlich, allein auf der Baustelle zu sein. Die Zeit verlor ihre Bedeutung, sie verspürte weder Hunger noch Durst, und es war, als würde sie eins mit der Welt.

Sie nahm eine Schale mit einem Lösungsmittel, tauchte sorgsam den kleinen Schwamm hinein und konzentrierte sich auf das geschwungene Ornament auf dem Balken, das bereits zur Hälfte freigelegt worden war.

Ein Rascheln war zu hören. Dann verhaltene Schritte und das Knarzen alter Dielen. Sie ließ den Schwamm sinken, blickte sich um.

»Hallo? Ist da jemand?«

Ein Kopf tauchte in der offenen Tür auf, spähte hinein. Es war Wolfgang.

Sie warf einen Blick auf die Uhr. Halb zehn. Es wurde auch Zeit, dass er auftauchte. Ihr wären bald keine weiteren Ausreden mehr eingefallen.

»Komm rein, es ist sonst keiner da«, sagte sie. »Beeil dich.«

Wolfgang huschte in die Ratsstube, schloss leise die Tür. Er sah übernächtigt und zerknittert aus, was kein Wunder war. Er hatte offensichtlich die Nacht durchgemacht.

Monika bemerkte die aufgeplatzte Lippe und den blauen Fleck auf dem Wangenknochen.

»Um Himmels willen. Was ist denn mit dir passiert?«

Sie hatte doch gleich gesagt, St. Pauli sei ein gefährliches Pflaster. Eilig kletterte sie das Gerüst hinunter. Versuchte, dabei möglichst wenig Lärm zu machen. Unter einer Bank hatte sie eine Tasche mit Wolfgangs Arbeitskleidung verstaut. Sie zog sie hervor und schob sie in seine Richtung.

»Zieh dich um. Mach schnell.«

»Hat Papa nichts gemerkt?«

»Nein. Du hast Glück gehabt.«

»Wie ist das möglich?«

»Mach schon. Er kommt gleich wieder.«

Wolfgang hatte geplant, vor dem Frühstück zurück zu sein. Außen an der Regenrinne hochzuklettern und durch das offene Fenster in seine Schlafkammer zu steigen. Rechtzeitig, so dass er zum Frühstück in der Küche erscheinen konnte.

»Ich bin im Hauptbahnhof auf einer Bank eingeschlafen. Ein Schaffner hat mich wachgerüttelt. Er dachte, ich wäre ein Obdachloser.«

Er setzte sich auf den Boden, knotete eilig seine Schnürsenkel auf und zog die Schuhe aus. Die Socken waren löchrig, sein großer Zeh ragte heraus. Monika dachte sofort daran, dass sie die stopfen musste, bevor sie hin wären.

»Wie hast du es hingekriegt, dass keiner was gemerkt hat?«, fragte er.

»Ich hab Papa heute Morgen gesagt, dass du noch im Bett liegst. Dann bin ich hochgelaufen und hab deine Bettdecke angeschrien: *Jetzt steh endlich auf, Wolfgang! Du Faulpelz.*«

»Du bist unvergleichlich«, lachte er, zog sich die Hose aus und legte sie zusammen. Er nahm die Arbeitsklamotten aus der Tasche und stieg hinein. Monika fuhr fort: »Er war sauer, ist aber unten in der Küche geblieben. Er hatte es eilig. Wollte zum Fachhandel und Material besorgen und ist früh mit dem Hanomag los. Du hast Glück, dass er noch nicht zurück ist.«

»Danke, Monika. Ich bin dir was schuldig.«

Als er das Hemd in die Tasche legte, sah sie die Blutflecken. Sie nahm es ihm ab, betrachtete das Blut, dann seine Verletzungen im Gesicht.

»Was ist denn passiert?«

»Das war eben St. Pauli«, meinte er unbekümmert.

»Was soll das heißen? Waren das Gangster?«

»So ungefähr. Ich bin ausgeraubt worden.«

»Du bist – *was?*«

Er grinste, als wäre er auch noch stolz darauf.

»Und mich wolltest du mitnehmen?« Sie machte innerlich drei Kreuzzeichen, in Lüneburg geblieben zu sein. »Wie ist das passiert?«

»Erzähle ich dir später«, sagte er, während sie das Hemd verstaute. »Kriegst du das raus, Monika?«

»Ich werde es sofort waschen, wenn ich nach Hause komme. Mit kaltem Wasser und Natron funktioniert es vielleicht. Mal sehen.«

Wolfgang nahm nun in seinen Arbeitssachen Haltung ein, wie ein Soldat, der den einwandfreien Sitz seiner Uniform dem Offizier präsentiert.

»Perfekt«, sagte sie. »Jetzt kann Papa zurückkommen.«

Wolfgang verstaute die Tasche mit den Sonntagssachen unter der Bank. Gemeinsam kletterten sie auf das Gerüst. Monika hatte schon so viel geschafft, dass keiner auf die Idee kommen würde, Wolfgang hätte nicht mitgeholfen.

»Aber jetzt erzähl von St. Pauli«, sagte sie und nahm die Arbeit wieder auf. »Wie war es denn überhaupt?«

»Es war einfach großartig. Da ist eine Stimmung … ich weiß gar nicht, wie ich das beschreiben soll. Man fühlt sich frei. Dort scheint alles möglich.«

»Und warst du in diesem Club, von dem der Assistent des Landeskonservators gesprochen hat?«

»Nein. In den Kaiserkeller hat man mich nicht reingelassen. Aber dann war ich in einem anderen Club, der war viel besser, weißt du. Du glaubst es nicht, Monika. Alles voller Prostituierter und Freier und Matrosen und Gauner. Und natürlich ein Haufen Musiker. Es war verrückt. Und rate mal, was dann passiert ist: Ein Gitarrist ist ausgefallen, und ich bin eingesprungen.«

Um ein Haar hätte sie den Pinsel fallen lassen. Sie sah ihn ungläubig an. Er hatte auf einer Bühne in Hamburg *Gitarre* gespielt?

»Wenn ich es doch sage«, bestätigte er mit breitem Grinsen. »Ich habe gespielt. Vor allen Leuten. Auf der Bühne. Auf St. Pauli.«

Er sah Monikas verdattertes Gesicht und lachte drauflos.

»Ich habe sogar eine Gage bekommen. Zehn Mark. Ist das nicht verrückt?«

»Das musst du mir haarklein erzählen.«

Doch in diesem Moment hörten sie Stimmen in der Rathausdiele. Das mussten ihr Vater und der Geselle Johann sein, der ihn bei der Einkaufstour begleitet hatte. Die Zeit, in der sie ungestört miteinander reden konnten, lief ab.

»Da ist noch was«, flüsterte Wolfgang eilig. »Rate, wen ich auf der Großen Freiheit getroffen habe.«

»Keine Ahnung, wen?«

»Helga Priggen.«

Das höhere Töchterchen aus dem Vorderhaus. Das war eine Überraschung.

»Sie war in diesem Club, wo ich gelandet bin.«

»War die mit ihrem Bruder da?«

Hatte diese Helga sich getraut, was Monika sich nicht traute? War sie so mutig gewesen, mit ihrem Bruder in das sündige Nachtleben der Hafenstadt einzutauchen?

»Was hat ihr Bruder damit zu tun?«, fragte Wolfgang. »Sie

war mit Freunden da. Ein Haufen reicher Jugendlicher. Die werden nicht ausgeraubt, sage ich dir. Denen wird überall der rote Teppich ausgerollt.«

»Helga auf St. Pauli. Merkwürdig. So hätte ich die gar nicht eingeschätzt.«

»Du kennst sie doch gar nicht. Ich glaube, sie ist einfach unabhängig. Die macht, wozu sie Lust hat.«

Was sehr leicht war, wenn man nicht auf das Geld sehen musste und sich kaufen konnte, was man begehrte. Von Helga Priggen verlangte jedenfalls niemand, dass sie auf die Hauswirtschaftsschule ging, um einem Mann den Haushalt zu führen.

»Du darfst keinem davon erzählen«, schob er hinterher. »Ich hab es ihr versprochen. In Ordnung?«

In diesem Moment traten ihr Vater und der Geselle ein. Schwer bepackt mit ihren Einkäufen aus dem Fachhandel, die sie vorsichtig auf einer Plane unterhalb des Gerüsts abstellten. Monika und Wolfgang unterbrachen sofort ihre Unterhaltung und gaben vor, auf ihre Arbeit konzentriert zu sein.

»Ihr habt heute Morgen eine Menge geschafft«, sagte ihr Vater anerkennend.

Monika verkniff sich einen Kommentar. Wenn man sie in Ruhe arbeiten ließ, konnte sie eben eine Menge schaffen.

Ihr Vater nahm den Balken und die Felder näher in Augenschein.

»Habt ihr das zusammen gemacht?«, fragte er verwundert.

»Natürlich«, erwiderte Monika. »Ich habe den Balken bearbeitet und Wolfgang die Kassettenfelder.«

»Gute Arbeit.« Ihr Vater nickte anerkennend. »Wolfgang, du machst dich.«

Dann bemerkte er die Verletzungen in seinem Gesicht.

»Wie siehst du denn aus, Schlafmütze? Bist du aus dem Bett gefallen?«

»Ich bin am Gerüst ausgerutscht«, log Wolfgang. »Dabei habe ich mir den blauen Fleck zugezogen.«

»Mal wieder über die eigenen Beine gestolpert. Aber ich will es diesmal gut sein lassen. Die Kassettenfelder sind dir gelungen, Junge. Weiter so.«

Johann begann, Tuben, Eimer und Pinsel auszuräumen. Ihr Vater legte derweil den Mantel ab.

»Was ist mit dir, Monika?«

Sie erwartete, dass er ihre Arbeit loben würde, doch stattdessen fragte er: »Weißt du nicht, wie spät es ist? Gleich elf. Musst du nicht langsam an das Mittagessen denken?«

Enttäuscht sah sie zur Balkenstrebe. Die Ornamentik war beinahe freigelegt. Noch ein paar Zentimeter, dann wäre die Arbeit abgeschlossen. Wie gern würde sie das zu Ende bringen.

»Du bist spät dran, Monika.«

»Ja doch«, stöhnte sie. »Ich gehe schon.«

Es hatte keinen Zweck. Das Mittagessen kam um Punkt eins auf den Tisch, und sie musste zuvor noch auf dem Markt einkaufen. Es brachte nichts, mit ihrem Vater darüber zu streiten.

Sie hasste es, jeden Tag kochen zu müssen. Es war eine Verschwendung ihrer Talente, fand sie. Warum durfte sie nicht ihre Arbeit fertigstellen, die doch umso vieles wichtiger war? Ihr Vater musste das doch sehen.

Wolfgang erkannte, was in ihr vorging. Er nahm ihr den Pinsel ab und legte tröstend die Hand auf ihre Schulter.

»Komm schon. Ich mache hier für dich weiter. Es ist ja nur noch das kleine Stück.«

Sie nickte, wischte sich die Hände an dem Arbeitskittel ab und kletterte am Gerüst hinab. Ihr Vater und Johann waren in ein Gespräch über die Materialien vertieft, und keiner achtete darauf, wie sie die Ratsstube verließ.

Draußen empfing sie schönstes Frühsommerwetter. Ein warmer Wind strich ihr übers Gesicht, die Luft roch nach Flieder, Heu und ein wenig nach frischer Wäsche. Auf dem Platz vorm Rathaus waren Marktstände errichtet, viele Leute waren unterwegs, und lautstark wurden Fisch, Käse und frisches Obst angepriesen.

Monika warf einen Blick in ihre Geldbörse. Sie musste sparsam wirtschaften. Für heute würden Weißkohl und ein paar Kartoffeln reichen, dachte sie. Zwiebeln und Petersilie und eingewecktes Suppenfleisch gab es im Gesindehaus. Daraus ließe sich eine Kohlsuppe machen, von der sie wusste, dass Wolfgang sie gern mochte. Also war es abgemacht.

Sie erledigte die Einkäufe und wanderte durch die Altstadtgassen zum Patrizierhaus. Das Balkenstück, an dem sie gearbeitet hatte, ging ihr nicht aus dem Sinn. Nach dem Essen, sagte sie sich, wenn die anderen Mittagsruhe hielten, würde sie ins Rathaus gehen und nachsehen, wie Wolfgang mit der Arbeit zurechtgekommen war.

In der Gasse vor dem Haus der Priggens kam ihr ein Pferdekarren entgegen. Sie drückte sich an die Wand, um ihn vorbeizulassen. Ein Auto folgte, ungeduldig betätigte der Fahrer die Hupe, was zur Folge hatte, dass der Gaul nervös wieherte und einen Pferdeapfel direkt vor Monikas Füßen fallen ließ. Sie trat auf Zehenspitzen und wartete, bis die Straße frei war, dann sprang sie über den Haufen – und wäre dabei fast in Helga Priggen hineingestolpert.

Die Tochter des Stadtdirektors warf ihr einen hochmütigen Blick zu und verzog das Gesicht, als wäre ihr die Begegnung unangenehm. Automatisch entschuldigte sich Monika, obwohl gar nichts passiert war. Sie presste die Einkäufe gegen ihre Brust und marschierte weiter.

Da entdeckte sie, dass Ludwig Priggen seine Schwester begleitete. Er wirkte wie aus dem Ei gepellt mit dem teuren Anzug und den perfekt sitzenden schwarzen Haaren. Seine Augen leuchteten auf, als er Monika erkannte.

»Sieh an. Unsere Akrobatin«, sagte er.

Monika verstand zuerst nicht, was er damit meinte, doch dann fiel ihr ein, dass seine Großmutter die Hansens abfällig als Zirkusfamilie bezeichnet hatte.

»Nicht auf der Baustelle? Ich dachte, Sie müssen den Männern zeigen, wo's langgeht.«

»Ich möchte das Essen vorbereiten. Entschuldigen Sie bitte.« Sie schob sich an ihm vorbei.

»Sieh an, einkaufen und kochen?«, fragte er mit gespieltem Erstaunen. »Sie können also auch eine Frau sein. Wer hätte das gedacht?«

Sein Blick wurde ihr unangenehm, und Monika hätte sich am liebsten ihre Strickjacke bis oben zugeknöpft.

»Ludwig, lass sie doch«, stöhnte Helga genervt. »Komm. Wir sind spät dran.«

Der junge Mann zwinkerte ihr noch einmal zu, dann wandte er sich ab und folgte seiner Schwester. Monika huschte durch die Toreinfahrt.

Sie verstand nicht, was Wolfgang an Helga Priggen fand. Sie war gut aussehend, ja, aber das war ihr Bruder Ludwig auch. Gutes Aussehen sagte nichts über den Charakter aus, und der schien ihr bei Helga nicht herausragend zu sein. Sie war niemand, mit dem Monika einen Kaffee trinken gehen würde.

Sie stellte die Einkäufe auf die Anrichte und holte die Zutaten aus dem Vorratsschrank. Auch wenn sie lieber auf der Baustelle war, bemühte sie sich jeden Tag aufs Neue, ein schmackhaftes Essen auf den Tisch zu bringen, und freute sich, wenn es ihren Brüdern schmeckte.

Sie legte Holzscheite nach und stellte einen großen Topf mit Wasser auf den Herd. Während sie kochte, schaltete sie das Küchenradio ein. Connie Francis sang *Schöner fremder Mann*, dann folgte Nana Mouskouri mit *Weiße Rosen aus Athen*. Monika mochte die Schlager, auch wenn Wolfgang ihr erklären würde, wie schlicht und einfach die waren und wie viel besser und aufregender moderne Musik wäre. Doch er war nicht da, und so konnte sie unbefangen mitsingen und brauchte sich keine Gedanken über ihren schlichten Musikgeschmack zu machen.

Das Mittagessen war rechtzeitig fertig, als die Männer aus dem Rathaus kamen. Helmut war in der Schule und kehrte erst später nach Hause zurück, stattdessen war wie üblich der Geselle Johann dabei.

Die Männer setzten sich an den Tisch, redeten über die Arbeit und nahmen kaum Notiz von Monika. Nicht einmal Wolfgang, der vollauf damit beschäftigt war, Interesse zu heucheln und nicht im Sitzen einzuschlafen, übernächtigt, wie er war. Monika erkannte, dass er sich nach der Mittagsstunde sehnte, die er normalerweise mit der Gitarre im Fenster verbrachte. Heute würde er sich stattdessen hinlegen und etwas Schlaf nachholen.

Nach dem Essen räumte sie das Geschirr zur Anrichte, um es abzuspülen. Johann bedankte sich für die Suppe und verschwand, damit ihr Vater seinen Mittagsschlaf auf dem Küchensofa halten konnte.

Monika beeilte sich, damit sie zurück zum Rathaus gehen konnte. Ihr Vater nahm die Wolldecke und belegte das Sofa. Doch als sie sich durch die Tür verdrücken wollte, hielt er sie zurück.

»Warte, Monika. Denkst du daran, dass wir heute wieder Besuch aus Hannover bekommen?«

»Der Landeskonservator, ich weiß. Wieso?«

»Ich möchte, dass du nicht zu sehen bist, wenn die Herren eintreffen. Sie haben sich für drei Uhr angemeldet, das heißt, du hast heute Nachmittag frei.«

»Ich werde nichts Vorlautes sagen, versprochen.«

»Mir wäre lieber, wenn du ganz unsichtbar bist. Haben wir uns verstanden?«

Sie wusste, es hatte keinen Sinn, mit ihm zu diskutieren. Es würde sie nur wertvolle Zeit kosten, und wenn sie auf die Baustelle wollte, musste sie sich beeilen. Mehr als eine Stunde während der Mittagsruhe würde ihr nicht bleiben.

So versprach sie ihrem Vater, sich nicht sehen zu lassen, wenn die Herren vom Landesamt eintrafen, und verließ das

Gesindehaus. Im Stechschritt marschierte sie zum Rathaus, den Weg kannte sie längst im Schlaf. Sie eilte durch die Rathausdiele und erreichte die Große Ratsstube. Dort angekommen, kam sie zur Ruhe, nahm Wolfgangs Arbeit in Augenschein, versank in den Balkenarbeiten.

An einer Stelle hatte Wolfgang zu viel Substanz abgenommen, erkannte sie, das war nicht mehr zu retten. Doch das Meiste ließ sich verbessern. Später würde jeder denken, dass die Arbeit von einem Profi erledigt worden war. Sie legte ihren Arbeitskittel an und kletterte auf das Gerüst. Und dann tauchte sie ein in das farbenprächtige Universum der Renaissance und vergaß alles andere um sich herum.

Kapitel vierzehn

Die Zeit verging wie im Fluge, und es fiel ihr schwer, sich von den Deckenarbeiten zu lösen. Doch gleich würden die Herrschaften aus Hannover eintreffen, und auch ihr Vater, Wolfgang und Johann würden im Rathaus auftauchen. Sie musste Schluss machen. Morgen wäre ein neuer Tag, sagte sie sich.

Mit einem Seufzer legte sie ihren Pinsel beiseite, räumte alles fort und zog den Arbeitskittel aus. Trotz des erzwungenen Endes fühlte sie sich erfüllt. Sie war zufrieden mit der Arbeit des heutigen Tages: Die ursprüngliche Pracht der Decke nahm immer mehr Gestalt an, erstrahlte im alten Glanz. Sie tat hier, was sie liebte, und sah ihren Erfolg. Was konnte sich ein Mensch mehr von einem Arbeitstag wünschen?

Nachdem alles aufgeräumt und gesäubert war, kehrte sie der Ratsstube den Rücken. Als sie in die Rathausdiele trat, entdeckte sie eine einsame Gestalt im Treppenhaus. Jemand stand vor dem Monumentalgemälde von Daniel Frese und studierte es.

Es war der Assistent von Professor Brügge, Herr Doktor Bertram aus Hannover. Er musste vorzeitig eingetroffen sein und nutzte die Zeit offenbar, um das Ölbild in Ruhe zu betrachten.

Monika zögerte. Es wäre unhöflich, sich an ihm vorbeizuschleichen, ohne Guten Tag zu sagen. Auch wenn sie keinen Ärger mit ihrem Vater haben wollte, musste sie ihn wenigstens kurz begrüßen. Sie räusperte sich.

Er wandte sich um, lächelte.

»Ach«, sagte er, »das Fräulein Hansen. Guten Tag.«

Sie hatte gar nicht damit gerechnet, dass er sich an sie erinnerte. Von den meisten Menschen wurde sie auf der Baustelle nicht beachtet.

»Ich warte auf den Herrn Professor. Und auf Ihren Vater.« Er deutete auf das Gemälde. »Und vertreibe mir ein bisschen die Zeit.«

»Dieses Bild kann man stundenlang ansehen«, stimmte sie zu. »Man entdeckt immer etwas Neues. Ich denke, mein Vater wird gleich kommen. Einen schönen Tag noch.«

Ehe sie sich abwenden konnte, fragte er: »Wie geht es Ihrem Bruder? Hat ihm St. Pauli gefallen?«

»St. Pauli.« Sie schüttelte den Kopf über Wolfgang. »Doch, es hat ihm gefallen.«

»Das freut mich zu hören. Nicht für jeden ist St. Pauli das richtige Pflaster.«

»Für ihn schon, er war ganz außer sich.« Sie lachte. »Und das, obwohl er ausgeraubt wurde. Und ein Veilchen bekommen hat. Aber das ist ihm egal. Nachtleben und Musik … da ist er im Himmel.«

»Und was ist mit Ihnen?«

Sie verstand nicht, was er meinte.

»Haben Sie Ihren Bruder begleitet?«

»Ich? Um Gottes willen. Das ist kaum der richtige Ort für mich.«

»Ach was. Geben Sie der Stadt eine Chance. Es ist meine Heimat, müssen Sie wissen. St. Pauli hat mehr zu bieten als das sündige Bild, das manche davon haben.«

»Ich weiß nicht. Wolfgang *wollte* mich mitnehmen. Aber wenn ich höre, wie es dort zugeht …«

»Mag sein, dass es dort Gefahren gibt. Aber wenn man sich auskennt, kann man sie umgehen. Im Ernst, Fräulein Hansen, Sie müssen St. Pauli mit eigenen Augen sehen. Sie sollten Ihren Bruder mal in einen Club begleiten. Tanzen und sich amüsieren. Ich könnte Ihnen zeigen, wo es ungefährlich ist.«

Erneut musste Monika ein Lachen unterdrücken.

»Mein Vater wäre nicht begeistert von der Idee.«

Es war schon absurd. Ihr Vater konnte stundenlang über die »Hottentottenmusik« schimpfen, wie viele seiner Generation den neuen Sound verächtlich bezeichneten. Ihnen galt Beatmusik als lasterhaft und verderblich. Von St. Pauli ganz zu schweigen. Doch Doktor Bertram, der ausgewiesene Kunsthistoriker, tat, als handle es sich hierbei um ein Kulturgut.

»Wir könnten ihn fragen.«

»Nein, danke«, sagte sie. »Ich interessiere mich nicht für Rock 'n' Roll, das ist mir zu wild.«

»Sie bleiben lieber bei der Kunst?«

»So ist es. Bei den alten Meistern. Da erfährt man mindestens genauso viel über die Natur des Menschen wie auf St. Pauli.«

»Wie meinen Sie das?«

»Sehen Sie sich das Monumentalgemälde doch mal genauer an, was sagt es über den Menschen und seine Natur aus? Da ist alles dabei, finden Sie nicht?«

Er lachte freundlich. »So habe ich es noch nicht betrachtet.«

Dann wandte er sich zum Gemälde, versank wieder darin. Monika folgte seinem Blick.

»Der gerechte Richter«, erklärte er nachdenklich. »Und die Kräfte, die auf ihn einwirken. Die Weisheit ebenso wie der Argwohn. Die Lüge auf Augenhöhe mit der Wahrheit. Schwer zu sagen, welche Kräfte stärker sind.«

»Und doch erkennt der Richter die Verleumdung. Er sieht, was Lüge, was Verrat ist. Weil er Demut zeigt vor den Idealen seines Amtes.«

Sie wusste inzwischen so viel über das Bild und seine Motive, dass sie einen Aufsatz für eine Fachzeitschrift darüber hätte schreiben können.

»Das liebe ich an den Malern der Renaissance«, antwortete er. »Sie machen sich keine Illusion über die niederen Beweggründe des Menschen. Über unsere zerstörerischen Begierden, unsere Niedertracht. Sie nehmen das alles gnadenlos unter die Lupe. Darin sind sie zeitlos, geradezu modern. Der Mensch ist doch heute noch so, wie er schon vor vierhundert Jahren von Daniel Frese gemalt wurde. Es hat sich nicht viel verändert.«

Sie nickte zustimmend. Dann fügte sie mit Bedauern hinzu: »Aber das Bild selbst hat sich verändert. Seinem Zustand sieht man die vierhundert Jahre an. Der Firnis ist so dunkel geworden, dass die Figuren kaum noch zu erkennen sind. Was man hingegen erkennen kann, ist, dass Farbschichten verloren gegangen sind. Es gib ja richtige Lücken im Bild. Man müsste sich dieser Schäden dringend annehmen.«

»Weiß der Himmel, was in den Jahrhunderten alles passiert ist«, sagte er. »Oder in welchem Keller es gestanden hat.«

»Man sollte den Firnis vorsichtig ablösen und sehen, was dann zum Vorschein kommt. Vielleicht gibt es Ausbesserungen aus dem letzten Jahrhundert, das ist uns schon ein paarmal passiert. Man könnte auch die fehlenden Bildbereiche erkennen. Oder ob es Feuchtigkeitsprobleme gegeben hat. Die Grundierung, die man während der Renaissance verwendet hat, ist leider sehr wasserempfindlich.«

Er wandte sich ihr zu, als wäre sie plötzlich interessanter als das Monumentalbild selbst, und auf einmal wurde ihr bewusst, was ihr Vater sagen würde, wenn er sie gehört hätte.

»Sie kennen sich wirklich aus mit der Restauration.«

»Nur ein wenig. Das ist zwangsläufig so in unserer Familie. Mein Vater und mein Bruder reden den ganzen Tag über nichts anderes.«

»Aber Sie haben recht. Um die Schäden genau zu erkennen, müsste man als Erstes den Firnis abnehmen.«

»Ich schnappe nur Dinge auf, wenn ich in der Werkstatt bin«, ruderte sie zurück.

Sie hasste es zwar, zu tun, als ob sie keine Ahnung hatte. Doch sie musste ihren Stolz hinunterschlucken. Ihr Vater brauchte den Auftrag, er war wichtig für den Betrieb. Und Männer mochten keine vorlauten Frauen. Das würde auf ihren Vater und seinen Betrieb zurückfallen, spätestens bei der nächsten Auftragsvergabe.

Bertram warf ihr einen skeptischen Blick zu. Monika hatte das Gefühl, dass er genau wusste, was ihr durch den Kopf ging. Doch er sagte nichts.

»Ich bin ohne Mutter aufgewachsen«, erklärte sie. »Deshalb war ich als Kind immer in der Werkstatt. Manchmal rede ich, ohne nachzudenken. Mein Bruder wird einmal alles übernehmen. Besser, Sie unterhalten sich mit ihm. Er versteht viel mehr davon als ich.«

Als hätte er ihr gar nicht zugehört, sagte er: »Ich stelle mir das traumhaft vor.«

»Was meinen Sie?«

»In einer Familie wie der Ihren aufzuwachsen.«

Sie lachte. »Sie meinen, als umherziehende Handwerker ohne festen Wohnsitz und mit ständigen Geldproblemen?«

»Sie arbeiten an den Kunstwerken. Sie tauchen tief ein in die Welt des Künstlers. Nicht nur theoretisch, wie in der Kunsthistorie – sondern praktisch, mit allen Sinnen. Das stelle ich mir großartig vor.«

»Ihre Arbeit ist doch mindestens ebenso interessant.«

»Nicht so wie Ihre. Ich bin im Herzen kein Theoretiker. Ich mache lieber etwas mit den Händen. Allein, wie es bei Ihnen riecht. Und die Materialien, die in Ihrer Werkstatt rumstehen. Am liebsten würde ich meine Bücher Bücher sein lassen und mehr über das Handwerk lernen.«

Er schien plötzlich verlegen. Als hätte er mehr von sich preisgegeben, als ihm lieb war. Dann schenkte er ihr ein schiefes Lächeln.

»Wir wollten die Nachricht eigentlich in aller Form überbringen«, sagte er. »Gleich, wenn Ihr Vater und mein Vorgesetzter eintreffen. Aber ich denke, ich kann es ruhig schon verraten: Sie bekommen den Auftrag.«

»Den Auftrag? Sie meinen – *das Fresebild?*«

Er nickte. Sein Lächeln wurde breiter.

Das Monumentalbild. Ein Traum würde wahr werden.

»Wir brauchen eine Werkstatt«, sagte sie aufgeregt. »Mit ausreichend Tageslicht. Am besten hier in Lüneburg, damit wir beide Baustellen verbinden können. Wir …«

Sie hielt inne. Dachte an ihren Vater. Sie sollte sich besser im Griff haben. Außerdem fiel ihr ein, was er gesagt hatte. Dass sie beim Restaurieren des Fresebildes nicht beteiligt sein würde. Seine Strafe, weil sie sich gegen die Hauswirtschaftsschule wehrte.

Ihre Freude erlosch augenblicklich.

»Mein Vater wird darüber glücklich sein«, sagte sie förmlich. »So ein Auftrag wird ihm viel Renommee einbringen. Apropos, er wird sicher gleich eintreffen. Ich muss leider aufbrechen. Mein Bruder Helmut kommt von der Schule. Er braucht sein Mittagessen.«

Sie verabschiedete sich, huschte über die Treppenstufen zurück in die Diele. Sie würde nicht beteiligt sein, das wusste sie. Und das war für sie schlimmer, als wenn sie den Auftrag gar nicht bekommen hätten.

»Fräulein Hansen!«, rief Herr Bertram.

Sie blieb stehen. »Ja, bitte?«

»Vielleicht …«

»Ja?«

»Vielleicht können wir uns ein andermal weiter über die Renaissance unterhalten.«

»Gern. Aber nun muss ich gehen. Auf Wiedersehen.«

Sie winkte und eilte davon. Ihre Gedanken drehten sich um das Monumentalbild. Vielleicht ließ sich ihr Vater doch noch erweichen? Wenn sie sich zurückhielt und ihm versprach, die Hauswirtschaftsschule zu besuchen. Würde er sie dann beim Fresebild mithelfen lassen?

Es würde sie schon glücklich machen, wenn sie nur assistierte und Handlangerarbeiten erledigte. Hauptsache, sie könnte miterleben, wie das Bild wieder zu neuem Leben erwachte.

Unten am Eingang kamen ihr Wolfgang und Johann entgegen. Auch ihr Vater tauchte auf. Er wirkte nervös, immerhin wusste er noch nicht, was in Hannover entschieden worden war.

»Da bist du ja«, begrüßte Wolfgang sie, der nach seinem Mittagsschlaf wieder erholt und lebendig wirkte. »Hast du den Deckenbalken fertig gemacht?«

Sie nickte. Gerade wollte sie erklären, wie sie die Arbeit beendet hatte, um Wolfgang ins Bild zu setzen, da mischte sich ihr Vater ins Gespräch.

»Ist er schon da? Der Professor aus Hannover?«

»Nein«, sagte sie. »Aber sein Assistent.«

»Dann sind wir nicht zu spät. Ein Glück.«

»Wir sind pünktlich, habe ich doch gesagt«, meinte Wolfgang. »Gehen wir schon mal rein und unterhalten uns mit Doktor Bertram.«

Monika wäre am liebsten damit herausgeplatzt, dass sie den Auftrag bekommen hatten. Doch Wolfgang war es ohnehin gleichgültig, und ihr Vater würde dadurch nur herausfinden, dass sie mit dem Assistenten gesprochen hatte, obwohl er das ausdrücklich untersagt hatte. Also sagte sie nichts.

»Ich muss Helmut abholen«, meinte sie stattdessen. »Wir sehen uns heute Abend.«

»Gut, Monika«, sagte ihr Vater. »Übrigens, es ist kein Brot mehr da.«

»Ich kümmere mich darum.«

Ihr Vater und ihr Bruder verschwanden im Innern des Rathauses. Sie zogen hinaus ins Abenteuer, so fühlte es sich für sie an, während sie außen vor blieb und sich um lächerliche Einkäufe kümmern musste.

Mit einem Seufzer machte sie sich auf den Weg. Es hatte keinen Zweck, verschütteter Milch nachzutrauern, sagte sie sich.

Die Männer kehrten erst zum Abendessen nach Hause. Sie waren gut gelaunt und voller Vorfreude, weil sie den Auftrag bekommen hatten. Jedoch wollte ihr Vater nicht über die Einzelheiten der Restaurierung sprechen. Er wolle in Ruhe sein Feierabendbier trinken und sich an die Buchhaltung setzen. Das reiche ihm für heute Abend. Monika, meinte er, solle sich einfach für den Betrieb freuen. Dann nahm er sich eine Flasche Bier und setzte sich an den Küchentisch.

Monika ging hinauf zu Wolfgang, der mit der Gitarre am Fenster hockte und ein paar schnelle Rhythmen übte. Als sie eintrat, strahlte er sie an. Er bedeutete ihr mit einer Geste, die Tür hinter sich zu schließen, damit sie ungestört wären.

»Du scheinst ja gut gelaunt zu sein«, kommentierte sie, nachdem sie die Tür geschlossen hatte.

»Ich habe auch noch was vor.«

»Heute Abend? Was denn?«

»Na, ich fahre wieder nach Hamburg. Was dachtest du denn?« Er bemerkte ihren besorgten Blick. »Keine Sorge, morgen früh verpasse ich nicht den ersten Zug. Das passiert mir nicht noch mal. Diesmal musst du nicht für mich lügen.«

»Aber … bist du nicht müde?«

»Ach, das geht schon. Der Mittagsschlaf hat geholfen.«

Sie fand nicht, dass das eine gute Idee war. Doch Wolfgang begann zu lachen.

»Du müsstest dein Gesicht sehen, Monika.«

»Aber was willst du denn in Hamburg? Wieder in einen Tanzclub gehen? Hast du überhaupt genug Geld dafür?«

»Ich habe doch die Jungs von der Gruppe kennengelernt. Du weißt schon, mit denen ich gespielt habe. Sie haben mich eingeladen, damit wir zusammen jammen können. Sie haben einen Proberaum, da sind wir ungestört. Das sind richtige Musiker. Sie wollen mit mir spielen. Ist das nicht großartig?«

»Zwei Nächte hintereinander durchmachen. Das könnte ich nicht.«

Aber ihr war klar, dass die Aussicht auf St. Pauli genug Adrenalin bei ihrem Bruder ausschütten ließ.

»Wann willst du los?«, fragte sie.

Er sah nach draußen, wo es langsam dunkel wurde.

»In ein paar Minuten. Dann bin ich rechtzeitig am Bahnhof.«

»Du bist unglaublich«, meinte sie kopfschüttelnd und erntete dafür ein selbstzufriedenes Grinsen. »Mach's gut. Wir sehen uns morgen.«

Sie schloss die Tür hinter sich, damit er unbemerkt über die Regenrinne in den Hof klettern konnte, und trat die knarzenden Stufen hinunter in den Wohnraum.

Ihr Vater hatte am Küchentisch zahllose Rechnungen und Belege vor sich ausgebreitet. Er trug die Kosten in ein Buch ein, rechnete sie zusammen, machte sich Notizen, ordnete Papiere.

Monika nahm ihm gegenüber am Tisch Platz. Er hob kurz den Kopf und lächelte.

»Hat Wolfgang sich schon schlafen gelegt?«, fragte er beiläufig.

»Ja. Ich glaube, er hat sich einen Virus eingefangen.«

»Das könnte sein. Er wirkte den ganzen Tag schon angeschlagen.«

Er schob seufzend die Unterlagen zusammen und schloss das Buch. »Holst du mir noch ein Bier, Monika?«

Sie stand auf und ging zur Vorratskammer, öffnete eine Flasche und stellte sie ihrem Vater hin.

»Ein Glück, dass wir diesen Großauftrag bekommen haben«, sagte er mit Blick auf die Buchhaltung. »Ich weiß nicht, wie lange wir sonst noch durchgehalten hätten. Das Fresebild kommt genau zur rechten Zeit. Damit können wir unsere offenen Rechnungen begleichen. Und wir machen uns einen Namen. Das wird uns bei künftigen Auftraggebern helfen.«

Sein Ärger darüber, dass sie ihre Ideen zur Restauration gegenüber dem Landeskonservator ausgesprochen hatte, schien verflogen. Er schien versöhnlich gestimmt. Jetzt könnte der passende Moment sein, ihn die Entscheidung über ihre Beteiligung überdenken zu lassen.

»Das Monumentalgemälde …«, begann sie vorsichtig. »Es ist ein Traum, daran zu arbeiten, nicht wahr?«

Er sah zu ihr auf. Natürlich begriff er sofort, was sie beabsichtigte. Seine Augen schwammen in Bedauern.

»Nein, Monika. Das kann ich nicht zulassen.«

»Aber wieso nicht?«

»Ich muss das selber machen. Wir können uns keinen Fehler erlauben. Nicht bei diesem Auftrag. Ich kann das nicht aus der Hand geben.«

»Du musst ja gar nichts aus der Hand geben. Ich könnte dir dabei helfen, Vati. Ich trau mir das zu. Du weißt, dass ich keine Fehler mache. Ich … ich würde alles dafür geben.«

»Ach, Monika. Das weiß ich doch.« Er nahm ihre Hand und drückte sie, eine seltene Geste der Zärtlichkeit. »Es tut mir leid. Aber es geht nicht. Aus einer Vielzahl von Gründen. Und das ist mein letztes Wort.«

»Aber du weißt, dass ich recht habe? Dass ich gut genug bin für das Fresebild?«

Er zog die Hand weg, seine Stimme wurde scharf.

»Monika, bitte. Das ist keine Aufgabe für dich. Und jetzt ist Schluss.«

Es klang so endgültig, dass er selbst von seinem Tonfall überrascht schien. Er senkte den Blick, griff verlegen nach der Bierflasche.

»Ist es, weil ich eine Frau bin?«

Ein schweres Seufzen.

»Das hat doch alles keinen Sinn …«, murmelte er.

»Aber das ist der Grund, oder? Weil ich mir nichts anderes vorstellen kann. An meiner Arbeit liegt es nicht.«

»Das mag sein. Aber das ändert nichts.«

»Warum nicht? Ich verstehe das nicht.«

»Monika. Jeder muss seine Aufgabe annehmen, die das Leben für ihn vorsieht. Ich werfe dir nichts vor. Es ist ja meine

Schuld, ich hätte dich nicht in einer Werkstatt aufwachsen lassen sollen. Ich bin dafür verantwortlich, dass aus dir … *dies alles* geworden ist.«

Wieder dieser alte Hut. Sie hatte wenig Lust, dieses Gespräch erneut zu führen. Er konnte ihre Arbeitskraft gut gebrauchen, auch bei dem Fresebild. Und sie wollte, dass er es zugab.

»Es muss doch keiner erfahren, wenn ich am Gemälde mitarbeite. Ich könnte doch …«

»Wo soll das hinführen?«, unterbrach er sie. »Wie stellst du dir deine Zukunft vor? Sag es mir. Denkst du, es wäre möglich, so weiterzuleben, wie du es jetzt tust?«

»Meine Zukunft?«, fragte sie irritiert.

»Genau. Was hast du für ein Bild vor Augen, wenn du deine Zukunft siehst?«

Alles, was sie wollte, war, am Fresebild zu arbeiten. Die kommenden Monate in einer Werkstatt mit dem alten Meister zu verbringen. Darüber hinaus hatte sie kein Bild von ihrer Zukunft. Wen interessierte es, was danach sein würde. Sie dachte nicht an die Zeit danach, und es gab doch gar keinen Anlass, diese grundsätzlichen Fragen zu stellen.

»Du bist kein Kind mehr, Monika. Jetzt geht es darum, eine Erwachsene zu werden.«

»Sprichst du von der Hauswirtschaftsschule? Ich habe doch gesagt, wenn wir zurück in Köln sind …«

»Nein, das meine ich nicht.«

Er holte Luft. »Du bist talentiert. Du bist hartnäckig, fleißig, gewissenhaft. Du hast alles, was ein Restaurator braucht. Willst du in diesem Beruf arbeiten?«

Monika verstand nicht. Die Antwort war klar. Natürlich wollte sie das.

»Also gut«, fuhr er fort. »Denken wir mal darüber nach. Bald wirst du heiraten, Kinder bekommen. Und dann? So absurd das ist, tun wir so, als ob du trotzdem Handwerker sein könntest. Ich frage dich, Monika: Wer würde eine Frau beauftragen? Eine Mutter? Wer würde dir einen Zuschlag geben? Wer würde dich als Handwerker ernst nehmen? Bei der Konkurrenz an männlichen Restauratoren. Wer?«

Sie wusste die Antwort. Niemand. Sie hatte immer versucht, das zu verdrängen. Nicht zu weit in die Zukunft zu blicken.

»Du hättest keine Chance in dem Geschäft. Weil keiner eine Frau auf der Baustelle haben will.«

»Es geht doch nur um die nächsten Wochen. Wir müssen doch heute nicht entscheiden, was eines Tages …«

»Doch. Das müssen wir. Es ist längst überfällig. Glaub mir, Mädchen, ich würde dich gern zu meinem Nachfolger machen. Aber das ist unmöglich. Und du weißt es. Wir halten uns schon so kaum über Wasser.«

Er nahm einen tiefen Schluck aus der Flasche, dann griff er nach den Unterlagen und packte sie in eine Ledermappe.

»Ich will doch nur das Beste für dich, merkst du das denn nicht? Es macht keinen Sinn, diese Entscheidung länger vor uns herzuschieben. Du musst eine neue Rolle finden – als Frau. Ich möchte nicht mehr, dass du auf der Baustelle mitarbeitest. Wenn du unbedingt willst, kannst du die Arbeit an den Deckenfresken bis zum Ende begleiten. Aber das Fresebild, das mache ich allein.«

Monika fühlte sich seltsam taub. Sie begriff, dass an seiner Entscheidung nicht zu rütteln wäre. Ihr Traum war geplatzt.

»Was hältst du von Wolfgangs Arbeit?«

»Wie bitte?«, fragte sie irritiert.

»Dein Bruder. Was denkst du über seine Arbeit?«

Was sollte sie schon dazu sagen? Sie wollte nicht schlecht über ihn sprechen. Ihr Vater wusste doch selbst, wie es um seinen Ehrgeiz und sein Talent bestellt war. Wieso fragte er sie das jetzt?

Draußen polterte es am Regenrohr. Monika sah erschrocken zum Fenster. Wenn man vom Teufel spricht, schoss es ihr durch den Kopf. Offenbar kletterte Wolfgang gerade hinunter, um heimlich durch den Hof zu verschwinden.

Ihr Vater sah verwundert zum Fenster, doch draußen war es dunkel.

»Das muss die Katze der Priggens gewesen sein«, beeilte sie sich zu sagen. »Die hört man ständig, sobald es dämmert.«

Er zuckte mit den Schultern und wandte den Blick ab. Seine Aufmerksamkeit richtete sich wieder auf Monika. Er wartete offenbar weiterhin auf eine Antwort, doch sie zog es vor zu schweigen.

»Ich verstehe schon«, meinte er grimmig. »Ich bin nicht blind. Es wird schwer werden, ihn zum Nachfolger zu machen.« Er seufzte. »Du hast das Talent geerbt, nicht er. Was für ein Irrwitz des Schicksals. Aber das bekommen wir schon hin. Er wird den Betrieb weiterführen. Mit etwas Fleiß und Spucke bekommen wir das hin.«

»Und was, wenn er gar nicht will?«

Es war ihr herausgerutscht, doch wo es im Raum stand, konnte sie es nicht zurücknehmen.

»Nicht will?«, fragte er überrascht. »Was soll er denn sonst machen? Mit den Clochards Gitarre spielen? Irgendwo unter einer Brücke?«

»Ich meine nur. Es kann doch sein, dass er eigene Vorstellungen von seinem Leben hat. Das weißt du nicht.«

»Er ist mein Sohn. Er tut, was ich sage. Das sind seine Vorstellungen vom Leben.« Er schüttelte verärgert den Kopf. »Er wird mein Nachfolger. Punkt.«

»Aber dann wird er den Rest seines Lebens etwas tun, das ihm nichts bedeutet.«

»Was soll das denn, Monika? Jetzt ist aber Schluss! Das Leben ist kein Wunschkonzert. Ich habe hart darum gekämpft, diesen Betrieb nach dem Krieg aufzubauen. Lange hatten wir kaum genug zum Essen. Wir machen jetzt Geld. Pinke, Pinke.« Er leerte entschlossen seine Bierflasche. »Also wirklich. Andere würden sich die Finger danach lecken.«

»Du sagst doch selbst, er ist nicht gut genug. Das Handwerk des Restaurators ist nichts für ihn. Es ist doch möglich, dass er etwas anderes findet, das besser zu ihm passt.«

Er ließ die leere Flasche wütend auf den Tisch donnern. Monika zuckte zusammen. »Er wird tun, was ich sage. Und jetzt möchte ich kein Wort mehr hören.«

Ein Knarzen ließ sie aufschrecken. Helmut war auf der obersten Treppenstufe aufgetaucht. Die lauten Stimmen hatten ihn offenbar hergelockt. Er stand im Schlafanzug da und wirkte verängstigt.

Monika wollte ihn beruhigen und zurück ins Bett bringen, da war er bereits unten und trat an den Tisch.

»Ich kann doch die Firma leiten«, sagte er mit seiner hellen, kindlichen Stimme. »Wenn ich groß bin.«

»Du sollst nicht lauschen«, erwiderte der Vater barsch. »Das ist nicht für Kinderohren gedacht, wenn sich Erwachsene unterhalten.«

»Ich bring dich wieder ins Bett«, sagte Monika und stand auf. »Hast du Durst? Musst du noch mal Pipi?«

»Ich kann malen und zeichnen« beharrte er. »Ich bin vielleicht genauso gut wie Monika. Dann kann ich das machen. Wenn ich groß bin.«

Monika schmunzelte. Schneid hatte er, das musste sie ihm lassen. Selbst der Vater konnte sich ein anerkennendes Lächeln nicht verkneifen.

»Ich kann die Firma leiten.«

»Ich sage dir, was du kannst, mein Sohn. Du kannst ins Bett gehen. Aber ganz schnell.«

Er wollte protestieren, doch Monika legte den Arm um seine Schultern und brachte ihn hinauf in die Dachkammer. Sie ließ ihn ins Bett schlüpfen, deckte ihn zu und wünschte ihm eine gute Nacht.

Dann ging sie hinaus und schloss die Tür.

Vielleicht, dachte sie, wenn sie unverheiratet bliebe, wenn Helmut eines Tages den Betrieb übernähme, wenn sie sich im

Hintergrund hielt und für Auftraggeber unsichtbar wäre, vielleicht gäbe es dann doch eine Chance für sie, in diesem Beruf zu bleiben. Wenn ihr Vater nicht mehr mitreden dürfte und sie ungebunden wäre. Doch im gleichen Moment begriff sie, dass es viel zu viele Wenns und Abers waren. Es würde so nicht funktionieren. Sie würde sich etwas anderes einfallen lassen müssen.

Sie wusste nur noch nicht, was.

Kapitel fünfzehn

Heute

Sonnenflecken tanzten vor ihm auf dem Kiesweg. Der Wind strich durch die ausladenden Kronen der alten Friedhofsbäume. Die Luft war erfüllt von Vogelzwitschern, und zwischen den Grabsteinen huschte ein Eichhörnchen, das sich auf einer Buche in Sicherheit brachte.

Wolfgang stützte sich auf seinen Stock. Er war froh, eine Bank vor dem Grab vorzufinden. Möglich, dass es an der Umgebung lag, doch fühlte er sich plötzlich alt und müde. Er ließ sich niedersinken. Wie friedlich und gemächlich hier alles zuging. Beinahe war es tröstlich, sich vorzustellen, dass die Toten diesen Frieden spürten.

Er hatte ein Grablicht mitgebracht, zündete es an und stellte es sorgsam an den Gedenkstein. Auf einmal wünschte er, er hätte Blumen mitgebracht. Auf gewisse Weise wirkte der schlichte und schmucklose Stein kalt und abweisend.

Wolfgang spürte die Trauer von damals. Hätte es in seiner Hand gelegen, diesen Tod zu verhindern? Doch mit solchen Überlegungen drehte er sich im Kreis. Über Jahre hatten ihn diese Fragen verfolgt. Er wusste längst, dass es keinen Sinn machte, sie zu stellen.

»Ich war zu lange nicht hier«, sagte er.

Die Blätter in den Bäumen raschelten.

»Das tut mir leid. Ich habe oft an dich gedacht. Ich hoffe so sehr, dass du mir nicht die Schuld gibst für das, was passiert ist.«

Der Wind frischte auf. Eine Schönwetterwolke verdeckte die Sonne, nur ein paar Sekunden lang, bis eine Böe sie weitertrieb. Wolfgang blinzelte gegen das Sonnenlicht.

»Du fehlst mir«, sagte er, dann fiel er in Schweigen und betrachtete lange das Grab.

Schließlich erhob er sich mithilfe des Stocks und spazierte zurück zum Ausgang. Lucas wartete dort auf ihn. Wolfgang hatte ihn gebeten, diesen Weg allein gehen zu dürfen. Der Junge hatte es akzeptiert. Er hätte zwar gern gewusst, um wessen Grab es bei diesem Besuch ging. Doch Wolfgang fühlte sich nicht imstande, die zwangsläufigen Fragen zu beantworten. Es war für ihn schwer genug, herzukommen.

Lucas hatte sich die Wartezeit verkürzt, indem er vor dem Friedhofstor Tricks mit seinem Skateboard machte. Er nutzte den Bordstein und die steinernen Stufen als Parcours-Hindernisse. Als er den Großvater kommen sah, nahm er das Board in die Hand und lief ihm entgegen.

»Hey, da bist du ja, Opa. Alles klar?«

Er fragte das scheinbar leichthin, doch gleichzeitig ließ er Wolfgang spüren, dass er für ihn da wäre, wenn er jemanden brauchte, dem er seine Geschichte erzählen wollte. Wolfgang lächelte. Wer ist hier eigentlich der Erwachsene von uns beiden?, fragte er sich.

»Alles klar«, sagte er. »Ich bin hier fertig.«

»Dann können wir weiter?«

»Ja. Danke, dass du auf mich gewartet hast.«

Lucas warf ihm einen Seitenblick zu. Er wartete ab, ob nicht doch eine Geschichte folgte, wie so oft in den letzten zwei Tagen, wenn Wolfgang auf etwas gestoßen war, das ihn an seine Vergangenheit erinnerte. Doch er ahnte, dass es hier keine kleine heitere Anekdote zu erzählen gab.

»Ich hab tierisch Hunger!«, sagte er. »Du etwa nicht?«

»Wenn du mich so fragst … Dagegen müssen wir etwas unternehmen.« Er steuerte mit dem Stock den Rückweg in die Stadt an. »Wo soll es denn hingehen?«

»Hast du Lust auf McDonald's?«, fragte er herausfordernd, wohl wissend, dass sein Opa Fast Food hasste.

»Unbedingt. Lass uns zu McDonald's.«

Wolfgang lachte laut. Lucas war es wieder einmal gelungen, ihn zum Lachen zu bringen. Dafür zu McDonald's zu gehen, war das Mindeste, was er für ihn tun konnte.

Sein Enkel steuerte sie mithilfe des Handys durch ein Wohngebiet, und sie erreichten kurz darauf die Altstadt. Lucas zeigte freudig auf einen Wegweiser am Straßenrand und meinte, sie sollten zuerst dort vorbeischauen. Wolfgang blieb stehen, stützte sich auf seinen Stock und betrachtete irritiert das Schild.

»Du willst ins Salzmuseum?«, fragte er verwundert. »Ich hätte nicht gedacht, dass dich das interessiert.«

»Mensch, Opa. Doch nicht das blöde Museum. Da vorn, jetzt guck doch.«

Da sah er, was Lucas meinte. Hinter dem Wegweiser war ein kleiner Laden, in dessen Schaufenster Musikinstrumente zu sehen waren. Akustikgitarren, ein Schlagzeug, Schellen und Ukulelen.

»Komm, wir gucken kurz rein«, meinte Lucas. »Vielleicht finden wir noch eine Gitarre für dich.«

Das bezweifelte Wolfgang, denn Gitarren hatte er Dutzende in seiner Villa. Doch ließ er sich bereitwillig in den Musikladen ziehen. Sein Leben lang war es ihm nicht gelungen, an einem Musikgeschäft vorbeizugehen, ohne einen Blick hineinzuwerfen.

Als Wolfgang eintrat, breitete sich sofort ein warmes, glückliches Gefühl in seiner Brust aus. Es fühlte sich jedes Mal an, als würde er in eine Parallelwelt eintauchen. Eine Welt voller Musik, mit elegant geschwungenen Gitarren, mit polierten und glitzernden Trompeten und Saxophonen, mit Notenblättern, Kompositionen, Melodien. Ein schwerer Geruch von Holz und Blech und Politur lag in der Luft. Doch für Wolfgang war es der Duft der Verheißung. Er atmete ein, blickte sich um.

Ein bärtiger Mann mit einem Piratenkopftuch trat aus einem Hinterzimmer und bot seine Hilfe an. Wolfgang erwiderte, er wolle sich nur ein wenig umsehen, ob das in Ordnung sei, und der Verkäufer zog sich hinter die Verkaufstheke zurück und polierte ein Trompetenmundstück.

Sie schritten die Wand mit den Blasinstrumenten ab, dann standen sie vor einem E-Piano. Wolfgang widerstand der Versuchung, seine Finger auf die Tasten zu legen.

»Kannst du noch Klavier spielen?«, fragte er Lucas. »Oder hast du alles schon verlernt?«

»Keine Ahnung. Ich kann's ja mal probieren.«

Der Junge trat linkisch vor, probierte ein paar Akkorde, begann mit einem alten Jazzstandard, verspielte sich aber sofort, versuchte es erneut und gab es auf.

Er wirkte verlegen.

»Ich hätte am Ball bleiben müssen. Mama wollte immer, dass ich den Unterricht nicht an den Nagel hänge.«

»Ach, Unsinn. Weshalb denn?«

»Weil ich dann jetzt besser wäre. Es ist doch cool, wenn man ein Instrument spielen kann.«

»Du hattest überhaupt keine Lust dazu«, erinnerte ihn Wolfgang. »Du wolltest raus und Fußball spielen mit den anderen Jungs.«

»Schon. Aber trotzdem.«

»Ich finde, Kindern sollte nichts aufgezwungen werden, worauf sie keine Lust haben«, sagte Wolfgang. »Besser, man unterstützt sie in dem, was sie gern machen. Du hast das Klavierspielen gehasst.«

»Stimmt schon.«

»Es mag ja nett sein, Klavier spielen zu können. Aber mal ehrlich: Fußballspielen war doch um einiges cooler, oder?«

Sie ließen das Piano hinter sich und spazierten weiter. Vor ihnen tauchte eine ganze Wand voller E-Gitarren auf, und Wolfgang erkannte auf den ersten Blick, dass einige hochwertige Instrumente dabei waren.

»Siehst du diese hier?«, fragte er und fuhr mit der Hand über das Gehäuse einer Gitarre. »Das ist eine Fender Stratocaster, eine klassische E-Gitarre. Davon habe ich mal eine in den Siebzigern besessen. Und die hier, das ist eine Gipson Les Paul, die gab es auch schon in den Sechzigern. Da müsste ich auch noch irgendwo eine haben. Ich habe es früher geliebt, damit zu spielen.«

Der bärtige Mann hinterm Tresen wurde aufmerksam.

»Wollen Sie die mal ausprobieren?«, fragte er. »Sie scheinen sich ja auszukennen.«

»Danke, aber wir wollen keine Umstände machen.«

»Er besitzt mindestens hundert Gitarren«, erklärte Lucas. »Er sagt immer, er will keine mehr kaufen. Aber wetten würde ich nie drauf.«

Da entdeckte Wolfgang ein altvertrautes Modell.

»Eine Epiphone Casino!«

Es war wie eine Zeitreise. Die Vintage-Gitarre sah dem Originalmodell aus den Sechzigern täuschend ähnlich.

»Mit dieser Gitarre hat John Lennon gespielt«, sagte er.

»Meinst du in Hamburg?«, fragte Lucas. »Als du dabei warst?«

»Nein. Als sie zweiundsechzig im Star-Club gespielt haben, hatten sie andere Modelle, er und Paul. Ich glaube, das war ein oder zwei Jahre später. Die sind ja über Nacht Megastars geworden, und auf einmal kannte die ganze Welt unsere Hamburger Jungs. Aber ich weiß noch, als sich John Lennon eine Casino zugelegt hatte, da habe ich mir auch eine gekauft. Das muss fünfundsechzig gewesen sein.«

»Sie waren im Star-Club?«, fragte der Verkäufer, und Bewunderung schwang in seiner Stimme mit. »Bei den Beatles?«

»Opa war da Stammgast«, sagte Lucas. »Bei allen möglichen Bands.«

Wolfgang winkte ab. Das machte ihn verlegen.

»Das ist schon lange her«, sagte er. »Fast sechzig Jahre. Du liebe Güte.«

Sentimental betrachtete er die Gitarre.

»Wo ich die wohl habe?«, fragte er eher zu sich. »Ich muss mal sehen, ob ich sie im Keller wiederfinde.«

»Wollen Sie die nicht doch probieren?«, lud ihn der Verkäufer ein. »Ich schließe sie schnell an.«

Ehe Wolfgang protestieren konnte, hob der bärtige Mann die Gitarre vom Haken und schloss sie am Verstärker an. Wolfgang setzte sich auf einen Hocker, prüfte, ob sie gestimmt war, schlug ein paar Akkorde an. Er wollte einen Song von den Beatles spielen und fragte sich, welchen.

Doch dann überlegte er es sich anders. Er zwinkerte Lucas zu, holte mit großer Geste aus und begann die Melodie eines alten Schlagers zu spielen. Einfach nur, um den Jungen ein bisschen zu ärgern. Heimlich genoss er es dabei, den Schlager durch den elektronischen Sound hart und schmutzig klingen zu lassen. *»Du bist alles für mich«*, sang er, *»denn ich liebe nur dich, Michaela.«*

Der bärtige Mann schien das lustig zu finden, so eine Schnulze zu hören, doch Lucas protestierte lautstark.

»Kein Schlager, Opa. Echt jetzt!«

»Was denn?«, fragte Wolfgang scheinheilig. »Zweiundsiebzig stand der fünfzehn Wochen lang in den Top Ten der deutschen Charts. Willst du sagen, der ist schlecht?«

»Spiel doch was von den Beatles.«

»Hm. Mal sehen.«

Wolfgang dachte nach. Er erinnerte sich an das legendäre Konzert der Beatles 1962 im Star-Club. An die wilden Nächte auf der Großen Freiheit. Welche Nummern hatten ihm damals am besten gefallen?

Doch als er an die Konzerte dachte, mischten sich andere, dunkle Erinnerungen hinzu. An all die Dinge, die er verdrängt hatte. Weshalb er Lüneburg die vielen Jahre über gemieden hatte.

Am liebsten hätte er die Gitarre aus der Hand gelegt und den Laden verlassen.

Doch die beiden sahen ihn erwartungsvoll an. Er riss sich zusammen.

»Wie wäre es damit?«, meinte er. »Errätst du, was das für ein Stück ist, Lucas?«

Er begann mit dem Plektrum eine Melodielinie zu spielen, die sich im Original unter schnellen Hip-Hop-Texten verbarg. Trotz der fehlenden Versatzstücke und des reinen Gitarrensolos war der Song klar zu erkennen. Lucas machte große Augen.

»Das ist ja Stormzy! *Big For Your Boots.*«

Wolfgang grinste. Damit hatte sein Enkel nicht gerechnet, dass er etwas von einem jungen britischen Rapper spielen würde.

»Du spielst Grime, Opa? Ich hätte nicht mal gedacht, dass du das kennst.«

»Was glaubst du wohl?«

»Opa, das ist obercool«, rief er begeistert.

Wolfgang lachte. Wer hörte das nicht gern von seinem jugendlichen Enkel.

»Ich halte mich auf dem Laufenden«, erklärte er. »Ich höre mir alles an, was in den Charts ist. Jede Woche neu.«

»Kannst du noch was anderes von Stormzy spielen?«, fragte Lucas.

Wolfgang blickte fragend zum Verkäufer, doch der schien Gefallen an den beiden zu finden. Es störte ihn nicht, dass mit ihnen kein Umsatz zu machen war.

»Also gut«, sagte er. »Eins hätte ich noch.«

Doch da machte sich sein Handy bemerkbar. Er zog es aus der Tasche und warf einen Blick aufs Display. Es war Jordis.

»Deine Großcousine«, erklärte Wolfgang. »Ich gehe da mal kurz ran, ja?«

Der Verkäufer befreite Wolfgang von der E-Gitarre. Der nahm das Gespräch entgegen.

»Hallo, Onkel Wolfgang. Ich wollte mich noch einmal melden, bevor du nach Hamburg zurückfährst. Heute Nachmittag geht euer Zug, richtig? Es war schön, dass du hier warst.«

Während Jordis sprach, verließ er den Laden und trat auf die Straße, um ungestört reden zu können.

»Was hältst du davon«, fragte sie, »wenn wir heute Mittag zusammen essen? Ich kann hier gleich eine Pause machen. Dann könnten wir uns richtig verabschieden.«

»Lucas möchte, dass wir zu McDonald's gehen«, meinte er amüsiert. »Wenn du Lust hast, kannst du dich uns gern anschließen.«

»McDonald's«, kam es wenig begeistert. »Aber … ach, warum nicht. Seid ihr schon unterwegs dahin? Dann komme ich dazu.«

Er ließ den Blick über die Straße wandern. Über den Lambertiplatz und die hutzeligen Fachwerkhäuschen, die ihn umsäumten und den Beginn der Altstadt markierten.

»Warte mal, Jordis …«

»Was ist denn?«

»Also, du kannst gern dazustoßen. Aber …«

»Aber?«

Wolfgang dachte an den Grabstein auf dem Zentralfriedhof. An die Vergangenheit, die ihn in Lüneburg einholte. Immer sicherer fühlte er, dass er sich ihr nun stellen musste. Es wäre falsch, wieder davonzulaufen. Dieses Mal musste er seinen Dämonen ins Gesicht sehen.

»Lucas wird allein zurück nach Hamburg fahren.«

»Wieso denn? Und was ist mit dir?«

»Was mit mir ist?« Er überblickte die Altstadt mit ihrer vertrauten Silhouette. »Ich bleibe hier. Erst einmal.«

Die westliche Altstadt war für Jordis der schönste Teil Lüneburgs. Die kleinen und beschaulichen Häuschen gehörten in vergangenen Jahrhunderten den Handwerkern und den einfachen Leuten der Stadt. In engen Gassen reihten sich zahllose Fachwerkhäuser mit Giebeln und Erkervorbauten, mit Sprossenfenstern und bunten Haustüren. Kopfsteinpflaster lag zwischen den Häusern, und vor alten Gemäuern blühten in voller Pracht die Rosenstöcke. Es wirkte wie aus einem Märchenbuch.

Kaum zu glauben, dass dieser Teil der Stadt um ein Haar abgerissen worden wäre. Die westliche Altstadt lag auf dem Senkungsgebiet des Lüneburger Salzstocks. Mit der Zeit waren die Häuser abgesackt, Giebel standen schief, Wände bekamen Risse. Dazu kam die Abriss- und Sanierungswelle in den sechziger und siebziger Jahren, die überall in Westdeutschland wütete. Sie hätte dem Viertel fast den Garaus gemacht. Es galt damals eben als modern und zukunftsorientiert, Altes abzureißen, Straßen für den Autoverkehr zu verbreitern und nach den Standards der Zeit zu bauen, mit billigem Klinker und Glasbausteinen. Wem das nicht gefiel, der galt als rückständig und fortschrittsfeindlich. Hätte sich nicht ein Bürgerverein gegründet, der um den Erhalt der Häuser und des Stadtbilds gekämpft hatte, lange bevor Denkmalschutz eine größere Rolle spielte, wäre heute von der westlichen Altstadt nichts mehr übrig.

Nicht vorzustellen, dachte Jordis, dass diese beschaulichen Gassen und romantischen Straßenzüge nicht mehr existieren würden.

Es war ein Privileg, hier zu wohnen. Sie hätte sich denken können, dass Emilian als Mitarbeiter der Denkmalpflege an so einem Ort lebte, in einem der kleinen Häuschen mit einem Erkervorbau. Seine Tür war leuchtend grün gestrichen, und ein Hagebuttenstrauch rankte vor den Sprossenfenstern hoch. Er wartete schon auf sie, saß auf einer Holzbank vor seinem Haus und winkte ihr entgegen. Fehlte nur, dass er eine Pfeife rauchte und einen Handwerksrock trug, dachte sie amüsiert, dann wäre die Zeitreise perfekt.

»Sag nicht, dass du hier wirklich lebst«, begrüßte sie ihn. »Mitten im Denkmal. Unglaublich.«

»Wir haben das Haus vor zehn Jahren gekauft«, sagte er. »Da

war es gerade noch möglich, das zu finanzieren, inzwischen sind die Häuser in der Altstadt unbezahlbar. Aber es war ziemlich runtergekommen, da steckte eine Menge Arbeit drin.«

»Wir?«, fragte Jordis und hoffte, ihm damit nicht zu nahe zu treten. Florian hatte ihr gesagt, dass Doktor Adler Single sei, doch vielleicht war das ein Irrtum.

»Meine damalige Freundin«, erklärte er mit einem wehmütigen Lächeln. »Wir waren beide siebenundzwanzig, als wir es gekauft haben. Wir fanden, das Haus wäre perfekt, um darin gemeinsam alt zu werden. Kinder zu kriegen. Das ganze Programm eben.«

»Was ist passiert?«

»Schwer zu sagen. Wir haben jahrelang am Haus gearbeitet. Renoviert, umgebaut, gemalert, gezimmert ... Jeden Tag nach Feierabend und am Wochenende sowieso. Es war harte Arbeit, aber wir haben es gern gemacht. Als es dann endlich fertig war, unser Nest, da hatte sich bei ihr die Liebe offenbar davongemacht. So hat sie es mir jedenfalls erklärt.«

»Das tut mir leid zu hören.«

Er ließ einen nachdenklichen Blick über das Gebäude schweifen.

»Solange das Haus eine Baustelle war, hatte unsere Beziehung nichts Endgültiges. Das änderte sich natürlich, als es fertig war. Eine Woche danach ist sie ausgezogen.«

Seinem Gesichtsausdruck sah sie an, dass diese Wunde noch schmerzte, obwohl es Jahre her war.

Möglich, dass er deswegen Single war, dachte sie. Was das betraf, ging es ihm wie ihr. Auch sie war von Jonas sitzen gelassen worden. Er hatte sie zwar betrogen und sie für seine neue Liebe verlassen. Doch auch Jordis war nicht fähig, ihn dafür zu hassen. Sie dachte immer noch wehmütig an ihre gemeinsame Zeit zurück. Es gab einen Teil in ihr, der immer noch bereit wäre, ihm zu verzeihen, wenn er zurückkäme. Doch sie wusste, dass es niemals wieder werden konnte, wie es war. Dass solche Phantasien nicht Realität würden.

»Wie auch immer«, lenkte Emilian ab. »Schön, dass du gekommen bist. Das Essen ist gleich fertig, ich bin gespannt, was du zu meinen Kochkünsten sagst. Und ich möchte dir natürlich das Haus zeigen.«

Er machte aber keine Anstalten, die Haustür zu öffnen und sie hineinzubitten. Stattdessen wies er mit der Hand die Gasse hinunter.

»Aber zuerst habe ich eine kleine Überraschung für dich. Ich möchte dir etwas zeigen.«

»Eine Überraschung?«

Er reichte ihr den Arm, und Jordis hakte sich unter. Gemeinsam spazierten sie das Sträßchen hinunter.

»Worum geht es denn?«, fragte sie.

»Es hat mit deinem Großonkel zu tun, mit Wolfgang Hansen. Apropos, ist er wohlbehalten in Hamburg angekommen?«

»Im Gegenteil. Er ist in Lüneburg geblieben. Er hat seinen Aufenthalt verlängert.«

»Ach so? Ich dachte, er wäre froh, es hinter sich zu bringen.«

»Ich habe mich auch gewundert. Mir kam es vor, als würde er sich mir gegenüber verpflichtet fühlen herzukommen. Offenbar war das ein Irrtum.«

»Aber was will er noch hier? Kennt er jemanden von früher?«

»Er sagt, er möchte spazieren gehen und sich an damals erinnern. Aber … wenn du mich fragst, hat er noch etwas zu erledigen. So kommt es mir vor.«

»Hast du ihn gefragt, ob das Gemälde wirklich von ihm restauriert worden ist?«

»Ganz ehrlich? Ich habe mich nicht getraut. Er hätte es doch von sich aus angesprochen, wenn er darüber reden wollte. Wenn es ein Geheimnis ist, will er vielleicht, dass es eines bleibt.«

»Verstehe.« Er warf ihr einen Seitenblick zu. »Wenn du willst, kann ich weitere Nachforschungen anstellen. Möglich, dass ich noch mehr herausfinde. Aber nur, wenn du damit einverstanden bist.«

Sie seufzte. »Ich weiß nicht. Es fühlt sich nicht richtig an, das hinter dem Rücken von Onkel Wolfgang zu tun. Mir wäre es lieber, du verzichtest darauf.«

»Falls du es dir anders überlegst, sag Bescheid.«

Er blieb vor einem Backsteinhaus stehen. Schiefe Mauern, gedrungene Balken und leuchtend weiße, übereinandergesetzte Sprossenfenster, die dem Erker des Hauses das Aussehen eines riesigen Wintergartens verliehen. Gardinen und Vorhänge schützten die Bewohner vor neugierigen Blicken, was bei der Größe der Fensterfront gar nicht so leicht war.

Dies war offenbar, was Emilian ihr zeigen wollte.

»Was ist mit diesem Haus?«, fragte sie.

»In den frühen Sechzigern stand es leer. Es sollte abgerissen werden, wie so viele Häuser hier. Rate, wer es angemietet hat?«

»Ich habe keine Idee.«

»Heinrich Hansen. Dein Urgroßvater.«

Nun betrachtete sie das Häuschen eingehender. Die großen Fenster, das viele Licht. Sie hatte eine Ahnung, welchem Zweck das Gebäude gedient hatte, und Emilian bestätigte sie.

»Er hat es als Atelier angemietet.«

»Als Werkstatt. Um das Gemälde von Daniel Frese zu restaurieren.«

»So ist es.«

Jordis stellte sich vor, wie hinter der Front der Sprossenfenster gearbeitet worden war. Was für eine Atmosphäre. Sie mussten sich gefühlt haben wie die mittelalterlichen Meister, die für das Rathaus gearbeitet hatten.

Sie fragte sich, ob ihre Großmutter hier auch restauriert hatte. Ob sie Teil dieser Meisterarbeit gewesen war.

»Wenn deine Oma für die Arbeit verantwortlich war«, sagte er, als hätte er ihren Gedanken gelesen, »dann hat sie hier in diesem Haus gearbeitet.«

Er trat vor und drückte beherzt die Klingel.

»Was machst du da?«, fragte Jordis erschrocken.

»Keine Sorge. Ich kenne den Besitzer. Wir werden erwartet. Er zeigt dir gern das ehemalige Atelier deiner Großmutter.«

Kapitel sechzehn

April 1962

Monika hatte angefangen, die Deckenbalken der Werkstatt von Ruß und Spinnenweben zu befreien. Farbschichten, jahrealter Staub und sogar ein verwaistes Schwalbennest waren mit runtergekommen. Das Häuschen in der westlichen Altstadt hatte eine Weile leer gestanden. Vieles war in Mitleidenschaft gezogen, es gab eine Menge zu tun. Ihr Gesicht war inzwischen völlig verdreckt, Schultern und Nacken schmerzten, und in den Händen bildeten sich Blasen. Doch all das war es wert gewesen, denn Decke und Wände waren nun blitzblank.

Helmut lief mit einem Eimer und einer Schippe herum, schaufelte hier und da Dreck hinein und kippte den Müll draußen vor dem Haus auf einen Holzkarren.

»Guck mal, Monika, was ich gefunden habe«, rief er aufgeregt und ließ den Eimer fallen. »Darf ich die behalten?«

Er hielt ihr eine mumifizierte steinharte Ratte entgegen, die er wie ein Eis am Stiel an ihrem Schwanz vor sich hertrug. Monika schrie auf.

»Wirf die weg! Das ist eklig.«

»Aber guck doch mal, wie die von Nahem aussieht …«

»Raus damit, aber schnell.«

Helmut legte die Ratte widerwillig in den Schmutzeimer und nahm die Schippe, um schwungvoll weiterzumachen. Monika riss eines der zahlreichen übereinanderliegenden Sprossenfenster auf. Frische, feuchtkalte Luft zog herein, die sie tief inhalierte.

Sie würde als Nächstes die Fenster putzen, damit mehr Tageslicht hereinfiel. Doch sie musste vorsichtig sein, denn die Fenster waren fragil. Die Rahmen morsch, der Kitt saß locker, und manche Scheibe war so wackelig, dass der nächste Windstoß sie eindrücken konnte. Sie wagte es kaum, sie zu öffnen, um durchzulüften.

Sie trat zurück in den Raum. Das mittelalterliche Haus, egal wie runtergekommen und baufällig es sein mochte, war ein Kleinod. Einen besseren Platz für eine Werkstatt konnte sie sich nicht vorstellen.

»Da kommt der Kohlenhändler«, rief Helmut, der den Kopf aus der Tür streckte. »Er hat einen Gaul, der seinen Karren zieht.«

Er kam pünktlich. Sicher gab es im Frühling nicht viele, die Kohlen kauften. Trotz Kälte und Regen. Doch für die Werkstatt brauchten sie trockene Wärme. In den Räumen hing modrige Feuchtigkeit. Sie würde alles durchheizen müssen, bevor sie mit der Arbeit anfingen.

Der Kohlenhändler brachte billiges Bruchbrikett, das Einzige, was sie sich leisten konnten. Helmut half ihm, die Eimer ins Haus zu tragen. Auf Monika wirkte es zwar, als würde er dem Mann mehr im Weg stehen, als zu helfen, doch dem Kohlenhändler schien das nichts auszumachen.

Nachdem er wieder fort war, sah Helmut noch schmutziger aus als zuvor. Zu dem ganzen Dreck aus dem Haus kam jetzt der Kohlenstaub.

»Zu Hause schrubben wir dich sauber.«

»Ich kann doch in der Ilmenau schwimmen gehen. Das reicht.«

»Nichts da. Wir schrubben dich mit Kernseife ab.«

Er verzog das Gesicht, packte dann gut gelaunt Bruchbrikett in den Ofen. Für heute hatten sie genug gearbeitet. Das Fensterputzen wollte Monika auf morgen verschieben.

Sie blickte sich ein weiteres Mal zufrieden in der Werkstatt um. Es war ein magischer Ort.

Helmut folgte ihrem Blick. »Wenn ich groß bin, werde ich Restaurator, oder?«

»Wenn du das möchtest, sicher. Aber bis dahin ist noch Zeit.«

»Nur … Wenn ich Restaurator werde, dann wäre es doch nicht schlimm, wenn Wolfgang keiner wird.«

»Zerbrich dir darüber nicht den Kopf.«

»Papa ist immer so wütend auf Wolfgang. Wenn er wüsste, dass ich gern Restaurator werde, dann muss er doch nicht mehr wütend sein. Ich kann Wolfgangs Platz einnehmen.«

Ihr Vater war wütend, das stimmte. Im Augenblick aber hauptsächlich deshalb, weil Wolfgang bei seiner Arbeit nachließ. Ihm unterliefen ständig Fehler, er verschliss unnötig Material, leistete sich Schnitzer beim Restaurieren, und die Qualität der gesamten Firma litt unter ihm.

Ihr Bruder war noch nie ein begnadeter Restaurator gewesen, doch schlimmer war, dass er chronisch übermüdet auftauchte und nachlässig in seiner Arbeit wurde. Sooft er konnte, fuhr er abends nach Hamburg, zu dieser Band, mit der er Musik machte. Zu seinen neuen Freunden. Beatmusik und Clubkonzerte, das stand für Wolfgang an erster Stelle. Lüneburg und die Arbeit auf der Baustelle hätte er am liebsten über Bord geworfen, und der Versuch, beides gleichzeitig zu machen, überforderte ihn.

Monika fragte sich, wie ihr Bruder es überhaupt aushielt, zwei Leben parallel zu führen. Tagsüber in Lüneburg und nachts in Hamburg. Die einzige Antwort, die ihr einfiel, war, dass sein Körper so viel Adrenalin ausschüttete, dass St. Pauli ihn so beflügelte, dass ihn das durch seine Tage in Lüneburg trug. Lange würde das aber nicht mehr gut gehen. Er brauchte eine Auszeit. Eine Pause von St. Pauli.

Zu Helmut sagte sie: »Papa ist nun mal wütend, und das hat nichts mit dir zu tun. Komm, gehen wir zurück. Hier sind wir für heute fertig.«

Sie verließen das Haus, und Monika versperrte die Tür mit

einem rostigen Vorhängeschloss. Die Straße lag grau und verlassen vor ihnen. Einige Häuser standen leer, Fenster waren vernagelt, Putz abgeschlagen. Selbst in den bewohnten Häusern ließen sich Mauerrisse erkennen, die durch die Senkungen entstanden waren. Einige Portale wirkten schief und Giebel baufällig.

»Auf dem Meere«, sagte sie zu Helmut. »Das ist eine historische Straße. Wusstest du, dass Daniel Frese hier gelebt hat?«

»Der Maler von den Bildern aus dem Rathaus?«

»Genau der. Er hatte eine Werkstatt in dieser Straße. Ich weiß leider nicht, in welchem Haus. Vielleicht war es sogar unseres. Wäre das nicht was?«

Die Nähe zu dem alten Meister löste viele Gefühle in ihr aus. Als würde die Zeit durchlässig werden. Ihr Vater konnte eintauchen in die Arbeit des Meisters, fast an der gleichen Stelle, an der sie im Spätmittelalter entstanden war.

Es schmerzte sie, nicht daran teilhaben zu dürfen.

In dieser Sache hatte ihr Vater seine Meinung nicht geändert, und ihre Hoffnung, ihn doch noch zu überzeugen, schwand zunehmend.

Sie spazierten zurück zum Rathaus. Auf dem Marktplatz schickte sie Helmut vor, er solle schon mal Wasser für die Wanne einlassen und die schmutzigen Sachen in die Wäsche legen. Sie selbst ging rasch ins Rathaus, um ihren Vater nach der Haushaltskasse zu fragen. Sie brauchte Geld, um fürs Mittagessen einzukaufen.

Sie trat in das vertraute Zwielicht der Rathausdiele, ging vorbei an Malereien und Skulpturen zur Großen Ratsstube. Die Tür stand offen, und sie spähte hinein. Sie konnte nur Johann, den Gesellen, auf dem Gerüst sehen. Weder Wolfgang noch ihr Vater waren anwesend.

Sie wollte den Gesellen fragen, wo der Chef sei. Da entdeckte sie ihren Vater hinter sich auf der Treppe vor dem Monumentalgemälde. Er war in Gedanken versunken und betrachtete die

Arbeit des Altmeisters samt den Schäden, die er im Zuge des Auftrags beheben würde.

Monika trat neben ihn. Er nickte knapp und konzentrierte sich wieder auf das Bild. »Brauchst du Geld für die Einkäufe?«, fragte er murmelnd.

»Ja. Deshalb bin ich hier.«

Sein Blick blieb auf dem Bild haften.

»Wir werden ein paar Flächen ausmalen müssen. Was verloren ist, sehen wir im Einzelnen erst später. Aber jetzt ist schon klar, dieses Stück vom Gewand hier, das fehlt. Auch die Hand dort vorn. Die werden wir retuschieren müssen.«

Sie verkniff sich einen Kommentar zum Verhältnis der Retusche zum Original. Das war auch gar nicht nötig, denn ihr Vater wandte den Kopf und sah sie scharf an.

»Denkst du, ich habe keinen Respekt vor Daniel Frese?«

»Das habe ich nie gesagt. Ich habe …«

»Denkst du, mir fehlt es an Hochachtung? An Demut?«

Sie fiel in Schweigen.

»Es ist nicht deine Aufgabe, darüber zu urteilen, Monika. Tu es also nicht.«

Er wandte sich ab.

»Komm, ich gebe dir Geld.«

Er ging in die Ratsstube, wo er seine Geldbörse in der Jacke aufbewahrte. Dann sah er sich um, blickte hinauf zum Gerüst, runzelte die Stirn. »Wo ist denn Wolfgang?«

»Ich dachte, er wäre hier«, sagte Monika.

»Hier? Er war doch mit dir in der Werkstatt zum Aufräumen, oder? Ich dachte, er hätte dir geholfen.«

Monika fühlte sich überrumpelt. War ihr Bruder etwa in Hamburg? Warum hatte er sie nicht eingeweiht. Sie war überzeugt gewesen, er wäre heute Morgen im Rathaus auf der Baustelle.

Ihr Vater trat näher, und sie spürte seinen Zorn. »Weißt du etwas darüber?«, fragte er. »Gibt es etwas, das du mir verschweigst?«

Was sollte sie nur sagen? Verdammt, sie wusste nicht, was los war. Fiebrig überlegte sie, welche Ausrede sie bemühen konnte.

Doch es war zu spät, ihr Vater hatte sie längst durchschaut. Er trat dicht an sie heran und blickte drohend auf sie herab.

»Monika«, begann er mit finsterer Stimme. »Sag mir sofort: Wo ist Wolfgang?«

Kapitel siebzehn

Die Luft in der Kneipe roch nach abgestandenem Rauch und schalem Bier. Auf einigen Tischen standen noch die vollen Aschenbecher vom Vorabend, hier und da waren klebrige Ringe von Gläsern und Flaschen zu sehen. Wolfgang störte das nicht. Bis die Putzfrau am späten Nachmittag einträfe, hatten sie die Kneipe für sich. Der Laden gehörte dem Onkel des Schlagzeugers, der damit einverstanden war, dass sie sich tagsüber mit ihrer Band austobten. Es war ein perfekter Proberaum, fand Wolfgang. Eine kleine Bühne mit knarzenden Holzdielen, ein schäbiger Vorhang, der nur Dekoration war und sich nicht mehr schließen ließ, eine Handvoll Tische und die schmale Bar. Mit ein bisschen Phantasie konnte man sich ein jubelndes Publikum vorstellen.

Sie rockten voller Energie, so laut und wild, wie es möglich war. Zwei Gitarristen, ein Schlagzeuger, ein Pianist und der Sänger. Vor allem machten sie eigene Musik, keine gecoverten Stücke. Wolfgang schrieb die Songs, und Ulf, der Sänger, dazu die englischen Texte. Nicht alle Songs waren Gold wert, aber einige schienen durchaus passabel. Sie waren sicher, dass sie das nächste große Ding auf St. Pauli werden könnten. Alles, was sie brauchten, waren Auftritte. Die Möglichkeit, dass jemand sie entdecken konnte.

Mitten im Stück verlor der Pianist den Anschluss, wieder gelang ihm nicht die Bridge zum Refrain. Er brach ab, polternd und schrammend endete der Song. Etwas frustrierte Blicke wurden getauscht.

»Tut mir leid, Jungs«, sagte Werner, der Pianist. »Beim nächsten Mal klappt's.«

Ulf nahm einen großen Schluck aus dem Bierglas, das neben ihm auf einem Barhocker stand, und räusperte sich mehrmals. Er wollte seine Stimme hart und rau klingen lassen wie die John Lennons, des Sängers von den Beat Brothers, wie seine Band, die eigentlich The Beatles hieß, nun für ihre erste Plattenaufnahme genannt wurde. Ulf hatte John Lennon und die Beatles im Star-Club gesehen, wo sie seit ein paar Wochen ein festes Engagement hatten. Es gab eine Menge toller Bands aus England, die im Star-Club spielten, aber die Beatles hatten es ihnen allen am meisten angetan, und er und die Band gaben ihr Bestes, ebenso kraftvoll und dynamisch zu klingen.

Was die Texte anging, waren sie sich allerdings nicht so sicher. Ulf konnte zwar am besten Englisch von allen, trotzdem traute Wolfgang der Sache nicht. Selbst für ungeschulte Ohren hörte sich alles ein bisschen phantastisch an. Doch Werner, der Pianist, fand, das schade nicht, solange kaum einer der Zuhörer Englisch spräche, kämen sie damit durch. Wolfgang hielt dagegen, dass in den Kneipen eine Menge englischer Seeleute waren, und wenn sie bei einem Auftritt ausgelacht würden, könnte ihre Karriere schnell zu Ende sein.

»Ich weiß nicht«, meinte der zweite Gitarrist, der Karl-Heinz hieß und sonst wenig beisteuerte. »Findet ihr nicht, das Ganze klingt zu sehr nach den Beatgruppen aus England, die im Star-Club spielen?«

»Es *soll* sich so anhören«, meinte Wolfgang. »Das ist doch die neue Musik. Wir spielen einen schnellen Viervierteltakt, und die Betonung liegt auf dem ersten Schlag. Das ist das Neue daran.«

»Und wir sind nicht die Einzigen, die das machen«, kam ihm Ulf zu Hilfe. »So klingen im Moment einfach alle.«

»Mir kommt es trotzdem so vor, als würde ich den Song schon kennen«, beschwerte sich Karl-Heinz. »Es ist nichts Neues. Nichts Eigenes.«

Wolfgang war gekränkt. Das war kein billiger Abklatsch, was er schrieb. Das konnte ihm keiner erzählen. Sein ganzes Herz steckte in der Musik.

»Willst du lieber Schlager spielen?«, ätzte Ulf.

Das war wie üblich das Totschlagargument. Allein in die Nähe von Schlagermusik gerückt zu werden, konnte keiner von ihnen ertragen. Lieber schluckte man jede Kritik herunter.

»Ich meine nur, wenn wir vielleicht im Beat mehr Rhythm and Blues …«

Weiter kam er nicht. Es hämmerte von draußen an der Tür. Die Eckkneipe war von innen abgedunkelt, alle Rollladen heruntergelassen, und sie konnten nicht hinaus auf die Straße sehen.

»Sind das die Nachbarn?«, fragte Karl-Heinz. »Beschweren die sich wegen der Lautstärke?«

Doch Wolfgang hatte schon eine Ahnung, wer da draußen sein mochte. Auch wenn er kaum zu hoffen wagte, dass er damit recht behalten sollte.

»Ich seh schnell nach«, meinte er, sprang von der Bühne und hastete durch das enge Lokal. An dem Schattenriss, der sich hinter dem Milchglas der Eingangstür abzeichnete, erkannte er, dass seine Hoffnung ihn nicht trog: Es waren die Rundungen einer Frau in einem auf Taille geschnittenen Kleid. Toupierte Haare und eine brennende Zigarette, die elegant in der Hand gehalten wurde.

Er schob den Riegel zur Seite und riss die Tür auf. Sicher wäre es besser gewesen, sich unbeeindruckt zu geben, doch stattdessen strahlte er wie ein Honigkuchenpferd.

»Helga! Du bist gekommen.«

»Natürlich bin ich das, Schätzchen. Ich bin doch eingeladen worden. So etwas lasse ich mir nicht entgehen.«

Wolfgang war unfähig, etwas zu sagen oder zu tun. Helga Priggen, die schönste Frau der Welt, folgte seiner Einladung.

»Lässt du mich also herein?«, fragte sie.

»Oh. Natürlich.« Er sprang zur Seite. »Wir sind mitten in der Probe. Die Jungs hast du ja schon gesehen. Wenn du willst, zapfe ich dir ein Bier. Oder magst du einen Rotwein?«

Auf der Bühne war die Überraschung groß. Die anderen hatten nichts von dem Besuch gewusst. Wolfgang hatte sich nicht blamieren wollen, falls Helga nicht auftauchen würde, deshalb hatte er nichts gesagt.

»Leute, wir haben Besuch«, rief er. »Das ist Helga.«

Die Jungs starrten mit offenem Mund. Helga Priggen erkannte sofort, was los war, und genoss ihren Auftritt: Mit Hüftschwung trat sie in die schäbige Kneipe, als wäre es ein Opernhaus. Ihre Zigarette reckte sie in lässiger Eleganz in die Luft, und den Musikern schenkte sie das Lächeln eines Filmstars.

Wolfgang nahm einen Stuhl vom Tisch und wischte eilig über die Oberfläche. Dann stellte er ihn auf den Boden und bot ihr den Platz an.

Er hatte Helga vor ein paar Tagen im Star-Club getroffen, als eine englische Bluesband ein Konzert gegeben hatte. Sie war mit ihrer Clique da gewesen, mit diesen reichen und gutaussehenden Jugendlichen, von denen Wolfgang inzwischen wusste, dass sie aus wohlhabenden Hamburger Familien stammten. Eine ehemalige Schulfreundin von Helga lebte in einer Villa an der Alster. So war sie in diesen Kreis hineingelangt. Diesmal hatten die anderen Wolfgang in Ruhe gelassen. In Bluejeans und mit Lederjacke machte er etwas her, und es gab genug Mädchen, die ihn mit verstohlenen Blicken bedachten.

Er und Helga hatten sich am Tresen unterhalten. Wolfgang hatte sein letztes Geld darauf verwendet, sie zu einigen Drinks einzuladen. Es war jeden Pfennig wert gewesen. Helga war perfekt: Nicht nur elegant und gut aussehend, sie hatte Witz, verstand eine Menge von Musik und liebte Beat genauso wie er. Sie hatten stundenlang miteinander geredet, die Zeit war wie nichts verflogen. Und am Ende hatte Wolfgang sie eingeladen, zur Bandprobe in die Kneipe von Werners Onkel zu kommen, um seine Musikgruppe kennenzulernen. Doch niemals hätte er geglaubt, dass sie tatsächlich auftauchen würde.

»Jetzt zeigt schon, was ihr draufhabt«, forderte sie die Musiker auf und zündete sich eine weitere Zigarette an. »Ich möchte doch hören, was für Musik ihr macht.«

Die Jungs wechselten nervöse Blicke. Ohne Vorwarnung Helga etwas vorzuspielen, überforderte sie. Das plötzliche Auftauchen eines Plattenproduzenten hätte kaum verstörender sein können. Doch Ulf räusperte sich laut, wie um die Bedenken wegzuwischen, und Wolfgang nahm seine Gitarre und gab dem Schlagzeuger ein Zeichen.

»Okay, Jungs. Spielen wir *You Are My Love*.«

Es war ihr bestes Stück, auch wenn Karl-Heinz fand, es klänge zu sehr nach den Beatles. Sie legten los, ein schneller Viervierteltakt, ein kräftiger Beat des Schlagzeugers, dann stiegen die Gitarren ein. Ulf begann zu singen, er schrie geradezu seine Seele heraus.

Er sang den selbst geschriebenen Text auf Wolfgangs Melodie. Ein ziemliches Wagnis. Doch mit einem Seitenblick auf Helga erkannte Wolfgang, wie sich ihr Gesicht aufhellte. Der Song schien ihr zu gefallen. Sie wippte mit dem Fuß, schaute bewundernd von einem Musiker zum anderen und zeigte dabei ein atemberaubendes Lächeln. Die kapriziöse Attitüde, mit der sie die Kneipe betreten hatte, war verflogen.

»Das ist großartig«, rief sie, als sie geendet hatten, und klatschte wild drauflos. »Wirklich, ganz toll.«

Wolfgang fiel ein Stein vom Herzen. Die Jungs sagten nichts, waren verlegen und geschmeichelt. Sie wirkten eher wie Schuljungen und nicht mehr wie die selbsternannten Rebellen.

»Denkst du, der Song funktioniert?«, fragte Wolfgang. »Für eine echte Bühne und für Publikum?«

»Wir arbeiten noch dran«, beeilte sich Ulf zu sagen. »Wir drehen am Sound. Aber … das ist unser erster Song, von dem wir glauben, der könnte was werden.«

Alle Musiker der Band warteten auf ihr Urteil. Helga Priggen war die Erste, die den Song unvoreingenommen hörte.

»Ihr könntet damit im Star-Club auftreten.«

»Ist das dein Ernst?«

»Und ob. Ich hab im Star-Club schon Bands gesehen, die waren nicht so gut wie ihr.«

Die Jungs lachten drauflos, nahmen ihre Biergläser, prosteten einander zu.

»Vielleicht müsst ihr noch ein bisschen an dem Text arbeiten«, schob sie hinterher.

Ulf versteifte sich. »Was meinst du damit?«

»Nun … Der ist, wie soll ich sagen, sehr *schlicht*. Und ich glaube, die Grammatik stimmt nicht immer. So gut kann ich allerdings kein Englisch, aber … Warum singt ihr nicht lieber auf Deutsch?«

»Auf *Deutsch?*« Es fühlte sich an wie eine Beleidigung. »So wie Peter Kraus, meinst du?«

»Nein.« Sie lachte. »Aber vielleicht könntet ihr euch ein bisschen Hilfe mit dem Englischen holen. Wenn ihr nicht auf Deutsch singen wollt. Ansonsten ist der Song toll.«

»Kommt, wir spielen noch einen«, schlug Wolfgang vor, um von ihren Mängeln bei der englischen Sprache abzulenken.

Sie einigten sich darauf, ein weiteres selbst geschriebenes Lied vorzutragen und danach noch eines. Helga war eine dankbare Zuhörerin. Schon im Star-Club war Wolfgang aufgefallen, dass ihre leicht überhebliche Art sofort verschwand, wenn es um Musik ging. Dafür begeisterte sie sich.

Gerade waren ihnen die Songs ausgegangen und sie überlegten, ob sie ein gecovertes Stück spielen sollten, da schlug die Tür auf und die Putzfrau, eine gestählte Kiez-Hausfrau, tauchte polternd auf.

»Was ist hier los?«, begrüßte sie die Jugendlichen harsch. »Ich ruf gleich die Polizei!«

Werner versuchte, zu erklären, wer sein Onkel war und was sie hier taten, doch die Frau hörte kaum zu.

»Hier wird jetzt geputzt. Ihr Gammler verschwindet, aber sofort. Raus hier.«

Widerwillig begannen sie, ihre Instrumente zusammenzuräumen, begleitet vom Schimpfen der Putzfrau, die sich beschwerte, dass keiner von ihr verlangen könne, um einen Haufen Nichtsnutze herumzuputzen.

Helga trat zu Wolfgang an die Bühne. »Ihr habt eine Zukunft vor euch, Wolfgang. Das ist meine ehrliche Meinung.«

Es war wie ein Ritterschlag. Ihr erstes Vorspielen hätte besser nicht laufen können.

»Wie lange dauert das noch?«, schnaubte die Putzfrau. »Ich hole jetzt einen Eimer Wasser, und wenn ich zurückkomme, dann seid ihr weg.«

Sie verschwand nach nebenan, und die Jungs packten eilig zusammen.

»Gehen wir noch ein bisschen spazieren?«, fragte Helga und fügte beinahe etwas schüchtern hinzu: »Natürlich nur, wenn du Zeit hast.«

Wolfgang grinste. »Dafür habe ich immer Zeit.«

Er schnappte sich die Gitarre, warf sie über die Schulter, verabschiedete sich von den Jungs. Als sie aus der abgedunkelten Kneipe traten, wirkte das Sonnenlicht grell. Wolfgang blinzelte.

Im Tageslicht sah der Kiez stets trostlos aus. Wie eine längst verwelkte Schönheit, fand er, die sich nach durchzechter Nacht nicht abgeschminkt hatte. Die Straßenfeger waren noch nicht da gewesen, und im Rinnstein lagen der Müll und die Überbleibsel der vergangenen Nacht. Eintrittskarten, Werbezettel, leere Bierflaschen und Glasscherben. Kinder spielten in einer Hofeinfahrt mit allem, was sie finden konnten, und sahen dabei genauso schmutzig aus wie die Straßen um sie herum.

Erst als ein Leierkastenmann mit seinem Äffchen dudelnd um die Ecke kam, sprangen die Kinder auf, ließen den Müll im Rinnstein liegen und rannten der nächsten Attraktion entgegen. An der nächsten Ecke sah Wolfgang einen abgerissenen

Mann, der in der Hofeinfahrt seinen Rausch ausschlief. Er trug nur einen Schuh und hielt eine Schnapsflasche im Arm wie ein Kind einen Teddy.

So war St. Pauli bei Tag.

»Wohin möchtest du gehen?«, fragte Wolfgang. »Wir könnten zu den Landungsbrücken oder zum Fischmarkt.«

»Mir egal. Hauptsache hier weg.«

»Dann komm. Ich weiß schon.«

Sie traten über Unrat hinweg und spazierten in Richtung Norderelbe, folgten dem Geschrei der Möwen und dem lauten Pfeifen der Schiffe. Helga hakte sich bei ihm unter, und er fühlte sich wie der König von St. Pauli.

»Du machst eigene Musik«, sagte sie. »Das hätte ich nie gedacht, dass du ein Künstler bist.«

»Dachtest du, ich nehme dich auf den Arm, als ich das erzählt habe?«

»Weiß nicht. Ich kenne eine Menge Jungs, die Gitarre spielen können. Aber das ist was anderes.«

Sie lächelte verlegen, weil sie ihn für einen Aufschneider gehalten hatte. Aber das störte ihn nicht.

»Gefällt es dir wirklich, was wir machen?«

»Ich kann kaum erwarten, dass ihr auftretet. Das wollt ihr doch, oder? Ihr wollt auf die Bühne.«

»Und wie. Wir brauchen nur ein Vorspielen. Jemand, der uns zeigen lässt, was wir draufhaben.«

Einmal auf der großen Bühne stehen. Es war ein Traum, der irreal schien. Insgeheim glaubte er nicht, dass er jemals wahr werden würde. Trotzdem wollte er alles dafür tun und das Abenteuer genießen.

»Zu den Landungsbrücken geht es da runter«, sagte Helga, als er sie zur Hafenstraße führte.

»Ich weiß was Besseres.«

Er zwinkerte, und sie ließ sich von ihm in die andere Richtung führen. Es gab einen Platz, unterhalb der Brandwand eines alten Hauses, auf einer Brache, die der Krieg übrig gelassen hatte, da konnte man ungestört an einem Hang sitzen, umgeben nur von Sträuchern und Wildblumen. Man war allein und doch mitten in der Stadt, mit einem großartigen Blick über die Hafenanlagen, den Kai und die Elbe.

Er führte Helga dorthin, und sie ließ sich ins Gras sinken, atmete die Seeluft ein und räkelte sich zufrieden. Wolfgang legte seine Gitarre sorgsam ab und nahm ebenfalls Platz. Er pflückte einen Grashalm und steckte ihn in den Mund, folgte ihrem Blick zum Wasser.

»Du bist oft in Hamburg«, sagte Helga. »Hat dein Vater gar nichts dagegen, dass du Musik machst?«

»Er weiß nicht, dass ich hierherkomme. Meistens klettere ich über die Regenrinne raus. Er denkt, ich schlafe.«

»Das traust du dich? Du machst das alles heimlich?«

»Na ja. Ab und zu erzähle ich, dass ich in Hamburg zu einem Gitarrenladen möchte. Dagegen hat er nichts. Solange ich pünktlich bei der Arbeit bin.«

»Und was ist heute? Müsstest du nicht im Rathaus sein?«

»Heute ist eine Ausnahme. Wir müssen proben. Endlich haben wir einen Raum dafür. Ich konnte nicht anders, ich bin über Nacht in Hamburg geblieben.«

Wolfgang seufzte. Er wusste, dass zu Hause Ärger auf ihn wartete. Doch das war ihm egal.

»Mein Vater weiß, dass ich gestern in Hamburg war. Ich habe versprochen, den letzten Zug nach Lüneburg zu bekommen. Tja, den habe ich verpasst.«

»Absichtlich verpasst?«

»Die Kneipe von Werners Onkel, das ist ein Volltreffer. Ich konnte nicht anders.«

»Aber macht er sich nicht Sorgen?«

»Ich habe mich abgemeldet. Ich hoffe, die Nachricht hat ihn erreicht.«

»Du hast dich abgemeldet? Wie das?«

Er grinste. »Ich habe heute Morgen einen Fernsprecher benutzt und bei euch zu Hause angerufen. Zum Glück ist eure

Köchin rangegangen, das Fräulein Fehn. Ich weiß nicht, was gewesen wäre, wenn deine Großmutter den Apparat genommen hätte. Ich wäre wohl zur Salzsäule erstarrt.«

»Vielleicht wäre auch sie zur Salzsäule erstarrt. Einfach, weil du so unverschämt bist, bei uns anzurufen und sie als Laufburschen zu benutzen. Sie hätte einen Herzinfarkt bekommen.«

»Tja. Ich habe das wohl nicht richtig durchdacht. Egal. Hoffentlich hat die Köchin die Nachricht rechtzeitig übermittelt.«

Er blinzelte gegen das Licht, betrachtete zufrieden, wie Helga neben ihm im Gras hockte. Für seinen Geschmack konnten sie ewig hier sitzen bleiben.

»Aber was ist mit dir?«, fragte er. »Hat deine Großmutter nichts dagegen, dass du so viel Zeit in Hamburg verbringst?«

»Sie denkt, ich bereite mich auf ein Studium vor. Ich besuche Kurse an der Universität. An der Musikhochschule, um genau zu sein. Deshalb darf ich bei meiner Freundin übernachten.«

»An der Musikhochschule? Heißt das etwa, du bist Musikerin? Das wusste ich gar nicht!«

»Ich spiele Orgel. Ich habe eine klassische Ausbildung.«

»Aber … das ist doch großartig. Ich meine, Musik zu studieren. Ich könnte mir nichts Wundervolleres vorstellen.«

»Ich weiß nicht. Ich finde moderne Musik viel interessanter. Aber das darf keiner wissen, schon gar nicht meine Großmutter. Seit ich ein Kind bin, sorgt sie dafür, dass ich in klassischer Musik unterrichtet werde.«

»Wenn sie wüsste, dass du nachts St. Pauli unsicher machst …«

»Sie würde auf der Stelle tot umfallen. In ihren Augen dürfte ich nicht einmal wissen, was St. Pauli ist. Wenn sie nur die leiseste Ahnung hätte, was los ist, dann wäre ich das letzte Mal in Hamburg gewesen. Das letzte Mal in meinem ganzen Leben, wohlgemerkt.«

»Verstehe.« Er grinste schief. »Lass mich raten: Sie mag keine Beatmusik?«

»Du meinst ›Hottentottenmusik‹? Welcher Mensch über fünfundzwanzig mag die schon? Das ist für die doch nichts als Teufelszeug. Die denken alle, die Welt geht unter, wenn wir Beatmusik hören. Oder Schlimmeres.«

Sie pflückte eine Wildblume und steckte sie sich ins Haar. Von der Elbe dröhnte ein Schiffshorn. Die Großstadt, der Hafen, das bunte Leben, von ihrer Wiese aus war es nah und gleichzeitig weit entfernt.

»Wirst du Orgelmusik studieren?«, fragte er.

»Keine Ahnung. Ich will weg aus Lüneburg. Raus aus der Enge. Das ist alles, was ich weiß.«

»Dir geht es wie mir. Ich möchte auch die weite Welt sehen. Hamburg ist nur der Anfang.«

Eine Haarsträhne hatte sich aus ihrer Frisur gelöst. Er nahm seinen ganzen Mut zusammen und strich sie aus ihrer Stirn.

»Spiel mir noch mal was vor«, bat sie.

»Rock 'n' Roll? Oder eins von unseren Beatstücken?«

Er nahm seine Gitarre und ließ die Finger über die Saiten gleiten.

»Ich weiß nicht. Vielleicht was Langsames. Wie *Moon River.* Weißt du, so was in der Art?«

Er dachte darüber nach. Spielte eine Blues-Akkordfolge, legte die Hand auf die Saiten.

»Ich habe ein Stück für meine Schwester geschrieben. Einen Schlager. Das möchte ich ihr zum Geburtstag schenken.«

»Deine Schwester? Du meinst das schüchterne Rehlein?«

Wolfgang versteifte sich, woraufhin Helga sofort einlenkte.

»Entschuldigung. Ich kenne sie gar nicht. Ich dachte halt, sie sei langweilig. Tut mir leid.«

»Sie ist …«, begann er und hätte beinahe gesagt: Sie ist alles, was ich habe. »… schon in Ordnung.«

Seit dem Tod ihrer Mutter waren er und Monika unzertrennlich. Sie sagte immer, sie habe keine Erinnerungen an damals, an die Zeit nach ihrem Tod. Doch das glaubte er nicht. Diese Erinnerungen waren nur vergraben und weggesperrt, damit sie nicht mehr wehtun konnten. Diese Zeit hatte sie zusammengeschweißt.

Ihr Vater war wie versteinert gewesen nach dem Tod seiner Frau, es war, als würden die Kinder für ihn gar nicht mehr existieren. Heute verstand Wolfgang, dass er getrauert hatte und sich nicht um sie kümmern konnte. Er konnte ihnen keinen Halt geben. Auch nicht, als er eine neue Frau fand und Helmut auf die Welt kam. Da ging es nur um die neue Kleinfamilie und nicht um die beiden älteren Kinder. Bis die neue Frau auch weg war.

Monika und er hatten immer einander gehabt, zwei Kinder, die nicht verstanden, was passierte. Dieses Band zwischen ihnen hielt bis heute, und Wolfgang war überzeugt, dass es ein Leben lang so bliebe.

Helga versuchte, die Stimmung wieder aufzuheitern.

»Dein kleiner Bruder allerdings«, sagte sie, »der ist lustig.«

»Du meinst Helmut?«

»Genau der. Der macht immer einen fröhlichen Eindruck. Ein kleiner Schelm.«

»Er ist eigentlich mein Halbbruder. Mein Vater hat nach dem Tod unserer Mutter wieder geheiratet. Doch die neue Frau hat ihn sitzen lassen, zusammen mit ihrem Sohn. Seitdem sind wir zu viert.«

»Oh, das … das tut mir leid.«

»Ist schon okay.«

Er wollte nicht länger über seine Familie sprechen. Dies war sein Rendezvous mit Helga.

»Aber jetzt spiele ich meinen Schlager.«

Er nahm die Gitarre. Es sollte eine Rumba werden, so wie Monika es liebte, langsam und elegant und ein bisschen traurig. Ein Schlager, aber einer mit Gefühl. Den Text hatte Wolfgang sich ebenfalls überlegt. Auf Deutsch diesmal. *Wohin mich meine Sehnsucht trägt.*

Er spielte den Refrain, den er schon vollendet hatte, und danach ein paar Versatzstücke der Strophe. Helga hörte interessiert zu, doch als er fertig war, sagte sie lediglich: »Hübsch.«

»Hübsch? Mehr nicht?«

Sie lachte unbeschwert, als wäre es ein Witz.

»Sei mir nicht böse. Mich darfst du da nicht fragen. Ich hasse Schlager. Bestimmt ist dein Lied großartig, aber das ist nichts für mich.«

Sie strich ihm über die Wange, ganz leicht und wie selbstverständlich, doch war diese Berührung so intim, dass Wolfgang völlig aus dem Konzept geriet.

Verlegen räusperte er sich.

»Ich kann auch was von Elvis spielen«, sagte er. *»Love Me Tender.«*

»O ja. Das liebe ich.«

Die Gitarre half ihm, sich wieder zu fangen. Er begann mit der bekannten romantischen Ballade, und Helga, die den Text ebenfalls kannte, sang mit. Es dauerte nicht lange, und die Missstimmung war vergessen.

Seltsam. Irgendwas sagte ihm, dass Helga den Song gemocht hatte. Seine Rumba. War sie etwa eifersüchtig auf Monika? Weil er ihr ein Lied schrieb, in dem sein ganzes Herz lag? Nein, das war unvorstellbar.

Kapitel achtzehn

Die Kammer lag verwaist im Abendlicht. Wolfgangs Bett war frisch gemacht, die Kissen unangerührt. An der Stuhllehne hing sein gewaschener und gebügelter Sonntagsanzug. Monika trat ans Fenster und sah hinaus in den Hof. Außer der Katze, die lautlos an einer Mauer entlangstrich, war nichts zu sehen. Sie hoffte, dass Wolfgang bald nach Hause käme. Lange hielt sie die gefährliche Stimmung ihres Vaters, der unten am Küchentisch sein Feierabendbier trank, nicht mehr aus.

Sie hatte nichts verraten. Zumindest nichts, was nicht ohnehin aufgeflogen war. Dass Wolfgang die letzte Nacht in Hamburg verbracht und heute nicht nach Hause gekommen war, daraus war kein Geheimnis mehr zu machen. Etwas unangenehm war, dass sie ihren Bruder beim Frühstück gedeckt hatte. Wie so oft hatte sie gesagt, Wolfgang läge noch im Bett und stünde gleich auf. Doch dieses Mal war sie von ihrem Vater bei der Lüge erwischt worden. Er war stocksauer auf sie, und was das betraf, war es ihr nicht gelungen, sich rauszureden.

Doch so wütend er war, auf die Idee, dass Monika und Wolfgang ihn in den vergangenen Wochen regelmäßig auf diese Weise belogen hatten, war er nicht gekommen.

Zuerst hatte er sich Sorgen um Wolfgang gemacht, doch als sie zur Mittagspause nach Hause gegangen waren, wartete das Fräulein Fehn mit der Nachricht, dass Wolfgang sich entschuldigen ließ. Er habe Dringendes in Hamburg zu erledigen und sein Vater solle sich keine Sorgen machen.

Der begriff sofort, woher der Wind wehte. Selbst wenn er nur von wenigen Ausflügen nach Hamburg wusste, so reichte es, um darüber im Bilde zu sein, dass Wolfgang Musiker kennengelernt hatte und zusammen mit ihnen spielte. Er nahm jedes Mal die Gitarre mit, wenn er dorthinfuhr.

Unten in der Küche herrschte eisige Stimmung. Helmut war schon nach oben in seine Kammer geklettert, um ihr zu entkommen. Er hockte auf dem Bett und malte Bilder in einen Block, hatte angefangen, die Deckenfresken aus dem Rathaus abzuzeichnen, wie Monika gesehen hatte. Offenbar wollte er seinem Vater zeigen, dass er ebenfalls Talent besaß.

Die Katze verschwand hinter einer Mauer, und ein Schatten fiel von draußen auf das Kopfsteinpflaster. Endlich, da war Wolfgang. Er tauchte in der Tordurchfahrt auf, spazierte aus dem Schatten wie Orson Wells in dem Film *Der dritte Mann*.

Sein erster Blick wanderte zum Fenster im oberen Stockwerk, als hätte er seine Schwester dort erwartet. Er nahm die Gitarre vom Rücken und winkte ihr zu. Doch Monika deutete nach unten und zog ihren Finger über die Kehle. Er begriff sofort. Sein Lächeln gefror ein wenig, dann nickte er, wappnete sich innerlich und betrat unten das Gesindehaus.

Sie hörte die Stimme ihres Vaters. Er schrie nicht, klang aber eiskalt. Die beiden begannen eine Unterhaltung. Sie trat in den schmalen Flur, schloss Wolfgangs Tür hinter sich und steuerte die Treppe an. Die Treppenstufen knarzten, doch Vater und Sohn nahmen keine Notiz von ihr.

»Du hast nicht mal gefragt, was ich dazu sage«, sagte ihr Vater gefährlich leise. »Du hast das einfach für dich beschlossen.«

»Ich habe meinen Zug verpasst, das sagte ich doch. Ich hole den Arbeitstag nach, versprochen.«

Der Vater saß reglos am Tisch. Fast sah es aus, als sei das Gespräch damit beendet und Wolfgang könne an ihm vorbei nach oben gehen. Doch dann knallte Vaters flache Hand wie eine Peitsche auf den Tisch.

»Was fällt dir ein!«

Wolfgang hielt perplex inne.

»Dies ist der wichtigste Auftrag unseres Lebens. Das Lüneburger Rathaus. Wir haben sogar den Anschlussauftrag bekommen, das Gemälde von Daniel Frese. Das kann die entscheidende Referenz für unsere Zukunft werden. Die große Chance. Und du läufst rum, besäufst dich und spielst diese Hottentottenmusik?«

»Es war doch nur ein Tag, Vater. Ich habe gesagt, ich hole das nach.«

»Willst du mich für dumm verkaufen?«

»Aber wieso? Ich arbeite am Sonntag, oder ich …«

»Du hast doch nur noch die verfluchte Gitarre im Kopf. Ob du am Sonntag arbeitest oder nicht. Du machst Fehler, du bist unkonzentriert, deine Arbeit lässt nach. Wie lange soll das so weitergehen?«

Wolfgang verharrte im Raum, als wäre er auf einer Theaterbühne. Ihr Vater saß wie eingefroren mit der Bierflasche am Küchentisch, auch Monika rührte sich keinen Millimeter. Sie sahen aus wie die Darsteller in einem Stück von Tennessee Williams. Im Grunde war es furchtbar albern. Aber keiner lachte darüber.

»Wo soll denn das Geld herkommen?«, fragte ihr Vater. »Was denkst du, wie werden wir eine Werkstatt und eine Wohnung und unsere Rechnungen bezahlen?«

»Es war *ein* Tag! Ab morgen bin ich doch wieder auf der Baustelle. Und du hast Johann, der dir hilft. Außerdem ist da Monika, und ganz ehrlich, die wäre die perfekte Wahl für …«

»Lass Monika aus dem Spiel.«

Wolfgang, der sie längst gesehen hatte, warf ihr nun einen raschen Blick zu, doch der Vater tat, als wäre sie nicht anwesend.

»Ich sage nur die Wahrheit.«

»Es wird höchste Zeit, dass Monika die Werkstatt hinter sich lässt.«

»Wie bitte? Sie soll die *Werkstatt* verlassen?«

»Das ist kein Ort für sie. Wir hätten schon früher an ihre Zukunft denken müssen.«

Wolfgang wirkte völlig verblüfft. Der eigentliche Anlass der Diskussion schien vergessen.

»Willst du etwa sagen, dass sie die Arbeit nicht ordentlich macht? Das kann nicht dein Ernst sein.«

»Damit hat es nichts zu tun. Du wirst ab jetzt ihre Arbeit übernehmen, das ist längst überfällig. Für Monika habe ich andere Pläne.«Wolfgang wirkte aufrichtig entrüstet. Monika hätte ihn am liebsten umarmt, aus lauter Dank dafür.

»Nein, das werde ich nicht«, sagte er. »Sie ist die Zukunft unseres Unternehmens, sie *gehört* in die Werkstatt.«

»Genau das tut sie nicht.«

»Sie ist eine viel bessere Handwerkerin als ich. Gegen Monika bin ich miserabel.«

»Weil du dir keine Mühe gibst. Du sitzt rum, faulenzt und spielst Gitarre. Wie willst du da Fortschritte im Handwerk machen? Aber damit ist Schluss. Monika wird die Hauswirtschaftsschule besuchen. Und du wirst verdammt noch mal ihre Arbeit übernehmen. Reiß dich zusammen und lern das Handwerk.«

Wolfgangs Miene schwankte zwischen Bestürzung und Unglaube. Doch Monika wusste längst, dass es ihrem Vater bitterernst war.

Wolfgang sah sie an, und sie schenkte ihm ein bedauerndes Lächeln. Später, das nahm sie sich fest vor, würde sie ihm sagen, wie dankbar sie für seine Entrüstung war. Auch wenn die nichts ändern würde.

Doch Wolfgang gab nicht so leicht auf.

»Aber wenn sie doch diese Arbeit liebt?«, warf er ihrem Vater vor. »Darf sie nicht tun, was ihr am meisten bedeutet? Worin sie am besten ist?«

»Du meinst, so wie du? Haare wachsen lassen und Gitarre spielen? Dann macht jetzt jeder, was er will?«

»Das lässt sich nicht vergleichen. Sie kann genauso gut arbeiten wie jeder Mann. Besser als ich sogar.«

»Und was werden dann die Herren in den Verwaltungen, beim Landesamt und in der Denkmalpflege sagen? Was denkst du, was sie sehen, wenn Monika vor ihnen steht? Ein Mannweib. Sie wird niemals einen Auftrag bekommen. Jeder viertklassige Betrieb wird ihr vorgezogen werden. Eine Frau hat im Handwerk nichts verloren. So ist es nun mal.«

Wolfgang wollte darauf etwas erwidern, doch der Vater brachte ihn mit einer Handbewegung zum Schweigen.

»Aber wir sind nicht hier, um über deine Schwester zu reden. Jetzt zu dir, Freundchen.«

Er leerte die Bierflasche mit einem Zug. Dann richtete er sich auf, wie der gerechte Richter auf seinem Thron auf dem Bild von Frese, als würde er nun sein Urteil sprechen.

»Du wirst dich am Riemen reißen, Wolfgang!«

»Aber …«

»Still jetzt. Keine Ausflüge mehr, ausreichend Schlaf, und die Gitarre bleibt fürs Erste im Schrank. Wir ziehen hier unseren Auftrag durch. Danach sehen wir weiter. Vielleicht verdienst du dir mal ein paar Sporen, wenn du nicht ständig an dem Ding herumzupfst. In der nächsten Zeit wirst du auf der Baustelle arbeiten, das wird dein ganzer Lebensinhalt sein. Und jetzt ab mit dir.«

Doch Wolfgang schien es auf einen Machtkampf ankommen lassen zu wollen.

»Gut, ich werde auf der Baustelle mitarbeiten, so wie du willst«, sagte er. »Aber an meinem freien Tag kann ich tun, was ich will. Und auch nach Feierabend. Und wenn ich nach Hamburg möchte, dann ist das mein Recht. Solange ich während der Arbeitszeiten auf der Baustelle bin.«

»Dein *Recht?* Ist ja interessant. Du hast also das Recht, in Hamburg mit Gammlern herumzusitzen und diese unwürdige

Musik zu spielen? Dem lieben Gott die Zeit stehlen für nichts und wieder nichts?«

»Ich stehle niemandem die Zeit. Ich habe eine Band. Wir sind sogar schon aufgetreten. In einem Musikclub. Damit verdient man Geld, weißt du.«

Ihr Vater schoss hoch, so schnell, dass Wolfgang nicht reagieren konnte. Eine schallende Ohrfeige landete in seinem Gesicht.

»Du bist *aufgetreten*? Vor Seemännern und Säufern? Und darauf bist du noch stolz? Ich schäme mich für dich.«

Wolfgang hielt sich die Wange, schockiert von dem Gewaltausbruch. Doch er ließ sich nicht unterkriegen.

»Ich verdiene damit Geld«, wiederholte er stur.

Sein Vater massierte seine Hand, kämpfte um Beherrschung.

»Du fährst nie wieder nach Hamburg. Das ist mein letztes Wort.«

»Aber …«

»Du wirst dir das von der Backe schmieren!«

»Einen Teufel werde ich tun.«

Ihr Vater nahm die leere Bierflasche und donnerte sie gegen die Wand, wo sie in tausend Scherben zerbrach. Klirrend landeten Glassplitter auf dem Fußboden. Doch falls er Wolfgang damit einschüchtern wollte, gelang es ihm nicht, denn der starrte nur umso entschlossener zurück.

»Der Betrieb ist dein Erbe«, brüllte der Vater.

Und das war es, worum es eigentlich ging bei diesem Streit. Dass Wolfgang den Betrieb übernehmen sollte und nicht Monika. Dass sein Sohn eine Enttäuschung für ihn war.

»Er ist deine Aufgabe, Wolfgang. Dein Weg. Du willst erwachsen sein und eigene Entscheidungen treffen? Dann benimm dich endlich so. Hör auf, ein verzogenes Kind zu sein.«

»Ich bin erwachsen«, sagte Wolfgang ebenso entschlossen.

»Du verzogener Rotzlöffel. Ich werde dich lehren …«

»Ich will den verdammten Betrieb nicht«, brach es aus Wolfgang hervor. »Behalt ihn. Ich werde ihn niemals übernehmen. Hörst du mich, Vater? Ich will deinen verfluchten Familienbetrieb nicht.«

Monika hielt den Atem an. Sekundenlang herrschte Totenstille. Dann brannten ihrem Vater die Sicherungen durch. Er warf den Tisch um und stürzte sich auf seinen Sohn. Sie gingen beide zu Boden, begruben die Gitarre unter sich, die Wolfgang auf dem Rücken getragen hatte. Mit einem schrecklichen Geräusch von splitterndem Holz und springenden Saiten ging sie zu Bruch. Wolfgang war so fassungslos, dass er sich nicht länger zur Wehr setzte. Sein Vater packte ihn an der Lederjacke, zog ihn auf die Beine und prügelte ihn zur Tür. Die zerstörte Gitarre blieb am Boden liegen.

»Du wirst deine Beine nicht mehr unter meinen Tisch setzen. Verschwinde von hier, du undankbarer Hund.«

Wolfgang wehrte sich nicht, war wie paralysiert vom Verlust seiner geliebten Gitarre. Der Vater zog die Tür auf und stieß ihn hinaus.

»Du kannst wiederkommen, wenn du zu Kreuze kriechst. Aber keinen Tag eher.«

Dann warf er die Tür ins Schloss und stützte sich schwer atmend dagegen.

Monika hörte ein Geräusch, ein Knarzen über ihrem Kopf. Helmut war auf dem Treppenabsatz aufgetaucht. Er starrte verstört hinunter in den Wohnraum. Offenbar hatte er den ganzen Streit mitangehört.

»Geh wieder ins Bett, Helmut«, flüsterte sie. »Es ist alles gut.«

»Aber …«

»Scht. Geh schon. Ich erkläre dir später alles.«

Er sah sie aufgewühlt an, und es brach ihr das Herz, doch er fügte sich. Sie würde sich später um ihn kümmern. Zuerst musste sie Wolfgang hinterher.

Ohne ihren Vater eines Blickes zu würdigen, hastete sie zur Tür. Als sie nach der Klinke fasste, spürte sie seine Hand auf der Schulter.

»Monika! Du bleibst hier!«

Sie schüttelte die Hand ab, beachtete ihn gar nicht und lief hinaus in den Hof. Die Dächer im Hof waren in Mondlicht getaucht, einzelne Dachfenster leuchteten in die Nacht, von Wolfgang war nichts zu sehen. Sie eilte durch die Toreinfahrt und hinaus auf die Straße.

Die Altstadtgasse lag einsam und verwaist. Im schummrigen Licht der Laternen entdeckte sie die Silhouette ihres Bruders, der sich mit großen Schritten entfernte. Er sah sich nicht um, ließ sein Zuhause mit grimmiger Entschlossenheit hinter sich.

»Wolfgang!«

Jetzt blieb er stehen. Drehte sich um. Im trüben Licht schimmerten seine Augen, doch sie konnte nicht sagen, ob das Tränen waren oder nicht. Er lächelte, als er Monika erkannte, hielt inne.

Sie lief los und holte zu ihm auf.

»Du kannst doch nicht einfach weggehen, Wolfgang. Wo willst du denn hin?«

Sie fragte das, als ob die Antwort nicht auf der Hand liegen würde.

»Ich fahre zu den Jungs nach Hamburg.«

Denn er wollte weg von hier. Weg von seinem Vater, weg von der Arbeit im Betrieb und weg vom Gesindehaus. Es lag etwas Endgültiges darin, das spürte sie.

»Komm zurück, Wolfgang. Gehen wir nach Hause. Er meint es nicht so. Er ist nur wütend und frustriert. Du kennst ihn doch. Wenn alle eine Nacht darüber geschlafen haben, geht es schon wieder, du wirst sehen.«

Es war eine Lüge. Ihr Vater würde nicht zurückrudern, sondern stur auf seiner Haltung beharren. Er war der Patriarch, das Oberhaupt der Familie. Deshalb galt nur sein Wort und nichts anderes. Auch Wolfgang wusste das.

»Ich bleibe erst mal bei Ulf, unserem Sänger. Auf dem Küchensofa seiner Eltern. Da habe ich schon ein paar Mal übernachtet. Das geht bestimmt, bis ich was Besseres habe.«

Was Besseres. Er suchte schon nach einer dauerhaften Lösung.

»Aber du kommst doch zurück?«

»Das weiß ich nicht.«

»Ich rede mit Vater. Er wird sich schon einkriegen. Wir brauchen dich. Wie sollen wir sonst die Arbeit im Rathaus beenden?«

Er sagte nichts, doch sein Lächeln war voller Zweifel. Ihr braucht mich nicht, schien es zu sagen. Für den Betrieb ist es das Beste, ich pfusche nicht länger herum. Ohne mich seid ihr besser dran.

Es wäre unsinnig gewesen, zu widersprechen. Das wusste sie. Trotzdem hatte sie Angst vor dem, was kommen würde.

»Brauchst du Geld?«, fragte sie eilig.

»Ach, Monika …«

»Ich habe nicht viel, aber ein paar Mark kann ich abzweigen. Ich kaufe morgen billige Sachen auf dem Markt, das Brot backe ich selber. Er wird es nicht merken.«

»Behalte dein Geld, bitte. Ich schlage mich schon durch.«

»Aber …«

»Mach dir keine Sorgen. Versprich mir das.«

Er holte tief Luft, sah sich in der schummrigen Gasse um. Die mittelalterlichen Häuser ragten dunkel und stumm in die Nacht. Er betrachtete sie, als würde er sie zum ersten Mal sehen. Als wäre er durch ein Tor in eine neue, fremde Welt getreten.

»Ich brauche nichts, nur meine Freiheit.«

Monika kämpfte mit den Tränen. Auf keinen Fall wollte sie, dass er sie weinen sah. So sollte ihr Abschied nicht sein. Sie verbarg ihr Gesicht und umarmte ihn heftig.

»Du meldest dich, damit ich weiß, wie es dir geht.«

»Fest versprochen, Monika.«

»Und wenn ich irgendetwas tun kann, sagst du Bescheid.«

»Das mache ich.«

»Auch, wenn du Geld brauchst, ja?«

»Versprochen.«

Als er sich aus der Umarmung löste, erkannte sie, dass er ebenfalls mit den Tränen kämpfte.

»Und wenn wir einen Auftritt haben, dann kommst du mich besuchen, ja? Du sitzt dann im Publikum.«

»Du meinst, ich in einem Musikclub auf St. Pauli?« Sie lachte erstickt. »Natürlich komme ich zu deinem Auftritt.«

Das kam alles viel zu schnell. Sie hatte sich nicht darauf vorbereiten können. Sie und Wolfgang waren seit dem Tod ihrer Mutter immer durch dick und dünn gegangen.

»Ich bin nicht aus der Welt«, sagte er und wandte sich ab. Dann marschierte er entschlossen davon.

Monika sah ihm nach, bis die Dunkelheit ihn verschluckt hatte. Dann ging sie schweren Herzens zurück zum Gesindehaus.

Es stand nicht fest, sagte sie sich, dass Wolfgang für immer fortbliebe. Gut möglich, dass der Vater ihn bat zurückzukommen. Dass sie einen Kompromiss fänden und ihr altes Leben wie gewohnt weiterging. Es wäre das Vernünftigste, für alle Beteiligten.

Doch ihr Gefühl sagte ihr, dass es so nicht sein würde. Sie musste ohne ihn zurechtkommen. Ohne ihren großen Bruder leben. Und sie hatte keine Ahnung, wie sie das bewerkstelligen sollte.

Kapitel neunzehn

Heute

Im sanften Licht der LED-Leuchten, das gleichmäßig auf die Skulptur der heiligen Ursula fiel, hockte Jordis vor dem Gesicht der Schutzheiligen. Mit einem Wattebausch tupfte sie vorsichtig ein Lösungsmittel auf die Verdunkelungen, um die alte Substanz wieder hervorzuholen. Das war für sie jedes Mal der aufregendste Moment, wenn die ungeschminkte Schönheit des Kunstwerks nach außen trat.

Florian nahm sich ein Stück ihres Mantels vor. Konzentriert befreite er ihn vom Ruß vergangener Jahrhunderte. Sie schwiegen bei der Arbeit, bis er sie irgendwann fragte: »Wie war eigentlich dein Treffen gestern Abend mit Doktor Adler?«

Scheinbar gleichgültig, ohne von seiner Arbeit aufzusehen. Als würde er über das Wetter sprechen. Sie löste den Blick vom Gesicht der Heiligen.

»Sehr nett«, meinte sie unverbindlich und tat, als wäre damit das Thema beendet.

»Du warst bei ihm zu Hause, oder?«

Sie gab ein nachdenkliches »Hm« von sich und tupfte über die Wange der Skulptur.

»Wie kam es denn dazu?«

»Er wollte mir sein Haus zeigen, so kam es dazu.«

Sie wusste natürlich, dass Florian vor Neugierde platzte, auch wenn er es nicht offen zugab. Eine Weile ließ sie ihn hängen, dann wandte sie sich von der Figur ab.

»Na schön«, lachte sie. »Es war sehr nett. Wir haben uns lange unterhalten. Das Essen war toll. Offenbar kann er kochen, ein Pluspunkt. Er hat einen guten Wein geöffnet, auch da hat er Geschmack. Wir haben in seinem Garten in einer Laube gesessen und stundenlang über alte Kunst geredet. Es war alles in allem ein großartiger Abend. Bist du jetzt zufrieden?«

Er setzte ein unschuldiges Gesicht auf.

»Ich frage ja nur.«

»Wusstest du, dass er in einem der alten Fachwerkhäuser in der westlichen Altstadt wohnt? Mitten in dem denkmalgeschützten Quartier an der Michaeliskirche. Das Haus ist ein Schmuckstück.«

»Fast schon ein Klischee, oder?«

»Du meinst, der Denkmalpfleger, der im Denkmal lebt? Vielleicht. Aber ich denke, das würdest du nicht sagen, wenn du es gesehen hättest. Es ist ein Traum. Das würde jeder lieben. Dafür muss man nicht Historiker sein. Das Haus stammt aus dem sechzehnten Jahrhundert, und es ist randvoll mit Überbleibseln verschiedener Epochen. Aber unabhängig davon ist es ein richtiges gemütliches Zuhause.«

Florian tat, als würde der Mantel der heiligen Ursula seine ganze Konzentration erfordern.

»Er scheint sehr beeindruckt von dir zu sein, wenn er für dich kocht«, murmelte er.

Sie lachte. »Wer weiß?«

»Hat er denn … ich meine, seid ihr euch nähergekommen?«

»Es war kollegial, wenn du das meinst. Wir arbeiten zusammen im Rathaus. Ich hätte gar keine Zeit für so was.«

»Kollegial also. Und du hast gar keine Zeit für Romantik. Das ist ja interessant.«

Sie hätte wissen müssen, dass Florian sie durchschaute. Trotzdem wollte sie nicht länger über Emilian sprechen. Dafür war es zu frisch und ungewiss.

»Wie lange bist du jetzt Single?«, fragte er scheinbar unverfänglich.

»Ich weiß nicht genau«, log sie.

»Vier Jahre und sieben Monate sind es jetzt. Wird mal wieder Zeit, oder?«

Sie antwortete nicht, sondern nahm den Wattebausch auf.

»Er hat dich sitzen lassen, Jordis. Er hat das nicht verdient, dass du ihm immer noch nachtrauerst.«

»Ich trauere ihm nicht nach.«

»Entschuldige. Ich meine nur. Dieser Doktor scheint ein netter Typ zu sein. Kein Arsch.«

»Und woher willst du das wissen? Dass er nicht doch ein Arsch ist?«

Er schenkte ihr ein rätselhaftes Lächeln.

»Auch er kann nicht loslassen.«

Sie wusste nicht, was sie darauf sagen sollte.

»Da ist er genau wie du. Wenn ihm das egal wäre, hätte er längst eine Neue. Oder an jedem Finger fünf, so wie der aussieht. Er ist Single, weil er nicht leichtfertig sein Herz verschenkt.«

Sie wünschte, Florian würde sie mit diesem Thema in Ruhe lassen.

»Vielleicht will er ja gar nicht.«

Sie hörte selbst, wie das klang. Florian stöhnte auf.

»Dir fällt auch immer was Neues ein, oder?«

»Wie meinst du das?«

»Erst hast du keine Zeit, dann ist er ein Arsch, und jetzt will er nichts von dir. Du findest immer eine Ausrede.«

Sie antwortete nicht. Mit dem Wattebausch wandte sie sich wieder dem Gesicht der heiligen Ursula zu. Florian spürte, dass es nun besser wäre, das Thema zu wechseln.

»Was macht dein Großonkel?«, fragte er. »Bleibt er hier?«

»Ich glaube schon. Zumindest hat er seine Suite verlängert. Er macht Spaziergänge und erinnert sich an damals. Schon seltsam. Zuerst wollte er nichts von Lüneburg wissen, und jetzt will er gar nicht wieder weg. Will allein sein. Einen Erinnerungstrip unternehmen.«

»Du meinst, es hat was mit diesen Andeutungen zu tun? Dass damals etwas vorgefallen ist, bei dem die Hansens beteiligt waren? Worüber keiner gern spricht?«

»Möglich, meinst du nicht? Es wirkt so, als sei damals etwas passiert, das ihn nicht loslässt. Aber er redet nicht darüber. Jedenfalls nicht mit mir.«

»Was ist mit Emilian Adler? Kann der nicht etwas herausfinden? Er hat doch seine Quellen. Er könnte sich umhören.«

»Schon. Aber ich finde, Onkel Wolfgang sollte mir selbst erzählen, was war. Aus freien Stücken.«

»Bist du nicht neugierig?«

»Natürlich bin ich das. Aber es fühlt sich falsch an.«

»Verstehe. Wahrscheinlich hast du recht. Es wäre nicht in Ordnung, heimlich zu recherchieren. Triffst du dich denn mit deinem Onkel?«

»Heute Abend.«

Sie legte den Pinsel zur Seite und sah zur Uhr.

»Ich glaube, ich hole mir schnell was zum Mittagessen. Soll ich dir etwas mitbringen?«

»Ich weiß nicht. Wohin willst du?«

»Was hältst du von dem Sushi-Laden am Sande?«

»Klingt gut. Bring mir einfach irgendwas mit, ich bin nicht wählerisch.«

Sie legte den Arbeitskittel ab und nahm ihre Jeansjacke. In der Brusttasche steckte ihr Handy, das sie wie gewohnt während der Arbeit auf lautlos gestellt hatte. Als sie einen Blick auf das Display warf, sah sie, dass ihr Großonkel angerufen hatte. Sie drückte auf die Rückruftaste und lauschte dem Freizeichen.

»Jordis, wie schön, dass du zurückrufst«, begrüßte er sie. »Ich hoffe, ich habe dich nicht bei der Arbeit gestört.«

»Nein, gar nicht, Onkel Wolfgang. Ich habe mein Handy einfach nicht gehört. Ich mache gerade Mittagspause. Wo bist du?«

»Ich ... ähm, auf dem Zentralfriedhof.«

Es klang nicht so, als wäre er beim Spazierengehen dort gelandet. Sie wartete, ob sie eine Erklärung dazu bekommen würde, doch ihr Onkel schwieg.

»Wie sind deine Pläne für heute? Ich bin auf dem Weg, um etwas zu essen zu holen. Wenn du willst, können wir uns Am Sande treffen. Eine Stunde kann ich mir freinehmen.«

»Ich hatte mich eher gefragt, ob wir heute Abend zusammen essen gehen können. Nur wir zwei. Ich lade dich ein. Es gibt ein kleines Fischrestaurant am Stintmarkt. Das hat man mir im Hotel empfohlen.«

»Fisch hört sich gut an.«

»Ich möchte dir etwas erzählen, Jordis. Von damals. Es hat mit deiner Oma zu tun. Und mit mir. Eigentlich mit allen aus der Familie. Es gibt ein paar Geheimnisse, über die du etwas erfahren solltest.«

Sie wollte nicht vortäuschen, nichts von den Geheimnissen geahnt zu haben. Das wäre albern. Trotzdem war sie überrascht über seine Ankündigung.

»Geheimnisse«, wiederholte sie etwas unbeholfen.

»Ganz richtig. Es fängt damit an, dass ich niemals an dem Bild vom gerechten Richter mitgearbeitet habe. Um ehrlich zu sein, habe ich es nie von Nahem gesehen, jedenfalls nicht so detailliert wie bei deiner Führung.«

Also stimmte, was Emilians Vermieterin gesagt hatte.

»Wer hat dann das Bild restauriert?«, fragte sie vorsichtig. »Heinrich Hansen allein?«

»Nein. Es war nicht, wie du glaubst. Wir haben später nie die Wahrheit gesagt über die Zeit in Lüneburg. Ich habe damals geschworen, keinem was zu sagen. Bis heute habe ich mich daran gehalten. Aber … weißt du, ich bin der Letzte, der noch lebt. Ich glaube, ich bin nicht mehr an mein Versprechen gebunden. Im Gegenteil. Du hast ein Recht darauf, die Wahrheit zu erfahren. Über Lüneburg, über deine Oma und über mich.«

Die letzten Sätze waren nur schwer zu verstehen. Der Wind

pfiff um sein Handy. Wieder fragte sie sich, wessen Grab er auf dem Zentralfriedhof besuchte.

»Heute Abend um acht?«, fragte er. »Im Fischrestaurant?«

»Die Einladung nehme ich gern an, Onkel Wolfgang.«

Sie verabschiedete sich und steckte das Handy zurück in die Jeansjacke. Dann schritt sie durch die einsamen Hallen in Richtung Ausgang.

Sie war wirklich gespannt auf die Wahrheit. Ein paar Stunden würde sie noch warten müssen, bis sich der Schleier lüftete.

Irgendwo im Gebäude hörte sie den Touristenführer reden. Offenbar war eine Besuchergruppe im Rathauskomplex unterwegs. Im Vorbeigehen warf sie wie automatisch einen Blick hinauf zum Monumentalgemälde. Die Leuchtstrahler waren nicht eingeschaltet, und das Bild hing im Halbdunkel. Im Zwielicht konnte sie die Silhouetten der vertrauten Figuren auf dem Gemälde ausmachen.

Da entdeckte Jordis eine Person auf den Stufen, ein Kind, das mit einem Zeichenblock vor dem Bild hockte und es abzeichnete. Sie kannte dieses Mädchen, sie hatte es schon einmal hier angetroffen. Nur an den Namen konnte sich Jordis nicht erinnern.

»Hallo«, rief sie.

Das Mädchen wandte sich erschrocken um, doch dann erkannte sie Jordis und ihr Gesicht hellte sich auf.

»Sie sind die Restauratorin. Jordis Hansen.«

»Du hast ein gutes Gedächtnis. Du heißt ...?«

»Marie.«

»Natürlich, Marie. Wie bist du hier reingekommen?«

Sie wirkte verlegen. Ihr Au-Pair-Mädchen hatte sie offenbar nicht hergebracht. Ob überhaupt jemand wusste, dass sie sich hier herumtrieb?

»Ich habe mich mit den Touristen reingeschlichen. Ich wollte nur ein bisschen zeichnen. Sie verpetzen mich doch nicht?«

»Nein, keine Angst.«

Sicher würde man das von ihr erwarten, doch sie glaubte nicht, dass dieses Mädchen eine Gefahr für die Kunstschätze darstellte, selbst wenn sie allein im Rathaus war.

»Was hast du gezeichnet? Darf ich mal sehen?«

Marie zeigte ihr den Block. Es war das Bildnis der Mendacium, das sie schon beim letzten Mal abgezeichnet hatte. Diesmal war es ihr besser gelungen. Die Proportionen stimmten, der Körperausdruck war schwungvoll und lebendig.

»Das ist viel besser«, lobte Jordis. »Du machst Fortschritte. Und was hast du daneben gemalt?«

Sie deutete auf die Seite, an der Marie gearbeitet hatte, während Jordis aufgetaucht war. Das Mädchen zeigte ihr auch diesen Bogen.

»Die Calumnia«, sagte Jordis, die sofort erkannte, um wen es sich handelte. »Die Verleumdung.«

Es war eine diabolische Frauenfigur mit verzerrtem Gesicht, einem Giftpfeil statt einer Zunge im Mund und mit einem Folterwerkzeug in der Hand, mit dem sie den unschuldigen Angeklagten bearbeitete.

»Du hast ein Faible für die bösartigen Frauenfiguren, das muss ich dir lassen.«

Sie nahm die Zeichnung genauer in Augenschein. Sie war beeindruckend. Kein Kind, das sie kannte, war in der Lage, so detailgetreu zu zeichnen. Jordis erinnerte sich, wie unzufrieden Marie bei ihrem letzten Treffen mit der Zeichnung der Mendacium gewesen war. Obwohl sie kunstvoller und genauer war, als selbst die meisten Älteren das hinbekommen hätten.

»Und wie gefällt sie dir selbst? Bist du mit deiner Zeichnung zufrieden?«

Das Mädchen warf ihr düstere Blicke zu. Offenbar hatte sie Jordis falsch verstanden und hielt die Frage für eine versteckte Kritik. »Ich übe noch.«

»Nein, so meine ich das nicht. Sie ist großartig. Das ist meine ehrliche Meinung. Ich weiß nicht, ob ich sie selbst so gut hinbekommen hätte. Und ich habe das studiert.«

Die Stimme des Rathausführers näherte sich. Gemurmel und Schritte waren zu hören. Die Touristen bewegten sich auf die Diele und das Monumentalbild zu.

Marie blickte hektisch um die Ecke. Sie schob die Zeichnungen zusammen und nahm ihre Tasche, um sich zu verstecken.

»Ich muss weg, solange die hier sind. Ich komme gleich zurück und mache weiter.«

Jordis zögerte. Als Erwachsene sollte sie sich vielleicht doch etwas verantwortlicher verhalten und ein Kind nicht allein durch ein Gebäude voller Kunstschätze irren lassen.

Marie konnte ihren Gedanken lesen. Ihr Blick wurde flehentlich.

»Bitte verraten Sie mich nicht.«

»Versprichst du mir, nichts anzufassen?«

Das Mädchen nickte eifrig.

»Gut. Dann habe ich dich nicht gesehen.«

Sie verschwand auf der Treppe, und Jordis ging weiter zum Ausgang. Die Touristen tauchten auf, der Führer nickte ihr knapp zu, dann führte er seinen Vortrag weiter.

Jordis steuerte den Ausgang an, um sich Mittagessen zu besorgen. Das Mädchen ging ihr jedoch nicht aus dem Kopf. Lüge, Betrug und Verleumdung. Seltsam, dass Marie sich ausgerechnet diese düsteren Figuren des Gemäldes ausgesucht hatte. Jordis fragte sich, was für Lügen und Geheimnisse sie selbst bald erkennen würde. Doch bis heute Abend musste sie sich gedulden. Dann, so hoffte sie, würden einige der Rätsel gelüftet, von denen die Familie Hansen umgeben war.

Kapitel zwanzig

Mai 1962

Es gab keinen nennenswerten Backstagebereich. Nur einen schmalen Korridor, der zum Hof führte und von dem Bierlager und Personalklo abgingen. Die Instrumente standen schon auf der Bühne, woanders gab es keinen Platz für sie, und im Grunde konnten die Künstler hier hinten nichts anderes tun, als sich die Füße platt zu stehen. Daher warteten die meisten am Tresen. Da Freibier und ein Teller Gulaschsuppe zur Gage gehörten, war das ohnehin der beste Ort, um sich für die Show vorzubereiten. Ein paar Bier trinken, sich locker machen und dann über die schmale Treppe hinauf auf die Bühne klettern.

In diesem Club aufzutreten war ein Knochenjob, pro Schicht sieben Stunden lang spielen, dabei Pausen von zehn Minuten pro Stunde, und das nur, wenn das Publikum es gerade zuließ und nicht laut *Weiterspielen!* brüllte. In diesem Fall wurde die Pause kassiert.

Wolfgang wusste, dass es Bands gab, die solche Schichten an fast jedem Abend in der Woche machten. Das waren harte Arbeiter, die gar keine Zeit hatten, um Lampenfieber zu haben. Wolfgang dagegen litt furchtbar darunter. Aber er war ja auch neu in dem Metier.

Außerdem sah er, dass er damit nicht allein war. Es gab noch jemanden, der sich die Haare raufte: Helga Priggen.

»Kinder, ich bin vielleicht aufgeregt«, sagte sie und wischte sich die schweißnassen Hände an ihrem Kleid ab. »Es geht gleich los. Euer erster Abend. Zeigt es denen. Ihr seid Rock 'n' Roller.«

Die anderen aus der Gruppe lächelten amüsiert über so viel Aufregung. Neu war für sie eigentlich nur, dass sie eigene Kompositionen dabeihatten und nicht nur die Lieder anderer Musiker coverten.

Der Chef des Clubs, der sie engagiert hatte, wusste nichts von diesen Stücken. Aber sie glaubten nicht, dass er es überhaupt bemerken würde. Ihre Songs waren Beatmusik, was sollte schon passieren. Wenn er den Unterschied erkannte, würden sie behaupten, es sei ein neues Stück von Buddy Holly.

Es ging darum, die Songs vor Publikum zu spielen und herauszufinden, wie sie draußen ankamen. Mit etwas Glück würden sie erfahren, ob sie für die Bühne taugten.

»Kommt, Leute. Packen wir's«, sagte Ulf und stapfte in Richtung Bühne. »Unsere Schicht beginnt.«

Die anderen Musiker trotteten hinterher. Im Club nahm kaum jemand Notiz davon, dass sie auf die Bühne kletterten. Die Geräuschkulisse war schrill und ohrenbetäubend. Ulf räusperte sich. Wie Wolfgang inzwischen wusste, war er ausgebildeter Opernsänger. Ähnlich wie bei Helga, die sonst auf Kirchenorgeln spielte, galt seine Leidenschaft jedoch dem Beat, weshalb er auf der Bühne stets versuchte, alles zu vergessen, was er je gelernt hatte, um den passenden schmutzigen Klang zu finden.

Wolfgang schlief im Moment bei Ulf auf dem Küchensofa in der Wohnung seiner Eltern. Der Vater war Hafenarbeiter, die Mutter Näherin. Die Situation war beengt und nicht frei von Konflikten, denn die Eltern hatten wenig Lust, ihn dauerhaft zu beherbergen. Außerdem lehnten sie Ulfs Interesse an moderner Musik ab. Dass ein Arbeiterkind wie er überhaupt eine klassische Gesangsausbildung hatte absolvieren können, war schon sehr exotisch. Ulf verdankte das seiner Großmutter, die einst Sängerin gewesen war. Dass diese Ausbildung nun aber nicht ausreichte und es jetzt noch Beatmusik sein sollte, dieser Wendung konnten seine Eltern nicht folgen. Und dann lebte auch noch ein Musiker bei ihnen auf der Couch, das war zu viel. So bald wie möglich musste Wolfgang eine andere Unterkunft finden, und Ulf am besten auch.

Er nickte Helga nervös zu.

»Also. Dann werd ich mal.«

»Waidmannsheil, Wolfgang. Wird schon schiefgehen.«

Oben auf der Bühne begann Werner, auf das Schlagzeug einzudreschen, und Karl-Heinz stimmte mit dem E-Bass ein. Klangprobe. Wolfgangs Herzschlag verschnellerte sich.

»Ich sitze da vorn an dem Tisch«, sagte Helga. »Ich habe alles im Auge. Ihr werdet es rocken.«

Was sollte schon passieren, versuchte er sich zu beruhigen, wenn jemand wie Helga Priggen an die Band glaubte? Er hielt es immer noch für ein Wunder, dass Helga sich für ihn interessierte, weil er Musik auf St. Pauli machte. Das hieß doch, er machte nicht alles falsch im Leben.

Helgas Freundin, eine reiche Tochter aus Hamburgs Villenviertel, saß schon an dem kleinen Ecktisch und winkte, als sie ins Publikum spähten. Wolfgang wandte sich zur Bühne, doch Helga hielt ihn im letzten Moment zurück. Ehe er begriff, was passierte, stellte sie sich auf die Zehenspitzen und gab ihm einen sanften Kuss auf die Lippen. Dann wandte sie sich ab und eilte zum Tisch ihrer Freundin. Wie betäubt blieb er stehen und starrte ihr nach.

»Wolfgang, verdammt! Jetzt komm.«

Er stolperte zu den anderen, schwang sich die E-Gitarre um und verursachte dadurch einen Rückstoß im Verstärker. Ein paar Leute stöhnten, Buhrufe ertönten. Kein professioneller Start, doch immerhin hatten sie jetzt die Aufmerksamkeit des Publikums.

Werner gab den Takt vor, und sie spielten sofort drauflos. Songs von Künstlern wie Little Richard und Buddy Holly, die sie mit dem Besitzer vereinbart hatten. Es gab eine Handvoll Paare, die vor der Bühne tanzten, doch die meisten Gäste blieben am Tresen. Es wurde gesoffen, gelacht, geschubst und gedrängelt. Die Musik veranlasste die Leute nur dazu, lauter zu schreien, um sich verständlich zu machen.

Als sie einen Elvis-Song spielten, begannen einige weitere Paare zu tanzen, und nach und nach drehte sich die Stimmung im Club. Die Musik bekam mehr Aufmerksamkeit. Dann gab Wolfgang den anderen ein Zeichen. Sie würden ihren ersten eigenen Beatsong spielen: *You Are My Love.*

Sie legten sich ins Zeug, gaben alles. Doch die tanzenden Paare zogen sich gleich zurück, weil sie das Lied nicht kannten. Es leerte sich vor der Bühne. Verzweifelt spielten sie weiter, doch es half nichts.

Der Lärmpegel an der Bar erhöhte sich erneut. Ein Betrunkener warf Gläser um, und Bier spritzte über drei Matrosen, die ebenfalls schon ordentlich getankt hatten. Sofort flogen die Fäuste. Biergläser und Stühle schossen durch die Luft, leichte Mädchen rafften die Röcke und brachten sich in Sicherheit. Ein Seemann bekam einen Aschenbecher über den Kopf gezogen und landete auf einem Tisch, der unter seinem Gewicht zu Bruch ging. Helga und ihre Freundin waren aufgesprungen und brachten sich auf den Damentoiletten in Sicherheit.

Die Band spielte tapfer weiter, auch als ein verirrtes Bierglas hinter dem Schlagzeug an der Wand zerschellte. Der Besitzer gab ihnen das Zeichen, ein Shanty zu spielen, um die Stimmung zu drehen. Ihnen blieb nichts übrig, als mitten in ihrem Stück abzubrechen.

Sie spielten *My Bonnie Is Over The Ocean*, während der Besitzer und seine Rausschmeißer sich die Unruhestifter vornahmen und sie nach draußen auf die Straße verfrachteten. Die verbliebenen Matrosen begannen mitzusingen und zu schunkeln, und die Lage beruhigte sich. Anschließend spielten sie *What Shall We Do With A Drunken Sailor*, was für eine Menge Heiterkeit sorgte, und kurz darauf war die Schlägerei vergessen.

Sie spielten einen Blues zum Schwofen und anschließend einen schnellen Rock 'n' Roll. Monika und ihre Freundin kehrten zu ihrem Tisch zurück. Es wurde weiter gesoffen und getanzt, und am Tresen füllte es sich schnell wieder. Doch ihr eigener Song war komplett untergegangen.

Endlich gelang es ihnen, eine Pause zu machen. Wolfgang stellte die E-Gitarre ab, um sich ein Bier von der Theke zu holen. In dem Moment entdeckte er ein vertrautes Gesicht in der Menge. Ein junger Mann in einem maßgeschneiderten Anzug, begleitet von einem gut aussehenden Matrosen in Marineuniform. Sie hatten den Club betreten und sahen sich nach freien Plätzen um.

Wolfgang spürte die Aufregung. Es war Adolf, den er an seinem ersten Abend auf St. Pauli kennengelernt hatte. Bei ihrem letzten Treffen hatte er nach Bands Ausschau gehalten, die für seine Plattenfirma interessant sein könnten, hatte die Jungs jedoch nicht für gut genug befunden. Doch heute hatten sie einen eigenen Song. Das änderte womöglich alles. Er griff sich seine E-Gitarre wieder und scheuchte die anderen zurück an ihre Plätze.

»Wir spielen noch mal *You Are My Love.*«

»Was soll das?«, blaffte Ulf. »Bist du wahnsinnig geworden?«

»Ich erkläre es euch später. Vertraut mir. Los geht's.«

Sie nahmen die Instrumente wieder auf und fielen in den schnellen Viervierteltakt mit dem treibenden Schlagzeug. Ulf begann zu singen: *You Are My Love.* Seine Stimme knarzte inzwischen, bald würde er heiser werden. Trotzdem gab er alles.

Der Anzugträger von Polydor und sein Begleiter versuchten, zum Tresen vorzudringen. Der Matrose beugte sich vor, sagte etwas ins Ohr des Mannes. Sie blickten sich unschlüssig um, dann entschieden sie offenbar, dass der Club zu voll war, und kämpften sich zurück zum Ausgang.

Ehe sie den Song auch nur zur Kenntnis genommen hatten, waren sie verschwunden. Enttäuscht brachte Wolfgang das

Stück zu Ende. Trotz allem war heute sein Glückstag, sagte er sich, denn Helga hatte ihn geküsst.

In der Pause gab es Freibier. Helga trat an die Bühne, und sie diskutierten darüber, weshalb ihr Song nicht zündete, allerdings ohne zu einem Ergebnis zu kommen.

»Wir sollen heute früher Schluss machen«, sagte Ulf, der mit dem Wirt gesprochen hatte. »Er will seinen Laden für heute dichtmachen. Es ist bei der Schlägerei eine Menge zu Bruch gegangen. Eine Stunde, dann machen wir Feierabend.«

»Eine Stunde«, bestätigte Wolfgang. »Mir soll es recht sein. Und dann geht's ins Bett. Für heute habe ich genug.«

»Unsinn. Wir gehen feiern«, widersprach Helga. »Das ist das Beste, was wir nach so einer Niederlage tun können. Im Star-Club sind heute Nacht die Beatles. Die spielen zum letzten Mal, bevor sie nach England zurückgehen. Kommt schon, Jungs. Wir machen einen drauf.«

Der Besitzer des Clubs schickte sie zurück auf die Bühne, wo sie für eine weitere Stunde Musik machten. Das Konzert der Beatles wäre zwar zum größten Teil vorüber, wenn sie aus dem Club kämen, trotzdem meinte Helga, sie sollten hingehen und ein bisschen Spaß haben.

Wolfgang lockte vor allem die Aussicht, mit Helga zusammen zu sein. Er grübelte, wie sie diesen Kuss vor dem Konzert gemeint haben könnte.

Als sie im Star-Club ankamen, war es gerammelt voll. Draußen auf der Straße standen Trauben von Menschen, die rauchten und ihre Getränke mit an die frische Luft genommen hatten. Der Einlassschalter war bereits geschlossen, doch niemand hielt sie auf, als sie sich an den Leuten vorbei ins Innere drängten.

Drinnen herrschte eine unvergleichliche Atmosphäre. Dicht gedrängt standen die Menschen und feuerten die Band auf der Bühne an. Sie johlten, sangen mit, pfiffen und tanzten. Es war, als wäre das Publikum ein einziger lebendiger Organismus, aufgeheizt, elektrisiert, glückselig.

Die Beatles ließen sich auf der Bühne einiges einfallen, um das Publikum anzuheizen. Sie grölten, schrien, sprangen, kurz: Sie gaben alles. Kondenswasser tropfte von der Decke, und die Temperaturen im Saal waren tropisch.

Wolfgang griff nach Helgas Hand. Um sie nicht zu verlieren im Gewühl, aber auch, um die Energie im Saal mit ihr zu teilen. Um sich zu vergewissern, dass sie dies gemeinsam erlebten.

Die Beatles sangen *Twist And Shout*, ein schneller Rhythm & Blues von den Isley Brothers. Helga begann, mit den Hüften zu wippen. Wolfgang wagte es, seine Hand um ihre Taille zu legen. Er fürchtete, sie würde ihn fortstoßen, doch stattdessen schmiegte sie sich an seinen Körper. Ulf kämpfte sich zur Bar, um Getränke zu besorgen, und als der Song endete, erfüllte frenetischer Jubel den Saal.

Paul McCartney sagte etwas ins Mikro, doch Wolfgangs Englisch reichte nicht aus, um es zu verstehen. Einige in der Menge lachten, dann nahm John Lennon das Mikro und machte ebenfalls einen Witz.

Ulf tauchte auf und drückte ihm ein Bier in die Hand.

»Was sagen sie?«, fragte Wolfgang.

»Sie machen nur dumme Witze. Und sie sagen, dass sie gleich den letzten Song spielen.«

»Wir hätten eher kommen sollen.«

»Ja, die Party ist großartig.«

Wolfgang nippte am Bier und genoss es, seinen Arm um Helgas Taille zu legen, sie neben sich zu spüren.

Der letzte Song war ein Schlager, wie Wolfgang amüsiert feststellte. Marlene Dietrichs Hit aus dem Film *Der blaue Engel, Ich bin von Kopf bis Fuß auf Liebe eingestellt*. Nur spielten sie ihn schnell, laut und schmutzig, mit E-Gitarren und rauen Stimmen. Und natürlich auf Englisch. Wolfgang liebte es.

Er stellte das Bier ab, nahm Helgas Hand, zog sie nach vorn, um mit ihr Walzer zu tanzen. Im Dreivierteltakt der E-Gitarren. Er forderte sie förmlich auf, wie er es in der Tanzschule einst gelernt hatte, Helga machte grinsend einen Knicks, dann legte sie die Hand auf seine Schulter und sie begannen zu tanzen. Ihre Körper schienen wie füreinander gemacht, Rhythmus, Bewegung, Gefühl, alles passte zueinander. Wolfgang vergaß die Welt um sich herum. Sollte er zuvor nicht unsterblich verliebt gewesen sein, dann spätestens seit diesem Tanz.

Das Lied endete, Beifall und Jubel explodierten in dem aufgeheizten Saal. Helga schien verlegen, sie wirkte plötzlich auf seltsame Weise verletzlich. Diesmal war es Wolfgang, der sanft ihr Kinn hob und sie küsste.

»Wolfgang!« Ulf stieß ihm unsensibel in die Seite. »Guck doch, das ist unsere Chance.«

»Was ist denn?«, fragte er verärgert.

»An der Bar, da sind die Beatles«, sagte Ulf.

»Das sehe ich. Die heben einen nach dem Auftritt. Ist doch normal.«

»Verstehst du nicht? Die können Englisch. Wir sollten denen unseren Text zeigen. Die können ein bisschen dran drehen. Wir geben ein paar Bier aus, dann passt das schon.«

»Bist du verrückt? Lass die in Ruhe. Die haben Feierabend.«

»Na und? Wir haben auch einen Auftritt hinter uns. Komm schon.«

Er stürmte voran, um am Tresen mit den Jungs aus Manchester zu sprechen. Doch das würde nicht einfach werden, wie Wolfgang erkannte, denn es gab eine Menge begeisterter Gäste, die das Gleiche versuchten. Und einen Haufen gut aussehender Frauen, denen er eine höhere Chance einräumte als Ulf, die Aufmerksamkeit der Jungs zu erhaschen.

»Geh schon«, sagte Helga. »Vielleicht kannst du ihn davon abhalten, sich zu blamieren.«

Sie selbst sah sich nach ihrer Freundin um und verschwand in der Menge. Wolfgang seufzte, dann folgte er Ulf zum Tresen.

Dort entdeckte er Adolf, den Anzugträger von Polydor. Er war mit dem Matrosen am hinteren Ende des Tresens in ein Gespräch vertieft.

Wolfgang näherte sich, aber in dem Moment begannen die beiden zu streiten. Adolf wollte den Matrosen zu sich ziehen, doch der stieß ihn weg und verschwand in der Menge. Adolf sackte auf seinen Hocker, hob ein Schnapsglas und kippte den Inhalt hinunter. Die Bardame tauchte auf, und er bedeutete ihr, nachzuschenken.

Eine zweite Gelegenheit würde Wolfgang nicht bekommen, also kämpfte er sich zum Tresen durch. Er nahm neben Adolf Platz. Der blickte genervt auf, um zu sehen, wer der Störenfried war.

»Erinnern Sie sich an mich? Ihnen verdanke ich meinen ersten Auftritt in Hamburg.«

»Der Gitarrenspieler«, antwortete er, und seine Stimme verriet, dass er schon einiges intus hatte. »Auch wenn du mit der Gitarre nicht gut genug für die Bühne bist. Wir waren doch beim Du, oder?«

Wolfgang ignorierte die Spitze. »Das waren wir. In dem Club, in dem du vorher warst, habe ich gespielt, mit der Band.«

Adolf quälte sich ein Lächeln ab. »Glückwunsch.«

Das Ganze schien ihn nicht sonderlich zu interessieren.

»Wieso bist du sofort wieder gegangen? Wir haben einen eigenen Song gespielt. Hast du den gehört?«

Ein schwacher Funke von Interesse blitzte in seinen Augen auf. »Der Song war von dir? Selbst geschrieben?«

»Ja. Ist er dir aufgefallen?«

»Nein, eher nicht. Aber mir ist nichts negativ aufgefallen. Dann muss er okay gewesen sein.«

»Wir haben ihn heute zum ersten Mal vor Publikum gespielt. Er ist bombenmäßig angekommen.« Eine kleine Lüge, doch die war lässlich. »Wir wollen groß rauskommen. Mit unserer eigenen Musik.«

Adolf betrachtete ihn amüsiert. Auf dem Barhocker verlor er kurz das Gleichgewicht und klammerte sich an den Tresen.

»Und was bist du in der Gruppe?«, lallte er. »Gitarrist bist du offenbar nicht, dafür brauchen sie jemand anderes.«

Auch wenn er wusste, dass er niemals Gitarrenprofi werden würde, schmerzte der Kommentar.

»Ich schreibe die Musik«, sagte er. »Für die Songtexte ist mein Englisch nicht gut genug, aber Rhythmus und Melodien sind von mir.«

Auch das schien Adolf nicht vom Hocker zu reißen, daher improvisierte Wolfgang. »In der Hauptsache bin ich allerdings der Manager.«

»Der Manager.« Der Mann von Polydor lachte schallend. »Warum nicht gleich Musikproduzent?«

Wolfgang antwortete nicht. Er hatte gehört, dass es in England so etwas gab: Leute, die für Bands Konzerttermine vereinbarten, Plattenverträge aushandelten, mit der Presse sprachen, eben alles Wichtige in die Hand nahmen. Warum sollte das nicht seine Rolle in der Band sein? Es war ihm spontan in den Sinn gekommen, doch der Gedanke gefiel ihm.

Er hielt dem Blick des Mannes stand. Der nahm einen Zwanzig-Mark-Schein und warf ihn der Barfrau hin. Dann rappelte er sich auf.

»Also gut, Herr Manager«, sagte er. »Komm Dienstag um neun in mein Büro. Mit dem Sänger. Du kannst mir deinen Song vorspielen. Mal sehen, was er taugt.«

Damit drehte er sich um und ließ Wolfgang am Tresen stehen. Der sah ihm fassungslos hinterher. War das wirklich passiert? Konnte es so einfach sein?

Sie hatten einen Termin bei Polydor. Eine Chance. Wolfgang konnte sich weder an Adolfs Nachnamen erinnern, noch wusste er, wo sich die Plattenfirma befand. Aber das würde er schon herausfinden.

Er blickte sich nach den anderen um und entdeckte Helga, die mit ihrer Freundin an dem Tisch in der Nähe der Bühne saß. Er lief auf sie zu, als sich eine Hand auf seine Schulter legte. Er drehte sich um. Es war John Lennon.

»Hey, aren't you one of these weird guys?«

Wolfgang verstand nicht, was er meinte, starrte ihn an. Der

Beatle deutete zum Tresen, wo seine Jungs zusammen mit Wolfgangs Band hockten und wo Ulf Biergläser für alle durchreichte.

Ehe er antworten konnte, sagte Lennon: »*Come on, let's have a drink.*« Und dann zog er ihn zu den anderen, die einander gut gelaunt zuprosteten.

Kapitel einundzwanzig

Wolfgang versuchte, sich seine Aufregung nicht anmerken zu lassen. Das Hauptgebäude von Polydor Hamburg schüchterte ihn allein durch seine Größe und Modernität ein. Ulf schien es nicht besser zu gehen, er war ihm auffallend still durch die langen Flure gefolgt. Wolfgang holte Luft und klopfte an die Bürotür.

»Herein«, kam es von drinnen.

Sie öffneten die Tür. Am Schreibtisch saß Adolf, in seinem perfekt sitzenden Anzug wie aus dem Ei gepellt. Sein Gesichtsausdruck war undurchdringlich.

»Die Sekretärin sagte uns, wir können einfach durchgehen«, entschuldigte Wolfgang sich. Und weil er nicht sicher war, ob Adolf sich überhaupt an den Termin erinnerte: »Neun Uhr. Wir sind pünktlich.«

Adolf wirkte kurz verwirrt, dann winkte er sie zu sich. »Aber ja. Kommt rein.«

Sie traten in das Büro. Wolfgang hatte sich einen Anzug vom Kostümverleih geborgt, um geschäftsmäßiger auszusehen. Ulf trug seine normalen Klamotten. Aber er war der Sänger, da wurde nichts anderes erwartet, glaubte Wolfgang jedenfalls.

Er sah sich um. Künstlerfotografien und Goldene Schallplatten hingen an der Wand. Wolfgang erkannte Lale Anderson, Freddy Quinn und Caterina Valente. Daneben einige weniger berühmte Künstler. Auf einer mahagonifarbenen Kommode entdeckte er eine Schallplatte von Tony Sheridan and the Beat Brothers. Er nahm sie auf und betrachtete sie.

»Ich sehe, du hast Geschmack«, kommentierte Adolf.

Hinter den Beat Brothers verbarg sich die Band, der sie vor ein paar Tagen im Star-Club zugejubelt hatten. Die Beatles hatten diese Schallplatte aufgenommen, die allerdings nicht so erfolgreich war, wie es sich viele gewünscht hatten.

»Eine tolle Platte«, sagte Wolfgang und legte sie zurück.

»Lasst uns anfangen. Ich hab wenig Zeit. Legt am besten sofort los.«

Er deutete hinter die Tür, wo auf einem dicken Teppich ein Klavier, ein Barhocker und ein Notenständer standen. An der Wand hingen akustische Gitarren und weitere Schallplatten.

Das kam ein bisschen plötzlich, fand Wolfgang und reagierte nicht gleich, doch da sagte Adolf: »Ich habe einen Termin. Ihr wolltet eine Chance. Hier habt ihr sie.«

Also setzte Wolfgang sich ans Klavier, um Ulf zu begleiten. Es war nicht wichtig, dass er als Klavierspieler eher mittelmäßig war. Es ging nur darum, den Song und seinen Sänger zu präsentieren.

»Wir haben einen Beatsong«, sagte er und legte die Finger auf die Tasten. »Er heißt *You Are My Love*. Der Text ist von Ulf Schäfer, die Musik von mir.«

Er wechselte einen Blick mit Ulf und spielte. Es fehlte der Sound der E-Gitarren, und sein Klavierspiel klang schaurig. Aber Adolf war Profi, er würde sich davon nicht ablenken lassen.

Ulf begann zu singen, rau und hart und mit dem neuen Text, den Paul McCartney für sie überarbeitet hatte. Er klang runder als ihre Fassung, passte besser in den Rhythmus der Melodie. Er war perfekt.

Nach dem Refrain begann Ulf mit der zweiten Strophe.

»I love Fanny. She's so good to me.«

Adolf ließ sich in seinen Bürosessel zurückfallen und lachte schallend. Es war unmöglich, weiterzuspielen. Wolfgang und Ulf wechselten ratlose Blicke.

»Was habt ihr euch dabei gedacht? Die meisten Deutschen werden das vielleicht nicht verstehen, aber trotzdem.«

Er bemerkte ihre verwirrten Gesichter.

»*Fanny* ist ein nordenglisches Wort für, na ja ... ihr wisst schon, Muschi. Und *she's so good to me* bedeutet ... also, ich glaube, ihr versteht mich.«

Trotz der angespannten Situation und seiner Aufregung konnte Wolfgang nicht anders. Er musste lachen. Ulf schüttelte grinsend den Kopf. Ein Jammer, dass die Jungs inzwischen zurück in Manchester waren. Dafür hätte er sich gern revanchiert.

»Wir ändern das«, sagte er. »Kein Problem. Sollen wir weitermachen? Oder ein anderes Stück spielen?«

»Ich weiß nicht. Der Song ist ordentlich, das ja. Aber mir fehlt die Innovation. So hören sich alle Gruppen von der Insel an, die in den Hamburger Clubs spielen und noch keinen großen Namen haben. Nur dass deren Englisch besser klingt.«

»Wir könnten noch einen zweiten Song spielen«, sagte Wolfgang eilig. »Wo wir schon mal hier sind.«

Adolf nickte. »Meinetwegen.«

Doch gerade als er beginnen wollte, klopfte es an der Tür, und die Sekretärin, die sie zuvor hergeschickt hatte, tauchte auf.

»Sie vergessen doch nicht Ihren Termin? Der Chef wartet schon.«

»Ich komme. Eine Minute noch.«

Sie bedachte Wolfgang und Ulf mit einem abfälligen Blick.

»Soll ich Ihnen schon mal ein Taxi rufen?«, fragte sie.

»Das wäre sehr freundlich von Ihnen«, sagte Wolfgang, der nur wollte, dass sie verschwand. Eine Minute hatten sie noch.

Ein Taxi. Das würde teuer werden. Aber er würde sich nicht die Blöße geben, einzuräumen, dass er ein Manager war, der mit der Straßenbahn hergekommen war.

Sie spielten einen zweiten Song, doch Wolfgang hörte selbst, dass er deutlich unter dem Niveau von *You Are My Love* war. Kaum hatten sie den ersten Refrain gespielt, tauchte die Sekretärin wieder auf und erinnerte an den Termin.

Adolf wandte sich den Jungs zu, hob bedauernd die Schultern und lächelte.

»Das Taxi ist ebenfalls da, meine Herren«, sagte die Sekretärin.

Es klang wie ein abschließendes Urteil.

Adolf verabschiedete sich mit der lapidaren Bemerkung, vielleicht sehe man sich demnächst im Star-Club. Die beiden Musiker blieben frustriert zurück.

Die Sekretärin wachte darüber, dass sie den Raum verließen, und begleitete die beiden zu den Glastüren im Erdgeschoss.

Vor dem Gebäude stand das Taxi. Unter den Augen der Sekretärin bestiegen sie die schwarze Limousine und fuhren davon. Allerdings nur bis zur nächsten Ecke, denn sobald sie außer Sichtweite des Gebäudes waren, rief Wolfgang: »Stopp! Halten Sie. Wir steigen hier aus.«

»Was soll das?«, beschwerte sich der Fahrer. »Wollen Sie mich auf den Arm nehmen?«

»Wir haben es uns anders überlegt. Lassen Sie uns bitte raus.«

Der Fahrer schimpfte, doch er ließ sie am Straßenrand stehen. Der Starttarif und die hundert Meter, die sie zurückgelegt hatten, waren teuer genug. Außerdem stand Helga noch an der Straßenecke, wo sie auf die beiden wartete. Sie waren gemeinsam mit der Straßenbahn hergefahren, Helga hatte sie moralisch unterstützen wollen.

Sie blickten der davonbrausenden Limousine hinterher und blieben am Rand einer Brache zurück. Ein kaltes und trostloses Industriegebiet, das perfekt zu ihrer Stimmung passte. Dann wandten sie sich um und hielten nach Helga Ausschau.

»Vielleicht lag es am Text«, meinte Ulf.

»Der Song ist mittelmäßig. Das hat er gesagt.«

»Nein, er ist nicht mittelmäßig. Er ist super.«

»Mist.«

»Ja, Mist.«

»Gehen wir einen trinken?«, fragte Ulf.

»Lass uns erst Helga finden.«

Sie setzten sich in Bewegung, doch da kam Helga auf ihren Pumps um die Ecke gelaufen. Als sie die beiden Jungs wie begossene Pudel am Straßenrand sah, hielt sie schwer atmend inne.

»Was war los?«, rief sie. »Als ich das Taxi gesehen habe, dachte ich schon, ihr wollt mich hier stehen lassen.«

Wolfgang winkte ab. »Lange Geschichte.«

»Aber wie war das Vorspielen? Jetzt sagt schon.«

Es waren keine Worte nötig. Die Gesichter und die hängenden Schultern sprachen deutlich für sich.

»Nicht euer Ernst«, sagte sie.

»Er fand es langweilig«, meinte Ulf.

»Gewöhnlich«, fügte Wolfgang hinzu. »Es sei nichts Neues.«

»Der hat doch keine Ahnung. Eure Musik ist großartig. Lasst euch nicht von dem ins Bockshorn jagen.«

Doch ihre Empörung verfing nicht. Die beiden waren geknickt, daran konnte Helga nichts ändern.

»Kommt. Gehen wir zur Haltestelle«, meinte Wolfgang. »Bevor noch jemand sieht, dass wir sofort wieder aus dem Taxi gestiegen sind.«

»Und wenn wir auf St. Pauli sind, gehen wir erst mal einen trinken.«

»Das könnt ihr nicht machen«, protestierte Helga. »Ihr könnt euch nicht so leicht abschieben lassen. Ihr müsst kämpfen.«

»Ach ja?«, meinte Ulf. »Wie denn? Hast du eine bessere Idee?«

Sie blickte die beiden an, ein Grinsen tauchte in ihrem Gesicht auf. Sie fragte: »Was braucht man, um eine Platte zu produzieren?«

»Du meinst doch nicht etwa …?«

»Na klar. Wir machen das einfach selber.«

Kapitel zweiundzwanzig

Die Ilmenau floss still und gemächlich durch die sommerliche Wiesenlandschaft. Sonnenlicht glitzerte auf dem Wasser, über dem Mücken tanzten. Überall zirpten Insekten, und eine alte knorrige Erle spendete unter einer ausladenden Krone reichlich Schatten. Es war der perfekte Platz für ein Picknick, fand Monika.

Wolfgang war aus Hamburg gekommen, um sie zu besuchen. Da der Vater besser nichts davon erfuhr, hatte sie sich heimlich weggeschlichen. Einen Korb mit Essen gepackt, eine alte Decke mitgenommen, und dann war sie zum Fluss gelaufen, wo sie mit ihrem Bruder verabredet war.

Obwohl er erst ein paar Wochen fort war, kam es ihr vor, als wären Jahre vergangen seit dem Abend, an dem er die Remise im Streit verlassen hatte. Er fehlte ihr, und sie war glücklich, ihn endlich zu Gesicht zu bekommen, auch wenn es nur für ein paar Stunden war.

Wolfgang breitete die Decke am Ufer aus, und Monika sog die duftende Luft ein. »Wir hätten schon viel eher herkommen sollen«, meinte sie. »Ich wusste gar nicht, wie schön es hier ist.«

Wolfgang zog seine Lederjacke aus und warf sie ins Gras. Er reckte sich, folgte ihrem Blick über das Wasser, zwinkerte gegen das Sonnenlicht. Dann fragte er: »Und? Spricht Vater von mir? Sagt er was dazu, dass ich jetzt in Hamburg bin? Oder wie ich mein Geld verdiene?«

»Nein, gar nichts. Er tut, als würdest du nicht existieren. Ich spreche ihn lieber nicht darauf an. Sonst lässt er seinen Ärger an mir aus.«

Zwar kannte Wolfgang den Vater gut genug, dennoch traf es ihn.

»Du musst Vater verstehen«, verteidigte Monika ihn. »Der Betrieb bedeutet nun mal alles für ihn.«

»Warum bist du bloß kein Mann«, seufzte er. »Alles wäre perfekt, jeder zufrieden, und ich könnte mit meinem Leben anfangen, was ich wollte.«

»Ich weiß. Mir würde das auch besser gefallen.«

»War eigentlich ein Witz.«

»Aber es ist nun mal so. Ich kann deine Rolle nicht einnehmen. Vater wird das niemals zulassen. Es wäre ein Kampf gegen Windmühlen, findet er, jeden Tag meines Lebens. Der Betrieb würde nicht überleben.«

»Und findest du das auch?«

»Ich finde, ich verstehe eine Menge vom Restaurieren alter Kunst.«

»Siehst du. Das finde ich auch.«

»Aber grundsätzlich hat er natürlich nicht unrecht. Ich weiß auch nicht, wie es weitergeht.«

Wolfgang nahm einen Kiesel und warf ihn ins Wasser. Mit einem Plumps ging er unter. Die Sonne spiegelte sich in den Kreisen, die durchs Wasser liefen.

»Erzähl lieber von dir«, meinte Monika. »Wie geht es dir in Hamburg?«

»Wir haben Auftritte. Nicht viele, aber immerhin einige. Ein bisschen Geld verdienen wir damit.«

»Spielst du deine eigenen Stücke?«

»Fast nie. Wir wollen andere Clubs finden, wo sie uns auch damit auftreten lassen. So viele Beatclubs gibt es aber gar nicht, eigentlich sind es nur vier. Das Größte wäre natürlich der Star-Club, aber da spielen im Moment hauptsächlich Bands aus England. Sogar aus Amerika. Das können wir uns abschminken. Wir müssen zuerst bekannter werden.«

»Abwarten. Das wird schon. Rom ist auch nicht an einem Tag erbaut worden.«

Sie hievte den Korb zwischen ihnen auf die Decke. Sie hatte Brote geschmiert, zwei Äpfel dazugelegt und eine Flasche mit Rhabarbersaft eingepackt. Es war kein Festessen, aber für ein schnelles Picknick an der Ilmenau war es perfekt.

Wolfgang stürzte sich auf die Brote und verschlang innerhalb kürzester Zeit eines nach dem anderen. Er schien ausgehungert zu sein. Monika fragte sich, wann er das letzte Mal etwas gegessen hatte.

»Die schmecken köstlich«, sagte er kauend, und plötzlich war nur noch ein Brot im Korb. Er wirkte verlegen, doch Monika versicherte, sie habe keinen Hunger, und begnügte sich mit einem Apfel. Sie würde später im Gesindehaus etwas essen können.

»Gehörst du jetzt zur Gruppe dazu?«, fragte sie. »Hast du sie davon überzeugt, dass du ein guter Gitarrist bist?«

»Dazu müsste ich erst mal einer sein«, lachte er. »Nein, Monika, meine Fähigkeiten sind begrenzt. Auf Dauer brauchen wir einen besseren Gitarristen. Aber …«

Er verschlang den Rest des Brots, wischte sich die Hände am Gras sauber und setzte sich mit plötzlicher Anspannung auf. »Aber«, fuhr er fort, »ich werde etwas viel Besseres werden als Gitarrist. Es war ohnehin fraglich, ob ich wirklich auf die Bühne gehöre. Sowohl als Sänger als auch als Gitarrist.«

»Was willst du dann sein?«

»Halt dich fest: Ich werde Manager.«

»Und was genau heißt das?«

»Ich mache Musiker groß. Ich organisiere ihre Karriere. Das ist kein Hexenwerk. Ich habe mich genau informiert, wie ich das angehe. Als Erstes braucht man einen Sänger, und den habe ich.«

»Du meinst Ulf? Hast du nicht gesagt, der ist nicht gut genug? Genauso, wie du nicht gut genug für die Gitarre bist?«

»Seine Stimme ist besser geworden. Er hat eine Ausbildung

als Opernsänger, deshalb tut er sich schwer mit dem richtigen Klang, den man für die Beatmusik braucht. Aber das kriegen wir hin. Wenn einer gut singen kann, dann ist das Ulf. Er muss nur den Dreh rauskriegen.«

»Was brauchst du noch?«

»Zwei Titel für eine Vinylplatte. Einen für die A-Seite und einen für die B-Seite. Auf der A-Seite soll *You Are My Love* gepresst werden, den kennst du ja schon. Bei der B-Seite wissen wir noch nicht genau, ob wir ein ruhigeres Stück nehmen sollen. Da haben wir genug zur Auswahl.«

»Aber brauchst du nicht ein Tonstudio?«

»Ja, stimmt. Ein Tonstudio und einen Arrangeur, das heißt, wir brauchen eine Plattenfirma, die das alles hat. Wir müssen tingeln gehen. Aber dazu nehmen wir auch selbst Geld in die Hand, weil wir die Platte selber rausbringen wollen. Dann wird sich schon irgendeine Plattenfirma erbarmen.«

Monika begann sich Sorgen zu machen. Ihr Bruder war halb verhungert nach Lüneburg gekommen, stürzte sich auf ihr Essen, und dann sprach er davon, selbst eine Platte rauszubringen? Dabei hatte er offensichtlich nicht einmal genug Geld, um sich etwas zu essen zu kaufen.

Vorsichtig fragte sie: »Woher wollt ihr das Geld nehmen? Eure Auftritte reichen doch bestimmt nicht aus.«

»Helga kennt genug Leute, die Geld haben.«

»Du meinst ihre Großmutter?«

»Agnes Priggen? Um Himmels willen. Die darf nicht mal wissen, dass Helga auf St. Pauli war. Oder dass wir uns ineinander verliebt haben. Die würde durchdrehen. Nein, Helga kennt eine Menge anderer Leute. Sie will sich etwas Geld borgen. Es ist eine Investition, verstehst du? Wenn wir erst Erfolg haben, zahlen wir alles doppelt und dreifach zurück.«

Er bemerkte ihre Zurückhaltung. »Glaubst du nicht daran, dass wir es schaffen könnten?«

»Ich verstehe doch gar nichts von dem Geschäft. Ich mag Beatmusik nicht einmal sonderlich.«

Die Vorstellung, sich Geld zu leihen, um damit eine Platte aufzunehmen, von der keiner wusste, ob sie etwas reinbrachte, fand sie beunruhigend. Wolfgang ließ sich schnell für eine Idee begeistern, doch könnte diese Begeisterung nicht genauso schnell etwas Neuem weichen? Andererseits – wenn einer genug Chuzpe hatte, so etwas durchzuziehen und andere von dem Projekt zu überzeugen, dann Wolfgang. Seine Begeisterung war ansteckend, das hatte sie schon oft erlebt.

»Aber ich glaube, dass du eine Menge von Musik verstehst. Wenn ich so drüber nachdenke, habe ich ein gutes Gefühl. Es wird schon schiefgehen.«

Er grinste. »Das wird es. Ganz bestimmt.«

Eine Libelle schoss an ihnen vorbei, blieb wie auf Kommando am Ufer stehen, schien die beiden seltsamen Geschöpfe auf der Decke zu betrachten, unentschieden, was sie von ihnen zu halten habe, dann jagte sie plötzlich weiter und verschwand im Schilf.

Wolfgang nahm einen Grashalm in den Mund.

»Ich wünschte, ich hätte meine Gitarre dabei. Dann könnte ich den Schlager vorspielen, den ich dir zum Geburtstag schreibe.«

»Ich hab doch gar nicht Geburtstag. Erst in zwei Wochen. So lange kann ich noch warten.«

»Weißt du schon, was du an dem Tag machen wirst? Verbringen wir ihn zusammen? Du könntest nach Hamburg kommen. Dann spazieren wir zu den Landungsbrücken. Wir essen Matjes oder Hering. Und trinken ein Astra dazu. Wie klingt das?«

»Es klingt perfekt.«

»Dann ist es abgemacht.«

Wolfgang nahm den Rhabarbersaft, trank einen tiefen Schluck und reichte die Flasche an Monika weiter.

»Wie läuft es auf der Baustelle?«, fragte er.

»Im Rathaus sind wir gut vorangekommen. Johann arbeitet hauptsächlich an der Decke. Vater kommt nur noch ab und zu vorbei, um nach dem Rechten zu sehen. Ich mache die Fresken, soll aber dabei am besten unsichtbar bleiben. Wenn einer fragt, was ich da treibe, soll ich sagen, ich reiche Werkzeuge an.«

»Typisch.« Er pfiff abfällig durch die Zähne. »Dabei könnte Johann von dir lernen. Und was ist mit dem Monumentalbild?«

»Das will unser Vater allein restaurieren. Heute wurde es abgehängt und in die Werkstatt gebracht. Im Moment ist er mit den vorbereitenden Arbeiten beschäftigt. Aber er will so schnell wie möglich loslegen.«

»Er will dich wirklich raushalten? Dieser Sturkopf. Er muss doch sehen, was er an dir hat.«

»Lass uns nicht wieder davon anfangen. Warten wir es ab. Er wird meine Hilfe früher oder später brauchen.«

Wolfgang griff nach seiner Lederjacke und zog eine Zigarettenschachtel hervor. Zündete sich eine an, blies den Rauch über die Ilmenau, reichte den Glimmstängel an Monika weiter. Sie fielen in Schweigen.

»Das fehlt mir«, sagte er und meinte ihre Zweisamkeit.

»Ja. Mir auch.«

Es fühlte sich für Monika an, als hätten sie über Nacht erwachsen werden müssen, als seien sie plötzlich an der Schwelle eines Lebens, in dem sie heiraten und sesshaft werden und eigene Wege gehen würden.

»Glaub mir, für deinen Geburtstag in Hamburg werde ich mir was einfallen lassen«, sagte Wolfgang. »Das wird toll, versprochen.«

»Ich freue mich drauf.«

Ein Blick auf die Uhr sagte ihr, dass sie wieder zurückmusste, wenn ihr Wegbleiben nicht auffallen sollte.

»Ich muss gehen, Wolfgang. Es wird Zeit.«

Sie zögerte, dann nahm sie die Börse mit dem Haushaltsgeld und fischte zehn Mark heraus.

»Hier, nimm. Vater wird es nicht merken. Dafür sorge ich.«

Sie ließ ihm keine Zeit zu protestieren, stopfte die Börse zurück und packte den Picknickkorb zusammen. Wolfgang betrachtete verschämt das Geld in der Hand, dann steckte er es wortlos ein. Als sie aufsah, lächelte er dankbar.

Er brachte Monika zum Rathaus zurück, wobei er die meiste Zeit von Helga schwärmte. Es schien ihn wirklich erwischt zu haben. Monika fürchtete zwar immer noch, dass Helga eine typisch dünkelhafte höhere Tochter war, doch das behielt sie für sich. Sie freute sich für ihn, dass seine Liebe erwidert wurde.

Am Rathaus trennten sie sich, und Wolfgang spazierte in Richtung Bahnhof davon. Monika trat den gewohnten Weg durch die Hallen und Dielen an, um zur Großen Ratsstube zu gelangen.

Das Gerüst stand inzwischen im hinteren Teil des Raumes. Sie hatten sich von der Fensterfront bereits zur gegenüberliegenden Wand vorgearbeitet. Es war erstaunlich, wie die Arbeiten den Raum veränderten. Anfangs hatten sich die nach dem Krieg wiedereingebauten und erneuerten Holzarbeiten deutlich von der düsteren Decke abgesetzt. Die Übermalungen und Verschmutzungen hatten die Deckenbalken wie die einer abrissreifen Scheune aussehen lassen. Inzwischen waren Holzvertäfelungen und Decke gleichermaßen hell und kunstvoll, und die Schönheit des Renaissanceraumes erstrahlte von Neuem.

Wenn man sich Zentimeter für Zentimeter über die einzelnen Ornamente vorarbeitete, verlor man den Blick fürs Ganze, dachte sie. Es war immer wieder atemberaubend, die meterlangen Balken und die Kassettenfelder mit einigem Abstand in ihrer alten Pracht wahrzunehmen.

»Hallo, Monika«, rief Johann vom Gerüst, der an einem Deckenabschnitt in der Ecke arbeitete. »Ein Glück, dass du zurück bist. Weißt du, wo dein Vater ist?«

»Nein. Ich dachte, er wäre hier. Wieso fragst du?«

»Dieser Assistent vom Landeskonservator ist in Lüneburg. Du weißt schon, Doktor Bertram. Er will sich die Decke ansehen.«

»Aber er hat sich gar nicht angemeldet.«

»Nein. Aber im Grunde muss er das auch nicht. Wir sind ja sowieso hier. Jedenfalls kommt er gleich.«

Beunruhigt fragte sich Monika, wie sie vorgehen sollte. Denn seit Wolfgang nicht mehr mitarbeitete und ihr Vater mit dem Fresebild beschäftigt war, war eben sie die Vertreterin der Hansens auf der Baustelle. Und genau in dieser Funktion sollte sie nach außen hin aber nicht auftreten, das hatte ihr der Vater ja unmissverständlich eingebläut.

»Papa ist zum Fachmarkt«, meldete sich eine helle Stimme zu Wort. »Er will Material einkaufen für die Restaurierung vom Ölgemälde.«

Das war Helmut, der ebenfalls oben auf dem Gerüst stand. Monika hatte ihn gar nicht bemerkt, als sie eingetreten war. Er sollte nicht auf der Baustelle sein, Kinder waren hier noch weniger gern gesehen als Frauen.

»Was machst du denn da oben? Kannst du mir das mal verraten?«

»Er wollte mir bei der Arbeit zusehen«, beschwichtigte Johann. »Wir geben acht, dass er nicht runterfällt.«

»Er darf da nicht rauf, Johann. Das weißt du genau.«

»Guck mal, Monika. Ich habe das Stück hier freigelegt.«

»Du hast was?«, fragte sie erschrocken.

»Ich passe schon auf«, sagte Johann. »Das ist die Rückseite, da kann nicht viel kaputtgehen. Und er macht das gut.«

»Ich habe bei der Ranke mit Wattestäbchen gearbeitet«, verkündete er stolz. »Aus unserem Badezimmer. Damit kann man viel besser dünne Stellen wegmachen.«

»Wattestäbchen? Wie bist du auf die Idee gekommen?«

Die Schwämmchen und Tücher, die sie benutzten, waren grundsätzlich ausreichend. Doch für ein paar heikle Stellen war es tatsächlich keine schlechte Idee, mit den kleinen Stäbchen zu arbeiten. Sie war beeindruckt.

»Trotzdem. Du gehst jetzt nach Hause. Oder hast du deine Hausaufgaben schon gemacht?«

Er streckte die Zunge raus, gehorchte aber. Trat an die Leiter und kletterte vorsichtig hinunter.

»Geh schon mal vor und fang mit den Hausaufgaben an«, sagte sie, als er unten seinen Schulranzen nahm. »Ich komme nach und mache dir dann was zu essen.«

Sie würde Doktor Bertram vom Landesamt empfangen müssen, ihn irgendwie abwimmeln und dann zum Gesindehaus gehen. Johann konnte diese Aufgabe nicht für sie übernehmen, denn er gehörte nicht zum Betrieb Hansen.

An Helmuts missmutigem Gesicht erkannte sie, dass es ihm nicht gefiel, allein vorzugehen. Doch er kam nicht dazu, zu protestieren, denn eine dunkle Stimme meldete sich hinter ihnen in der offenen Tür zu Wort.

»Wattestäbchen. Keine schlechte Idee, junger Mann.«

Es war Doktor Clemens Bertram. Er lächelte wohlwollend.

»Er kommt nach seinem Vater, wie ich sehe. Und nach seiner großen Schwester.« Zu Helmut sagte er: »Du wirst bestimmt einmal ein großartiger Restaurator.«

Das ging Helmut runter wie Öl. Er strahlte Monika triumphierend an.

»Bevor es so weit ist und du Restaurator wirst, machst du deine Hausaufgaben«, sagte sie. »Und dein Zimmer räumst du ebenfalls auf. Jetzt ab mit dir.«

Clemens Bertram sah dem Jungen lächelnd nach, wie er mit dem Ranzen auf dem Rücken aus der Ratsstube stürmte.

»Und pass auf, dass du nirgendwo gegenstößt«, rief Monika ihm nach. »Tut mir leid, Herr Bertram. Kinder haben auf einer Baustelle nichts zu suchen.«

»Für mich kein Problem. Ein gewitzter Kerl, der Kleine. Und er weiß eine Menge übers Handwerk. Wie jeder der Hansens, scheint in der Familie zu liegen.«

Sie beschloss, besser nicht auf seine Anspielung einzugehen. »Mein Vater ist leider nicht da«, sagte sie. »Er ist beim Fachmarkt. Ich weiß nicht, wann er wiederkommt. Wenn Sie sich angemeldet hätten …«

»Oh, bitte keine Umstände. Ich hatte zufällig einen Termin bei Herrn Priggen, dem Stadtdirektor. Bei der Gelegenheit wollte ich nur hereinschauen. Bitte beachten Sie mich gar nicht.« Er legte den Kopf in den Nacken und warf einen Blick auf die Decke. »Sie kommen gut voran.«

»Ja, die Arbeiten an den Ornamenten sind voll im Gange.«

»Wie ich sehe, gehen Sie zurückhaltend mit der Retusche um. Sie machen so wenig wie nötig.«

Herr Bertram schien ihrer Meinung zu sein, was das Thema anging. Doch sie musste sich zusammenreißen. Sie glaubte zwar nicht, dass Johann sie verpetzen würde, wollte es aber nicht darauf ankommen lassen.

»Man sollte grundsätzlich nur so viel retuschieren, wie nötig ist«, konnte sie sich trotzdem nicht verkneifen zu sagen.

Bertram lächelte. »Es soll ja nicht laufen wie im Gewandhaus, nicht wahr.«

»Im Gewandhaus?«, fragte sie verständnislos.

Obwohl sie schon seit ein paar Monaten im Lüneburger Rathaus arbeitete, war sie noch nicht in jeden Teil vorgedrungen. So viel sie wusste, war das Gewandhaus vor ein paar Jahren renoviert worden und diente als Ausstellungsraum für stadtgeschichtliche Objekte, die in Vitrinen präsentiert wurden. Eine Schande, dass sie bisher keine Zeit gefunden hatte, es sich genauer anzusehen.

»Ich meine die Deckenmalereien«, sagte Bertram. »Haben Sie die noch nicht gesehen?«

»Leider nein. Ich muss passen.«

Das schien ihn zu amüsieren.

»Kommen Sie«, meinte er gut gelaunt. »Das wird Sie interessieren.«

Johann tat, als wäre er in seine Arbeit vertieft. Doch Monika bemerkte, wie er die beiden aus dem Augenwinkel beobachtete. Sie glaubte, bei ihm ein Stirnrunzeln zu erkennen. Es fühlte sich an, als würde da auf dem Gerüst ihre Anstandsdame stehen.

Doktor Bertram bemerkte ihren Blick.

»Oder werden Sie hier gebraucht, Fräulein Hansen?«

»Nein, ich denke nicht.«

Sie wandte sich an Johann.

»Ich begleite Doktor Bertram ins Gewandhaus. Sagst du Vater, wo er ihn findet, wenn er zurückkommt?«

Der Geselle nickte knapp. Er schien sich wieder auf seine Arbeit zu konzentrieren, doch Monika hatte den Eindruck, als wäre er nicht einverstanden mit ihrem Verhalten.

»Kommen Sie«, sagte sie demonstrativ zu dem Kunsthistoriker und steuerte die Tür an.

Sie durchquerten die Rathausdiele und gingen hinüber zum Eingang des Gewandhauses.

»Sie leben jetzt schon eine ganze Weile in Lüneburg«, sagte Bertram. »Das muss fast schon ein zweites Zuhause geworden sein.«

»Dazu bräuchten wir erst einmal ein erstes«, amüsierte sich Monika. »Nach diesem Auftrag will Vater eine Wohnung in Köln anmieten, wo wir ursprünglich herkommen. Und eine dauerhafte Werkstatt. Aber im Moment sind wir sozusagen echte Lüneburger.«

»Und wie gefällt es Ihnen bei den Priggens?«

»Gut. Wir sind im Gesindehaus untergekommen. Das war sehr großzügig von Herrn Priggen.«

»Das Patrizierhaus der Priggens kenne ich gut. Es ist eins der ältesten Häuser Lüneburgs. Randvoll mit Kunstschätzen, fast wie das Rathaus. Waren Sie mal drin?«

»Im Haupthaus?« Gott behüte, hätte sie beinahe hinzugefügt. Die Vorstellung, das Heiligtum von Agnes Priggen zu betreten, fühlte sich an wie ein Sakrileg. »Nein. Aber sie sind sehr freundlich zu uns, die Priggens.«

»Ach, tatsächlich?«, fragte er lächelnd. »Helga und Ludwig scheinen mir manchmal etwas arrogant. Und die Matriarchin ist … nun ja, sie ist nun mal, wie sie ist. Ich weiß nicht, ob ich Lust hätte, bei denen im Hinterhof zu wohnen.«

Monika warf ihm einen Seitenblick zu. Er schien die Priggens gut zu kennen. Doch eher würde sie sich die Zunge abbeißen, als vor Fremden schlecht von ihren Gastgebern zu sprechen.

Er schien sie zu durchschauen und lachte.

»Sie müssen sich dazu nicht äußern. Entschuldigen Sie bitte meine Offenheit. Hier ist es schon, kommen Sie.«

Er führte sie durch ein Gewölbe in das obere Gewandhaus. Es fiel kaum Tageslicht herein, und erst als das elektrische Licht brannte, offenbarten sich ihr der große Raum und seine Einrichtung. Alles wirkte sehr schlicht. Unverputzte Wände, ein Steinboden, keinerlei Holzvertäfelungen. In der Mitte standen Glasvitrinen, in denen Schmiedekunst ausgestellt war. Goldene und silberne Pokale, Becher und Skulpturen.

»Sehen Sie«, forderte Bertram sie auf und wies zur Decke.

Monika richtete den Blick hinauf. Da begriff sie, warum er sie hergeführt hatte. Die Decke war leuchtend bunt bemalt mit Ornamenten im Stil des Spätmittelalters. Doch nichts war original, das sah sie auf den ersten Blick. Die Malereien wirkten naiv, die Farben waren viel zu kräftig. Es sah aus wie in einem Puppenhaus.

»Ich musste daran denken, weil Sie neulich dem Professor gesagt haben, was Sie über Retusche und Übermalung denken.«

»Was ist denn hier passiert?«, fragte sie fassungslos.

In den Ornamenten entdeckte sie ein Männlein, das aussah wie eine Zeichnung von Wilhelm Busch. Bertram amüsierte sich über ihr erschrockenes Gesicht. Offenbar fand er es ebenfalls scheußlich.

»Sehen Sie dort drüben im Vorraum?«, meinte er. »Dort sind Reste der Deckenbemalung erhalten geblieben. So wurde sie Ende des sechzehnten Jahrhunderts erstellt. Aber man hat einen Malergesellen beauftragt, diese Decke freihändig zu bemalen. Er sollte sich an das Beispiel der vorhandenen Deckenmalereien halten, um die Atmosphäre wiederzugeben.«

»Die Atmosphäre wiedergeben«, wiederholte sie fassungslos. »Er hat einfach die alten Decken neu bemalt? Sicher, es ist gut gezeichnet, aber … Es sieht aus wie auf dem Rummel. Das ist Blasphemie.«

»Ganz meine Meinung.«

Sie betrachtete kopfschüttelnd die bunten Pinseleien.

»Ich wünschte, ich wäre schon im Amt gewesen, als vor sechs Jahren der Auftrag hierfür vergeben wurde. Ich hätte dafür gesorgt, dass Sie die Decke bearbeiten.«

Plötzlich bemerkte sie, wie dicht er neben ihr stand. Sie spürte seine Nähe. Er sah sie auf seltsame Weise an. Sie senkte den Kopf. Räusperte sich. Was geschah hier gerade?

»Clemens! Da bist du ja!«

Jemand war ins Gewandhaus eingetreten. Sie wichen auseinander, als hätten sie einen elektrischen Schlag bekommen. Verlegen räusperte Monika sich.

In der Tür war Ludwig Priggen aufgetaucht. Mit seinem mondänen Anzug, den pomadierten lockigen Haaren und dem typischen Aufleuchten in den Augen, von dem Monika nie wusste, was es zu bedeuten hatte.

»Vater hat mir gesagt, du bist hier im Rathaus. Ich habe dich überall gesucht.«

Seltsam. Ludwig Priggen nannte Doktor Bertram beim Vornamen. Woher kannten sie sich?

»Störe ich?«, fragte Ludwig.

»Nein, natürlich nicht.« Clemens Bertram wirkte verlegen. »Ich zeige Fräulein Hansen nur das Gewandhaus. Die Deckenarbeiten, die von dem Malergesellen ausgeführt wurden.«

»Zweifellos möchtest du ihr etwas zeigen«, amüsierte sich Ludwig, und Bertrams Verlegenheit wandelte sich in Zorn. Monika konnte förmlich spüren, wie er kämpfte, sich unter Kontrolle zu halten.

»Charmant wie eh und je, Ludwig«, sagte er betont gleichgültig und wandte sich an Monika. »Ich muss mich für meinen Cousin entschuldigen. Er ist immer so.«

»Ihr Cousin?«, fragte sie verwundert.

»Hat er das nicht erzählt?«, mischte sich Ludwig ein. »Seine Mutter ist die Schwester meines Vaters. Er gehört zur Familie. Als Kind hat er immer die Sommerferien bei uns verbracht.«

Deshalb kannte er das Haus der Priggens so gut. Bertram war einer von denen? Dabei hatte sie gerade begonnen, ihn zu mögen.

»Ich möchte mit dir sprechen, Clemens«, sagte Ludwig geschäftsmäßig. »Eine Familienangelegenheit.«

»Ich muss sowieso gehen«, sagte sie.

»Warten Sie, Fräulein Hansen …«

»Nein, nein. Ich habe Sie schon zu lange aufgehalten, Herr Doktor Bertram. Ich muss mich um meinen Bruder kümmern. Ich werde Vater ausrichten, dass Sie da waren. Guten Tag, die Herren.«

Im Grunde war sie froh, der Situation zu entkommen. Nicht nur, dass Clemens Bertram zur Familie Priggen gehörte, auch das Gefühl, das seine Nähe ausgelöst hatte, irritierte sie. Dieser sonderbare Blick, mit dem er sie angesehen hatte. Ehe einer der beiden etwas erwidern konnte, schlüpfte sie durch die Tür des Gewandhauses.

Kapitel dreiundzwanzig

Trotzdem«, sagte ihr Vater und bedachte sie mit einem düsteren Blick. »Mit dem Assistenten des Landeskonservators durchs Rathaus zu streifen … Hätte das nicht Johann für dich übernehmen können?«

Er saß im Licht der nackten Glühbirne am Küchentisch. Monika hatte den Abendbrottisch abgeräumt und stellte ihm wie jeden Abend eine Flasche Bier hin.

»Er wollte eben mir persönlich etwas zeigen«, erwiderte sie. »Im Gewandhaus. Hätte ich mich etwa weigern sollen? Das wäre unhöflich gewesen.«

»Wieso wollte er dir überhaupt etwas zeigen? Du bist nicht befugt, für die Firma zu sprechen. Weshalb plauderst du dann mit einem Mitglied der Landesstelle, dem wichtigsten Geldgeber?«

»Ich war halt vor Ort. Als einziges Mitglied der Familie. Er kam herein, um sich die Decke anzusehen. Und da sind wir ins Gespräch gekommen. Ehrlich, Papa, so schlimm finde ich das nicht.«

»Nein? Das bestätigt mich nur darin, dass du noch viel lernen musst. Dadurch, dass dein Bruder uns im Stich gelassen hat, sitzen wir ziemlich in der Patsche. Wir müssen aufpassen und uns nichts anmerken lassen. Es wäre besser, wenn du dich nicht in den Mittelpunkt drängst.«

Monika presste die Lippen aufeinander. Das Letzte, fand sie, was man ihr vorwerfen konnte, war, dass sie sich in den Mittelpunkt drängte. Und dass Wolfgang fort war, daran hatte vor allem ihr Vater seinen Anteil. Wenn er nicht so stur sein würde, wäre ihr Bruder gar nicht erst abgehauen.

Sie wusste, dass ihr Vater überfordert war. Er hatte Angst, die Aufträge ohne Wolfgangs Hilfe nicht rechtzeitig fertigstellen zu können. Außerdem machte ihm die Sorge zu schaffen, seine Reputation könnte leiden, falls sich herumsprach, dass der Sohn verschwunden war und stattdessen die Tochter auf der Baustelle arbeitete. Trotzdem hatte sie wenig Lust auf seine Belehrungen.

Sie packte das Brot in den Kasten, schob mit der Hand die Krümel von der Anrichte zusammen, dann wusch sie sich die Hände in der Schüssel und hängte das Geschirrtuch weg.

»Wenn sonst nichts mehr ist, gehe ich in mein Zimmer.«

Übellaunig bedeutete er mit einer Kopfbewegung, dass sie verschwinden könne. Als sie die knarzenden Treppenstufen nach oben nahm, hörte sie, wie unten das Küchenradio angestellt wurde.

Sie steuerte nicht ihr Zimmer an, sondern die Kammer von Wolfgang. Der leere und einsame Raum, in dem nur noch der fadenscheinige Sonntagsanzug am Kleiderbügel an ihn erinnerte.

Draußen leuchtete der Himmel rötlich in der Dämmerung. Er tauchte den Raum in ein warmes, unwirkliches Zwielicht. Monika trat ans Fenster und blickte in den Hof. Sie wünschte, ihr Bruder wäre da. Dann würden sie gemeinsam über ihren Vater lachen und sich am offenen Fenster eine Zigarette teilen.

Sie bemerkte, dass das Fenster nicht verschlossen war. Der Flügel war nur angelehnt, so wie wenn Wolfgang sich am Regenrohr fortgeschlichen hatte, um die Nacht in Hamburg zu verbringen. Es fühlte sich an wie ein Zeichen ihres Bruders, dass sie nicht allein war, egal, wie einsam sie sich fühlte. Als wäre er in Gedanken bei ihr.

Sie drückte das Fenster zu und legte den Riegel um. Dann verließ sie mit einem Seufzen den Raum und ging hinüber in ihre Kammer. Sie nahm den Krimi von Edgar Wallace, in dem sie allabendlich ein paar Seiten las, und widmete sich dem Buch im schwindenden Licht der Dämmerung. Nicht mehr lange, dann würde sie die Petroleumlampe anzünden müssen, da es in den Kammern keine Elektrizität gab.

Sie konnte sich jedoch nicht richtig auf das Verbrechen an der Londoner Themse konzentrieren. Der Besuch von Clemens Bertram kam ihr in den Sinn, wieder einmal. Ob er ebenfalls an sie dachte? Nein, das war sicher ausgeschlossen.

Er war attraktiv und gebildet, ein Akademiker, dazu noch ein Mitglied einer bedeutenden Familie. Clemens Bertram würde kaum Interesse für eine mittellose Handwerkertochter aufbringen.

Draußen wurde es dunkel, die Amseln sangen noch nach Kräften, doch hörte sie bereits eine Nachtigall in der Ferne rufen. Helmut schlief wie ein Murmeltier, stellte sie fest. Er war früh zu Bett gegangen, möglicherweise, um einem weiteren Streit zwischen Vater und Tochter aus dem Weg zu gehen. Sonst hörte sie ihn oft lange über ihrem Kopf rumoren, doch heute war er still wie ein Mäuschen.

Müdigkeit machte sich bemerkbar. Sie hörte, wie der Vater unten das Küchenradio abstellte. Zeit, ins Bett zu gehen. Als sie aufstand, um sich das Nachthemd anzuziehen, bemerkte sie, dass im Haupthaus bei den Priggens Licht brannte. Eben war noch alles dunkel gewesen, doch jetzt waren Küche, Halle und sogar die Bibliothek im ersten Stockwerk hell erleuchtet. Überall waren Bewegungen und Schatten zu sehen. Ob Agnes Priggen zu später Stunde Besuch empfing?

Es ging Monika im Grunde nichts an. Sie wollte sich wieder abwenden, da hörte sie Geräusche im Hof. Stimmen. Männer, die aufgeregt durcheinanderredeten, es klang unheilverkündend. Was mochte dort passiert sein?

Sie trat ans Fenster und blickte hinunter. In der Tordurchfahrt tauchten Gestalten auf, die in den Hof eilten. Im Zwielicht erkannte sie den Stadtdirektor, Herrn Doktor Priggen. Was war nur los? Wollten die Männer etwa zu ihnen?

Da hämmerte es unten an der Tür zum Gesindehaus. Der Vater war noch angekleidet und ging zur Tür.

Monika eilte zur Treppe, um hören zu können, was los war.

»Es geht um Ihren Sohn, Herr Hansen«, sagte der Stadtdirektor, dessen Stimme ruhig und gefasst klang. Er sah aus, als habe er eine schlechte Nachricht zu überbringen.

»Sie meinen Wolfgang?«, fragte ihr Vater.

Kurz herrschte irritierte Stille. Dann sagte Herr Priggen: »Nein, Helmut.«

»Aber ... *Helmut?* Was ist mit ihm?«

»Dürfen wir hereinkommen, Herr Hansen?«

Monika begriff nicht, sah zur Dachkammer hinauf. Helmut lag doch wohlbehalten im Bett und schlummerte dort. Was konnte denn passiert sein? Wie betäubt ging sie die Stufen hinab zur offenen Wohnküche, wo sich die Männer um den Tisch verteilt hatten.

»Setzen Sie sich, Herr Hansen.«

»Jetzt sagen Sie schon, was ist passiert?«

Ihr Vater war aufgebracht, ließ sich aber dennoch auf das Küchensofa sinken.

»Es gab einen Unfall.«

Ihr Vater starrte ungläubig. Der Stadtdirektor fügte eilig hinzu: »Ihr Sohn lebt. Es geht ihm den Umständen entsprechend.«

»Mein Sohn ... *lebt?* Er ist oben in seinem Bett.«

Die Männer wechselten betretene Blicke.

»Nein, das ist er nicht«, versuchte Herr Priggen ihm schonend beizubringen. »Er muss sich aus dem Haus geschlichen haben.«

»Das Fenster in Wolfgangs Zimmer«, entfuhr es Monika. »Da ist er raus.« Aber wozu? Wo wollte er hin? »Wo ist er? Was ist mit ihm?«

»Er hat sich ins Rathaus geschlichen«, sagte Herr Priggen. »Er war auf Ihrer Baustelle in der Großen Ratsstube. Es ist ein Wunder, dass er überhaupt gefunden wurde. Ein Mitarbeiter hat den Lärm gehört. Er war zufällig noch im Rathaus.«

Ihr Vater sah die Männer begriffsstutzig an. Dann deutete er auf Monika, die einen schrecklichen Verdacht bekam.

»Monika«, sagte er, ohne die Gäste aus den Augen zu lassen. »Sieh nach, ob Helmut oben im Bett ist. Die Herren wollen uns auf den Arm nehmen.«

Der Stadtdirektor legte ihm die Hand auf die Schulter.

»Herr Hansen, bitte. Ihr Sohn ist auf dem Gerüst verunglückt.«

»Er hat an den Deckenfresken gearbeitet«, mischte sich einer der Männer ein.

»Er hat … auf der Baustelle *gearbeitet?*«

»Es sah so aus, als wollte er die Ornamente am letzten Balken freilegen. Ergibt das Sinn für Sie?«

Monika verstand. Und ob das Sinn ergab. Helmut wollte ihnen beweisen, dass er imstande war, das Erbe der Familie anzutreten. Auch wenn er nicht alt genug war und seine Lehrzeit brauchen würde. Er wollte ein Zeichen setzen, dass er als Restaurator taugte.

Seit Wochen stritten Monika und ihr Vater über die Nachfolge des Betriebs. Helmut wollte diese Streitereien beenden. Er wollte zeigen, dass er auch ein echter Hansen war und den Betrieb übernehmen konnte.

»Wo ist er jetzt?«, stieß ihr Vater mühsam hervor. »Was ist mit ihm passiert?«

»Er ist im Krankenhaus«, sagte Herr Priggen. »Wie es aussieht, muss er operiert werden. Er hat auf dem Gerüst das Gleichgewicht verloren und dabei an einer Stange sein Bein aufgeschlitzt, er wäre fast verblutet. Außerdem hat er einen komplizierten Bruch, sagen die Ärzte.«

Der Blick ihres Vaters fand den Monikas, hoffnungslos und verängstigt, so hatte sie ihn noch nie gesehen.

Sie selbst dagegen klammerte sich an das, was Herr Priggen zuallererst gesagt hatte: Helmut lebte. Was immer passiert war, er hatte es überlebt, und das bedeutete, sie konnten nach vorn schauen. Er würde gesund werden und nach Hause kommen. Sie hatten ihn nicht verloren.

Sie bahnte sich den Weg durch die betretenen Männer. Ihr Vater, der immer noch am Küchentisch saß, schien unfähig, sich zu erheben. Helmut war sein Nesthäkchen, das Kind, das immer gut gelaunt war und niemals Probleme verursachte.

»Komm, Papa«, sagte sie sanft.

»Monika …«

Sie half ihm aufzustehen.

»Komm«, sagte sie milde, »wir gehen ins Krankenhaus. Helmut braucht uns jetzt.«

Schließlich sah er ihr in die Augen, es war der letzte Anker, den er finden konnte.

»Ja«, sagte er. »Wir wollen für ihn da sein.«

Die Nacht über wachten sie an Helmuts Bett. Die Nachtschwester war verständnisvoll und ließ sie bei ihm bleiben.

Der Junge schlief die meiste Zeit tief und fest, was sicher das Beste war in seiner Lage. Die Brüche waren stabilisiert worden, man hatte ihm Schmerzmittel gegeben. Er würde operiert werden, nach Möglichkeit am nächsten Tag.

Es war sechs Uhr am nächsten Morgen, als die Schicht von Schwester Else begann, einer strengen Frau mit blitzsauberer Uniform und akkurat gestärkter Haube. Die verbat es sich, dass sich Angehörige außerhalb der Besuchszeiten im Krankenzimmer aufhielten, und schickte sie hinaus.

»Warten Sie draußen auf den Herrn Doktor, wo Sie schon mal hier sind«, befehligte sie. »Der kann Ihnen mehr über den Zustand des Jungen sagen.«

Monika wollte protestieren, doch Schwester Else schnitt ihr mit einer Handbewegung das Wort ab.

»Gehen Sie jetzt. Sie können ihm hier nicht helfen.«

Vater und Tochter traten hinaus auf den Krankenhausflur. Äthergeruch lag in der Luft, und durch das kasernenartige Gebäude drang das Klappern von Tellern auf Tabletts, Stimmen hallten durch die langen Flure.

»Sie kümmern sich gut um ihn«, sagte Monika, um ihren Vater aufzuheitern, der sich schwerfällig auf eine Holzbank sinken ließ. »Er ist hier in besten Händen.«

»Wieso hat er das nur getan?«

Monika schwieg. Die Frage fiel nicht zum ersten Mal während ihrer Wache im Krankenhaus. Bisher hatte sie es vermieden, darauf zu antworten.

»Ich verstehe das einfach nicht«, sagte ihr Vater. »Das macht keinen Sinn. Monika, bitte, kannst du es dir erklären?«

»Nun … Ich denke, er wollte dir etwas beweisen.«

»Mir etwas beweisen?« Er schüttelte energisch den Kopf. »Nein. Er ist elf. Das ist kein Alter, um auf der Baustelle zu sein. Ich habe nie gesagt, dass er nicht das Zeug zum Restaurator hat. Niemals. Aber er ist noch ein Kind.«

Monika wusste das. Aber sie wusste auch, dass es darum gar nicht ging. Nicht für Helmut. In den Augen ihres Vaters kam eben nur der erstgeborene Sohn für die Rolle des Nachfolgers infrage.

Helmut würde wieder gesund werden. Und es würde sich alles fügen, davon war sie überzeugt. Ihr Vater brauchte nur Zeit, um sich an den Gedanken zu gewöhnen.

Ein Arzt tauchte im Flur auf, ein älterer Herr mit Brille und Halbglatze, der stolz seinen Wohlstandsbauch vor sich hertrug.

»Keine Sorge. Es wird alles wieder gut«, sagte er. »Ihr Sohn ist nicht lebensgefährlich verletzt.«

»Aber … was genau ist denn passiert? Man hat uns gesagt, die Stange hat sein Bein aufgeschlitzt.«

»Das ist ein bisschen übertrieben. Er hat einen komplizierten Beckenbruch, außerdem sind seine Beinmuskeln angerissen. Die Stange hat die Arterie knapp verfehlt. Er hat Glück gehabt.«

»Aber was passiert jetzt mit ihm?«

»Er muss operiert werden. Danach wird er ein paar Wochen im Krankenhaus bleiben. Mit einer Kur, viel Gymnastik und einem strengen Reha-Programm dürften wir ihn wieder auf die Beine kriegen.«

Die Schwester, die sie vom Krankenbett verscheucht hatte, trat in den Flur und schloss die Tür hinter sich.

»Sie sind Handwerker?«, fragte der Arzt. »Bestimmt ist Ihr Sohn in Ihrer Krankenkasse mitversichert?«

Ohne eine Antwort abzuwarten, wandte er sich an die Krankenschwester, die sich anschickte, geschäftig an ihnen vorbeizulaufen.

»Ach, Schwester Else?«

Widerwillig blieb sie stehen. »Ja?«

»Bringen Sie die Herrschaften doch rasch in die Verwaltung, damit wegen der Kosten alles geklärt werden kann.«

So leicht es ihr gefallen war, sich gegen Angehörige durchzusetzen, so schwer fiel es ihr, etwas gegen die Anweisung des Arztes zu sagen. Mit verkniffenem Gesicht unterbrach sie ihre Arbeit.

»Dann müssen die Patienten wohl warten«, grummelte sie an den Arzt gewandt und marschierte voran.

»Geben Sie die Versicherungsdaten an«, sagte der Arzt freundlich. »Dann leiten wir alles in die Wege. Auf Wiedersehen.«

Monika und ihr Vater wandten sich betreten ab und folgten Schwester Else. Sie sprachen kein Wort, das war auch nicht nötig. Beide wussten Bescheid. Sie hatten keine Krankenkasse. Wie viele Selbstständige. Wenn man zum Arzt musste, zahlte man halt die Rechnung. Sie würden als Selbstzahler einspringen müssen, was immer das finanziell für sie bedeuten würde.

Vorsichtig warf sie ihrem Vater einen Seitenblick zu, doch der starrte mit versteinertem Gesicht zu Boden. So erleichtert er gerade noch darüber gewesen war, dass Helmut keine ernsthaften Schäden davongetragen hatte, so schnell war die

Freude verblasst, als klar wurde, was dieser Unfall für seine Finanzen bedeutete.

Sie würden für die Krankenhauskosten einstehen müssen, und das, obwohl sie schon ohne diese Belastung kaum über die Runden gekommen waren. Die neue Werkstatt und ein Neuanfang in Köln, all das rückte in weite Ferne.

Kapitel vierundzwanzig

Ein paar Tage später saßen Monika und ihr Vater nach dem Abendessen im Gesindehaus am Tisch, während im Hintergrund das Radio lief. Auf NDR-Mittelwelle spielten sie »Alcina«, eine Oper von Friedrich Händel. Monika stopfte Socken, ihr Vater brütete wie so oft seit Helmuts Unfall über Kontoauszügen und Rechnungen. Von Zeit zu Zeit ließ er einen Seufzer hören.

»Möchtest du noch eine Flasche Bier?«, bot Monika an.

»Nein, danke. Hierfür brauche ich einen klaren Kopf.«

Sie überlegte, ob sie ihn auf die Kosten des Krankenhauses ansprechen sollte, entschied sich aber dagegen. Sie lauschte dem Menuett aus dem ersten Akt, das die Wohnküche erfüllte. Ihr Vater und sie waren sich nähergekommen in jüngster Zeit. Seit dem Unfall war es still geworden in ihrer Unterkunft, und sie saßen fast jeden Abend zusammen. Beide suchten die Nähe des anderen. Als wäre da die Angst, ein weiteres Mitglied ihrer kleinen Gemeinschaft könne wegbrechen und den Letzten allein zurücklassen.

Als ihr Vater von Neuem seufzte, wagte sie es doch, ihn auf das Offensichtliche anzusprechen.

»Sieht es denn so schlecht aus? Ist es wegen der Krankenhauskosten?«

»Hätte ich nur eine Krankenversicherung abgeschlossen.«

»Es konnte keiner ahnen, dass so etwas passiert.«

»Nein.« Er rieb sich die müden Augen. »Ich habe gedacht, was soll schon kommen? Wenn ich mir den Hammer auf den

Daumen haue, kann ich mich selbst verarzten. Und falls einer mal zum Doktor muss, ist es immer noch viel billiger, einmal zu bezahlen, als gleich eine Versicherung für alle abzuschließen. Das war zu kurz gedacht.«

»Mach dir keine Vorwürfe, Papa.«

Er lehnte sich zurück und betrachtete die Papierstöße auf dem Tisch, als wären sie feindliche Wesen, die er bekämpfen müsste. Dann verschränkte er die Arme vor der Brust.

»Es ist nicht so, dass wir die Behandlungskosten nicht zahlen können«, meinte er. »Das kriegen wir schon hin. Nur bleibt dann nichts mehr für unseren Neuanfang in Köln. Der Kauf einer Werkstatt. Es wird alles aufgezehrt.«

Das wurmte ihn, und Monika konnte es verstehen. Ihr Vater war fest entschlossen gewesen, alles, was durch Krieg und Nachkriegsjahre zerstört worden war, wettzumachen. Doch jetzt brach nicht nur der potenzielle Nachfolger weg, sondern es wurde dazu noch der Anschluss an die erfolgreichen Jahre der vorangegangenen Generation infrage gestellt.

Monika wollte etwas Tröstendes sagen. Dass der Aufbau des Betriebs eben noch ein paar Jahre dauere. Dass sie noch eine Weile weitertingeln könnten. Weitermachten wie bisher.

Doch all dies blieb ihr im Halse stecken. Denn es stimmte nicht. Schließlich gab es eine Lösung. Ihr Vater musste sie nur mitarbeiten lassen. Sie war zäh und ausdauernd, sie würde für zwei arbeiten. Es wäre möglich, das Ruder noch herumzureißen. Doch stattdessen sollte sie die Baustelle verlassen und eine Frau werden. Getreu dem Motto: Aus Kindern werden Leute, aus Mädchen werden Bräute.

»Irgendwie wird es schon weitergehen«, gab sie etwas frostig von sich und vertiefte sich wieder in ihre Stopfarbeit.

Sie spürte den Blick ihres Vaters auf sich, doch sie tat, als bemerkte sie das nicht.

Der zweite Akt der Händel-Oper endete mit ausklingenden Streichern, als mitten in der aufkommenden Stille an die Tür gehämmert wurde.

Monika und ihr Vater blickten sich an. Es war gleich neun Uhr, sie erwarteten niemanden. Der Vater stellte das Radio ab, hielt inne.

»Ich sehe nach«, sagte Monika und ging zur Tür.

Auf dem Kopfsteinpflaster vor dem niedrigen Gesindeeingang stand Agnes Priggen. Die Matriarchin persönlich. Der Schock hätte nicht größer sein können.

Trotz der gut ein Meter fünfzig wirkte sie groß und einschüchternd.

»Frau Priggen … Guten Abend.«

»Ich wünsche auch einen guten Abend, Fräulein Hansen.«

Monika sah sich befangen um. Die Wohnküche war sauber und aufgeräumt, glücklicherweise. Trotzdem war die Vorstellung, Frau Priggen hereinzubitten, beängstigend.

»Möchten Sie vielleicht hereinkommen?«

»Das wird nicht nötig sein, danke.«

Sie ließ es klingen, als wäre die Einladung ein Fauxpas. Monika fühlte sich überfordert.

»Ich möchte kurz Ihren Vater sprechen. Wenn Sie so gut wären …?«

Doch Heinrich Hansen war bereits hinter seiner Tochter aufgetaucht. Er schob Monika zur Seite, trat unter den niedrigen Balken hervor und begrüßte Frau Priggen respektvoll.

»Ich möchte Ihnen in aller Form mitteilen, Herr Hansen, dass es mir leidtut, was Ihrem Sohn zugestoßen ist. Es ist wirklich eine Tragödie.«

»Das ist sehr freundlich von Ihnen, Frau Priggen.«

»Wir als Lüneburger fühlen uns verantwortlich. Schließlich ist es unser Rathaus, wo das Unglück passiert ist. Ein Kind hätte nachts keinen Zutritt haben dürfen. Wir müssen das Gebäude besser sichern.«

»Mein Helmut ist auf dem Weg der Besserung. Wie es aussieht, wird er sich vollständig erholen.«

»Das freut mich zu hören. Man hat mir gesagt, Sie werden die Behandlungskosten selbst tragen?«

Monika bemerkte, wie sich seine Schultern versteiften.

»Das stimmt. Aber das ist kein Problem. Wir werden das schon schaffen.«

War die Matriarchin etwa deshalb gekommen? Um zu erfahren, ob die Familie sich Helmuts Behandlung leisten konnte?

»Davon bin ich überzeugt. Bitte verzeihen Sie mir, dass ich Sie darauf angesprochen habe. Ich bin aus einem anderen Grund gekommen. Ich frage mich … ich würde Ihnen gern etwas zeigen, Herr Hansen. Im Haupthaus. Vielleicht möchte Ihr Sohn uns begleiten?«

»Wolfgang ist heute leider auswärts unterwegs. Er kann uns daher nicht begleiten.«

»Verstehe. Wie bedauerlich.«

»Er ist im Brauhaus am Alten Hafen«, fügte ihr Vater hinzu, um die Lüge glaubhafter klingen zu lassen. »Er hat Freunde gefunden in Lüneburg. Sie wissen ja, wie die jungen Leute sind. Er trifft sich gern auf ein paar Biere.«

»Nun gut. Dann würde ich vorschlagen, Sie begleiten mich allein ins Haupthaus. Natürlich nur, wenn Sie Zeit haben.«

»Sicher. Sehr gern.«

Ihr Vater trat zurück ins Gesindehaus, nahm seine Jacke vom Haken und zog sie über. Monika erinnerte sich, wie Clemens Bertram gesagt hatte, das Patrizierhaus sei voller alter Kunstschätze. Was immer Frau Priggen vorhatte, sie beneidete ihren Vater um die Möglichkeit, das historische Gebäude in Augenschein zu nehmen.

»Wenn Sie möchten, können Sie uns anstelle Ihres Bruders begleiten«, sagte Frau Priggen, deren Blick auf Monika ruhte. Für einen Moment tauchte ein amüsierter Zug auf ihrer ernsten Miene auf. Offenbar war es Monika anzusehen, wie gern sie mitkommen würde.

»Ich darf? Au, fein!«, rutschte es ihr heraus.

Von ihrem Vater erntete sie dafür einen finsteren Blick. Sie wandte sich ab und zog ihre Strickjacke über. Gemeinsam verließen sie das Gesindehaus.

»Sie wissen, dass unser Haus ursprünglich aus dem fünfzehnten Jahrhundert stammt«, sagte Frau Priggen, während sie die beiden über den Hof zum Vorderhaus führte. »Es ist danach mehrmals umgebaut und erneuert worden. Doch einige Wände und Balken stammen aus dem Jahr der Grundsteinlegung 1435.«

Sie führte sie durch den Personaleingang in der Küche, wie Monika auffiel. Ob Frau Priggen diesen Eingang auf dem Hinweg auch gewählt hatte?

Die Küche war furchtbar modern, mit weißen Einbaumöbeln und einem Elektroherd. Alles war blitzsauber und sah aus wie auf einer Werbefotografie für ein Möbelhaus. Hier ahnte man nichts vom Mittelalter.

Dann ging es durch eine beschlagene Eichentür in die Diele, und es fühlte sich an, als würden sie durch ein Zeitportal treten. Augenblicklich waren sie im Spätmittelalter angekommen. Die Diele öffnete sich zu einem großzügigen Raum über eineinhalb Stockwerke, mit Wänden aus Fachwerk und Backstein, mit einem hohen Kamin, einer Holztreppe und einer prachtvollen Eichenholzdecke. Ein Kommodenschrank mit Figurenschnitzereien und Rankenverzierungen bildete den Blickfang an der Stirnwand, in der Raummitte standen ein Nussbaumtisch und kunstvoll gearbeitete Stühle, die Monika allerdings dem Barock zuschrieb.

Die Deckenbalken waren mit typischen Ornamenten aus dem sechzehnten Jahrhundert bemalt, ebenso die Kassettenfelder mit plastischer Licht- und Schattenwirkung. Monika fand sie märchenhaft schön.

Agnes Priggen führte sie hoheitsvoll herum. Es schien ihr zu gefallen, jemandem das Haus zu zeigen, der die Bedeutung der Kunstschätze ohne Weiteres einschätzen konnte.

»Aber deshalb habe ich Sie nicht hergebeten«, sagte sie schließlich und ging zur Treppe. »Ich möchte Ihnen etwas zeigen. Den Festsaal im ersten Stockwerk.«

Sie stieg voran, und Vater und Tochter folgten ihr. Monika

konnte dabei kaum den Blick von den Malereien an Balken und Decken abwenden.

Der sogenannte Festsaal war – typisch für die Zeit, in der das Haus erbaut worden war – ein großzügiges Zimmer, das als Repräsentationsraum diente.

Hier standen Möbel aus dem Biedermeier, teils sogar aus der wilhelminischen Zeit. Gardinen hingen vor dem Fenster. Im Gegensatz zum Erdgeschoss wirkte dieser Raum jedoch nicht so aus dem Ei gepellt, offensichtlich wurde er von seinen Bewohnern im Alltag genutzt, das machte ihn weniger museal.

Die Decke war ebenfalls im Stil des sechzehnten Jahrhunderts bemalt. Die Balken mit Ranken geschmückt, es gab florale Verzierungen und verschiedene Ausmalungen in den Kassettenfeldern. Allerdings wirkten die Malereien dunkel und grau. Staub und Schmutz der Jahrhunderte hatten sich darübergelegt und schmälerten ihre Wirkung.

»Die Decke macht uns zu schaffen«, erklärte Frau Priggen, den Kopf in den Nacken gelegt. »Wie Sie sehen, gibt es ein paar Wasserflecken. Da drüben, an der Wand. Dann haben wir einen alten Holzwurmbefall. Und dort im Bereich der Fenster sind Übermalungen und kleine Löcher. Insgesamt ist der Zustand zwar nicht bedrohlich, aber irgendwann muss etwas gemacht werden. Würden Sie mir zustimmen, was diese Einschätzung angeht?«

»Die Decke ist einzigartig, Frau Priggen«, sagte Monikas Vater. »Ein wirkliches Schmuckstück. Soweit ich das auf den ersten Blick beurteilen kann, würde ich Ihnen zustimmen. Die Substanz ist nicht angegriffen. Das ließe sich alles in alter Pracht wiederherstellen. Aber um Genaueres zu sagen, müsste man die Decke in Ruhe unter die Lupe zu nehmen.«

»Dann tun Sie das bitte.«

Heinrich Hansen wirkte überrascht. Monika war es ebenfalls. Wollte Frau Priggen etwa eine Einschätzung, was für Arbeiten auf sie zukämen und wie hoch die Kosten wären, wollte sie eines Tages einen Betrieb mit Restauratoren beauftragen?

»Ihre Arbeit im Rathaus scheint überzeugend zu sein«, erklärte die alte Dame. »Das hört man von allen, die an dem Auftrag beteiligt sind. Wissen Sie, Herr Hansen, diese Decke muss ohnehin bearbeitet werden. Früher oder später. Das haben wir seit Jahren vor.«

Ihr Vater war so überrumpelt, dass er die Sprache verlor. Monika erging es kaum besser. Agnes Priggen stand vor ihnen, klein, voller Autorität und ließ sich keinen Moment anmerken, dass sie aus Menschlichkeit und Hilfsbereitschaft handelte, obwohl das offensichtlich war.

Dieser Auftrag wäre ihre Rettung. Wenn sie die Behandlungskosten damit bezahlen konnten, wäre es immer noch möglich, genug Geld für einen Neustart in Köln zu verdienen. Alle Sorgen wären mit einem Schlag verschwunden.

»Bevor Sie zusagen, möchte ich allerdings meine Bedingung nennen«, fügte sie hinzu.

»Eine Bedingung?«, fragte ihr Vater.

»Sie selbst sollen die Arbeiten vornehmen, Herr Hansen.«

»Ich? Sie meinen, neben der Baustelle im Rathaus?«

»Die Arbeiten im Rathaus sind weit fortgeschritten. Und was das Fresebild angeht, so kann sicher Ihr Sohn die Restaurierung vornehmen. Unter Ihrer Anleitung, versteht sich. Sie werden nicht rund um die Uhr dabei gebraucht, denke ich. Aber das ist meine Bedingung: Ich möchte, dass Sie sich persönlich um die Decke kümmern. Wenn Sie damit einverstanden sind, kommen wir ins Geschäft.«

Monika konnte erkennen, was in ihrem Vater vorging. Was Frau Priggen vorschlug, war nicht umzusetzen. Heinrich Hansen würde seinen Sohn nicht anbetteln zurückzukommen, das verbot ihm sein Stolz. So großzügig das Angebot war und so dringend sie das Geld brauchten, es waren nicht mehr genügend Restauratoren da, um einen weiteren Auftrag anzunehmen.

Er seufzte, setzte an zu sprechen. Er würde Frau Priggen absagen, das konnte Monika erkennen. Ohne zu überlegen, fiel sie ihm ins Wort.

»Wir sollten zuerst mit Wolfgang darüber sprechen.«

Ihr Vater starrte sie an. Er duldete keine Einmischung, doch Monika sah hier ihre Chance. Sie musste sie ergreifen.

»Bevor wir das entscheiden, sollten wir ihn fragen, ob er damit einverstanden ist, das Fresebild allein zu restaurieren.«

Ihr Vater zögerte, versuchte zu durchschauen, was sie vorhatte. Fragte sich offenbar, ob sie etwas über Wolfgang wusste, das die Sachlage änderte.

»Du hast recht«, sagte er. »Wir sollten Wolfgang fragen. Ich hoffe, Sie brauchen nicht heute noch eine Antwort, Frau Priggen?«

»Nein. Ich verstehe durchaus, dass Sie das in der Familie besprechen müssen.«

Sie führte die Gäste zurück in die große Diele.

»Es gibt ohnehin eine Menge zu tun«, sagte sie. »Wir bräuchten einen Kostenvoranschlag. Außerdem müssten wir den Saal ausräumen und alles vorbereiten. Denken Sie in Ruhe darüber nach, Herr Hansen. Geben Sie mir Bescheid, wenn Sie eine Entscheidung getroffen haben.«

Agnes Priggen begleitete sie durch die Küche zur Tür, die in den Hof führte. Dann fiel die niedrige Tür des Gesindehauses hinter ihnen zu, und sie waren wieder allein in ihrer gedrungenen Wohnküche. Plötzlich fühlte es sich an, als wäre alles nur ein Traum gewesen. Monika kam sich vor wie das Aschenputtel, das unerkannt im Schloss getanzt hatte.

Gewohnheitsmäßig stellte ihr Vater das Radio an. Die Oper von Händel war beendet, und in einem Funkstudio diskutierten Musikhistoriker und Intellektuelle über die Bedeutung von »Alcina« in ihrer Zeit.

»Ich glaube, jetzt möchte ich doch ein Bier«, sagte ihr Vater und ließ sich auf das Küchensofa sinken. »Das muss ich erst mal verdauen.«

Monika öffnete eine Flasche und stellte sie ihm hin. Er schob die Buchhaltungsunterlagen beiseite.

»Hast du mit Wolfgang gesprochen?«, fragte er. »Hat er vor, zurückzukommen? Weißt du etwas darüber?«

»Ich habe mit Wolfgang gesprochen«, räumte sie ein. Es half nichts, sie musste die Wahrheit sagen. »Er kommt nicht zurück.«

»Aber …«

»Er ist halt genauso ein Sturkopf wie du.«

»Ich verbitte mir diesen Ton, Monika.«

»Er will sich und der ganzen Welt beweisen, dass er allein zurechtkommt. Ohne dich.«

»Dieser Dummkopf. Was denkt er sich nur? Er sollte endlich mal erwachsen werden.«

Vielleicht tut er das gerade, dachte Monika, verkniff sich diesen Kommentar jedoch.

Ihr Vater betrachtete sie skeptisch.

»Was sollte das dann? Warum hast du mich zurückgehalten, als ich den Auftrag ausschlagen wollte?«

»Ich dachte, wir sollten zuerst darüber reden.«

»Ohne Wolfgang geht es nicht, das ist doch klar. Ich dachte, du wolltest mir etwas mitteilen, was du in Gegenwart von Frau Priggen nicht laut sagen konntest. Etwas über Wolfgang.«

»Das wollte ich auch. Wir brauchen Wolfgang nicht.«

»Wie bitte?«

»Ich werde das Bild restaurieren. Ich allein. Wir können beide Aufträge gleichzeitig machen. Keiner muss davon etwas erfahren.«

Das verschlug ihm die Sprache. Einen Moment lang glaubte Monika, er würde ihr eine Ohrfeige verpassen. Er tat es nicht. Vielleicht weil er zu überrumpelt war.

»Unter deiner Anleitung«, fügte sie hinzu. »Wir können jeden Schritt in Ruhe besprechen. Aber ich werde es in Angriff nehmen. Ich kann das, Vater. Ich werde das Monumentalgemälde restaurieren.«

»Bist du wahnsinnig geworden?«

Sie hielt seinem Blick stand. Wie sehr ihr Herz klopfte, konnte er schließlich nicht sehen.

»Du hast gehört, was ich dazu gesagt habe, Mädchen. Das hat jetzt ein Ende.«

»Wir brauchen das Geld.«

»Ich will davon nichts mehr hören.«

»Wir brauchen das Geld.«

»Monika!«

»Ich bin in der Lage, diese Arbeit zu übernehmen. Mehr noch als das. Es ist mein großer Traum, so ein Gemälde zu restaurieren. Was danach kommt, spielt keine Rolle. Ich werde die blöde Küchenschule besuchen, wenn du willst. Es geht nur um die nächsten Monate. Wir können beide Aufträge gleichzeitig machen. Ich kann das Bild restaurieren.«

»Monika!« Er schlug mit der flachen Hand auf den Tisch. »Ich sage Nein. Und das ist mein letztes Wort.«

Er starrte sie so lange an, bis sie den Blick senkte. Wortlos wandte sie sich ab und ging hinauf in ihre Kammer.

Sie wusste: Die Kräfte hatten sich zu ihren Gunsten verschoben. Was immer er in diesem Moment glaubte, das letzte Wort darüber war noch lange nicht gefallen.

Kapitel fünfundzwanzig

Heute

Jordis sah Florian mutterseelenallein an einem Tisch am Fenster sitzen, als sie den Restaurantbereich des Hotels durchquerte. Er hockte vor einer Cola, spielte mit seinem Handy und wartete auf das Essen. Er war der einzige Gast, der sich am frühen Abend niedergelassen hatte. Später füllte sich das Restaurant in der Regel, doch in diesem Moment wirkte er so einsam, dass sie ein schlechtes Gewissen hatte, ihn auch an diesem Abend wieder allein zu lassen.

»Chefin!«, sagte er, als er vom Handy aufsah. »Du hast dich ja in Schale geworfen. Du liebe Güte, du siehst toll aus.«

»Findest du? Ist es nicht ein bisschen übertrieben?«

Sie hatte ein leichtes Abend-Make-up aufgelegt, das Sommerkleid angezogen und die Haare hochgesteckt. Im Grunde nichts Besonderes, aber im Vergleich zu ihrer Arbeitskleidung, dem Overall mit den Werkzeugtaschen, zu dem sie sich die Haare meist zu einem Pferdeschwanz band, war die Verwandlung auffällig.

»Ich schätze mal, Doktor Adler ist mit von der Partie?«

»Grins nicht so blöd.«

»Tue ich gar nicht. Ich lächle nur wohlwollend.«

»Ja, das kenn ich.«

Sie setzte sich kurz zu ihm. »Hör mal, Florian. Ich weiß, normalerweise machen wir uns eine schöne Zeit, wenn wir zusammen auf Montage sind. Sitzen an der Bar, spielen Karten, lästern viel … Es tut mir leid, wenn ich …«

»Ach, sei schon still. Das ist Unsinn. Du hast halt dies Familiending, um das du dich kümmern musst. Und dann ist da noch dieser Doktor aufgetaucht. Ich kann schon verstehen, wenn du etwas abgelenkt bist.«

»Ich will nur sagen, normalerweise würden wir die Abende zusammen verbringen. Und jetzt hau ich schon wieder ab …«

»Das ist in Ordnung, Jordis. Mach dir um mich keine Gedanken. Ich skype nachher mit Cem. Und dann gucke ich, was im Fernsehen läuft.«

Sie hatte zwar immer noch ein schlechtes Gewissen, doch offenbar war das nicht nötig. Sie sah auf die Uhr. Es wurde Zeit, zu ihrer Verabredung zu gehen. Doch etwas hielt sie hier an dem Hoteltisch.

»Du magst ihn, oder?«, fragte Florian.

»Ich glaube schon.«

»Ich glaube auch.«

Ein Lächeln breitete sich in seinem Gesicht aus.

»Jetzt mach schon, dass du wegkommst.«

»Wir essen morgen Abend zusammen, versprochen. Nur du und ich. Und danach betrinken wir uns an der Bar.«

»Wenn du unbedingt willst«, lachte er. »Aber jetzt beeil dich.«

Sie stand auf und warf ihm auf dem Weg nach draußen eine Kusshand zu. Es war nicht weit bis zum Treffpunkt, den sie vereinbart hatten: Das Fischrestaurant lag am Alten Hafen, nicht weit von dem Hotel, in dem Onkel Wolfgang untergebracht war.

Er war in dem bekannten Lüneburger Hotel abgestiegen, das als Drehort für die Telenovela *Rote Rosen* diente. Jordis hatte aus Neugierde ein paar Folgen abends auf dem Laptop angesehen. Dummerweise war es wie bei jeder Soap Opera: Es genügten zwei oder drei Episoden, und schon war man in der Geschichte drin und konnte nicht mehr aufhören weiterzugucken.

Jordis hatte mitbekommen, dass viele Gäste vor allem deswegen nach Lüneburg kamen, um die Schauplätze der Serie zu besichtigen. Es gab Stadtführungen, Kutschfahrten und verschiedenste Veranstaltungen für die Fans der Serie. Amüsiert hatte sie einige Touristen im Hotelfoyer bei deren Fachgesprächen belauscht und dabei gemerkt, dass sie sich inzwischen ebenfalls gut auskannte in der Welt der *Roten Rosen*.

Auf einer Brücke im Alten Hafen erwartete sie nun Emilian. Er stand am Geländer, unter ihm floss die Ilmenau. Umgeben von Fachwerkhäusern, alten Kaimauern und einer ausladenden Trauerweide sah er aus wie der Soap Opera entsprungen. Ein gut aussehender Mann, der auf seine Liebste wartete. Fehlte nur die rote Rose in der Hand.

Das Bild brachte sie zum Lachen.

»Was ist so lustig?«, begrüßte er sie.

»Ach, nicht so wichtig.« Diese Assoziation wollte sie lieber für sich behalten. »Ich freue mich, dich zu sehen«, sagte sie stattdessen. »Wartest du schon lange?«

»Nein, ich bin eben erst gekommen.«

»Es ist wunderschön hier, findest du nicht?«

Er lachte. »Es ist mein Zuhause. Schwer zu beurteilen. Aber ja, ich denke, du hast recht.«

Sie lehnten sich über das Geländer und blickten auf die ruhig dahinfließende Ilmenau. Ein historisches Segelschiff lag vor Anker, die Uferhäuser mit ihren Fachwerkmauern ragten über das Wasser, und Plätschern und Rauschen einer nahen Schleuse waren zu hören. Er hob den Blick, betrachtete sie schweigend. Jordis räusperte sich verlegen.

»Onkel Wolfgang müsste gleich kommen. Er ist immer ein bisschen spät.«

»Wir haben es nicht eilig. Ich bin gespannt, was er zu erzählen hat.«

»Ja. Ich habe das Gefühl, er ist in Lüneburg geblieben, um etwas aus seiner Vergangenheit zu klären. Vielleicht gehört dazu, mir die Wahrheit zu sagen. Er hat solche Andeutungen gemacht.«

»Und ich soll wirklich dabei sein? Ist das nicht eine Familiensache?«

»Er hat dich explizit mit eingeladen. Er weiß ja, dass du im Bilde bist.«

»Trotzdem. Wenn es unangenehm wird für dich, dann gib mir ein Zeichen. Ich werde mich sofort entschuldigen und gehen. Abgemacht?«

»Abgemacht.«

»Also gut. Wohin will er uns ausführen?«

»Dorthin, gleich auf der anderen Seite. Das kleine Fischrestaurant, siehst du?«

Er versteifte sich ein wenig. »Ach so.«

»Gefällt dir das Restaurant nicht?«

»Doch. Es ist nur das Lieblingsrestaurant von …«

Er unterbrach sich, wirkte zerknirscht.

»Von deiner Exfreundin?«, fragte Jordis.

»Tut mir leid, das hätte ich nicht erwähnen sollen.«

»Ach was. Ist schon in Ordnung.«

»Nein, das ist es nicht. Wenn ich so weitermache, ruiniere ich den Abend endgültig.«

Dabei verstand Jordis ihn. Diese andere Frau war nun einmal ein wichtiger Teil seines Lebens. Er hatte seitdem keine neue Frau hineingelassen. Sie war nicht eifersüchtig auf diese Vergangenheit, ihr erging es ja ähnlich, wenn sie an Jonas dachte.

»Man will gar nicht darüber reden, aber es passiert von allein«, sagte sie. »Man passt nicht auf, denkt nicht darüber nach. Und dann hat man es schon wieder getan.«

Emilian sah sie nachdenklich an. »Möchtest du ihn zurückhaben?«, fragte er.

Jordis zögerte. Bis vor Kurzem hätte sie darauf mit Ja geantwortet. Denn das war es gewesen, was sie sich heimlich ersehnte. Dass alles wieder so wäre wie zuvor.

»Ich möchte ihn nicht zurück, nicht mehr. Das hätte keinen Sinn. Es ist vorbei.«

Etwas Seltsames passierte. Denn im gleichen Moment, wie sie das sagte, begriff sie, dass es stimmte. Dass sie ihn schon lange nicht mehr wirklich zurückhaben wollte. Dass es unmöglich wäre, wieder von vorn anzufangen. Doch erst in diesem Augenblick wurde es ihr bewusst, als lüfte sich ein Vorhang.

Emilian blickte sie an, schien zu spüren, was sie dachte.

Sie wandte sich verlegen ab, sah wieder dem Strom der Ilmenau hinterher.

»Ich bin so gespannt, ob es stimmt, was meine Vermieterin gesagt hat«, wechselte er das Thema. »Ob es deine Oma war, die damals das Monumentalgemälde restauriert hat. Und ob das wirklich geheim gehalten wurde.«

»Darauf bin ich auch gespannt.«

Ein großes Ahornblatt trieb unter ihr die Ilmenau hinab. Sie blickte ihm nach, wie es an bemoosten Steinen, an kleinen Strudeln und ins Wasser ragenden Ästen vorbeitrieb, ohne sich zu verfangen oder von seinem Weg stromabwärts abzukommen.

Dann hob sie den Blick und traf auf Emilians Augen. Sie lächelten.

Wolfgang warf sich seine Jacke über und sah zur Uhr. Sicher würden die beiden jungen Leute schon auf ihn warten. Er trat ans Sprossenfenster und sah hinaus über den Hafen. Tatsächlich konnte er sie auf der Brücke sehen. Sie waren in ein Gespräch vertieft, und es wirkte nicht so, als warteten sie ungeduldig.

Als er sich abwandte, fiel sein Blick auf das Foto, das auf dem Nachtschränkchen lag. Das Familienfoto aus den frühen Sechzigern, als die Welt noch in Ordnung schien. Monika blickte mit großen Rehaugen unter dem braunen Pony hervor, im Gesicht ein unbeschwertes Lächeln.

Er nahm es in die Hand, betrachtete seine Schwester.

»Du wärst stolz auf sie, Monika«, sagte er.

Die Ähnlichkeit zwischen den beiden war nicht nur äußerlich. Das wurde ihm umso mehr bewusst, je besser er Jordis kennenlernte.

»Sie kommt nach dir. Sie hat dein Talent geerbt.«

Monikas Liebe zur Kunst und ihre Ausdauer waren das gewesen, was sie zu einer einmalig guten Restauratorin gemacht hatte.

Dazu war sie zwar eine hervorragende Handwerkerin gewesen, mit dem richtigen Gespür für Farben, Materialien und Arbeitstechniken.

Vor allem aber hatte sie das notwendige Gefühl für die Kunstwerke gehabt, hatte sich ihnen mit aller Leidenschaft hingegeben.

Und sie hatte, das war wohl ihre größte Gabe, über die Ausdauer verfügt, sich auf jedes Detail, jede noch so feine Linie eines Werkes einzulassen. Eine Grundeigenschaft, die jeder brauchte, der in ihrem Beruf Großes leisten wollte.

Wolfgang hätte das Monumentalgemälde niemals restaurieren können. Nicht mit halb so gutem Ergebnis. Ausdauer war nie seine Stärke gewesen, auch wenn er über andere Begabungen verfügte, die ihn im Leben vorangebracht hatten.

Nachdenklich strich er mit dem Finger über das Gesicht seiner Schwester. Auf dem Foto war sie siebzehn gewesen.

»Himmel, wie sich die Zeiten geändert haben«, sagte er. »Wenn wir das damals gewusst hätten, oder? Wie sich alles entwickeln würde.«

Er wünschte, Monika hätte den Erfolg ihrer Enkelin miterlebt. Was für eine Genugtuung wäre es für sie gewesen, wenn sie hätte erleben können, wie Jordis die Firma wiederaufbaute.

Mit einem Seufzer legte er das Foto zurück an seinen Platz. Er war schon in der Tür, da klingelte sein Handy. Es lag auf dem Couchtisch.

Er ging zur Sitzecke und nahm das Gespräch entgegen.

»Hallo, Opa. Ich bin's.«

Lucas. Wolfgang stellte verwundert fest, wie sehr er sich darüber freute.

»Na, vermisst du mich schon?«

»Ich halte es gerade noch aus«, erwiderte Wolfgang trocken.

»Und wie ist Lüneburg ohne mich?«

»Ehrlich gesagt, bin ich jetzt zum Essen verabredet. Deine Großcousine wartet unten auf mich.«

»Ich wollte dir nur sagen, dass ich das Praktikum habe.«

Deswegen hatte Lucas wie ursprünglich geplant nach Hamburg zurückfahren müssen. Er hatte ein Vorstellungsgespräch in einer Medienagentur, wo er in den Ferien ein Praktikum absolvieren wollte. Wolfgang hatte ihm angeboten, etwas für ihn zu organisieren, seine Kontakte spielen zu lassen, doch der Junge wollte das nicht. Er wollte aus eigener Kraft einen Platz finden, was Wolfgang natürlich mit Stolz erfüllt hatte.

»Das ist ja großartig«, sagte er. »Herzlichen Glückwunsch. Wann geht es los?«

»Nächsten Montag. Ich habe also noch ein paar freie Tage.«

»Dann kannst du dich noch ein bisschen ausruhen.«

»Ich dachte eher … wenn du Lust hast, kann ich wieder nach Lüneburg kommen. Dann könnten wir noch ein bisschen zusammen abhängen.«

Wolfgang begriff, dass Lucas sich Sorgen um ihn machte. Auch wenn er das nie zugegeben hätte.

»Wir können in Hamburg zusammen abhängen, wenn ich wieder zurück bin. Was hältst du davon?«, meinte er. »Ich bin hier fast fertig. Morgen Abend will ich zurückfahren. Wenn alles nach Plan verläuft.«

»Bist du sicher, Opa?«

Mal wieder fragte er sich, wer von ihnen eigentlich das Kind war und wer der Erwachsene.

»Ganz sicher. Es wird höchste Zeit, dass ich wieder in meinem eigenen Bett schlafe.«

Er warf einen Blick durchs Fenster. Jordis und der Historiker standen immer noch auf der Brücke und redeten.

»Ich muss mich beeilen, Lucas. Jordis wartet.«

»Melde dich, wenn du in Hamburg bist, Opa. Und bestell ihr schöne Grüße.«

»Das mache ich.« Ehe er auflegte, schob er hinterher: »Danke, Lucas.«

Dann beendete er das Gespräch und verließ seine Suite.

ꟾ

Sie sprachen nicht über die Vergangenheit, bis das Essen abgeräumt und eine weitere Flasche Weißwein gebracht worden war. Ihr Tisch stand am Ufer unter einem Sonnenschirm. Im Abendlicht herrschte eine gemächliche Atmosphäre am Hafen. Menschen flanierten, es wurde gelacht und getrunken. Doch so schön der Abend war, Jordis brannte darauf, mehr zu erfahren. Als der Kellner den Wein nachgeschenkt und die Flasche abgestellt hatte, hatte sie das Gefühl, dass es so weit sei.

»Du hast gesagt, du wolltest mit mir über damals sprechen«, sagte sie. »Über die Restaurierung des Monumentalbildes.«

Wolfgang lächelte. Er warf Emilian einen Blick zu. »Ich denke, Sie wissen schon, was es damit auf sich hat, habe ich recht?«

Emilian warf ihr einen entschuldigenden Blick zu. Also hatte er schon herausgefunden, was Wolfgang zu berichten hatte – und ihr nichts davon gesagt, weil Jordis ihn gebeten hatte, der Sache nicht nachzugehen.

Sie begriff sofort, dass seine Vermieterin die Wahrheit gesagt hatte. Hinter der Restaurierung des Monumentalgemäldes steckte ihre Großmutter.

»Dann war es so?«, fragte sie ungläubig. »Oma hat das Bild restauriert?«

»Ja. Sie war es.«

»Das Gerücht habe ich gehört, aber … Wieso hat das niemals jemand erfahren? Ich dachte, das könne unmöglich stimmen. Wie konnte das geheim bleiben? Das war doch eine richtig große Sache damals.«

»Dafür sind einige verantwortlich. Vor allem war es Teil des Deals, den Monika und unser Vater Heinrich miteinander hatten.«

»Ein Deal?«, fragte Jordis verständnislos.

Onkel Wolfgang seufzte und nahm einen Schluck Wein.

»Unser Vater wurde auf einer anderen Baustelle gebraucht. Sonst hätte er Monika niemals eine so wichtige Arbeit überlassen. Aber er hatte keine Wahl.«

»Das war die Restaurierungsarbeit im Patrizierhaus der Familie Priggen, nehme ich an?«, fragte Emilian.

»Ganz richtig. Die Arbeiten fanden zeitgleich statt. Mein Vater brauchte damals beide Aufträge, er war auf das Geld angewiesen. Er und Monika hatten eine Vereinbarung: Sie bekam seine Erlaubnis, am Fresebild zu arbeiten. Umgekehrt hat sie sich an ein paar Bedingungen gehalten, die er aufgestellt hat.«

»Was denn für Bedingungen?«, fragte Jordis.

»Niemand durfte erfahren, dass sie dieses wichtige Kunstwerk quasi im Alleingang restauriert hat. Alle sollten glauben, unser Vater und ich würden die Arbeiten vornehmen. Er hatte Angst um seinen Ruf. Und er dachte, dass man ihm den Auftrag wegnehmen würde, wenn rauskommt, dass seine Tochter ihn erledigt. Weil er offenbar überfordert ist, die Arbeit zu übernehmen.«

»Nur weil Oma das Bild restauriert hat?«

»Keiner weiß, ob es tatsächlich so gekommen wäre. Aber ganz unbegründet war die Sorge nicht. Darüber nachzudenken ist müßig. Er hat die Regeln aufgestellt, und Monika hat sich daran gehalten.«

»Was für Bedingungen gab es denn noch?«

»Sie sollte möglichst wenig in der Werkstatt ein- und ausgehen. Sich von der Straße fernhalten. Damit die Nachbarn sie nicht sehen. Unser Vater hat sich dagegen so oft wie möglich in der Straße und am Haus blicken lassen. Es war ein Täuschungsspiel, das Verdächtigungen zerstreuen sollte.«

»Was für ein Wahnsinn.«

»Außerdem musste sie ihm versprechen, im Anschluss an den Auftrag die Hauswirtschaftsschule in Köln zu besuchen.«

Jordis war fassungslos. Das war der Dank für ihre Hilfe gewesen?

»Aber warum hat sie sich darauf eingelassen? Er war doch offensichtlich von ihr abhängig.«

»Deine Oma wollte unbedingt an dem Bild arbeiten. Alles andere war ihr egal.«

»Aber das konnte sie sich nicht bieten lassen.«

»Sie hat gedacht, wenn der Auftrag erst mal erledigt ist, wird man weitersehen. Nichts wird so heiß gegessen wie gekocht. Und sie hatte recht. Wie du weißt, hat sie niemals in ihrem Leben eine Hauswirtschaftsschule besucht.«

»Trotzdem. Sie hat ihr Licht unter den Scheffel gestellt. Und andere haben die Lorbeeren geerntet.«

»Das stimmt.« Wolfgang nickte. »Es war eine andere Zeit, Jordis. Damals war das Handwerk eine Männerdomäne. Als Restaurator warst du davon abhängig, dass du von öffentlichen Stellen beauftragt wurdest. Deiner Oma war es egal, wer die Lorbeeren erntet. Darum ging es ihr nie. Über Aufträge entschieden haben damals ausschließlich Männer – alte Herren in Anzügen. Verwaltungsleiter, Politiker, Kuratoren, Historiker. Es brauchte einiges, um sich gegen die durchzusetzen. Monika wollte nur ungestört sein mit den alten Meistern. Das war ihre Leidenschaft.«

Jordis wirkte unzufrieden mit der Antwort.

»Sie war überglücklich, diesen Job zu haben«, sagte Wolfgang. »Deshalb war sie einverstanden mit den Bedingungen ihres Vaters. Was die Lorbeeren anging, da hat sie strategisch gedacht. Sie wollte sich auf Dauer unverzichtbar machen. Für den Betrieb.«

»Bist du denn gefragt worden? Hat dein Vater dich gebeten zurückzukommen und zu helfen?«, fragte Jordis.

»Nein, das hat er nicht.«

»Aber es wäre doch in seinem Sinne gewesen, oder? Dich reinzuholen und nicht von der Tochter abhängig zu sein.«

»Das stimmt. Und wenn er es getan hätte, wäre ich wohl zurückgegangen. Aber dazu ist es nie gekommen. Er war zu stur. Ich will ihm keinen Vorwurf machen, immerhin war ich ebenso stur. Monika hat mich an seiner Stelle gefragt. Ich glaube, er hat sie vorgeschickt.«

»Aber du wolltest, dass er persönlich kommt.«

»Das war das Mindeste. Außerdem wusste ich ja, dass Monika davon träumte, diesen Auftrag zu machen. Warum sollte ich ihm dabei helfen, ihr das zu nehmen? Das wäre doch absurd gewesen.«

Jordis musste das sacken lassen. »Irgendwie gefällt mir das alles nicht. Mein Urgroßvater hat sie nicht fair behandelt. Das war doch nicht gerecht.«

»Dennoch hat sie einen Sieg errungen. Sie hat es geschafft, das Fresebild zu restaurieren. Verstehst du? Die Ränke drum herum, die konnten ihr nichts anhaben.«

Jordis hätte ihrer Oma so sehr gewünscht, dass ihr die Achtung und Ehre zuteilgeworden wären, die ihr zustanden.

»Ich habe nie etwas davon geahnt, was für eine wichtige Rolle meine Oma gespielt hat. Das ist doch traurig.«

»Hast du es wirklich nie geahnt?«

Wolfgang zeigte wieder sein hintergründiges Lächeln.

»Was glaubst du, wer die Firma geleitet hat, nachdem unser Vater gestorben war?«

»Das war Opa«, sagte sie erstaunt.

Wolfgang schmunzelte.

»Oder etwa nicht?«

»Nach außen hat es immer so ausgesehen.«

»Aber … die Sechziger sind lange vorbei. Warum hat mir das keiner gesagt? Warum wusste ich nichts davon?«

Jordis erinnerte sich, wie sie sich nach der Schule dazu entschlossen hatte, in das Familienhandwerk einzusteigen, auch wenn ihr Vater kurz davor war, das Unternehmen in die Pleite zu treiben. Sie hatte eine Reihe Bewerbungen abgeschickt, weil sie die Ausbildung in einem Fremdbetrieb machen wollte. Anschließend, so der Plan, wollte sie an der Hochschule studieren und Diplom-Restauratorin werden. Trotz aller wirtschaftlichen Schwierigkeiten wollte sie die Tradition ihrer Familie fortführen.

»Wenn du dir das zutraust, mache es einfach«, hatte ihre Oma gesagt. *»Kümmer dich nicht darum, was andere denken. Wenn du etwas wirklich willst, kannst du alles erreichen.«*

Hatte das für ihre Oma auch gegolten? Hatte sie alles erreicht, was sie wollte?

Jordis kannte sie als warmherzige, mütterliche Frau, die für Kindergeburtstage Kuchen buk. Doch wenn sie darüber nachdachte, erinnerte sie sich, dass ihre Oma auch oft in der Werkstatt anzutreffen gewesen war. Sie hatte nie darüber nachgedacht. In einem Familienbetrieb arbeiteten eben alle mit, so war das nun mal.

»Ich wusste, dass sie viel vom Restaurieren verstand«, sagte sie, »aber mir war nie klar, dass sie den Laden geführt hat. Und nicht unser Opa.«

»Sie hat sich ein wenig zurückgezogen, als die Kinder kamen«, sagte Wolfgang. »Doch die Zügel behielt sie immer in der Hand.«

Jordis wünschte, sie hätte das gewusst, als ihre Oma noch lebte. Es machte sie traurig. Sie hätte so viel von ihr lernen können.

»Sind das alle Geheimnisse?«, fragte sie.

»Kann schon sein, dass es noch ein paar gibt.«

Sie dachte an den Friedhof, traute sich jedoch nicht, zu fragen, wen er dort besucht hatte.

»Ich kann noch was verkraften, wenn es sein muss.«

Wolfgang winkte ab. »Ein andermal, Jordis. Für heute war es genug. Ich bin müde.«

»Aber du fährst morgen zurück nach Hamburg, oder?«

»Wir reden morgen weiter. Versprochen. Aber jetzt entschuldigt ihr mich, ja? Ich möchte ins Hotel.«

Kapitel sechsundzwanzig

Juni 1962

Ein leichter Geruch von Lösungsmitteln und Ölfarben, von Holzschutzmitteln und Kohlenstaub lag in der Luft. Rund um die Staffelei mit dem Gemälde waren Regale voller Pinsel, Farben, Werkzeuge, Pulver, Öle und Pasten. Alles war in Griffweite, verströmte sein eigenes Aroma, verwandelte das Häuschen in eine Restaurierungswerkstatt, in der den Spuren der Vergangenheit nachgegangen wurde.

Monikas Vater hatte Gardinen vor die Fensterfront gehängt. So fiel weiterhin genügend Tageslicht hinein, um an dem Gemälde zu arbeiten, jedoch ließ sich von draußen nicht mehr ohne Weiteres hineinblicken, und sie konnte in Ruhe arbeiten, ohne gestört zu werden.

Sie sollte das Haus möglichst wenig verlassen, hatten sie und ihr Vater verabredet. Essen für den Tag solle sie sich morgens mitnehmen, und auf Spaziergänge möge sie ganz verzichten. Er wollte nicht, dass die Nachbarn sie zu häufig rein- und rausgehen sahen. Viele Häuser in der Umgebung standen leer, und in den bewohnten Gebäuden interessierte sich kaum einer für das, was hinter den Fenstern der Werkstatt vorging. Trotzdem wollte er, dass sie das Schauspiel aufrecht hielten.

Monika waren diese Maßnahmen recht. Alles, was sie wollte, war allein zu sein mit dem Gemälde.

Sie hatte inzwischen den Firnis des Bildes weitgehend abgenommen, hatte sorgsam Staub und Schmutz abgewischt und anschließend mit Watte und Lösungsmitteln die hauchdünne Schutzschicht entfernt, die auf dem Gemälde lag. Die ursprünglichen Farben traten dadurch nach und nach wieder hervor, aber auch die teils erheblichen Schäden an Leinwand und Malschichten wurden sichtbar. Es gab eine Menge zu tun, doch erst, wenn die dunkle Schutzschicht ganz abgelöst wäre, konnte eine umfangreiche Bestandsaufnahme gemacht werden. Bis dahin konzentrierte sie sich auf den Vorgang der Säuberung.

Es klopfte an der Tür. So unerwartet, dass sie beinahe den Wattebausch mit dem Lösungsmittel hätte fallen lassen. Sie wandte sich zum verhangenen Fenster, konnte draußen nichts erkennen.

Das musste ihr Vater sein. Doch würde der nicht einfach eintreten, ohne vorher anzuklopfen?

Sie legte das Arbeitsmaterial beiseite und säuberte sich die Hände an einem Tuch. Es klopfte erneut. Vorsichtshalber legte sie ihren Arbeitskittel ab, unter dem sie ein schlichtes Hauskleid trug, dann lief sie zur Tür und öffnete. Auf der Schwelle standen die Herrschaften aus Hannover: Professor Brügge vom Landesamt und sein Assistent, Doktor Clemens Bertram.

Sie traute ihren Augen nicht.

»Guten Tag, Fräulein Hansen«, begrüßte sie der Professor gut gelaunt. »Wir dachten schon, es wäre keiner da.«

Sie waren allein gekommen, ohne den Stadtdirektor, ohne die Bauamtsmitarbeiter, vor allem ohne ihren Vater.

Wieso waren sie nicht angemeldet? Es hätte sie nicht mehr überraschen können, wenn Agnes Priggen mit einem Korb Blumen vor der Tür gestanden hätte. Monika war so verwirrt, dass sie kein Wort herausbrachte.

»Wir müssen uns bei Ihnen entschuldigen, Fräulein Hansen«, sagte Clemens Bertram, der ihr Erschrecken bemerkte. »Ich tauche ständig ohne Ankündigung auf. Sie müssen mich für schrecklich unhöflich halten.«

»Könnten Sie Ihrem Vater mitteilen, dass wir da sind?«, fragte der Professor. »Falls er fünf Minuten für uns erübrigen kann?«

»Es ist niemand da«, brachte sie hervor. »Mein Vater und mein Bruder sind unterwegs. Vor einer halben Stunde hätten sie die beiden noch angetroffen. Tut mir leid, aber Sie hätten sich besser angemeldet.«

»Wir hatten keine Gelegenheit dazu«, sagte Professor Brügge, der kaum Notiz von ihr nahm und stattdessen neugierig das Fachwerkhaus in Augenschein nahm.

»Faszinierend. Fünfzehntes Jahrhundert, würde ich vermuten. Die Türbalken sind recht gut erhalten.«

Dann wandte er sich an Monika, als wäre sie eine Sekretärin: »Wir sind davon ausgegangen, dass die Arbeiten am Fresebild in vollem Gange seien.«

»Das sind sie. Es musste nur neues Material besorgt werden.«

»Bedauerlich, sehr bedauerlich.«

»Wenn Sie möchten, treten Sie ein«, schlug sie vor, nachdem sie sich einigermaßen gefasst hatte. »Sie können sich gern die Arbeiten ansehen.«

»Das ist wohl sinnlos, wenn uns keiner etwas zum Fortgang der Restaurierung erklären kann.«

Monika verkniff sich die Bemerkung, dass sie wohl diejenige war, die im Moment am meisten dazu hätte sagen können.

»Ich könnte Ihnen Tee oder Kaffee kochen, wenn Sie warten wollen«, sagte sie stattdessen. »Allerdings weiß ich nicht, wann mein Vater zurückkommt.«

»Das wird nicht nötig sein. Wir werden die Arbeiten ein andermal mit Ihrem Vater besprechen. Dann melden wir uns vorher an.«

»Wir sind rein zufällig vorbeigekommen«, erklärte Clemens Bertram rasch. Er klang freundlicher und weniger herablassend als sein Vorgesetzter. »Wir wollten die westliche Altstadt besichtigen. Die Schäden in Augenschein nehmen, die durch die Senkung entstanden sind. Es war eine spontane Idee, kurz Hallo zu sagen und zu sehen, wie die Arbeiten vorankommen.«

Professor Brügge ließ den Blick über die heruntergekommene Altstadtstraße wandern. Er hörte nur mit halbem Ohr zu. »Früher oder später wird hier alles abgerissen«, sagte er. »Man wird die Straßen verbreitern, sie großzügiger gestalten, moderne Häuser einbauen, mit Zentralheizung und Innentoiletten. Das ist der Fortschritt.«

»Eher eine Schande, finde ich«, meinte der Assistent. »Was hier verloren geht.«

»Ich weiß schon, Herr Kollege. Aber würden Sie in diesen Abrisshäusern leben wollen? Sehen Sie. Können wir dann, Herr Bertram?«

Der Assistent zögerte. »Gehen Sie ruhig ohne mich, Herr Brügge. Ich warte auf Herrn Hansen. Wie Sie wissen, bleibe ich sowieso bei meinen Verwandten in Lüneburg.«

Monika versuchte, sich nichts anmerken zu lassen. Seine Verwandten waren die Priggens. Ihr Vater war im Patrizierhaus auf der Baustelle. Wenn sie nicht aufpasste, würden sie alle auffliegen.

»Wie Sie wollen, Herr Bertram«, sagte Brügge. »Ich empfehle mich. Wir sehen uns am Montagmorgen in Hannover. Einen schönen Tag.«

Der Professor lüpfte den Hut, wandte sich ab und spazierte davon. Clemens Bertram sagte zu Monika: »Natürlich nur, wenn Ihnen das recht ist. Ich möchte nicht stören.«

»Ich weiß wirklich nicht, wie lange es dauern kann. Ich könnte meinem Vater ausrichten, dass Sie hier waren. Oder meinem Bruder.«

»Ach, es stört mich nicht zu warten. Gilt das Angebot mit dem Kaffee noch?«

Monika nickte, trat beiseite und ließ ihn herein.

»Wenn ich Sie schon nicht dazu überreden kann, Ihnen St. Pauli zu zeigen, dann möchte ich wenigstens Ihre Werkstatt kennenlernen.«

Das Innere des Hauses wurde von dem Gemälde dominiert. In der Rathausdiele hatte es schon überwältigend gewirkt, doch in diesem Haus, das deutlich bescheidenere Maße hatte, füllte es beinahe den ganzen Raum aus.

Bertram blieb vor dem Gemälde stehen und betrachtete es beeindruckt. Der Aufzug der zahlreichen Figuren auf dem Bild war beinahe lebensgroß. Im Tageslicht wirkte die Darstellung noch eindringlicher, das ganze Geschehen, das teils noch unter dunklem Firnis lag, teils schon in leuchtenden und kräftigen Farben erstrahlte, schien überwältigend. Die Figuren, teils schaurig und diabolisch, teils licht, aufrecht und hoheitsvoll, posierten wie auf einer Theaterbühne. Vor dem Hintergrund einer an Lüneburg erinnernden Stadt, über die ein Unwetter mit Hagel und Sturm hinwegfegte, bevor es sich in der rechten Bildhälfte, wo die Tugenden zu finden waren, vor einem friedlichen Sommerhimmel auflöste.

»Das Bildnis des gerechten Richters«, murmelte er und fügte wie für sich selbst hinzu: »Die Gerechtigkeit und die Tugenden siegen über die Mächte des Bösen.«

»Trinken Sie Ihren Kaffee mit Milch oder Zucker?«

»Schwarz, bitte. Wenn es keine Umstände macht.«

Monika eilte nach nebenan in die provisorische Küche und setzte einen Kessel mit Wasser auf. Sie überlegte, wie sie Clemens Bertram möglichst schnell loswurde, ohne unhöflich zu sein.

»Ihr Vater war gerade noch da?«, rief er von nebenan.

»Wie bitte?«

»Die Pinsel sind noch feucht, und die Farbe auf dem Brett ist ebenfalls noch nicht eingetrocknet.«

»Ja, Sie haben ihn knapp verpasst. Und meinen Bruder. Ich sage ja, es kann dauern, bis er zurückkommt. Mein Vater müsste dann auch bei Ihren Verwandten anzutreffen sein. Wollen Sie wirklich warten?«

Er antwortete nicht, und als sie zurückkehrte, war er in die Betrachtung des Gemäldes vertieft.

»Es ist fast wie bei der Decke in der Ratsstube«, sagte er. »Man ist überwältigt, was unter der Schmutzschicht zum Vorschein kommt.«

Er blickte auf und lächelte schief. Die feuchten Pinsel, das Tuch mit dem Lösungsmittel. Sie hatte plötzlich das Gefühl, er habe sie durchschaut. Als wisse Clemens Bertram genau, was hier lief.

»Ihr Kaffee«, sagte sie und reichte ihm die Tasse.

»Danke sehr. Der duftet hervorragend.«

Er nahm auf dem Sessel gegenüber dem Gemälde Platz.

»Man könnte es stundenlang ansehen«, meinte er.

Monika erwiderte nichts. Die Situation war ihr zunehmend unangenehm.

»Wissen Sie, dass ich eine Zeit lang mit dem Gedanken gespielt habe, eine Handwerksausbildung zu machen, um anschließend Restaurator zu werden?«

»Sie machen Scherze. Weshalb sollten Sie das tun?«

»Genauso hat mein Vater auch reagiert.«

»Es ist ein Handwerksberuf … Sie sind Akademiker.«

»Auch das hat mein Vater gesagt. In unserer Familie geht man zur Universität. Ein Handwerk zu erlernen, das ist ausgeschlossen. Auch wenn es ein künstlerisches und anspruchsvolles Handwerk ist. Dabei muss man so viel über das Restaurieren wissen, dass es ein eigenes Studium füllen würde. Irgendwann wird das bestimmt einmal eine wissenschaftliche Disziplin werden. Aber mein Vater hätte mich nicht nur enterbt, sondern dazu aus dem Haus gejagt.«

Er lachte darüber, doch es klang ein wenig künstlich.

»Haben Sie deshalb Kunstgeschichte studiert?«, fragte sie. »Weil Sie nicht Restaurator werden konnten?«

»Ja, denn so kann ich mich wenigstens theoretisch damit beschäftigen. Und die Stellung in Hannover ermöglicht mir, ganz nah an der Praxis zu bleiben, denn ich möchte mich so viel wie möglich mit der Technik befassen. Aber das wird wohl mein Hobby bleiben müssen. Nehmen Sie keinen Kaffee?«

»Nein, ich …« Sie vermied zu sagen, dass sie eine ruhige Hand für die Arbeit brauche. »Ich habe heute schon so viel Kaffee getrunken. Ich bekomme einen Herzkasper.«

Er wärmte sich an seiner Tasse die Hände. Sein Blick ruhte weiterhin auf dem Gemälde.

»Ist es nicht interessant, dass das Hauptwerk von Daniel Frese keinen richtigen Titel hat?«, fragte er. »Falls es denn überhaupt von ihm ist.«

»Es heißt *Der Sieg der Tugenden über das Laster.*«

»Aber dieser Titel ist ihm erst vor ein paar Jahren gegeben worden. Und er trifft es nicht ganz. Die Tugend ist nur ein Teil dessen, was er darstellt. Es geht vor allem um Gerechtigkeit. Und darum, was ihr im Weg stehen kann.«

Er deutete auf die Mächte des Guten, die auf der rechten Bildhälfte abgebildet waren und die den gerechten Richter überzeugten und dadurch letztlich den Angeklagten rehabilitierten.

»Die Wahrheit und der Sieg sind keine Tugenden. Auch die Unschuld würde ich nicht als Tugend bezeichnen. Es geht um universelle Werte, sie stellen Größeres da.«

»Daniel Frese – oder wer auch immer das Bild gemalt hat – hatte hier das Motiv des antiken Apelles vor Augen, oder? Die Verleumdung des Apelles, die es in der Renaissance in vielen verschiedenen Versionen gab.«

»Das stimmt.« Er schien erfreut über ihr Fachwissen. »Das berühmte Gemälde von Botticelli, das die vorbildliche Rechtsprechung Alexanders des Großen darstellt. Das Bild existiert nicht mehr, aber es soll der Ursprung gewesen sein für viele, die es kopiert haben. Daniel Frese dürfte diese Bilder gekannt haben. Kein Wunder also.«

»Trotzdem ist seines einzigartig.«

»Wissen Sie, dass es heißt, Daniel Frese habe sich selbst damit gemalt? Er hat sich selbst als verleumdeten Apelles gesehen, als die Ratsherren ihn nach Lüneburg geholt haben. Es gab hier eine Künstlergilde, die vom Neid zerfressen war und ihm das Leben zur Hölle gemacht hat. Es hat lange gedauert, bis er sich eingelebt hat.«

»Manchmal muss man eben durchhalten, nicht wahr?«

»Ganz richtig. Und seinen Weg unerschrocken weitergehen, egal wie sehr einem der Wind ins Gesicht bläst.«

Ihre Blicke trafen sich. Er wusste es. Sie brauchte gar nichts abstreiten. Er hatte sie längst durchschaut. Monikas Herz klopfte wild in der Brust.

»Ich werde Sie nicht verraten«, sagte er.

Sie hielt den Atem an und erwiderte nichts.

»Ich bewundere Sie. Ich wünschte, ich wäre ebenso mutig wie Sie.«

»Mutig?«, fragte sie. »Ist das Ihr Ernst?«

»Natürlich ist das mein Ernst.«

»Aber ich …«

Sie tat alles heimlich und im Verborgenen. Es gab keinen Platz für sie in diesem Metier, und sie wusste nicht, wie sie sich ihn erkämpfen sollte.

»Ich bin nicht mutig. Überhaupt nicht.«

»Darf ich Sie zu einem kleinen Spaziergang einladen?«

»Ich … ich kann hier nicht weg. Man soll mich draußen nicht sehen.«

»Nur ganz kurz. Ich möchte Ihnen etwas zeigen.«

Sie zögerte. Ob sie vielleicht doch eine Pause machen sollte?

»Was wollen Sie mir zeigen?«

»Es ist eine Überraschung. Ich verspreche, in einer halben Stunde sind wir wieder da.«

Kapitel siebenundzwanzig

Nach dem Spaziergang versuchte Monika noch eine Weile, an dem Bild weiterzuarbeiten, doch sie konnte sich nicht mehr konzentrieren. Alles, woran sie denken konnte, war Clemens Bertram. Er war mit ihr auf den Friedhof gegangen, was ein seltsames Ziel für einen Ausflug war, wie sie zuerst gedacht hatte. Doch war es ein ganz besonderes Grab gewesen, das er ihr zeigen wollte. Und als sie davorstand, verstand sie, warum.

In dem Grab ruhte Marga Jess, geboren 1885 in Rendsburg, gestorben 1953 in Lüneburg. Eine Handwerkerin mit eigener Werkstatt. Sie legte als erste deutsche Frau die Prüfung zur Goldschmiedemeisterin ab, erarbeitete sich einen Namen mit privaten Aufträgen, eröffnete 1928 ein Ladengeschäft und war fortan hochgeschätzte Goldschmiedin in Lüneburg – obwohl sie eine Frau war. Zwar stammte sie aus einem privilegierten Elternhaus, dennoch hatte sie sich ihre Karriere als Kunsthandwerkerin hart arbeitend aufgebaut.

Marga Jess. Es war nicht unmöglich, in einer Männerwelt einen Handwerksbetrieb erfolgreich zu führen. Nicht einmal in Lüneburg. Das war es, was Clemens Bertram ihr zeigen wollte.

An diesem Tag machte Monika etwas früher Feierabend, um im Krankenhaus vorbeizugehen, wo Helmut noch das Bett hütete und sich furchtbar langweilte. Sie nahm sich vor, ihn ein bisschen aufzuheitern. Seine Genesung machte große Fortschritte, doch wurde es für ihn schnell öde in dem großen Saal, in dem, da in der Kinderstation kein freier Platz mehr gewesen war, nur alte Männer lagen.

Im sanften Licht der Nachmittagssonne verließ sie das Fachwerkhäuschen und versperrte sorgfältig die Tür. Sie überlegte, ob sie Helmut etwas Obst mitbringen könnte. Oder eine Zuckerstange. Dann fiel ihr wieder Marga Jess ein, und sie stellte sich vor, das Fachwerkhäuschen wäre ihre eigene Werkstatt mit ihrem Namen an der Tür.

An einer Hauswand bemerkte sie eine Gestalt, die zu ihr herübersah. Die Hände tief in den Hosentaschen vergraben, ein Bein lässig angewinkelt und ein süffisantes Lächeln im Gesicht. Es war Ludwig Priggen.

Monika senkte eilig den Blick. Was wollte der denn hier?

Sie drückte ihren Korb vor die Brust und marschierte entschlossen drauflos. Hatte er sich die Mühe gemacht, extra herzukommen, um sie zu demütigen? Das war doch kein Zufall, dass er hier auftauchte. Sie ging an ihm vorbei, ohne ihn zu beachten. Wartete darauf, dass er sie ansprach. Doch nichts passierte.

Vorsichtig hob sie den Blick. Er sah sie schamlos an. In seinen Augen funkelte es ironisch. Er hatte gar nicht vor, sie anzusprechen, wollte ihr wohl nur zeigen, dass er Bescheid wusste. Sie fragte sich, woher er es wusste. Außer Clemens Bertram kannte keiner die Wahrheit, und für den würde sie die Hand ins Feuer legen.

Da platzte ihr der Kragen. Sie hatte genug davon, sittsam wegzuschauen, während der wohlgeborene Ludwig Priggen sie anstarrte.

»Was wollen Sie hier?«, blaffte sie ihn an. »Warum glotzen Sie so?«

Sein Grinsen wurde breiter, als gefiele es ihm, wenn das Kätzchen fauchte. Ihre Wut wurde größer.

»Das ist eine öffentliche Straße, Fräulein Hansen.«

»Reden Sie keinen Stuss. Sie sind meinetwegen hier.«

»Hoppla. Bilden Sie sich nicht zu viel ein?«

»Verfolgen Sie mich? Oder wollen Sie mich einschüchtern?«

Er betrachtete sie von oben bis unten. »Eine junge Handwerkerin, die allein in der Werkstatt arbeitet. Das könnte fast als mondän durchgehen.«

»Sie widerliche Person.« Sie wollte sich nicht länger zurücknehmen. Doch die Beleidigung prallte an ihm ab. »Das gefällt Ihnen, nicht wahr?«

»Was meinen Sie?«

»Mit anderen Spielchen zu spielen, die weniger privilegiert sind.«

Er nahm sie gar nicht ernst. Grinste immer breiter.

»Lachen Sie nur, Herr Priggen. So eine Nummer abzuziehen ist offensichtlich der einzige Weg, wie Sie eine Frau auf sich aufmerksam machen können. Egal, was andere Sie vielleicht glauben lassen. Ohne das Geld Ihrer Familie würden Sie niemals Beachtung finden. Alle würden sich von Ihnen abwenden, so wie ich es tue.«

Sie hatte ihr Ziel erreicht – sein Grinsen war fort. Trotzdem bereute sie ihren Ausbruch sofort. Ihr Herz klopfte wild. Was hatte sie da nur gesagt?

Eilig ging sie weiter, sah nicht zurück. Fast erwartete sie, dass er sie von hinten packte. Doch nichts dergleichen passierte. Als sie die Neue Sülze erreicht hatte und das Rathaus vor ihr auftauchte, drehte sie sich vorsichtig um. Doch die Straße war verwaist. Er war ihr nicht gefolgt.

Sie hatte das ungute Gefühl, einen Fehler gemacht zu haben. Möglich, dass sie sich für einen Moment Luft verschafft hatte, eine innere Stimme sagte ihr jedoch, dass sie dafür würde bezahlen müssen. Ludwig Priggen gehörte nicht zu den Männern, die einen Schlag von einer Frau wegsteckten.

Wieso war er in der westlichen Altstadt aufgetaucht? Was wollte er von ihr?

Das ungute Gefühl begleitete sie den Rest des Nachmittags. Die entscheidende Idee allerdings, wie sie mit dem Problem

Ludwig Priggen umgehen könnte, verdankte sie ihrem Bruder Helmut, den sie kurz darauf im Krankenhaus besuchte.

Sie saßen an seinem Krankenbett und spielten *Schiffe versenken*. Monika wusste, wie sehr Helmut dieses Spiel liebte, daher hatte sie zwei Bleistifte organisiert und auf kariertem Papier Rahmen aufgemalt. Sich zu ihm auf die Bettkante gesetzt und ohne großen Eifer mitgespielt. Sie würde Helmut ohnehin gewinnen lassen. Es ging darum, ihn abzulenken und ihm zu helfen, wieder gesund zu werden.

»Monika, du musst auch mal den ersten Zug machen«, sagte er irgendwann eindringlich. »Du spielst das falsch.«

»Aber ich habe doch schon mal den ersten Zug gemacht. Wir losen aus, wer anfängt.«

»Nein, ich meine, du musst angreifen. Du reagierst nur darauf, was ich mache. So gewinnst du nie.«

»Ich verstehe nicht, was du meinst.«

»Sieh mal. Du versuchst nur, deine Schiffe zu schützen. Wenn du gewinnen willst, musst du besser überlegen, wo meine Schiffe sind. Du musst einen Überraschungsangriff machen.«

Sie verstand sofort, was er meinte. »Also gut«, sagte sie. Einen Überraschungsangriff also.

Diesmal gab sie sich alle Mühe, versuchte, seine Strategie zu durchschauen und gegenzuhalten. Am Ende gewann er zwar trotzdem, aber es war das erste Mal, dass er sich riesig darüber freute, denn dieses Mal hatte seine Schwester gekämpft.

Den Rest des Abends verbrachte sie damit, sich zu überlegen, wie sich Ludwig Priggen an ihr rächen könnte. Was sein erster Schritt sein mochte. Wenn sie Ludwig wäre, fragte sie sich, wie würde ihre Rache aussehen? Welche Schwachstelle würde sie sich rauspicken?

Monika hatte eine Menge angreifbarer Stellen, musste sie ernüchtert feststellen. Für jemanden wie Ludwig wäre es nicht schwer, zu einem Gegenschlag auszuholen. Was wäre, wenn er ahnte, was mit dem Gemälde von Daniel Frese war? Dass sie nicht nur heute Nachmittag allein in der Werkstatt war, sondern regelmäßig?

Wusste er vielleicht, dass Wolfgang auf St. Pauli lebte und nicht mehr im Betrieb arbeitete? Dass Monika heimlich seinen Platz eingenommen hatte? Aber Helga würde doch dichthalten, was das betraf, dafür war die Gefahr zu groß, dass die Matriarchin Wind von der Sache bekäme.

Trotzdem musste Monika damit rechnen. Sie kochte das Abendessen, machte den Abwasch und stellte ihrem Vater wie jeden Abend nach dem Essen eine Flasche Bier auf den Tisch.

Der hatte Wind von dem Überraschungsbesuch Professor Brügges bekommen. Monika versicherte ihm zwar, dass er nichts gemerkt habe. Trotzdem machte ihr Vater sich Sorgen.

Später, oben in ihrer Kammer, als sie wieder einmal vergeblich versuchte, im Licht der Petroleumlampe den Krimi von Edgar Wallace zu lesen, begriff sie plötzlich, dass es eine weitere Schwachstelle gab: Clemens Bertram.

Ihre Freundschaft war zwar harmlos, aber nicht standesgemäß. Und sollte Monika mehr als nur Freundschaft gegenüber dem Kunsthistoriker empfinden, so hielt sie dieses Gefühl tief in ihrem Herzen verschlossen. Trotzdem konnte Ludwig etwas davon mitbekommen haben. Er hatte Augen im Kopf. Er sah, wie sich sein Cousin für die unbedeutende Handwerkerin interessierte.

Es war eine offene Flanke. Und sie musste auch darauf vorbereitet sein. Ob Marga Jess mit solchen Problemen zu kämpfen gehabt hatte? Monika wusste nicht genau wie, aber sie war entschlossen, sich nicht übertölpeln zu lassen.

Und gerade als sie kurz vorm Einschlummern war, fiel ihr ein, wie Ludwig ihr schaden könnte. Sie würde ein paar Recherchen anstellen, um zu sehen, ob ihr Verdacht begründet war. Danach würde sie sich vorbereiten. Diese Schlacht würde sie gewinnen, das schwor sie sich. Und mit diesem Gedanken schlief sie endlich ein.

Kapitel achtundzwanzig

Der Dachboden glich der Rumpelkammer eines Museums. Alte Möbel aus allen Jahrhunderten standen herum, ausrangierte Orientteppiche, Gemälde, die von Staub und Spinnenweben bedeckt waren, ein blinder Spiegel mit wuchtigem Goldrahmen. Auf den nackten Holzdielen unterhalb des gemauerten Giebels hatte Wolfgang eine Matratze mit Kissen und Decken ausgebreitet. Dies war ihr Liebesnest. Hier konnten sie allein sein, reden, sich lieben. Ein besseres Versteck konnte er sich nicht vorstellen.

Der neue Tag war schon lange aufgezogen, graues Licht fiel durch das kleine Fenster im Giebel hinein. Unten in der Villa schienen alle ausgeflogen. Er und Helga waren vor Stunden wach gewesen, dann Arm in Arm eingeschlafen. Auch wenn sie keine Uhr hatten, wussten sie, dass es auf Mittag zugehen musste. Am liebsten wären sie den ganzen Tag über hiergeblieben.

Irgendwann meinte Helga, sie müsse mal wohin, und befreite sich aus seiner Umarmung. Die Villa gehörte den Eltern ihrer Freundin. Kathrin hatte ihnen geholfen, das Liebesnest auf dem Dachboden einzurichten. Sie war entzückt, Mitverschwörerin zu sein, und schmuggelte Wolfgang bei jeder Gelegenheit rein oder raus. Dennoch mussten sie wachsam und vor allem leise sein, damit kein anderer im Haus auf sie aufmerksam wurde.

»Meinst du, Kathrins Mutter ist unten in der Küche?«, fragte Helga. »Soll ich lieber den Nachttopf nehmen?«

»Ich schätze, sie ist mit dem Auto weggefahren. Du hast es doch heute früh gehört, kurz bevor Kathrin aufgestanden ist. Der Chauffeur wird nicht allein losgefahren sein, oder?«

»Also, du denkst, wir sind allein? Wetten würde ich nicht darauf.«

Sie lauschten eine Weile, konnten aber nichts hören. Helga beschloss, das Risiko einzugehen, schälte sich aus dem Laken, warf sich einen langen Pullover über und huschte zur Tür. Kathrins Mutter glaubte, Helga wäre zusammen mit ihrer Tochter in der Universität.

»Sei leise«, flüsterte Wolfgang. »Sicher ist sicher.«

Sie schenkte ihm ihr typisches süßes Lächeln, das ihm jedes Mal ein Ziehen in der Magengegend bescherte, dann verschwand sie hinter der Speichertür. Die Treppenstufen knarzten, es rumpelte. Er verzog das Gesicht wegen der Geräusche, die man doch im ganzen Haus hören musste.

Er wartete. Nach einer Weile rauschte im Obergeschoss lautstark die Toilettenspülung. Wieder verzog er das Gesicht. Helga hatte vergessen, dass sie die Spülung nur betätigen durfte, wenn ihre Freundin Kathrin zu Hause war. Doch wieder passierte nichts. Sie mussten tatsächlich allein im Haus sein.

Kurz darauf kam sie zurück, huschte kichernd über die Holzplanken. »Du liebe Güte. Ich habe aus Versehen die Spülung betätigt.«

»Stell dir vor, das habe ich gehört.«

»Ja, ich weiß. Tut mir leid.«

»Es ist also wirklich keiner da.«

Sie schlüpfte unter die Decke und schmiegte sich an ihn. Er zuckte zusammen, als er ihre eiskalten Füße spürte, dann umfasste er ihre Taille und küsste sie. Helga legte den Kopf an seine Schulter und schloss die Augen. Er fühlte ihren Herzschlag.

Im Grunde konnte er gar nicht glauben, wie ihm geschah. Er lebte in der Großstadt, machte Musik, liebte die schönste

Frau der Welt. Alles war perfekt. Eine Zeit des Aufbruchs, der Freiheit – und der Liebe.

»Wir brauchen einen anderen Ort, wo wir uns treffen können«, sagte Helga. »Eine bessere Unterkunft. Irgendein Versteck, das nicht ganz so … muffig ist.«

»*Muffig*? Es ist doch nicht muffig hier.«

»Riech mal.«

»Ich finde es eher … gemütlich.«

»Ja, solange wir mucksmäuschenstill sind.«

Er wusste schon, was sie meinte. Und sie hatte recht.

»Die Wohnungsnot in Hamburg ist noch immer groß«, erklärte er. »Eine eigene Wohnung ist unbezahlbar. Selbst für ein Zimmer habe ich nicht genug Geld. Und da müsstest du dich genauso reinschleichen, egal, wo ich zur Untermiete wäre. Diese Vermieterinnen sind doch die reinsten Wachhunde.«

»Ich weiß. Trotzdem.«

Sie klang enttäuscht, was ihm einen Stich versetzte. Er fand dieses Versteck perfekt. Doch er begriff, wenn er sie glücklich machen und ihre Wünsche erfüllen wollte, dann reichte der Dachboden nicht, so gemütlich die Heimlichkeit auch sein mochte.

»Ich muss mir was Eigenes suchen«, sagte er.

»Nach Hause willst du aber nicht zurück, oder?«

»Zu meinem Vater nach Lüneburg? Gott behüte. Da müssten wir noch vorsichtiger sein als hier. Mit deiner Großmutter im Vorderhaus.«

Er seufzte und zog sich sein Unterhemd über. Die Stimmung war nun doch ein bisschen getrübt. Außerdem würden sie bald aufbrechen müssen. Helga musste zur Uni, wo Kathrin auf sie wartete, und er war für eine Probe mit den Jungs auf St. Pauli verabredet.

»Hier ist es jedenfalls besser als auf dem Küchensofa bei Ulf«, sagte er, als er sich im Bett aufsetzte und gewohnheitsmäßig die Gitarre in die Hand nahm.

»Wie lange werden sie dich da überhaupt noch wohnen lassen?«

»Keine Ahnung. Aber seine Alten haben langsam die Schnauze voll von mir.«

»Siehst du. Und hier können wir auf Dauer auch nicht bleiben.«

»Ich denke mir was aus, Helga. Mir fällt schon was ein.«

Er schlug ein paar Saiten an, die Melodie von *Moon River*, bei der sie sich kennengelernt hatten. Dann schrammte er die Akkorde eines Beatstücks, das er im Top Ten Club auf der Reeperbahn gehört hatte. *Ya Ya* von Tony Sheridan and The Jets, und Wolfgang fand, dass nichts so gute Laune machte wie dieses Rhythm-&-Blues-Stück.

Helga sah das offenbar ebenso. Sie tanzte barfuß und halb bekleidet vor der Matratze, twistete mit vorgebeugtem Oberkörper, sang immer *Ya Ya* mit. Als der Song beendet war, fielen sie sich lachend in die Arme.

»Wir sollten zusammen durchbrennen«, meinte er. »Und heiraten.«

Es war ihm so herausgerutscht, doch auf einmal war er sich sicher, dass er nichts zurücknehmen wollte.

Helga lachte laut und perlend.

»War das etwa ein Antrag?«

»Nein, das noch nicht. Der wird romantischer.«

»Da bin ich aber gespannt.«

Ihr Blick war undurchsichtig, er konnte nicht einschätzen, was sie von dieser Idee hielt. Sie beugte sich vor, küsste ihn, dann stieg sie in ihren Rock.

»Aber durchbrennen, das können wir trotzdem, Helga.«

»Wir beide? Wie sollen wir das anstellen?«

»Uns fällt schon was ein.«

»Du hast kein Einkommen. Wovon willst du leben? Von meiner Familie bekomme ich keinen Pfennig mehr, wenn ich abhaue, das ist sicher.«

Sie trat vor den halb blinden Spiegel und begann, sich die

Haare zu kämmen. Wolfgang bewunderte die Eleganz, mit der sie das tat. Selbst wenn sie verschlafen und zerzaust war, war sie wunderschön.

»Wenn meine Großmutter erfährt, dass ich mit einem mittellosen Rock 'n' Roller zusammen bin …«

»Was soll schon passieren? Wird sie explodieren?«

»Sie wird mich entführen und zu Hause in den Keller sperren, und dann wird sie den Schlüssel wegwerfen.« Sie zeigte mit dem Kamm auf ihn. »Oder sie wird einen Auftragsmörder auf dich ansetzen.«

Er lachte über diese Vorstellung. »Du übertreibst.«

»Sie würde es jedenfalls niemals tolerieren. Das mit uns.«

»Du bist erwachsen. Du kannst eigene Entscheidungen treffen.«

»Frag mal Agnes Priggen, ob sie das auch so sieht. Ob sie findet, dass ihre Enkelin eigene Entscheidungen treffen kann.«

»Jedenfalls wird sie keinen Auftragsmörder engagieren.«

»Mich enterben würde sie auf jeden Fall. Sie würde dafür sorgen, dass ich keinen Pfennig mehr habe.«

Am liebsten hätte er gefragt, ob das so schlimm sei. Sie waren jung und konnten arbeiten. Sie würden nicht verhungern. Doch das verkniff er sich besser. Für Helga hatte Geld eine andere Bedeutung, das wusste er längst. Die Kleider, der Schmuck, das Ausgehen, die wohlhabenden Freunde. Das gehörte zu ihrem Leben dazu.

In einen mittellosen Musiker verliebt zu sein, der auf St. Pauli lebte und dort auftrat, mochte für ihre Freunde aufregend sein. Doch die gleichen Freunde würden sich schnell abwenden, wenn Helga plötzlich ebenso mittellos wie er wäre. Armut durfte nur als romantische Zutat existieren, nicht als Lebensrealität.

»Ich muss halt groß rauskommen«, sagte Wolfgang leichthin. »Wenn ich erst einen Hit gelandet habe, dann müssen wir nicht mehr überlegen, ob wir uns eine feuchte Wohnung in einem Hinterhof leisten können oder nicht. Dann kaufe ich uns eine Villa an der Elbchaussee. Und wenn deine Großmutter zu Besuch kommt, um uns zu gratulieren, wird ihr ein roter Teppich ausgerollt.«

Helga hielt inne, sie wandte sich ihm zu. Sie wirkte amüsiert, natürlich, aber da war noch mehr. Diesen Traum teilte sie gern mit ihm. Darin sah sie eine Zukunft nach ihrer Vorstellung.

»Und ich begleite dich regelmäßig nach Paris«, sagte er. »Denn da wirst du deine Kleider kaufen. Und ich führe dich aus, in die besten Restaurants der Stadt. Wie gefällt dir das?«

Sie legte den Kamm beiseite und umarmte ihn stürmisch. Die Gitarre, die Wolfgang eilig aus der Gefahrenzone schob, gab ein paar ungute Geräusche von sich. Helga küsste ihn lange und leidenschaftlich.

»Weißt du was?«, meinte er, als sie sich von ihm löste. »Dann werden wir an diesen Dachboden zurückdenken und es furchtbar romantisch finden.«

»Das werden wir.« Und mit einem Seufzer fügte sie hinzu: »Auch wenn ich es mir noch nicht richtig vorstellen kann. Aber egal. Du musst nur einen Hit landen, Wolfgang.«

»Du glaubst daran, dass ich das schaffe?«

»Ich glaube fest an dich.«

Während sie ihre Nylons zurechtzupfte, die hohen Schuhe anzog und ihre Kette umlegte, spielte er *You Are My Love* und sang das Lied für sie. Den Text hatten sie wieder geändert und die unflätige Zeile der Beatles herausgenommen.

»Ich liebe dieses Lied«, sagte sie, und er begriff zum ersten Mal, dass es ihr Ernst war. »Du schreibst großartige Stücke.«

Wolfgang dachte daran, was Adolf gesagt hatte. Der Song sei gewöhnlich und langweilig.

»Ich werde meinen Onkel in Lübeck fragen, ob er uns die Produktion der Platte finanziert«, sagte Helga.

»Du meinst, er gibt dir Geld?«

»Bei ihm könnte das am ehesten was werden.«

»Wir haben schon ein Tonstudio, wie es aussieht. Das kostet nicht so viel.«

»Was brauchst du noch?«

»Eigentlich nur noch einen professionellen Arrangeur, der uns hilft, alles zusammenzubringen, und die Platte für uns abmischt. Aber Ulf kennt jemanden, der uns vielleicht weiterhelfen kann.«

»Das wird unser Hit, Wolfgang. Versprochen?«

»Fest versprochen.«

Sie gab ihm einen Kuss und ging zur Dachbodentür. »Ich muss nach Lüneburg. Großmutter wird langsam misstrauisch. Ich bin viel zu oft weg, ohne dass es mit einem Studium vorangeht. Ich muss vorsichtiger sein.«

»Du solltest häufiger Orgel spielen. Dann glaubt sie dir das mit dem Studium.«

Helga verdrehte die Augen. »Orgelmusik ist wirklich das Letzte.«

»Grüß mir Lüneburg«, sagte er und nahm die Gitarre wieder auf. »Wann sehen wir uns wieder?«

Die Antwort blieb Helga ihm schuldig. Ein Motorengeräusch drang zu ihnen hinauf, und durch das Giebelfenster sahen die die Limousine samt Chauffeur und Hausherrin zurückkehren.

»Mist«, sagte Wolfgang. »Sollen wir uns hier verstecken?«

Doch Helga hatte schon begonnen, aus ihrem Rock zu schlüpfen und sich die Haare wieder zu verwuscheln.

»Meine Tasche ist noch unten. Ich sage einfach, ich bin krank, und flitze in mein Bett.«

Der Wagen hielt vor der Freitreppe der Villa, und die Hausherrin stieg aus.

»Du musst allein verschwinden«, sagte Helga, die ihre Nylons wieder ausgezogen hatte und barfuß zur Tür eilte. »Hau schnell ab. Ich regle das mit Kathrins Mutter.«

»Helga. Wann sehen wir uns wieder?«

»Ich weiß nicht. Geh jetzt.«

Damit verschwand sie und schloss die Tür hinter sich. Das Knarzen der Stufen ertönte, dann wurde es still in dem großen Haus.

Wolfgang beeilte sich, über den Fluchtweg zu entkommen, den Helgas Freundin ausgearbeitet hatte: durch die Garage und über das Nachbargrundstück zur Hauptstraße. So konnte er sich ungesehen wegschleichen.

Helga und er brauchten wirklich dringend eine eigene Wohnung. Er nahm den Bus zurück in die Stadt. Auf St. Pauli erreichte er diesmal als Letzter die Eckkneipe von Werners Vater. Alle anderen hatten sich schon im Zwielicht versammelt und jammten miteinander.

Sie begrüßten Wolfgang euphorisch, denn alle brannten darauf, das neue Stück einzustudieren. Außerdem wollten sie die Neuigkeiten über die Plattenaufnahme hören.

Wolfgang trat zuerst hinter den Tresen und zapfte sich ein großes Bier. Sein Frühstück an diesem Tag. Er setzte sich damit auf einen Barhocker und zündete sich eine Zigarette an.

Ulf, der begriff, dass Wolfgang gerade aufgestanden sein musste, fragte mit breitem Grinsen: »Wo kommst du her? Von Helga?«

Wolfgang grinste zurück, und die Jungs jubelten ihm zu.

»Du musst der glücklichste Mann der Welt sein«, sagte Werner, und Karl-Heinz fügte hinzu: »Dabei ist Ulf unser Sänger. Eigentlich kriegen die Sänger immer die Frauen ab.«

»Ich finde das ungerecht«, lachte Ulf und schlug Wolfgang auf die Schulter. »Helga sollte mir hinterherlaufen und nicht ihm.«

Sie blödelten weiter, bis es Wolfgang reichte. »Jetzt hört schon auf. Es ist mir ernst mit Helga.«

»Heißt das, du willst sie heiraten?«

»Unsinn. Sie ist nur mein Mädchen.«

Aber die Jungs hatten ihn längst durchschaut. Sie lachten, dann ging Werner hinter den Tresen und zapfte eine Runde Bier für alle.

»Gib es zu, Wolfgang. Du willst heiraten. Du traust dich nur nicht zu fragen.«

»Sie hat halt Ansprüche. Ich muss ihr etwas bieten können. Mehr als das hier.« Er deutete auf das Notenblatt mit dem neuen Song.

»Wir müssen einen Hit landen«, meinte Ulf.

»Das habe ich auch gesagt. Legen wir los.«

Sie stießen an, und Wolfgang reichte das Notenblatt herum.

»Ich habe die Musik noch mal umgeschrieben«, sagte er. »Ich dachte, wir brauchen etwas, das uns deutlicher von anderen unterscheidet. Einen veränderten Beat. Passt mal auf …«

»Ach Wolfgang. Bevor ich es vergesse«, wandte Werner ein, der sich mit seinem Bier hinters Klavier setzte. »Deine Schwester hat angerufen.«

»Monika? Was wollte sie?«

»Hat sie nicht gesagt.«

In der Kneipe anzurufen war die einzige Möglichkeit für sie, Wolfgang am Telefon zu erreichen. Für Monika war es ebenfalls nicht leicht, denn sie konnte schlecht bei den Priggens fragen, wenn sie ihn anrufen wollte, sondern musste extra aufs Postamt gehen.

»Du meinst, sie hat gar nichts gesagt?«

»Nur, dass du dich melden sollst.«

»Klang es denn dringend?«

»Ich weiß nicht. Keine Ahnung.«

»Soll ich nach Lüneburg kommen?«

»Das hat sie nicht gesagt. Meld dich halt irgendwann bei ihr.«

Was konnte sie gewollt haben?, fragte er sich. Wenn sich Helmuts Zustand verschlechtert hätte, hätte sie es über Werner ausrichten lassen, davon war er überzeugt.

Ob Monika selbst ein Problem hatte? Aber was sollte im beschaulichen Lüneburg schon passieren? Wenn eines der Geschwister Hilfe brauchte, dann war er das. Bestimmt wollte sie sich nur erkundigen, wie es ihm ging.

Er würde später versuchen, sie zu erreichen. Doch jetzt wollten sie sich den neuen Song zu Gemüte führen.

»Lasst uns anfangen«, sagte er und holte seine Gitarre hervor. »Probieren wir die Änderungen aus, mal sehen, wie es läuft.«

Kapitel neunundzwanzig

Monika war nervös. Immer wieder blickte sie während der Arbeit durchs Fenster. Doch bisher blieb die Straße verwaist.

Ludwig Priggen ging ihr nicht aus dem Kopf. Gestern Nachmittag war sie ihm heimlich gefolgt. Hatte ihn beobachtet, um rauszufinden, was er gegen sie im Schilde führen konnte.

Er war ins Rathaus gegangen. Monika hatte beobachtet, wie er mit den Damen der Verwaltung schäkerte, mit dem Stadtdirektor sprach und sich die ganze Zeit so aufführte, als gehöre ihm die Stadt. Es war erstaunlich, wie unsichtbar Monika sich an diesem Ort bewegen konnte, an dem sich die Männer ihrer Herrschaft über Politik und Bürger der Stadt so sicher waren. Keiner hinterfragte die Anwesenheit einer jungen Frau und ihre Fragen nach Ludwig Priggen. Alle plauderten frei heraus mit ihr.

Es gab kaum jemanden, der ihn mochte. Selbst die Damen aus der Verwaltung hielten lieber Abstand, obwohl Ludwig Priggen ein gut aussehender Erbe war. Sie erfuhr, dass er mit seinem Vater in einer Angelegenheit hatte sprechen wollen, die das Fresebild betraf. Und so hatte sie einen Hinweis auf seinen Plan bekommen.

Obwohl es nur ein vager Verdacht war, was Ludwig im Schilde führen konnte, beschloss sie, auf Risiko zu spielen. So wie Helmut es im Krankenhaus gefordert hatte. Sie musste als Erste handeln, um einen Angriff zunichtezumachen, und hoffte inständig, dass es ihr gelingen würde.

Sie ging in die Küche, um sich einen Tee zu machen, da klopfte es energisch an der Tür des Fachwerkhäuschens. Monika fuhr zusammen. Es ging los. Ihr Herz hämmerte in der Brust, doch sie strich sich die Haare glatt und trat mit aufrechter Haltung an die Tür.

Draußen stand eine Gruppe von drei Männern, angeführt von Ludwig Priggen. Dahinter der Landeskonservator Professor Brügge und der Stadtdirektor Priggen. Sie hatte also recht behalten. Denn nicht nur Ludwig, auch Monika hatte von dem Termin des Geldgebers im Rathaus erfahren, und genau wie sie vermutet hatte, wollte Ludwig den Anlass nutzen, um sie vorzuführen. Der Landeskonservator sollte sie in flagranti dabei ertappen, wie sie allein am Fresebild arbeitete.

Obgleich sich nur bestätigte, was sie befürchtet hatte, war es im ersten Moment ein Schock für Monika. Da stand er vor ihr, Ludwig Priggen, mit all den Privilegien, die die Welt ihm in die Wiege gelegt hatte – und mit der festen Absicht, ihr Leben zu ruinieren, nur weil sie es gewagt hatte, ihn zurechtzuweisen.

Doch sie nahm sich zusammen und lächelte die Herren freundlich an.

»Herr Professor Brügge«, sagte sie. »Und der Herr Stadtdirektor. Was für eine Überraschung. Es muss allerdings ein Missverständnis vorliegen. Mein Vater ist nämlich gar nicht da.«

Ludwig grinste triumphierend, überließ den anderen jedoch das Feld. Er genoss seinen Sieg.

»Wenn Ihr Vater nicht da ist, wird sicher Ihr Bruder da sein?«, sagte Professor Brügge.

»Seine Anwesenheit wird völlig ausreichen«, fügte der Stadtdirektor hinzu. »Wir wollen uns nur einen kurzen Überblick über die Arbeiten verschaffen, das ist alles.«

Ehe Monika etwas erwidern konnte, traten die Herren ein. Sie nahmen höflich die Hüte ab, achteten auf die niedrigen Türbalken, beäugten teils amüsiert, teils bewundernd die ungewöhnliche Werkstatt und verschwanden einer nach dem anderen im Innern.

Ludwig strich sich seine glänzenden schwarzen Haare aus der Stirn. »Voilà«, sagte er und trat zu den anderen ins Haus.

Ihm war nicht aufgefallen, dass Monika keinen Arbeitskittel trug, sondern ein Kleid und eine Küchenschürze. Sie folgte den Herren ins Haus und schloss die Tür.

»Ich koche Ihnen gern einen Tee«, rief sie.

»Das ist zu freundlich, Fräulein Hansen.«

»Sie trinken ihn mit Sahne, nicht wahr, Herr Professor? Nicht mit Milch, mit Sahne. Wie bei Ihrem letzten Besuch in der Großen Ratsstube.«

Professor Brügge wirkte erstaunt. »Das haben Sie sich gemerkt? Sie sind unvergleichlich, Fräulein Hansen. Ich bin beeindruckt.«

»Ich bitte Sie. Eine gute Hausfrau sollte sich solche Dinge merken können.«

»Wie wahr, wie wahr, Fräulein Hansen. Ganz reizend.«

Ludwig schien verwirrt, sagte aber nichts. Er folgte den anderen in die Werkstatt. Erst da, im Arbeitsraum, sah er, dass Monika nicht allein war.

Wolfgang stand im Arbeitskittel vor der Leinwand. Tief versunken in die Arbeit. Er hielt eine Palette mit aufwendig gemischten Ölfarben, und mit einem feinen Pinsel arbeitete er an einer zarten, überaus zurückhaltenden Retusche. Er hatte sich eine Lupe vor der Leinwand aufgebaut, sein Gesicht war voller Farbspritzer.

Er wirkte hoch konzentriert, wie Monika amüsiert feststellte. Dabei hatte Wolfgang noch nie ein Ölgemälde restauriert und so gut wie keine Ahnung von dem, was er da tat.

Ludwig wurde bleich, als er Wolfgang in voller Ausrüstung entdeckte. »Was machen Sie hier?«

Wolfgang hob verwundert den Kopf. »Arbeiten«, sagte er. »Was dachten Sie denn?«

Ludwig war zu verdattert, um zu antworten.

Monika erlaubte sich, kurz sein dummes Gesicht zu genießen. Allein das war all die Mühe wert gewesen.

Sie war so oft zum Postamt gelaufen und hatte vergeblich versucht, Wolfgang zu erreichen. Doch schließlich war es ihr gelungen, ihn an den Apparat zu bekommen, und er war sofort einverstanden, nach Lüneburg zu fahren und ihr bei dieser kleinen Scharade behilflich zu sein.

»Der Tee kommt sofort«, sagte sie in die Runde, fischte den Putzlappen aus der Tasche ihrer Küchenschürze und wischte im Vorbeigehen über die Fensterbank. Kurz befürchtete sie, es damit zu übertreiben, aber keiner störte sich daran. Im Gegenteil, sie hatten nur Augen für den Restaurator und sein Werk.

Sie beeilte sich, den Wasserkessel auf die Herdplatte zu stellen, huschte zurück zur Türschwelle und lauschte.

»Sehr guter Ansatz, Herr Hansen«, lobte der Professor. »Sie kommen gut voran, wie ich sehe. Die Retusche ist hervorragend. Wenn ich es nicht besser wüsste, würde ich sagen, es handelt sich um das Original.«

»Wir gehen bei der Retusche ganz behutsam vor«, sagte Wolfgang. »Es soll so wenig Farbauftrag wie möglich vorgenommen werden. Früher wurden so viele Bilder grobflächig übermalt, aber die Zeiten sind zum Glück vorbei.«

Monika unterdrückte ein Lächeln. Wolfgang sagte auf, was sie ihm zuvor eingeimpft hatte. Und diesmal schien der Professor interessiert. Schließlich war es ein Mann, der das Prinzip erklärte, und keine vorlaute Restauratoren-Tochter.

»Es soll so viel wie möglich im Originalzustand bleiben. So werden wir Daniel Frese am ehesten gerecht. Wir zeigen dem Werk damit den größtmöglichen Respekt.«

»Faszinierend, Herr Hansen. Überaus interessant.«

»Heinrich Hansen arbeitet gar nicht selbst an dem Bild?«, empörte sich Ludwig, was ein wenig hilflos klang.

Die Männer wirkten irritiert über den Einwurf.

»Er lässt es seine Kinder machen. Das finde ich wenig wertschätzend.«

Ludwig wollte sich offenbar noch nicht geschlagen geben.

»Sollte nicht der Senior persönlich das Monumentalgemälde bearbeiten? Es ist einer der wertvollsten Schätze im Rathaus.«

»Wolfgang Hansen ist doch dazu ausgebildet«, wunderte sich Herr Priggen. »Und der alte Herr beaufsichtigt die Arbeiten. Sieh dir das Gemälde an. Es gib nichts auszusetzen, ganz im Gegenteil. Ich bin begeistert.«

»Das Frescbild soll mein Meisterstück werden«, sagte Wolfgang. »Ich werde den Betrieb zwar eines Tages übernehmen, aber im Moment entscheide ich nichts eigenständig, ich bespreche noch alles mit meinem Vater.«

Ganz schön dick aufgetragen, fand Monika. Aber die Herren schluckten die Lüge. Ludwig wurde blass vor Zorn.

»Die Nachbarn sagen, der Herr Senior sei selten hier. Eigentlich sei nur die Tochter anwesend.«

Herr Priggen wandte sich erstaunt zu seinem Sohn um.

»Die *Nachbarn?* Woher weißt du denn, was die Nachbarn sagen?«

»Ich mein ja nur, das ist, was man so hört.«

»Was man *hört?* Hier in der westlichen Altstadt?«

Die Frage war berechtigt, denn in der westlichen Altstadt lebten die Armen und Abgehängten, die es sich nicht leisten konnten, von hier fortzuziehen. Nicht gerade der Schlag Mensch, mit dem sein Sohn Umgang pflegen sollte.

»Vielleicht kann ich das aufklären«, mischte sich Wolfgang ein. »Mein Vater und ich besprechen morgens die Arbeitsschritte des Tages. Danach geht er wieder. Wie gesagt, er beaufsichtigt das Projekt genauestens. Aber die Arbeit erledige zum größten Teil ich. Ist das denn ein Problem?«

»Natürlich nicht, Herr Hansen. Ich muss mich für meinen Sohn entschuldigen.«

»Er ist niemals hier!«, rief Ludwig, der die Kontrolle über sich verlor. »Das ist alles nur ein Spiel. Die Nachbarn sagen, dass nur Monika da ist. Von dem Bruder hat keiner was gesagt.«

Herr Priggen wirkte beschämt wegen des Auftretens seines Sohns.

»Ich wusste nicht, dass wir unter Beobachtung stehen«, sagte Wolfgang pikiert.

»Entschuldigen Sie bitte, Herr Hansen.« Mit Blick zu Ludwig fuhr er fort: »Ich glaube, mein Sohn möchte uns jetzt allein lassen.«

Der wollte protestieren, doch sein Vater schnitt ihm das Wort ab. »Ludwig!«

»Ich finde den Vorwurf zwar etwas merkwürdig«, sagte Wolfgang vorsichtig, »aber es ist möglich, dass die Nachbarn mich tatsächlich nicht oft sehen. Das liegt daran, dass ich das Haus kaum verlasse.« Er schenkte den Männern ein verlegenes Lächeln. »Ich bin ziemlich aufgeregt wegen dieses Auftrags, müssen Sie wissen. Ich könnte Tag und Nacht daran arbeiten. Deshalb verbringe ich so viel Zeit wie möglich in der Werkstatt. Meistens übernachte ich sogar hier. Das Haus steht ja leer.«

Er deutete auf ein altes Sofa, das am anderen Ende des Raumes in einer dunklen Ecke stand. Zerwühlte Decken waren zu sehen, leere Bierflaschen und ein Paar lange Männerunterhosen. Nicht gerade einladend, aber ganz das Lager eines Handwerkers und Junggesellen.

Wolfgang richtete sich treuherzig an Ludwig. »Wer sollte denn sonst an dem Bild arbeiten?«, fragte er. »Meinen Sie etwa, meine Schwester könnte das?«

Die Herren lachten, doch Ludwigs Gesicht versteinerte.

»Ich habe nur gesagt, was man hört«, sagte er knapp.

»Wenden wir uns alle lieber unserer Arbeit zu«, beendete der Stadtdirektor das Thema. »Es war doch deine Idee, Ludwig, dem Professor die Fortschritte zu zeigen. Ich weiß nicht, was in dich gefahren ist. Ah, da kommt das Fräulein Hansen mit dem Tee. Genau zur rechten Zeit.«

Monika trat mit einem Tablett in den Raum und schenkte den Herren ein bühnenreifes Lächeln. Sie verteilte die Tassen und schenkte ein. Als alle versorgt waren, zog sie sich diskret in die Küche zurück.

Während der restlichen Zeit stand Ludwig schweigend am Rand und versuchte, Haltung zu bewahren.

Wolfgang erklärte seine Arbeitsschritte. Wie er die Brüche und Wellungen an den Bildrändern geglättet habe, sich anschließend den Wasserschäden gewidmet und die Ablösungen bei den noch zu rettenden Malschichten gefestigt habe. Risse in der Malschicht hatte er gefüllt und verklebt und die Ölfarben für die Retusche gemischt. Erleichtert hörte Monika, dass er sich bis auf zwei kleine Fehler alles richtig eingeprägt hatte. Das Gemisch aus Leim und Kreide, mit dem die Risse bearbeitet worden waren, existierte nicht in der Form, wie Wolfgang es beschrieb. Außerdem wusste er nicht mehr, mit welchen Ölfarben er arbeitete und warum. Doch niemand bemerkte es, und er brachte die Präsentation des Gemäldes ohne Probleme über die Bühne.

»Am interessantesten finde ich die Frage der Retusche«, beendete er seinen Vortrag. »Es war ja klar, dass wir keine Leerstellen zurücklassen. Wie diese Hand dort, die im Bild nicht mehr existierte. Die Herausforderung war, möglichst wenig zu retuschieren und so viel wie möglich im Original zu belassen – dabei sehe ich es als meine Aufgabe an, mich dem Werk völlig zu unterwerfen und mich bei jeder noch so kleinen Entscheidung zu fragen: Was würde Daniel Frese mir raten? Ich habe versucht, seine Gedanken zu lesen, alles über ihn in Erfahrung zu bringen. Manchmal glaube ich fast schon, er ist anwesend, hier in der Werkstatt.«

Die Herren lachten wohlwollend, und Wolfgang fügte hinzu: »Ich weiß, ich sollte wirklich häufiger vor die Tür gehen. Ich bin zu viel allein.«

Er lächelte Monika zu. Im Grunde hatte er nur wiederholt, was sie ihm über ihre Arbeit anvertraut hatte. Doch die Herren waren begeistert, und sie sagten Wolfgang eine große Zukunft als Restaurateur voraus.

Als sie sich verabschiedeten, räumte Monika die leeren Tassen zusammen. Sie rechnete damit, dass Ludwig ihr etwas Gemeines zuflüstern würde, bevor er ging, doch das war nicht der Fall. Er verließ mit den anderen das Fachwerkhäuschen und tat, als wäre Monika gar nicht anwesend.

Wolfgang brachte die Gruppe zu Tür. Monika wartete, bis er die niedrige Tür hinter den Herren zugedrückt hatte, dann trat sie zu ihm.

»Ich dachte, ich muss sterben«, stieß sie hervor. »Du lieber Gott!« Erst jetzt bemerkte sie, dass ihre Hände zitterten. »Ich kann es nicht glauben, dass ich mit meinem Verdacht recht hatte. Dieser Fiesling.«

Wolfgang lachte auf. »Dem haben wir es so richtig gezeigt.«

Monika musste sich setzen. »Was wäre nur passiert, wenn du nicht hier gewesen wärst. Stell dir vor, der Landeskonservator hätte gesehen, wer tatsächlich an dem Gemälde arbeitet. Um ein Haar wäre Vater aufgeflogen.«

»Tja. Das ist nun nicht passiert.«

Er ließ sich neben sie auf die Sessellehne sinken.

»Du musst Ludwig ziemlich beeindruckt haben, wenn er so was macht, nur um dir zu schaden.«

»Er lässt das sicher nicht auf sich beruhen. Der wird sich was Neues ausdenken.«

»Aber für heute sind wir ihn los.«

»Ja, für heute …«

»Was hast du nur getan, dass er so wütend auf dich ist?«

»*Gar nichts*. Das ist es ja.«

Wolfgang zauberte ein Fläschchen Likör aus seiner Jacke. Es war nur ein kleiner Rest darin, doch genug, um die Nerven zu beruhigen.

»Jetzt stoßen wir erst mal auf unseren Sieg an.«

»Kirschlikör? Wo hast du den her?«

»Den habe ich bei Werner mitgehen lassen. Ich hätte lieber Sekt mitgebracht. Aber Werners Alter passt auf wie ein Schießhund, was den Alkohol angeht.«

Er holte zwei Gläser und goss zwei Fingerbreit ein. Dann reichte er Monika ein Glas. Die nahm es dankbar entgegen. Langsam beruhigte sich ihr Puls wieder.

»Auf uns«, sagte sie.

Sie ließen die Gläser aneinanderstoßen und kippten den Likör hinunter. Er brannte angenehm im Rachen, und Monika hatte augenblicklich das Gefühl, wieder zu Kräften zu kommen.

»Und was machen wir jetzt?«, fragte sie.

»Ich wünschte, ich hätte meine Gitarre mitgebracht.«

»Ich meine, wegen des Bildes. Wir müssen Vater alles erzählen.«

»Ich glaube nicht, dass der mich sehen will.«

Damit hatte er zweifellos recht. Ihr Vater würde ihn nur akzeptieren, wenn er zu Kreuze kroch.

»Mit meiner Gitarre könnte ich dir deinen Schlager vorspielen. Er ist nämlich fertig.«

»Der ist doch für meinen Geburtstag.«

»Ich dachte nur, zur Feier des Tages …«

»Du kannst ihn mir ja so vorsingen, ohne Gitarre.«

Er sprang auf, hob die Stimme und imitierte einen schwülstigen Schlagersänger mit leichtem Akzent, der exotisch klang und schwer zuzuordnen war: *»Du bist mein ganzes Glück.«*

Er nahm sie auf den Arm, doch das störte sie nicht. Sie lachten beide, vor Übermut und Erleichterung.

Es klopfte laut donnernd an der Tür. Monika schrak auf.

»Wer kann das sein? Ob Vater von der Sache gehört hat?«

»Das werden wir gleich wissen.«

Er sprang auf, schob die Gardine zur Seite und lugte hinaus. Sofort löste sich seine Anspannung.

»Es ist Helga!«, rief er. »So schnell spricht sich meine Anwesenheit herum.«

»Ist das gut, wenn die hierherkommt? Wäre es nicht besser, ihr seht euch in Hamburg?«

Doch Wolfgang hörte gar nicht zu. Er riss die Tür auf und bat Helga herein, doch sie schien es eilig zu haben.

»Ich bin nur gekommen, um dir etwas mitzuteilen«, sagte sie rasch. »Du weißt doch, mein Onkel aus Lübeck.«

»Was ist mit ihm?«

»Halt dich fest. Er will uns das Geld geben. Für das Tonstudio – und für alles andere.«

Wolfgang war so überrascht, dass ihm die Worte fehlten. Er wollte Helga um den Hals fallen, doch die hielt ihn mit Blicken auf Abstand.

»Er wird einen Vertrag aufsetzen. Und falls ihr erfolgreich sein werdet, wird er Prozente haben wollen. Aber was macht das schon? Die Platte wird gepresst. Er hat Geld ohne Ende. Wenn ich eure Fürsprecherin bin, will er investieren.«

»Gib deinem Onkel einen dicken Kuss von mir.«

»Ich weiß nicht, ob er davon begeistert wäre.« Sie versicherte sich, dass sie unbeobachtet waren, dann zog sie ihn am Hemdkragen zu sich und küsste ihn. »Aber ich nehme gern einen.«

Wolfgang brannte darauf, Einzelheiten zu hören, doch Helga wimmelte ihn ab.

»Ich muss wieder nach Hause. Wir sehen uns in Hamburg.«

Sie wartete keine Antwort ab, machte auf dem Absatz kehrt und lief davon.

Wie paralysiert blieb Wolfgang in der offenen Tür stehen. Er sah ihr nach, bis sie verschwunden war, dann schloss er die Tür.

»Herzlichen Glückwunsch«, sagte Monika.

»Jetzt wird alles gut. Du wirst sehen.«

»Du wirst Erfolg haben.«

»Ja. Und Geld verdienen. Und Helga heiraten.«

Er strahlte. »Und du wirst das Gemälde fertigstellen, und dann werden alle endlich anerkennen, dass du eine hervorragende Restauratorin bist. Pass nur auf, Monika, ich hab's im Gefühl!«

»Was hast du im Gefühl?«

»Ab jetzt läuft alles wie am Schnürchen.«

Kapitel dreißig

Als Monika an diesem Abend nach Hause kam, hatte ihr Vater auf seiner Baustelle im Haupthaus schon Schluss gemacht und saß in Hemdsärmeln am Küchentisch. Ein leichter Geruch von Schweiß und Kernseife lag in der Luft, und seine schmutzige Arbeitskleidung lag oben im Wäschekorb, den sie morgen früh zur Wäscherei bringen würde.

Als sie eintrat, blickte er düster auf. Das Triumpfgefühl, das sie empfunden hatte, verschwand sofort.

»Hallo, Papa«, sagte sie vorsichtig. »Du hast ja schon Feierabend. Ich mache mich sofort ans Abendessen.«

»Was ist heute passiert, Monika?«

Er wusste also Bescheid.

»Raus damit. Und ich rate dir, lüg mich nicht an.«

Das war mal wieder typisch. Da hatten sie den Namen der Firma gerettet, hatten Ludwig, der sie alle ruinieren wollte, ausgetrickst und das Ansehen der Familie bewahrt, und ihr Vater behandelte sie wie eine Strafgefangene in der Besserungsanstalt.

Ärgerlich stellte sie den Korb mit den Lebensmitteln auf der Anrichte ab und begann demonstrativ schweigend, ihn auszupacken.

»Jetzt red schon. Du hast Professor Brügge getroffen? Ist das wahr?«

»Woher weißt du das überhaupt?«

»Von dir offensichtlich nicht.«

»Ich hatte ja auch keine Gelegenheit, es zu erzählen. Ich

wusste nicht, dass sich das schon in ganz Lüneburg rumgesprochen hat.«

»Werd ja nicht pampig. Frau Priggen hat mir erzählt, dass eine Delegation da gewesen sei. Die Herren aus Hannover wollten zu mir – und ich erfahre nichts davon? Da musst du doch sofort zu mir laufen …«

»Es ist nichts passiert. Keine Sorge.«

»*Nichts passiert?* Brügge ist jetzt im Bilde. Er wird uns vom Auftrag abziehen. Vielleicht hätte ich noch was retten können, wenn du mir rechtzeitig Bescheid gesagt hättest.«

»Es war alles zu seiner Zufriedenheit. Professor Brügge war sehr angetan von der Arbeit.«

Er starrte sie ungläubig an.

»Wolfgang war heute da.«

»Wie bitte?«

»Er ist gekommen, damit keiner was erfährt.«

Das nahm ihm für einen Moment den Wind aus den Segeln. Von dem verlorenen Sohn wurde in diesem Haus nicht mehr gesprochen. Doch dass er in Lüneburg war und sogar in Angelegenheiten des Betriebs involviert, begriff ihr Vater, das konnte kein Zufall sein.

»Wusstest du etwa, dass der Landeskonservator der Werkstatt einen Überraschungsbesuch abstatten würde, Monika?«

»Ich … hatte einen Verdacht.«

»Und du hast mir nichts gesagt?«

»Ich wollte auf Nummer sicher gehen.«

»Monika! Bist du von allen guten Göttern verlassen?«

»Es war doch nur eine Ahnung.«

Sie lehnte sich an die Anrichte, versuchte, ihre Gedanken zu sortieren. Was sie bei all dem nicht bedacht hatte, war, dass sie ihrem Vater anschließend Rede und Antwort stehen musste.

»Ludwig Priggen …«, begann sie zu erklären. »Er lässt mich nicht in Ruhe. Ich glaube, mein Gesicht gefällt ihm nicht. Oder ihm ist langweilig und er will Spielchen spielen.«

»Was sagst du da? Ludwig stellt dir nach?«

»Er hasst mich. Deswegen das Ganze.«

»Hast du ihm denn einen Vorwand gegeben? Hat er vielleicht gedacht, du ermutigst ihn?«

»Ich kann ihn nicht leiden«, sagte sie knapp. »Und das weiß er.«

»Aber was ist da vorgefallen?«

Typisch. Natürlich musste die Schuld zuerst bei seiner Tochter gesucht werden.

»Gar nichts. Ich gehe ihm aus dem Weg, wo es nur möglich ist. Bis … bis auf neulich. Er hat mir in der westlichen Altstadt aufgelauert. Er war gemein zu mir, er hat so schreckliche Dinge gesagt, da habe ich … mich für einen Moment vergessen.«

»Du hast einen Priggen beleidigt? Monika, bist du verrückt? Sie sind unsere Förderer und Wohltäter!«

»Du hättest hören sollen, was er zu mir gesagt hat.«

»Wir wohnen bei denen. Der Stadtdirektor hat sich für uns stark gemacht.«

»Er lauert mir auf. Und immer will er mich demütigen. Was erwartest du denn?«

Er holte tief Luft, hob abwehrend die Hände. »Was hat das alles mit Brügge zu tun?«, fragte er.

»Ich hatte das Gefühl, dass Ludwig was im Schilde führt, und habe mitbekommen, wie er im Rathaus unbedingt herausbekommen wollte, wann die Herren aus Hannover das nächste Mal anreisen. Den Rest habe ich mir zusammengereimt. Dass er uns auffliegen lassen will.«

Ihr Vater brauchte eine Weile, um das zu verdauen. Dann fragte er: »Und dann kommst du nicht zu mir, wenn du so einen Verdacht hast?«

»Ich war mir doch gar nicht sicher.«

Er wurde laut. »Deshalb hast du dir überlegt, dass du selbst entscheidest, was getan wird und was nicht? Du dachtest, du kannst das für mich bestimmen?«

Sie senkte den Blick und schwieg.

»Du bist mir eine schöne Tochter. Da wendest du dich lieber an Wolfgang.«

»Er hat die Situation gerettet, Papa. Du hättest ihn sehen sollen.«

Sein Gesicht wurde rot, wie stets, bevor er anfing herumzubrüllen. Doch diesmal war er sich bewusst, dass die Priggens nebenan sie hören könnten. Er hatte sich genug unter Kontrolle, um durchzuatmen und aufs Schreien zu verzichten.

»Diesmal mag es gut gegangen sein. Aber ich warne dich, Monika. Wenn du noch mal so etwas hinter meinem Rücken machst, dann wirst du mich kennenlernen.« Seine Augen waren vor Ärger dunkel geworden. »Und jetzt mach Abendessen. Ich habe Hunger.«

Er nahm demonstrativ seine Zeitung, schlug sie auf und verschwand mit dem Kopf dahinter. Monika atmete durch und machte sich an die Arbeit.

Sie schälte Kartoffeln, würfelte eine Zwiebel, gab Schmalz in die Pfanne. Bratkartoffeln mit Spiegelei war sein Lieblingsgericht, doch heute verlor er kein Wort darüber. Er schwieg selbst noch, als sie den Teller vor ihn stellte.

Monika setzte sich ihm gegenüber, nahm ebenfalls die Gabel, doch der Appetit war ihr vergangen.

»Will Wolfgang zurückkommen?«, fragte ihr Vater so leise, dass sie ihn beinahe nicht verstanden hätte.

Er sah dabei nicht auf. Schob eine Bratkartoffel auf die Gabel, tunkte sie in flüssiges Eigelb und führte sie zum Mund.

»Ich weiß es nicht, Papa.«

Die darauffolgende Stille war unerträglich.

»Er muss sich entschuldigen«, sagte er irgendwann. »Dann können wir von vorn anfangen.«

Nach dem Essen wusch Monika das Geschirr ab und stellte wie jeden Abend eine Flasche Bier auf den Tisch. Ihr Vater schaltete das Radio ein. Auf UKW Nord wurde ein Lustspiel in plattdeutscher Sprache ausgestrahlt, das so gar nicht zu der

Stimmung in der Küche zu passen schien. Sowie Monika mit ihren Arbeiten fertig war, ging sie in ihre Kammer. Draußen wurde es dunkel, und da es im oberen Stockwerk keinen Strom gab, musste sie wieder die Petroleumlampe anzünden, um genug Licht zum Lesen zu haben.

Von unten drangen plattdeutsche Wortfetzen und das aufgeregte Lachen des Publikums zu ihr hinauf. Zum ersten Mal, seit Helmut im Krankenhaus lag, war sie direkt nach dem Essen in ihr Zimmer gegangen und hatte nicht mehr die Nähe ihres Vaters gesucht. Doch heute wollte sie nur noch allein sein.

Sie nahm sich ihren Krimi hervor und tauchte ein in das neblige und düstere London. Nach einer Weile drangen plötzlich Geräusche zu ihr durch, die sie aufmerken ließen.

Sie ließ das Buch sinken. Es war ein Streit, jemand brüllte herum, und zwar sehr bedrohlich. Sie stieß das wacklige Sprossenfenster auf. Kühle Abendluft strömte herein. Sie lauschte. Eine Weile hörte sie nichts, dann waren wieder die lauten Stimmen zu hören. Sie kamen aus dem Haupthaus.

Monika lehnte sich aus dem Fenster und sah hinüber. In der Bibliothek im ersten Stock brannte Licht. Wie immer waren die edlen Tropenholzregale zu sehen, voller hochwertiger Bücher mit teuren Einbänden. Daneben der Kronleuchter, die Stofftapeten und der Lesesessel. Es schien alles wie immer, nur die lauten Stimmen passten nicht ins Bild.

Zuerst erkannte sie Agnes Priggen. Die Matriarchin stand im Raum, wie gewöhnlich aufrecht und autoritär in ihrem strengen schwarzen, hochgeschlossenen Kleid. Sie war es nicht, die laut geworden war, das begriff Monika sofort. Jemand wie Agnes Priggen brauchte nur ein Flüstern, um sich Gehör zu verschaffen.

Offensichtlich war die Hausherrin von den anderen Streitenden hinzugezogen worden. Vom Stadtdirektor, ihrem Sohn, der mit hochrotem Kopf dastand, und von Helga, die tränenüberströmt auf einem Stuhl saß.

Monika lauschte angestrengt, doch das Gebrüll war von der Matriarchin beendet worden. Bis Helga plötzlich laut ausrief: »Ihr könnt mir das nicht nehmen!« und weinend aus dem Raum stürmte.

Der Stadtdirektor wollte ihr nachlaufen, doch Agnes Priggen hielt ihn zurück. Sie sprach zu ihrem Sohn, der erschöpft und abgekämpft wirkte. Dann verließen sie gemeinsam den Raum. Das Licht erlosch.

Nun flog unten die Küchentür auf, und Helga rannte auf den Hof hinaus. Trotz der Tränen und ihrer verquollenen Augen sah sie großartig wie immer aus in ihrem eng geschnittenen Kleid, den eleganten Schuhen und toupierten Haaren. Sie hockte sich auf einen Stein und weinte. Dabei war sie so anmutig und elegant, dass Monika sich an die kleine Meerjungfrau erinnert fühlte, die Bronzestatue an der Kopenhagener Strandpromenade.

Bisher hatten sie und Helga kaum etwas miteinander zu tun gehabt, doch in diesem Augenblick tat sie ihr nur leid. War es möglich, dass die Szene in der Bibliothek mit Wolfgang zu tun hatte? Waren die beiden aufgeflogen?

Monika beschloss, hinunterzugehen.

»Wo willst du hin?«, fragte ihr Vater, der unterm Küchenradio saß und sein Bier trank.

»Auf den Hof. Ich brauche frische Luft.«

»Und das kriegst du am Fenster nicht?«

Monika spürte Ärger in sich aufsteigen. »Das Tor zur Straße ist sicher verschlossen. Aber wenn du willst, kannst du draußen Wache stehen.«

»Untersteh dich, so mit mir zu reden.«

Doch seine Stimme klang eher müde als drohend.

Sie öffnete die Tür und schlüpfte hinaus. Es war beinahe dunkel, nur ein schwaches Leuchten spiegelte sich am Himmel. Helga saß auf dem Stein und wischte sich die Augen trocken. Als sie Monika kommen sah, schenkte sie ihr ein zerknautschtes Lächeln.

»Darf ich?«, fragte die und deutete auf den Stein.

Helga rückte ein Stück zur Seite. Sie setzte sich neben sie. Grillen zirpten, und die Katze schlich an der Mauer entlang.

»Sie haben es herausgefunden?«, mutmaßte sie.

Helga nickte und zog wenig damenhaft den Rotz hoch. Eine Weile schwiegen sie, dann holte Monika die Zigarettenschachtel hervor, die Wolfgang zurückgelassen hatte. Sie zündete eine an, inhalierte und reichte sie an Helga weiter. Die nahm die brennende Zigarette dankbar entgegen.

Es war wie bei Wolfgang, dachte Monika. Die Geste verband, ohne viele Worte.

»Sie wissen nicht, dass es Wolfgang ist«, sagte Helga.

»Du hast es nicht gesagt?«

»Die denken doch, der ist hier im Gesindehaus. Oder in der Werkstatt *Auf dem Meere*. Da kannst du mal sehen, wie wenig Mühe sie sich machen, genau hinzusehen. Für die seid ihr nichts als Personal.«

Dazu sagte Monika nichts. Helga hatte sich auch nicht sonderlich um die Restauratorenfamilie im Hinterhof gekümmert, bevor sie Wolfgang auf St. Pauli begegnet war. Aber solche Gedanken kamen ihr jetzt kleinlich vor.

»Sie wissen, dass es ein Musiker ist, den ich in Hamburg kennengelernt habe. Das ist alles.«

»Aber woher wissen sie das? Ihr habt doch aufgepasst und euch nirgendwo sehen lassen. Keiner wusste davon.«

»Doch. Mein Onkel in Lübeck.«

»Dein Onkel?«

Dann begriff sie. Es ging um das Geld, das für die Produktion der Schallplatte gebraucht wurde. Helgas Onkel hatte Agnes Priggen über die Umtriebe ihrer Enkeltochter in Kenntnis gesetzt.

»Dann will er euch gar nicht finanziell helfen?«

»Das hat er nur gesagt, um mehr über die Sache zu erfahren.«

»Oje. Das ist bitter.«

»Ich habe jetzt Hausarrest. Ich darf nicht mehr nach Hamburg. Was aus meinem Studium wird, wird man sehen. Im Moment muss ich hierbleiben.«

Sie zog an der Zigarette und reichte sie an Monika zurück, bevor sie den Rauch in die Nachtluft blies.

»Und was willst du jetzt tun?«, fragte Monika.

»Am liebsten würde ich mit Wolfgang durchbrennen. Aber wir haben kein Geld, wovon sollen wir leben? Wenn ich das mache, dann werde ich enterbt, das weiß ich genau.«

Monika dachte darüber nach. »Glaubst du, er könnte erfolgreich werden als Musiker?«, fragte sie dann.

»Es gibt so viele talentierte Musiker, und trotzdem müssen die meisten ein Leben lang kämpfen und bleiben dabei arm wie eine Kirchenmaus. Natürlich könnte Wolfgang es schaffen, erfolgreich zu werden, aber wie hoch sind die Chancen? Die Sache mit der Platte hat sich erledigt, jetzt, wo mein Onkel kein Geld zusteuert. Aber wenn ich abhaue, dann brauchen wir sofort was. Für eine Wohnung. Eine Zukunft.«

»Wolfgang wird sich was einfallen lassen.«

Die Katze tauchte an der Mauer auf, blieb stehen, betrachtete misstrauisch die nächtlichen Eindringlinge auf ihrem Hof, dann huschte sie weiter und verschwand in der Dunkelheit.

»Glaubst du das wirklich?« Helga sah sie aus verweinten Augen an.

»Ich fahre nach Hamburg und rede mit ihm. Schon, damit er Bescheid weiß, dass du hier festsitzt. Er kriegt das hin. Ich bin mir ganz sicher.«

Ein schwaches Lächeln tauchte auf ihrem Gesicht auf. Es war ein Funke Hoffnung.

»Ich liebe ihn, weißt du?«

»Er liebt dich auch. Du meine Güte, er würde dir den Himmel zu Füßen legen, wenn das möglich wäre.«

Die Zigarette war heruntergebrannt. Monika drückte sie auf dem Pflaster aus. Mit der Glut erlosch das letzte Abendlicht am Himmel. Es wurde dunkel im Hof.

»Es wird schon werden. Vertrau ihm.«

Helga legte ihr kurz die Hand auf den Unterarm. Danke, sagte sie damit. Dann stand sie auf, um wieder ins Haus zu gehen.

»Es tut mir leid wegen Ludwig«, sagte sie. »Ich werde ihn mir mal zur Brust nehmen, damit er dich in Ruhe lässt. Er gibt immer den großen Macker, aber eigentlich ist er ein kleines Würstchen. Wir kriegen ihn schon auf Linie.«

»Ich weiß gar nicht, was ich ihm getan habe. Was hat er nur gegen mich?«

»Was er *gegen dich* hat?«, fragte sie und begann zu lachen. »Du hast es nicht verstanden.«

»Was gibt es da nicht zu verstehen?«

»Er ist verschossen in dich«, erklärte Helga, als wäre es das Naheliegendste der Welt. »Vom ersten Moment an, als er dich gesehen hat.«

Monika war völlig perplex. Das konnte doch nur ein Witz sein. »Aber wieso benimmt er sich dann so? Das macht man doch nicht, wenn man jemanden mag. Er ist gemein und grausam mir gegenüber. Zeigt man so seine Gefühle?«

»Ja, er ist ziemlich verkorkst. Finde ich auch.«

»Verkorkst?«

Monika konnte nicht glauben, was sie hörte. »Aber wenn er wirklich Gefühle für mich hat, warum verhält er sich dann so? Ich hätte geschworen, dass er mich hasst.«

»Nicht dich hasst er. Sich selbst, und zwar dafür, dass er ständig an dich denken muss. Weil du eine Handwerkertochter bist. Deshalb ist er so zu dir. Im Grunde bestraft er nicht dich, sondern sich selbst.«

»Aber …«

Sie stockte. Das musste sie erst mal sacken lassen.

»Mach dir keine Gedanken über meinen Bruder«, sagte Helga. »Er ist ein Idiot, war er schon immer. Ich werde ihm die Leviten lesen.«

Sie bat Monika, einen Brief mit nach Hamburg zu nehmen,

den sie an Wolfgang schreiben wollte. Danach verabschiedete sie sich und schlüpfte durch die Küchentür ins Haupthaus. Monika kehrte zum Gesindehaus zurück.

Ludwig Priggen sollte also verliebt in sie sein. Das war ebenso unglaublich wie widersinnig. Sie musste ihm aus dem Weg gehen, jetzt erst recht. Nun würde sie sich noch mehr Sorgen machen müssen, was einen Racheakt Ludwigs anging.

Kapitel einunddreißig

Als Monika am übernächsten Vormittag das enge Hamburger Treppenhaus betrat, schlug ihr übler Geruch entgegen. Eine Mischung aus Kohlsuppe, Brikettkohle und ungelüfteten Räumen. Die Wände waren grau und schmierig, und sie wünschte, sie hätte ihre Handschuhe übergezogen. Während sie die schiefen und knarzenden Stufen hinaufstieg, achtete sie darauf, weder Geländer noch Wand anzufassen, bewunderte jedoch das kunstvoll gedrechselte Treppengeländer.

Fast die Hälfte des Hamburger Wohnraums, der den Feuersturm des Zweiten Weltkriegs überstanden hatte, war sanierungsreif, hatte sie in der Zeitung gelesen. Es wurde gebaut wie verrückt, um etwas gegen die Wohnungsnot zu tun. Hamburg war stolz darauf, dass Trümmergrundstücke und heruntergekommene Altbauten langsam verschwanden. Die Stadt sollte sauber und modern werden, was im Idealfall hieß: abreißen und neu bauen.

Monika bedauerte, dass die alten Häuser inzwischen so schlecht beleumundet waren. Auch dieses Haus hätte einem Gutachter sicher nicht standgehalten, und früher oder später würde es abgerissen werden. Monika sah hingegen mehr darin als Schmutz und Dreck. Denn das brachte der Beruf des Restaurators mit sich, dass man sich von äußerer Versehrtheit und Vernachlässigung nicht abhalten ließ, das Wertvolle, das darunter verborgen lag, zu entdecken. Und das hoffentlich nicht der Abrissbirne zum Opfer fiel.

Oben angekommen klopfte sie laut gegen die Tür. Es rumpelte im Innern, dann näherten sich schlurfende Schritte. Monika sah sich auf dem düsteren Treppenabsatz um. Trotz der verborgenen Schönheit des alten Hauses würde sie nicht hier leben wollen, nicht, solange das Haus in diesem Zustand war.

Helga Priggen konnte sie sich hier schon gar nicht vorstellen. Da musste Wolfgang mehr zu bieten haben.

Die Tür wurde aufgerissen, und ein tätowierter, stämmiger Mann im Unterhemd stand vor ihr. Er roch nach Bier und Zwiebeln.

»Wer bist du denn?«, blaffte er sie an. Er betrachtete sie von oben bis unten und fügte hinzu: »Kommst du von der Nonnenschule?«

Sie ignorierte die Bemerkung. Sie hatte sich anständig gekleidet, vor allem hochgeschlossen, was ihr für einen Besuch auf St. Pauli angemessen zu sein schien.

»Ich heiße Monika Hansen«, sagte sie. »Ich suche meinen Bruder Wolfgang.«

»Das Fräulein ist mit unserem Ehrengast verwandt.«

Er wandte sich um und brüllte in die enge Wohnung: »Wolfgang! Schwing deinen Hintern her, aber dalli.«

Monika nahm Haltung an, faltete ihre Hände vor dem Schoß.

»Du kannst ihn gleich mitnehmen, deinen Herrn Bruder. Wir haben langsam die Schnauze voll von einem weiteren Esser am Tisch.«

Wolfgang tauchte hinter ihm im Flur auf, in Bluejeans und weißem T-Shirt. Er warf dem bulligen Mann einen finsteren Blick zu.

»Ich zahle Miete und Essensgeld«, kommentierte er und nahm seine Lederjacke vom Haken.

»Aber was du nicht zahlst, ist Schmerzensgeld. Für dein verfluchtes Gedudel den ganzen Tag.«

Wolfgang schob sich an ihm vorbei aus der Wohnung. Der Alte warf die Tür hinter ihm zu, die donnernd ins Schloss fiel. Wolfgang schenkte ihr ein schiefes Lächeln.

»Komm, wir gehen an die Luft. Hauptsache, raus hier.«

Sie stapften die schmutzigen Treppen hinunter. Überall drangen Geräusche aus den Wohnungen. Kindergeschrei, Radiogedudel, Gezänk und Tellergeklapper.

»Meinte er das ernst?«, fragte Monika. »Will er dich loswerden?«

»Schon seit einer Weile. Ulf hat ihm das bisher noch ausreden können. Aber lange kann ich hier nicht mehr bleiben.«

»Und wo willst du stattdessen hin?«

»Mal sehen. Es wird sich was ergeben.«

Als sie draußen ins helle Sonnenlicht traten, wo eine Brise vom Hafen herzog und das Atmen gleich leichter fiel, holte sie den Brief aus ihrer Tasche.

»Von Helga«, sagte sie betreten.

Wolfgang begriff sofort, dass etwas passiert war.

»Es geht ihr doch gut? Ist sie gesund?«

Sie nickte. »Aber die Priggens wissen Bescheid.«

Er musste sich an der Hauswand abstützen. Dann nahm er Monika den Brief ab und betrachtete ihn wie eine kostbare Reliquie.

»Wie ist das passiert?«, fragte er.

»Der Onkel aus Lübeck. Er hat Agnes Priggen alles berichtet.«

»Dieser Mistkerl. Und Helga hatte die ganze Zeit solche Angst, dass es rauskommen könnte. Allein die Vorstellung war die Hölle für sie.«

»Und jetzt ist sie zu Hause eingesperrt. Sie darf nirgends mehr hin. Schon diesen Brief zu mir rauszuschmuggeln war nicht einfach.«

Wolfgang öffnete ihn vorsichtig. Zog den blütenweißen Bogen hervor und faltete ihn auseinander. Monika ließ ihm Zeit, in Ruhe zu lesen. Sie blickte sich auf der Straße um.

Wie überall in der Stadt waren in der Häuserzeile Baulücken vom Krieg zu erkennen, auf dem Nebengrundstück sogar eine Ruine. Die verbliebenen Mietshäuser waren beinahe alle beschädigt gewesen, was man daran erkannte, dass Dachstühle notdürftig zusammengezimmert und Mauerlöcher grob zugespachtelt worden waren.

»Helga braucht Hilfe«, sagte Wolfgang, der den Brief gelesen hatte. »Sie muss da raus.«

Monika hatte so was vermutet.

»Ihre Familie hält sie wie eine Gefangene«, sagte er. »Jetzt soll sie auch noch heiraten. Einen Kandidaten, den ihre Großmutter für sie aussuchen wird. Bald sollen Abendessen und Empfänge stattfinden, damit sie die jeweiligen jungen Männer kennenlernt.«

»Sie kann Helga doch nicht vorschreiben, wen sie zu heiraten hat. Das ist doch wie im letzten Jahrhundert.«

»Kann sie offenbar doch. Aber die Rechnung hat sie nicht mit uns gemacht. Helga und ich lieben uns.«

Er steckte den Brief in die Seitentasche seiner Lederjacke und sah sie beunruhigt an. »Ich brauche dringend Geld, Monika. Wenn ich genug zusammenhabe, dann können wir durchbrennen.« Er hielt inne und wirkte plötzlich ganz verletzlich. »Sie wird doch mitkommen, oder? Was glaubst du?«

»Bestimmt kommt sie mit.«

Ein zartes Lächeln huschte über sein Gesicht.

»Gehen wir ein bisschen spazieren«, sagte Monika. »Und dann denken wir nach, wie wir euch helfen können.«

»Wohin möchtest du? Zum Michel? Oder zur Reeperbahn? Ach, wahrscheinlich willst du am liebsten zur Alten Kunsthalle.«

»Was hältst du davon, wenn wir zu den Landungsbrücken spazieren?«

»Die Landungsbrücken? Was willst du denn da?«

Sie schenkte ihm ein hintersinniges Lächeln, dann schritt sie voran. Er folgte mit gerunzelter Stirn.

»Vater hat nach dir gefragt«, erzählte sie.

»Der würde mich doch fortjagen, wenn ich da auftauche. Mit Stiefeln auf die Straße treten.«

»Unsinn. Er würde dich mit offenen Armen empfangen.«

»Das glaubst du selbst nicht.«

»Wenn ich es sage. Du müsstest dich nur bei ihm entschuldigen. Eine Weile kleine Brötchen backen.«

Wolfgang spuckte aus. »Nein, danke.«

»So schlimm wäre das auch nicht.«

Ein paar Kinder spielten auf der Straße mit einer leeren Konservendose Fußball. Ihr Geschrei und das Scheppern des Metalls hallten durch die enge Gasse.

»Du fehlst ihm, Wolfgang. Ernsthaft.«

»Ihr fehlt mir auch, vor allem du. Aber so ist es am besten. Ich komme nicht zurück.«

Die Konservendose schepperte in ihre Richtung. Wolfgang kickte sie in hohem Bogen zu den Kindern zurück. Die sprangen hinterher, lachten und winkten.

»Außerdem werde ich als Handwerker niemals genug Geld verdienen, um mit Helga ein neues Leben anzufangen. Nein, ich kann nicht zurück.«

»Die Priggens wissen nicht, dass du der Musiker bist, um den es geht. Sie denken, du bist in die Werkstatt umgezogen.«

Sie spazierten hinunter zur Elbe. Wolfgang war tief in Grübeleien versunken. »Ich brauche einfach Geld. Es muss einen Weg geben.«

»Wie laufen denn eure Konzerte?«, fragte sie.

»Gut. Richtig gut sogar.«

»Das ist doch ein Anfang, oder?«

»Es dauert zu lange. Wir könnten Jahre so weitermachen. Wir brauchen den Durchbruch, und zwar jetzt, aber der ist nicht in Sicht.«

»Kannst du nicht Lieder für bekanntere Bands schreiben? Lässt sich damit kein Geld verdienen?«

Er schüttelte den Kopf, mutlos, als würde er sich in Gedanken von Sackgasse zu Sackgasse bewegen.

»Das geht alles nicht schnell genug. Ich brauche jetzt Geld. Sofort. Ich sollte eine Bank überfallen.«

»Das ist ja eine tolle Idee. Dann kannst du Helga im Gefängnis heiraten.«

Vor ihnen rückte der Pegelturm der Landungsbrücken in das Blickfeld. Dahinter lag blau die Norderelbe, voller Boote und Barkassen, die in der Dünung schaukelten. Schließlich die Werften und Hafenanlagen, die im sommerlichen Dunst auf der gegenüberliegenden Seite lagen. Möwen flogen schreiend am Himmel und von Zeit zu Zeit dröhnte ein Schiffshorn über die Elbe.

»Es ist wunderschön hier«, sagte sie.

»Ein etwas rauer Charme, aber das ist eben Hamburg. Möchtest du runtergehen bis ans Wasser?«

»Unbedingt.«

An Wochentagen gab es wenig Besucher und Touristen, hauptsächlich waren Werftarbeiter und Seeleute unterwegs. Der Schiffsbahnhof mit seinen Kuppeln und Türmen verfügte über zahlreiche Durchgänge, die zu den Schiffsanlegern führten.

Monika lief durch den erstbesten hindurch in Richtung Norderelbe. Ein paar Fähren waren zu sehen, außerdem ein Ausflugsdampfer, vor dem sich eine Busladung Touristen in Stellung brachte. Sie blickte sich um, atmete die salzige Luft ein, lauschte den Wellen, die gegen den Steg schlugen.

Wolfgang trat hinter sie. Für einen Moment schien er Helga vergessen zu haben.

»Was willst du hier eigentlich?«, fragte er.

»Ach, ein bisschen aufs Wasser gucken. Den Möwen zusehen. Mehr nicht.«

Doch ihr schalkhaftes Lächeln verriet sie.

»Du verheimlichst mir etwas, Monika.«

»Was sollte ich dir verheimlichen?«

Sie trat auf den schwimmenden Schiffsanleger.

»Monika, jetzt sag schon. Hältst du Ausschau nach jemandem?«

»Und wenn es so wäre?«

»Jetzt verrate schon: Weshalb sind wir hier? Mit wem bist du verabredet?«

Ein lautes Schiffshorn übertönte alles. Auf dem Wasser glitt ein großer und leuchtend weißer Dampfer vorbei. Barkassen schwammen um ihn herum und wirkten klein wie Ameisen im Vergleich zu dem Ozeanriesen.

»Was kann ich Helga ausrichten, wenn ich sie sehe? Sie hat zwar Hausarrest, aber wir treffen uns bestimmt im Hof.«

»Sag ihr, ich lasse mir was einfallen. Sie soll nicht die Hoffnung verlieren. Ich werde ihr eine Villa an der Elbchaussee kaufen, so wie ich es versprochen habe.«

Eine Villa an der Elbchaussee. Er wollte Helga das bieten, was immer zu ihrem Leben dazugehört hatte, Eleganz und Reichtum.

»Ich werde es ihr ausrichten. Versprochen.«

In den Wind mischte sich der Ruf eines Mannes.

»Fräulein Hansen!«

Monika blickte sich um.

»Fräulein Hansen, hier!«

Dort war er. Er war tatsächlich gekommen. Monika freute sich. Bis zum Schluss hatte sie gezweifelt, ob dieses Treffen zustande kommen würde. Aber hier war er.

Ihr Bruder war nicht der Einzige, der sich heimlich mit Vertretern des anderen Geschlechts traf, dachte sie amüsiert. Sie war durchaus auch dazu in der Lage.

Wolfgang legte die Hand schützend über die Augen, um zu sehen, wer da nach ihr rief.

»Das ist ja der Assistent des Landeskonservators. Was macht der denn hier?«

Monika riss den Arm in die Luft und winkte ihm zu.

»Wir sind hier!«

Mit einem strahlenden Lachen kam er zu ihnen.

»Guten Tag, Herr Bertram. Meinen Bruder kennen Sie ja.«

»Hallo, Wolfgang. Was macht das Leben in Hamburg?«

Ihr Bruder war unfähig zu sprechen, doch Clemens Bertram

fiel das gar nicht auf. Er wandte sich an Monika: »Ich finde, wir sollten uns auch duzen. Natürlich nur, wenn Sie einverstanden sind.«

Sie reichte ihm die Hand. »Monika.«

Und er antwortete strahlend, als hätte sie einen Antrag angenommen: »Clemens. Freut mich sehr, Monika.«

Sie blickte zu Wolfgang hinüber und sah, dass sie ihm einen ordentlichen Streich gespielt hatte. Er wirkte völlig überrumpelt. Damit hatte er nicht gerechnet, dass seine kleine Schwester und der Denkmalschützer sich verabreden könnten.

»Ich hoffe, du bist damit einverstanden, dass ich deine Schwester heute ausführe«, sagte Clemens feierlich. »Ich bringe sie wohlbehalten zurück, das schwöre ich.«

Jetzt lächelte auch Wolfgang. »Du bist mir vielleicht eine«, meinte er kopfschüttelnd. »Warum sagst du denn nichts?«

Wolfgang mochte Clemens, das wusste sie. Ein Mann, der sich in den Hamburger Kiezen genauso gut auskannte wie in der Kunstgeschichte, war genau nach seinem Geschmack.

»Du kannst uns natürlich begleiten«, bot Clemens an, wobei man ihm ansah, dass ihm lieber wäre, Wolfgang würde das Angebot ausschlagen. »Wir würden uns freuen, oder, Monika?«

»Einen Teufel werde ich tun«, lachte Wolfgang. »Macht euch einen schönen Nachmittag. Ich muss ohnehin zur Probe.«

Monika wandte sich Clemens zu. Er hatte nicht gesagt, wieso sie sich hier treffen sollten, aber sie nahm an, dass er eine Hafenrundfahrt machen wollte. Die Fähre mit den Touristen würde gleich ablegen.

»Was unternehmen wir?«, fragte sie. »Machen wir eine Hafenrundfahrt?«

»Das war mein ursprünglicher Plan.«

Der Dieselmotor des Ausflugsschiffes wurde angelassen und die Gangway zur Seite gezogen. Es war zu spät, um mitzufahren.

»Aber dann habe ich mir gedacht, es wäre doch netter, wenn wir unser eigenes Boot hätten.«

Er präsentierte stolz eine kleine Barkasse, die neben der Fähre am Kai schaukelte. Ein alter Seebär mit weißem Bart und Öljacke stand am Ruder und winkte.

»Du hast ein Boot für uns gechartert?«, frage sie begeistert.

»Nur ein kleines. Aber es ist unser eigenes. Am Steuer, das ist Otto. Er fährt uns herum.«

Clemens half ihr, in die wacklige Barkasse einzusteigen. Sie lag tief im Wasser, und mit dem Wellengang spritzte Gischt über die Reling. Taue lagen auf den Planken, eine rostige Tür führte unter Deck, und am Heck des Schiffes war eine Bank befestigt, auf der Platz für zwei Leute war. Kaum hatten sie sich gesetzt, stieß die Barkasse eine dunkle Rauchwolke in die Luft.

Monika winkte Wolfgang auf den Landungsbrücken zu. Hinter ihm war die Silhouette von Hamburg zu erkennen. Der Michel, St. Pauli und die Hafenanlagen.

Clemens setzte sich neben sie.

»Kann es losgehen?«, fragte er.

Monika nahm den Wind und die salzige Luft im Gesicht wahr, das Schaukeln des Boots und Clemens' Nähe. Vor allem Letzteres ließ sie ein Ziehen im Magen verspüren.

»Ja«, sagte sie. »Lass uns aufbrechen.«

Clemens gab ihrem Kapitän ein Zeichen, und die Barkasse setzte sich in Bewegung und trug sie hinaus aufs Wasser.

Kapitel zweiunddreißig

In der Werkstatt herrschte große Ruhe, und wie so oft empfand Monika inmitten der halb verfallenen Häuser der westlichen Altstadt eine leicht verträumte Weltenferne. Es duftete nach Ölfarben und Lösungsmitteln, nach Lacken und Harzen, und sie liebte es, in dieser Atmosphäre zu arbeiten.

Nicht nur geographisch fühlte sie sich *Auf dem Meere* dem Wirken Daniel Freses nah. Die Vergangenheit schien an diesem Ort regelrecht spürbar. Was hatten die alten Gemäuer gesehen, was würden sie ihr alles erzählen können über die Zeit, in der das Gemälde entstanden war, oder über Daniel Frese selbst, der in dieser Straße seine Werkstatt hatte? Es war faszinierend, darüber nachzudenken.

Sie beugte sich über das Gemälde. Sie arbeitete an der Mendacium, der Lüge. Ihre Hand war es gewesen, die verloren gegangen war und anhand derer Wolfgang dem Landeskonservator die Retusche erklärt hatte. Die Hand, die jetzt so gut wie fertiggestellt war, war ihr besonders gut gelungen, fand sie. Die sorgsam rekonstruierten Finger, der Handrücken und die Schlange, die diese Hand hielt. Farbgebung, Form der Finger, alles war möglichst originalgetreu.

Die Lüge, die eine Schlange trug. Monika musste an Ludwig denken. Die Motive seines Handelns hatte sie noch immer nicht vollständig durchschaut. Wenn er wirklich etwas für sie empfand, musste er doch einsehen, dass Geld und gesellschaftliche Stellung keine Rolle spielten, sobald es um das Innere eines Menschen ging. Wollte er sich selbst bestrafen, weil er diese Erkenntnis nicht ertragen konnte? Wollte er sie und ihre Familie deshalb vernichten? Es fiel ihr schwer, einen Sinn dahinter zu erkennen.

Der Neid und der Zorn, Indivia und Ira, sie rissen an dem Angeklagten, als wollten sie ihn entzweireißen. Der Zorn mit dem flammenden Schwert und der Neid mit wirren Haaren und boshafter Entschlossenheit. Helga hatte gesagt, sie würde dafür sorgen, dass Ludwig sie zukünftig in Ruhe lassen würde. Monika wollte so gern daran glauben.

Sie wandte sich der linken Seite des Bildes zu, der Seite der Mächte des Guten. Dort würde Clemens hinpassen, dachte sie mit einem Lächeln. Der gesunde Spross der Familie. Am Ende ihres Ausflugs hatte er sie sanft auf die Wange geküsst. Er hatte darauf bestanden, sie mit dem Bummelzug zurück nach Lüneburg zu bringen. Monika wollte es ihm ausreden, doch er ließ sich nicht davon abbringen.

So fuhren sie gemeinsam mit dem Zug nach Lüneburg und spazierten vom Bahnhof in die Altstadt, wo an jeder Ecke ein bekanntes Gesicht hätte auftauchen und sie zusammen sehen können. Doch er war nicht wie sein Cousin.

Dennoch war ihr klar, dass dies alles nirgendwohin führen würde. Die Sache hatte keine Zukunft. Außer einer flüchtigen Verliebtheit bliebe ihr am Ende nichts. Sie würden niemals zusammenfinden, dafür waren sie zu verschieden. Doch sie wollte sich davon nicht abhalten lassen, wollte im Jetzt leben, das hatte sie sich fest vorgenommen. Nicht an die Zukunft zu denken. Wenn sie nach Köln zurückkehren und in die Hauswirtschaftsschule gehen würde, bliebe genug Zeit, darüber nachzudenken. Solange sie in Lüneburg war, wollte sie ihr Leben genießen.

Auf der Palette mischte sie den Hautton, der exakt zu den Fingern der Mendacium passte. Sacht und behutsam gab sie eine dünne Farbschicht auf die Grundierung und dachte fortan an nichts anderes mehr, sie vergaß die Zeit, ging ganz in den Farben und Formen auf.

Als es laut gegen die Tür hämmerte, hätte sie vor Schreck fast einen Strich über das Bild gemalt. Sie legte den Pinsel rasch zur Seite und wandte sich zur Tür. Ihr Vater hatte einen Schlüssel, sonst erwartete sie niemanden. Möglich, dass es Johann war, der von der Baustelle im Rathaus herübergekommen war. Sie legte den Riegel um und öffnete die Tür einen Spalt weit. Ihr Herz klopfte, ein ungutes Gefühl erfasste sie. Und tatsächlich, vor der Tür stand Ludwig Priggen. Bevor sie die Tür ins Schloss drücken konnte, stellte er ein Bein dazwischen.

»Was wollen Sie?«, sagte sie. Sie bemühte sich, keine Angst zu zeigen. »Sie können hier nicht einfach so reinplatzen. Bitte gehen Sie. Sie haben hier nichts zu suchen.«

»Sagen Sie Ihrem Bruder, dass ich zu Besuch bin.«

Monika reagierte nicht. Er wusste doch, dass sie allein war. Ein süffisantes Lächeln tauchte in seinem Gesicht auf.

»Holen Sie ihn schon.«

»Wir haben leider keine Zeit. Tut mir leid.«

Sie wollte die Tür fest zudrücken, doch er stieß so heftig dagegen, dass sie zur Seite stolperte und die Tür gegen die Wand knallte.

Ohne zu fragen, trat er ein, warf einen Blick in die Werkstatt, in der außer ihr natürlich niemand war.

Er schob sich die glänzenden Haare aus der Stirn. »Möchten Sie wissen, was ich über Ihren Bruder herausgefunden habe?«

Monika antwortete nicht. Sie verschränkte die Arme vor der Brust.

»Ich habe ein paar Erkundigungen eingeholt, müssen Sie wissen. Etwas stimmt hier nicht, und mich hat interessiert, was das sein könnte.«

Er schien zu erwarten, dass sie panisch reagierte. Doch diesen Gefallen tat sie ihm nicht.

»Wolfgang Hansen ist gar nicht in Lüneburg.«

»Was wollen Sie hier, Herr Priggen?«

»Er ist von zu Hause ausgerissen und lebt in St. Pauli. Wussten Sie das? Er schlägt sich mit Gelegenheitsarbeiten durch.

Tritt sogar in Musikclubs auf. Dabei denken alle, er arbeitet hier an dem Fresebild.«

Monika registrierte, dass Ludwig nichts von der Beziehung zwischen Wolfgang und Helga wusste. Alles hatte er offenbar nicht herausgefunden.

»Ihr Vater ist bei uns im Festsaal beschäftigt. Er restauriert die Deckenfresken. Und Johann, der Geselle, arbeitet im Rathaus.«

Er legte den Kopf schief, genoss seine Überlegenheit. »Da stellt sich doch die Frage: Wer restauriert das Monumentalgemälde des gerechten Richters? Einen der größten Kunstschätze Lüneburgs.«

Er trat einen Schritt an sie heran. Monika zwang sich, nicht zurückzuweichen.

»Es gibt niemanden, der das Gemälde restauriert. Niemanden außer Ihnen, Fräulein Hansen. Obwohl Ihr Vater überall das Gegenteil behauptet. Was sagen Sie jetzt? Ich kann alles beweisen.«

Er sah zum Gemälde hinüber. Monika stellte sich instinktiv zwischen ihn und das Monumentalbild. Fiebrig dachte sie nach. Sie musste die Situation retten. Ihn umstimmen, damit er sie nicht auffliegen ließ. Falls stimmte, was Helga sagte, wollte er auf verquere Weise Kontakt zu ihr aufbauen.

»Ludwig, ich bitte Sie …«

»Sie dachten, Sie könnten mich zum Narren halten? Mich vor allen lächerlich machen?«

»Sie hätten mit mir reden können. Warum haben Sie den Professor hergeführt? Warum dieser Überfall?«

Stimmte es denn überhaupt, was Helga sagte?, fragte sie sich. Wie zum Teufel sollte sie damit umgehen?

»Ich werde *jetzt* reden«, sagte er abfällig. »Ich werde allen berichten, wie die Familie Hansen Lüneburg getäuscht und verraten hat.«

Sie musste versuchen, an sein Gewissen zu appellieren. »Aber wieso, Ludwig? Was bringt Ihnen das für einen Vorteil?«

»Ich bin es nicht, der hier betrügt.«

»Aber ich betrüge doch niemanden.« Sie wies auf das Gemälde, das hinter ihr hing. »Sehen Sie sich die Arbeit an. Sie ist gut. Es gibt niemanden, der das besser machen könnte als ich. Nicht einmal mein Vater.«

Sie sah ihm offen ins Gesicht. Irgendwie musste sie zu ihm durchdringen.

»Das ist, was ich kann, Ludwig. Ich bin eine Frau, ich weiß. Und keiner will eine Frau in diesem Handwerk haben. Ich hätte als Junge zur Welt kommen müssen. Trotzdem liebe ich, was ich hier tue.«

Sein Blick war unergründlich. Doch er hörte ihr zu. Das war ein gutes Zeichen.

»Solange ich denken kann, brenne ich für das, was ich hier tue. Schon als Kind war ich, sooft es nur möglich war, in der Werkstatt meines Vaters.«

Für sie hatte es sich immer angefühlt, als wäre es genau der Platz, an den sie gehörte. Inmitten der Gerüche, der Materialien, der Werkzeuge und nicht zuletzt der Ruhe, die dort herrschte, hatte sie sich immer zu Hause gefühlt, egal in welcher Stadt sie gearbeitet hatten. Sich auf die Kunstwerke einzulassen, die alten Meister und ihre Sichtweise auf die Welt nachzuvollziehen, hatte ihr geholfen, ihren eigenen Weg in die Welt zu finden.

»Ich liebe diese Kunstwerke. Sie sind uralt und erzählen von Menschen, die seit Jahrhunderten nicht mehr leben. Das war schon immer alles, was ich wollte – in eine Vergangenheit einzutauchen, die längst verschwunden ist. In künstlerische Techniken, die vor Generationen ausgeübt worden sind. Mehr als in diesen Welten zu sein, habe ich nie gewollt. Auch wenn ich ein Mädchen bin und kein Junge. Können Sie mich denn gar nicht verstehen?«

Er stand wie versteinert im Raum. Hörte er ihr überhaupt zu?

»Das hier, Ludwig, das ist die letzte Möglichkeit für mich.

Ich werde nicht länger in diesem Beruf arbeiten. Mein Vater will es nicht. Weil ich eine Frau bin und seiner Meinung nach im Handwerk nichts zu suchen habe. Wenn wir die Aufträge in Lüneburg abgeschlossen haben, werde ich in Köln zur Hauswirtschaftsschule gehen. Dies hier ist die letzte Chance für mich, etwas Großes in diesem Beruf zu schaffen.«

Sie wandte sich zum Monumentalgemälde. Es war fast fertig. Und es war ihre Arbeit.

»Es geht nur um dieses Bild, dieses eine Meisterwerk, das ich zu Ende bringen möchte. Damit ich mich den Rest meines Lebens daran erinnern kann. Bitte, Ludwig. Nehmen Sie mir das nicht. Ich bitte Sie als Mensch, als Freund.«

Sie sah ihn flehend an. Nun war alles gesagt, sie hatte ihm alles anvertraut. Er musste sie doch verstehen.

Seine Augen waren unergründlich. Da öffnete er den Mund, seine Lippen bebten, und dann: »Leute wie ihr kennen keine Regeln«, sagte er wütend. »Ihr denkt, ihr könnt einfach machen, was ihr wollt. Aber das sage ich dir, alle werden erfahren, dass ihr die ganze Stadt belogen habt. Mal sehen, was danach von euch übrig ist.«

»Aber … Ludwig. *Bitte.*«

»Deine Arbeit ist hier getan«, verkündete er kalt. »Du wirst keinen Strich mehr auf diesem Bild machen. Also, pack ein und verschwinde.«

Monika fühlte sich wie gelähmt.

Da erklang eine frostige Stimme hinter ihnen.

»Ich glaube nicht, dass sie das tun wird.«

Sie drehten sich erschrocken um. Agnes Priggen stand im Raum. Streng und hoheitsvoll wie immer. Sie war lautlos eingetreten. Monika fragte sich, wie viel sie von der Unterhaltung mitgehört hatte. Ihre Blicke bohrten sich in ihren Enkel.

»Großmutter …« Er zeigte mit dem Finger auf Monika. »Sie haben uns betrogen, die Hansens. Uns angelogen. Weißt du, wer das Gemälde von Daniel Frese restauriert? *Sie.*«

Agnes bewegte keinen Muskel, ihre Miene war undurchdringlich.

»Großmutter, hörst du, was ich sage?«

»Wolfgang Hansen restauriert das Fresebild.«

Es klang, als hätte sie ein Urteil gesprochen.

»Aber … aber er ist gar nicht hier, Großmutter. Er ist von zu Hause ausgerissen. Er ist in Hamburg.«

»Wenn er nicht hier ist, haben wir ihn verpasst. Sicher wird er gleich zurück sein.«

»Begreifst du denn nicht …?«

Es brauchte nur eine Geste ihres Fingers, um ihn zum Schweigen zu bringen. Trotz ihrer knapp ein Meter fünfzig wirkte es, als würde sie den gesamten Raum ausfüllen.

»Das Fresebild wird von Wolfgang Hansen restauriert.«

Ludwig verstummte. Er begriff, dass seine Wahrheit nicht geduldet wurde.

»Und jetzt wollen wir die Familie Hansen nicht länger bei der Arbeit stören«, sagte sie. »Das ist sehr unhöflich von uns.«

Seine Schultern sanken hinab. Er steuerte den Ausgang an, ohne Monika eines weiteren Blickes zu würdigen.

Agnes Priggen wartete, bis er fort war. Dann trat sie zur Fensterfront, um ihm nachzusehen, wie er die Straße hinabschlich.

Monika wagte kaum zu atmen. Sie machte sich bereit, ihr Urteil zu bekommen, denn mehr noch als Ludwig fürchtete sie diese Frau.

Doch Agnes Priggen zupfte an der Gardine, als wolle sie sichergehen, dass keiner von außen hereinblicken konnte. Dann wandte sie sich um und betrachtete das Gemälde.

»Hervorragende Arbeit«, kommentierte sie.

Für einen kurzen Augenblick glaubte Monika, ein schalkhaftes Aufblitzen in ihren Augen zu erkennen. Dann wandte sich die alte Dame ab und verließ wortlos das Fachwerkhäuschen.

Kapitel dreiunddreißig

Wolfgang hatte sich ein Fahrrad geliehen, um den kleinen Ort am Rande der Lüneburger Heide zu erreichen. Es war ein herrlicher Sommertag, und der urige Landgasthof mit den blühenden Linden, den Rosenstöcken und der Außenbestuhlung war so malerisch gelegen, dass einem das Herz aufgehen konnte. Dies wäre der perfekte Ort für ein romantisches Rendezvous gewesen, aber die Umstände, unter denen Helga und er sich an diesem Tag trafen, waren andere.

Er wartete schon seit einer Stunde und fragte sich langsam, ob sie überhaupt kommen würde. Die Wirtin, eine stämmige Frau mit blütenweißer Schürze, brachte ihm die dritte Tasse Kaffee. Eine Pferdedroschke rumpelte die Dorfstraße entlang, Insekten zirpten im Gebüsch, und ein paar Schmetterlinge flatterten vorüber. Doch niemand kam.

Monika hatte dieses Treffen organisiert. Er hatte sie heimlich in der Werkstatt besucht, um ihre Arbeit am Gemälde zu sehen, die inzwischen weit fortgeschritten war und sich als Meisterwerk herausstellte. Seine Schwester war brillant in dem, was sie tat. Natürlich hatte er das auch vorher schon gewusst, dennoch war er beeindruckt.

Sie sprachen nicht über das, was nach diesem Auftrag kommen würde. Monika wollte ihren Triumph genießen. Trotzdem fragte er sich insgeheim, wie er seiner Schwester nur dabei helfen konnte, ihren eigenen Weg zu gehen.

Monika wusste nichts Genaues darüber, was im Hause Priggen vorging, doch es würde schon alles gut werden, gab sie ihm mit auf den Weg zu diesem Treffen. Er wünschte, sie würde recht behalten.

Endlich tauchte auf der gewundenen Dorfstraße ein dunkelblauer, nagelneuer VW-Käfer auf. Das war das Auto von Clemens Bertram, der seine Cousine heute zu einem Ausflug in die Heide ausfuhr, damit Wolfgang und Helga endlich miteinander reden konnten.

Sie wirkte blass und angeschlagen, als sie aus dem Käfer stieg und die Sonnenbrille aufsetzte. Zwar bewegte sie sich elegant und anmutig, wie sie es immer tat. Doch wer sie kannte, sah, wie schwer es ihr fiel.

Wolfgang sprang von dem Gartenstuhl auf und verschüttete beinahe seinen Kaffee. Etwas scheu hob Helga die Hand und winkte. Sie sprach kurz mit Clemens, der sich gegen die Fahrertür lehnte, dann kam sie allein in den Biergarten.

»Wie geht es dir?«, fragte Wolfgang besorgt. »Du siehst blass aus. Ich habe mir solche Sorgen gemacht. Was denken die sich nur, dich einzusperren?«

Helga winkte ab, ihre Augen lagen hinter den dunklen Gläsern der Sonnenbrille verborgen.

»Es geht mir gut, Wolfgang. Lass uns Platz nehmen.«

Die Wirtin erschien wie auf Kommando an ihrem Tisch, um die Bestellung entgegenzunehmen. Am frühen Nachmittag kamen nicht viele Ausflügler in den Biergarten, Wolfgang und Helga waren die einzigen Gäste.

Helga bestellte ebenfalls einen Kaffee, und die Wirtin rauschte ab.

»Ich habe einen Plan«, begann Wolfgang. »Da gibt es eine Ein-Zimmer-Wohnung in Barsbüttel, die ich beziehen kann. Sie hat nur einen Kanonenofen und keine Innentoilette, aber sie würde uns gehören. Ich kann tagsüber im Hafen arbeiten, da verdiene ich gutes Geld, das reicht für die Miete, und abends mache ich weiter Musik auf St. Pauli.«

Er brauchte Helgas Augen hinter der Sonnenbrille nicht zu sehen, um zu erkennen, was sie von dieser Idee hielt.

»Es wäre nur fürs Erste. Für ein paar Monate vielleicht. Länger nicht. Wir schaffen das mit der Musik, auch ohne das Geld deines Onkels. Es wird schnell bergauf gehen.«

»Ich kann nicht mit dir nach Barsbüttel gehen, Wolfgang.«

»Es ist doch nur für den Übergang. Ich verspreche es.«

»Es geht nicht.«

»Aber wieso nicht? Wir wollen doch zusammen sein. Wir wollen …«

Die Wirtin erschien mit dem Kaffee vorm Tisch, und er verstummte. Sie betrachtete die beiden misstrauisch, dann drehte sie sich um und verschwand wieder.

»Ich bau uns was auf, Helga. Vielleicht dauert es eine Weile, aber ich werde es schaffen.«

»Meine Großmutter will, dass ich heirate.«

»Deshalb verschwinden wir ja nach Hamburg. Du willst dich doch von der nicht verheiraten lassen.«

Sie antwortete nicht, blickte starr auf den Kaffee, der langsam vor ihr erkaltete.

»Helga. Wir verschwinden doch?«

»Großmutter hat mir ein paar Kandidaten vorgestellt. Ich bin eine gute Partie, musst du wissen. Es gibt in Lüneburg genug Söhne von Unternehmern und hohen Beamten, die sich um mich reißen.«

»Du willst doch nicht so einen Schnösel aus Lüneburg. Das bist nicht du, Helga. Wir wollen doch …«

»Wolfgang, bitte.«

»Aber … du willst *leben*. Ich kenne dich, Helga. Du sehnst dich nach Freiheit. Nicht nach einem langweiligen Leben in Lüneburg.«

»Ach ja?«, fragte sie. »Und du meinst, ein Leben mit einem Hafenarbeiter ist besser? In einem schimmligen Loch, in dem es nach Kohl und Armut stinkt?«

Wolfgang wusste ja, dass er nichts zu bieten hatte. Im Moment noch nicht. Trotzdem durfte es nicht so enden.

»Ich habe noch die Musik. Ich werde Geld damit machen.

Damit werde ich es schaffen. Das glaubst du doch auch.« Seine Stimme klang fast flehend, er hörte es selbst.

Sie hob die Brille. Ihre Augen waren vom Weinen verquollen. Wie gern hätte Wolfgang sie in den Arm genommen. Aber da war eine seltsame Distanz zwischen ihnen.

»Das sind nur Träume, Wolfgang.«

»Aber ...«

»Das ist alles eine Nummer zu groß für dich.«

Er verstummte. Sie glaubte nicht an ihn. Wolfgang fühlte sich, als würde er im Boxring am Boden liegen und vom Ringrichter ausgezählt werden.

»Bitte, Helga. Gib mir eine Chance. Wir lieben uns. Vertrau mir.«

»Es tut mir leid, Wolfgang. Ich hätte dich nie kennenlernen dürfen.«

Es gab nichts mehr zu sagen, das spürte er. Sie hatte ihre Entscheidung getroffen. Hilflos saß er da und fragte sich, wie er das Unvermeidliche abwenden konnte. Vielleicht, wenn sie wütend gewesen wäre. Wenn sie herumgeschrien, mit der Hand auf den Tisch geschlagen, bittere Tränen geweint hätte, vielleicht wäre es dann nicht so schlimm gewesen. Doch ihre Worte waren ernst und gefasst, ihr Blick entschlossen.

Sie schob die Sonnenbrille zurück auf die Nase, und ihre rot geränderten Augen verschwanden hinter den dunklen Gläsern.

»Tut mir leid, Wolfgang.«

»Helga ...«

»Ich muss gehen. Leb wohl.«

»Dann ist es vorbei? So einfach?«

Sie erhob sich, blickte zum Ausgang.

»Helga!«

Sie rückte den Stuhl eilig zurück und verließ den Biergarten. Den Kaffee hatte sie nicht angerührt. In der Terrassentür stand die Wirtin, die dem Geschehen missbilligend folgte.

»So leicht wirst du mich nicht los, Helga«, rief er ihr hinterher. »Ich lasse mir was einfallen. Und dann komme ich nach Lüneburg. Ich nehme dich mit, hörst du, Helga?«

Sie hastete davon, im Laufschritt zurück zum Auto. Wolfgang erhob sich, legte etwas Kleingeld auf den Tisch und lief hinterher. An einer Weißdornhecke blieb Helga wankend stehen. Plötzlich wirkte sie kraftlos.

Sie hielt sich am Holzzaun vor der Hecke fest, beugte sich elend über den Weißdorn und übergab sich. Wolfgang blieb erschrocken stehen. Clemens lief zu ihr, stützte sie, während sie sich erneut übergab.

Sie war krank. Was passierte hier? Eilig lief Wolfgang zum Zaun. Ein Infekt, dachte er. Sie war geschwächt und musste nur wieder gesund werden. Dann würde sie sich auch gegen ihre Großmutter stellen.

»Helga, geht es dir gut? Brauchst du Hilfe?«

»Ich habe nur Kopfschmerzen. Ich muss jetzt gehen.«

»Aber, warte doch …«

Sie winkte ab, ging zum Auto. Clemens, der ihr die Tür des Käfers aufhielt, wandte sich betroffen ab. Helga blickte stur geradeaus, als würde Wolfgang nicht existieren. Als Clemens um das Auto herum zur Fahrerseite ging, warf er ihm einen mitfühlenden Blick zu. Dann startete er den Motor. Knatternd und rumpelnd entfernte sich der Käfer auf der Dorfstraße.

»Ich schaffe das«, rief Wolfgang, doch das konnte Helga nicht mehr hören. Das Heck des Käfers verschwand hinter einem Bauernhof, dann wurde das Motorengeräusch leiser und verstummte.

Am Eingang des Biergartens stand die Wirtin mit verschränkten Armen und warf ihm böse Blicke zu. Doch Wolfgang drehte ihr den Rücken zu und schwang sich aufs Fahrrad. Auf diese Weise durfte es nicht zu Ende gehen.

Die malerische Landschaft und die pittoresken Fachwerkhöfe nahm er kaum wahr, während er in die Pedale trat. Fiebrig dachte er darüber nach, dass der Weg, den er bislang eingeschlagen hatte, sich auf den Bühnen von St. Pauli mühsam einen Namen als Beatgruppe zu machen, nicht länger taugte. Zwar glaubte er immer noch daran, dass sie eines Tages Erfolge feiern würden. Aber dann wäre Helga längst mit einem reichen Pfeffersack verheiratet.

Als er in Seevetal mit seinem Fahrrad die S-Bahn in Richtung Hamburg bestieg, kam ihm eine Idee. Keine besonders gute zwar, und er glaubte auch nicht, dass seine Jungs begeistert wären, wenn sie davon erfuhren. Aber es war der einzige Ausweg, der ihm einfiel. Einen Versuch war es wert.

Die Jungs waren bestimmt schon zur Probe in der Kneipe von Werners Onkel. Mit dem Fahrrad ratterte er über das Kopfsteinpflaster zwischen den heruntergekommenen Häusern seines vertrauten St. Pauli, klingelte spielende Kinder von der Straße und erreichte schließlich die Kiezkneipe, vor der er das Fahrrad anschloss.

Die Jungs waren tatsächlich schon versammelt. Keuchend und durchgeschwitzt stürmte er ins Halbdunkel der Kneipe. Er musste einen sonderbaren Anblick bieten, denn alle sahen überrascht auf.

»Ich brauche Ulf«, sagte er. »Tut mir leid, Jungs, heute gibt es keine Probe.«

Verwunderte Stille breitete sich aus.

»Jedenfalls nicht wie gewöhnlich«, meinte Wolfgang. »Ulf, würdest du mir bei etwas helfen? Es ist wichtig.«

Ulf brauchte nicht lange, um zu begreifen. »Geht es um Helga?«

Wolfgang nickte.

»Dann bin ich dabei.«

»Danke.«

Er kletterte auf die Bühne und bat Werner, ihm das Klavier zu überlassen. Dann nahm er Platz, massierte sich die Finger und spielte eine klare und einfache Akkordfolge, die man von zahlreichen Schlagern kannte. Die Jungs stöhnten auf, lachten abfällig und buhten ihn aus.

»Kommt schon, reißt euch zusammen.«

Er reichte Ulf den Text von *Du bist mein ganzes Glück*. Monikas Geburtstagsgeschenk, das er für sie geschrieben hatte. Ulf nahm ihn mit einem Stirnrunzeln entgegen.

»Du hast eine klassische Ausbildung, Ulf. Sing das, als wärst du ein Opernsänger, der Pop singen will.«

»Ich soll einen Schlager singen?«

»Tu es mir zuliebe.«

»Wir haben mit Schlager nichts am Hut, und schon gar nicht mit den Spießern, die so was hören. Deshalb sind wir hier, deshalb spielen wir Beatmusik. Weil wir nicht so sind wie unsere Eltern.«

»Das weiß ich selbst. Komm schon, mach mit.«

Er spielte die Melodie und sang die Strophe selbst, worauf die anderen Jungs sich krümmten, als hätten sie Zahnschmerzen. Ulf betrachtete Wolfgang düster und nahm dann endlich das Blatt.

»Können wir?«, fragte Wolfgang.

Ulf probierte die Melodie des Refrains aus, *Du bist mein ganzes Glück*. Sein Tenor klang besonders, fand Wolfgang, viel besser, als wenn er sich als Beatsänger bemühte. »Sing es mit einem leichten Akzent. Wie ein Amerikaner auf Deutsch«, schlug er vor.

Ulf schüttelte den Kopf, als könne er nicht glauben, was er da tat. Doch als er es versuchte, klang es perfekt.

Dann gingen sie das Lied durch, Strophen und Refrain, und Wolfgang hatte zunehmend das Gefühl, einer fertigen Plattenaufnahme zuzuhören. Eigentlich hatte er das Lied ja für Monika allein geschrieben, sie hätte sicher nichts dagegen.

»Himmel, was für ein Schund«, rief Werner, als sie den Probelauf beendet hatten. Die Jungs starrten Wolfgang an.

»Hast du das etwa geschrieben?«

»So was kannst du, Wolfgang?«

»Das ist doch Schrott.«

»Meine Schwester mag kitschige Schlager«, sagte er verlegen. »Ich wollte ihr das Lied zum Geburtstag schenken.«

»Dafür verdienen wir Schmerzensgeld.«

»Und du, Ulf!«, meinte Werner. »Du klingst schlimmer als René Carol. Dass ich solche Klänge auf St. Pauli höre, hätte ich niemals gedacht.«

Doch Wolfgang achtete gar nicht auf ihn. »Komm, Ulf, lass es uns noch mal versuchen.«

Es war nicht die Art von Musik, für die er schwärmte, aber es war einen Versuch wert. Und Ulf hatte die perfekte Stimme dafür.

»Der neue Star am Schlagerhimmel«, ätzte Werner, der sein Bierglas mit einem Zug leerte. »Ulf Korte.«

»Wir brauchen natürlich einen anderen Namen«, sagte Wolfgang. »Billy irgendwas. Billy Heaven vielleicht, was haltet ihr davon?«

Wieder verzogen sie die Gesichter.

»Und was hat das Ganze mit Helga zu tun?«, fragte Ulf.

»Erkläre ich dir später. Ulf, wir haben heute Abend was vor.«

»Was denn?«

»Wir ziehen durch die Clubs. Durch ganz St. Pauli, wenn es sein muss.«

»Ich versteh gar nichts mehr. Willst du etwa einen draufmachen?«

»Vor allem will ich jemanden finden. Ich habe einen Bekannten bei Polydor, schon vergessen? Wir müssen Adolf finden und ihn überreden, uns noch eine Chance zu geben. Diesmal mit einem Schlager.«

Kapitel vierunddreißig

August 1962

Es wäre übertrieben zu sagen, die Rückkehr nach Lüneburg gliche einer Triumphfahrt. Aber Wolfgang hatte mehr erreicht, als er in so kurzer Zeit für möglich gehalten hatte. Er hatte einen Plattenvertrag in der Tasche. Die Leute bei Polydor waren von seinem Schlager überzeugt gewesen. Und von Ulfs Stimme. Oder besser gesagt, von der Stimme von Billy Heaven, denn unter diesem Namen würde er nun bekannt werden. Adolf hatte einen Vertrag aufgesetzt, und Wolfgang hatte ohne mit der Wimper zu zucken unterschrieben. Danach waren er und Ulf feiern gegangen. Im Star-Club natürlich.

Als Wolfgang den Vertrag später gründlich studiert hatte, war ihm aufgefallen, dass nur ein verschwindend geringer Teil der Einnahmen bei ihnen hängen bliebe. Ohne viel über das Geschäft zu wissen, ahnte er, dass er mehr hätte rausholen können. Aber das spielte keine Rolle. Es war ein Anfang. Seine Musik würde produziert werden. Und wenn sie Erfolg hatten, würde schon ausreichend Geld bei ihm landen, um nicht im Hafen arbeiten zu müssen. Beim nächsten Mal würde er besser verhandeln.

Die Freude über diesen Erfolg war so groß, dass sie fast vergessen ließ, dass sie eine Schlagerplatte aufnehmen würden. Ohne groß darüber nachzudenken, waren sie auf die andere Seite gewechselt. Sie würden keine wilde, aufsässige Beatmusik spielen, sondern gediegene Massenunterhaltung, ohne Anspruch und Innovation. Brav und gefällig zu werden war der Preis, den sie zahlten. Wolfgang tröstete sich damit, dass es keine Rolle spielte, wenn er dafür Helga zurückbekäme.

Er konnte kaum abwarten, mit Helga zu sprechen. Dieses Mal würde sie ihn nicht wegschicken. Er hatte etwas vorzuweisen. Eine Zukunft im Musikgeschäft war wahrscheinlicher geworden.

Spätsommerliche Abendruhe hatte sich über die Stadt gelegt. Im warmen Licht tanzten die Mücken, Giebelfenster zur Straße standen offen, von überall drangen Geräusche. Die alte Stadt zeigte sich von ihrer schönsten Seite, und Wolfgang hätte alle Menschen in ihr umarmen können.

Vom Brauhaus am Alten Hafen wehten mehrstimmige Gesänge herüber. Durch die offen stehenden Fenster sah er einen Männerchor, der bierselig Volkslieder sang. Er blieb stehen und sah ihnen eine Weile zu. Was ist schon gegen leichte Musik einzuwenden?, fragte er sich. Sie machte Menschen glücklich, und darum ging es schließlich. Keiner konnte ihm da einen Vorwurf machen.

Als er am Patrizierhaus der Priggens angelangt war, hätte er am liebsten Sturm geklingelt und nach Helga gefragt. Aber er musste die Sache vorsichtiger angehen.

Das Tor zum Hof stand offen, und er eilte hindurch. Sein Vater würde nicht begeistert sein, ihn zu sehen, doch er konnte ihm nicht verbieten, Monika zu besuchen. Sie sollte als Erste davon erfahren. Schließlich war es ihr Lied, mit dem er erfolgreich gewesen war.

Er schlug gegen die Tür und wartete. Im Innern blieb alles still. Er versuchte es nochmals, dann drückte er die Klinke. Die Tür war unverschlossen, also trat er in die Wohnküche.

»Hallo? Ist keiner da?«

Niemand antwortete. Dabei stand das Abendessen auf dem Tisch. Monikas Strickjacke hing an der Stuhllehne, und das Radio gab leise Musik von sich.

»Vater! Monika!«

Nichts. Seltsam.

Wolfgang trat an den Tisch, brach etwas Brot ab und tunkte es in den Schmalztopf. Er war völlig ausgehungert. Mit dem Messer schnitt er ein Stück Käse ab, schob es sich in den Mund und marschierte dann kauend nach oben.

Monikas Kammer war leer. Ein aufgeschlagenes Buch lag auf dem Bett, doch von seiner Schwester keine Spur. Sein altes Zimmer stand ebenfalls leer, nur der Sonntagsanzug hing am Haken. Merkwürdig. Wo waren denn alle hin?

Er ging wieder nach unten, überlegte, ob er auf Monika und seinen Vater warten sollte, trat dann in den Hof und sah von dort hinauf zu Helgas Fenster. Ob sie vielleicht zu Hause war? Er suchte am Boden nach einem Steinchen, das er gegen ihre Scheibe werfen konnte, da tauchte in der Küchentür die Haushälterin der Priggens auf. Sie sah ihn mit großen Augen an, wischte sich die Hände an der Schürze sauber und lief in den Hof.

»Herr Hansen? Was machen Sie denn hier?«

Was konnte er darauf erwidern? War inzwischen herausgekommen, dass er in Hamburg lebte?

»Ich war bis gerade in der Werkstatt«, antwortete er vorsichtig. »Ich dachte, ich schau mal bei meinem Vater vorbei.«

»Dann haben Sie gar nichts davon gehört?«

»*Gehört?* Was denn?«

Erst jetzt bemerkte er, wie bleich und nervös Fräulein Fehn wirkte.

»Ich dachte, Sie wären bei Ihrer Familie im Krankenhaus. Das muss Ihnen doch einer gesagt haben.«

Krankenhaus. Sein Herz setzte einen Schlag aus.

»Was ist passiert?«

»Es geht um Ihren Bruder.«

»Helmut? Was ist mit ihm?«

Er war doch auf dem Weg der Besserung. Er würde gesund werden, das hatten die Ärzte gesagt.

»Er hatte eine Sepsis. Eine Vergiftung. Das …«

»Wie bitte? Wie geht es ihm?«

»Die Ärzte sagen, dass es eine mögliche Komplikation ist … eine Blutvergiftung. Sie sagen, er hätte …«

»Fräulein Fehn! Verdammt, sagen Sie mir endlich, was passiert ist.«

»Ich glaube, Sie sollten besser ins Krankenhaus gehen.«

Wolfgang stolperte zurück. Jedes Triumphgefühl war verflogen. Ihm wurde speiübel. Er wandte sich ab, nahm die Beine in die Hand und rannte in Richtung Krankenhaus.

Kapitel fünfunddreißig

Heute

Dieses Mal begleitete ihn Jordis zum Friedhof. Nach all den Geschichten, die sie in den vergangenen Tagen erfahren hatte, hatte sie ihn gebeten, mitkommen zu dürfen. Wolfgang hatte nichts dagegen gehabt. Im Gegenteil, es fühlte sich gut an, diesen Weg nicht allein zu gehen.

Er hätte viel früher zurückkehren sollen, das wurde ihm wieder einmal klar. Vor Jahren schon. Er deutete auf die Grabstelle.

»Da vorn ist es«, sagte er.

An der Friedhofsbank blieb er stehen, um kurz zu verschnaufen. Jordis trat an den schlichten Stein, ging in die Hocke, betrachtete die Grabstelle.

»Das Grab ist sehr gepflegt«, sagte sie.

»Ich habe einen Friedhofsgärtner beauftragt, sich darum zu kümmern.«

»Du hast die Kosten übernommen, aber du warst nie hier?«

»Nein, Jordis. Und wenn du nicht nach Lüneburg gekommen wärst – ich weiß nicht, ob ich je zurückgekehrt wäre.«

Sie nahm seine Hand. Die Berührung war so unvermutet, dass sich etwas in ihm löste. Er kämpfte mit seinen Gefühlen.

Helmut Hansen, stand auf dem Grabstein. *1951–1962*.

»Es ist sehr schlicht«, meinte sie.

»So war unser Vater eben. Nichts Persönliches, nichts Tröstendes. Das war typisch für ihn.«

Jordis zupfte ein paar welke Lindenblüten vom Efeu, das den Stein umrahmte. Sie hielt inne und betrachtete nachdenklich den Namenszug.

»Er war dein Halbbruder, richtig?«

»Ja. Seine Mutter war die zweite Frau unseres Vaters. Monika und ich waren um einiges älter. Wir waren … ein Team. Manchmal frage ich mich, ob er sich bei uns wie das fünfte Rad am Wagen gefühlt hat.«

»Er wäre heute siebzig Jahre alt.«

»Wir hätten dir eher von ihm erzählen müssen.«

Noch etwas, das er bereute. Jordis hätte ein Recht gehabt, von ihrem Großonkel zu erfahren.

Der Wind raschelte in den Bäumen über dem Grab.

»Wie er heute wohl wäre?«, fragte sie.

»Bestimmt hätte man mit ihm viel zu lachen gehabt. Er war jemand, der andere gern zum Lachen brachte. Er hatte verrückte Ideen und immer gute Laune.«

Sie fielen in Schweigen. Er nahm auf der Bank Platz, lauschte dem Wind in den Bäumen und dachte daran, wie er seinen kleinen Bruder immer noch vermisste.

Jordis setzte sich neben ihn. »Wieso wurde er hier begraben?«

»Du meinst auf diesem Friedhof?«

»Nein, ich meine in Lüneburg.«

Er wusste zuerst nicht, was er darauf antworten sollte.

»Ihr wart nur zu Gast in der Stadt. Lüneburg war nicht euer Zuhause.«

»Du findest es herzlos, dass Helmut hier beerdigt wurde.«

Er seufzte schwer. »Das lag wohl auch an unserem Vater. Er gehörte zu der Generation, die den Krieg überlebt hatte. Da war man nicht sentimental. Außerdem … wir hatten kein Zuhause, wo wir Helmut hätten beerdigen können. In Köln hatten wir zu der Zeit nicht einmal eine Werkstatt. Vor Lüneburg waren wir ein Jahr in Brunsbüttel gewesen. Hier war unsere Arbeit, als er starb.«

»Aber dein Vater und meine Oma sind kurz danach fortgezogen, und Heinrich Hansen hat in Köln die Werkstatt aufgemacht. Das war dreiundsechzig.«

»Du fragst dich, wie er seinen Sohn einfach hier zurücklassen konnte?«

Auch diese Frage war sicher berechtigt. Es musste kaltherzig wirken. Zumindest auf den ersten Blick.

»Helmuts Tod hat ihn gebrochen, weißt du. Er hat sich nie davon erholt. Er ist sieben Jahre nach unserem Aufenthalt in Lüneburg gestorben.«

Wieder schwiegen sie. Hinter den Gräbern und Hecken ragte anmutig die Friedhofskapelle in den Sommerhimmel. Eine Schwalbe segelte darüber hinweg, und Wolfgang sah ihr nach, bis sie hinter dem Turm verschwunden war.

»Wie war das damals auf der Beerdigung?«, fragte Jordis. »Viele waren es sicher nicht, die ihm das letzte Geleit gegeben haben. War das nicht furchtbar traurig?«

»Das weiß ich nicht. Ich war nicht dabei.«

»Wieso das denn nicht?«

»Mein Vater hat mir verboten, zur Beerdigung zu kommen.«

»Wie bitte? Das konnte er doch nicht tun.«

»Doch. Er konnte. Und er hat.«

»Aber weshalb?«

»Er hat mir die Schuld an seinem Tod gegeben.«

Wolfgang erinnerte sich, wie er damals das Krankenhaus erreicht hatte. Wie er durch die kasernenartigen Flure geirrt war, wo ihn die Schwestern in ihren strengen Uniformen wenig mitfühlend auf die Station geschickt hatten.

Zuerst sah er Monika. Kalkweiß, am ganzen Körper zitternd und in Tränen aufgelöst. Sie fielen sich in die Arme, sie klammerte sich wie eine Ertrinkende an ihn. Da verstand er. Und die Trauer überwältigte ihn.

Er sagte ihr, er wolle zurück nach Hause kommen. Er gehörte zur Familie, zu Monika, nichts anderes spielte mehr eine Rolle.

Doch sein Vater machte ihm einen Strich durch die Rechnung. Er packte ihn an der Schulter und riss ihn von Monika fort.

»Das ist deine Schuld!«, brüllte er.

»Papa …«

»Du hast ihn auf dem Gewissen.«

Er stieß Wolfgang von sich. »Du bist ein Mörder!«

Schwestern und Ärzte blickten sich bestürzt um, doch keiner mischte sich ein. Nicht einmal Monika, die nur leichenblass dastand.

»Ohne dich wäre er nie auf dieses Gerüst geklettert«, schrie sein Vater. »Weil du dich feige davongemacht hast, deshalb ist er nachts auf die Baustelle. Er glaubte, er muss deinen Platz einnehmen. Ohne dich würde er noch leben.«

»Aber Papa«, kam es endlich gequält von Monika.

Aber er achtete nicht auf sie. Sein Blick ruhte kalt auf Wolfgang. »Verschwinde von hier.« Und weil Wolfgang nicht sofort reagierte, rief er: »Lass dich nie wieder bei uns sehen. Hau ab.«

Wolfgang löste sich aus seiner Starre, stolperte zurück, vorbei an schockierten Schwestern und Patienten, und floh in Richtung Ausgang.

Und dann schrie ihm sein Vater noch einmal hinterher. »Du bist nicht länger mein Sohn.«

Noch so eine Wunde, die bis heute schmerzte, dachte er, während er das schlichte Grab betrachtete. Kein Wunder, dass er Lüneburg sein Leben lang gemieden hatte.

»Er hat mir die Schuld gegeben, Jordis. Für Helmuts Tod. Und er hat mir nie verziehen.«

»Aber du trägst keine Schuld an dem Unfall. Wie kann er das behaupten? Genauso könnte man sagen, es sei seine Schuld, weil er keine Frau in der Werkstatt haben wollte.«

Wolfgang winkte ab. Keiner hatte Schuld an dem, was passiert war. Das hatte er längst verstanden.

In der Zeit danach war er wie unter Schock gewesen. Er

war abgehauen, zurück nach Hamburg, hatte Partys gefeiert, zu viel getrunken, mit zu vielen Frauen. Alles, um nur nichts spüren zu müssen.

Dann war *Du bist mein ganzes Glück* erschienen, sein erster Hit. Der Schlager schoss auf Platz eins der Hitliste in Deutschland. Ulf wurde als Billy Heaven über Nacht zum Star, und für sie beide begann ein kometenhafter Aufstieg. Ulf sollte nur der Erste von vielen Schlagersängern bleiben, die Wolfgang berühmt machte. Heute schmückten mehr als zweihundert Gold- und Platinschallplatten seine Villa an der Elbchaussee – auch wenn niemals ein Beatsong von ihm produziert worden war.

Nach dem Tod seines Bruders war so vieles gleichzeitig passiert, dennoch hatte er sich die meiste Zeit taub gefühlt, als würde er sein Leben nur vom Beifahrersitz aus betrachten. Seinen Vater hatte er bis kurz vor dessen Tod nicht wiedergesehen. Wirklich versöhnt hatten sie sich auch dann nicht, aber sie sprachen am Ende wieder miteinander, nahmen zumindest Abschied. Das war mehr, als er lange für denkbar gehalten hatte.

»Wusstest du damals schon, dass Helga schwanger war?«, fragte Jordis. »Als all das passiert ist?«

Er hätte es wissen müssen. Ihre Übelkeit, die Blässe … Aber junge Männer wussten damals über solche Dinge nicht Bescheid. Frauen waren in dieser Hinsicht wie eine Spezies von einem fremden Stern gewesen.

»Nein«, sagte er. »Das habe ich erst später erfahren.«

»Wann?«

»Da war sie schon verheiratet.«

Jordis wirkte betroffen.

»Es hätte nichts geändert«, sagte er. »Sie hatte sich entschieden und einen Antrag angenommen. So wie ihre Großmutter es von ihr erwartete.«

»Aber es war dein Kind, Wolfgang. Du hättest doch darauf bestehen müssen, als Vater anerkannt zu werden.«

»Ich habe ihr einen Antrag gemacht. Mit allem Drum und Dran und einem Verlobungsring, der mich den kompletten Vorschuss auf meinen ersten Plattenvertrag gekostet hat.«

»Aber sie hat Nein gesagt?«

Er nickte. Noch so eine Sache, die bis heute schmerzte. Wie wäre ihr Leben verlaufen, wenn er sie hätte überzeugen können? Wenn sie sich einen Ruck gegeben und gegen ihre Angst und den Willen ihrer Großmutter gehandelt hätte? Er fühlte sich nur noch alt und müde, wenn er darüber nachdachte.

»Sie wollte, dass ich niemals wieder in ihrem Leben auftauchte. Und ich habe ihr das Versprechen gegeben.«

»Aber wie konntest du das tun?«

»Weil ich sie geliebt habe.«

Das ließ Jordis verstummen.

»Der Mann, den sie geheiratet hat, war der Spross einer Lüneburger Familie. Alteingesessener Geldadel. Es war ein perfekter Deal.«

»Wie meinst du das? Ein Deal?«

»Eine junge schwangere Braut half, das ein oder andere Gerücht zu widerlegen. Es war eine Win-win-Situation.«

»Du meinst, er war schwul?«

»Du hast es erfasst. Damals ein Skandal. Seine Familie und Helgas Großmutter haben sich zusammengetan, um es zu vertuschen. Er würde das Kind annehmen, Helga heiraten, und im Gegenzug würden die Priggens keinen Skandal wegen eines unehelichen Kindes bekommen.«

»Und Helga hat da mitgemacht?«

»Sie hat keine Alternative gesehen. Ich glaube, sie hat überlegt, das Kind wegzumachen. Aber das hätte die strenggläubige Agnes Priggen niemals zugelassen.«

Er hatte versucht, Helga umzustimmen. Doch ihr fehlte der Mut, das Risiko einzugehen. Oder die Phantasie.

»Und ich musste ihr versprechen, niemals Kontakt zu dem Kind aufzunehmen.«

»Darauf hast du dich doch nicht eingelassen?«

»Wie gesagt, ich habe sie geliebt.«

»Aber das ist sechzig Jahre her. Das spielt doch heute keine Rolle mehr.«

»Er ist gestorben. Balthasar – mein Sohn. Mitte der Achtziger bei einem Unfall mit einer Segeljacht. Er ist ertrunken. Mit dreiundzwanzig.«

Jordis brauchte eine Weile, um das zu verdauen.

Wolfgang fragte sich, ob er heute anders gehandelt hätte. Damals glaubte er, es wäre für Helga und ihren Sohn das Beste, wenn er unsichtbar bliebe. Soweit er wusste, hatte Balthasar niemals erfahren, dass er nicht das leibliche Kind seines Vaters war.

Er selbst war zu dieser Zeit ohnehin mit seiner Karriere beschäftigt gewesen. Mit schnellen Autos, schönen Frauen und rauschdurchtränkten Shownächten.

»Sie hätte alles haben können«, meinte Jordis kopfschüttelnd. »Helga. Ein Leben, wie sie es sich wünschte. Mit einer Villa an der Elbchaussee und einem Mann, der ihr jeden Traum erfüllen konnte. Und der sie liebte. Sie hätte nur ein kleines bisschen warten müssen. Ist das nicht tragisch?«

Wolfgang hatte oft darüber nachgedacht. Sie waren so nah dran gewesen, sich ihre Träume zu verwirklichen. Dennoch hatte er Helga irgendwann verstanden. Eine Schwangerschaft änderte alles, und manche Angst ließ sich nicht von ein paar Worten der Hoffnung vertreiben.

Der Wind frischte auf, und eine Schönwetterwolke schob sich vor die Sonne. Er begann zu frösteln.

»Ich werde Helmut in Zukunft häufiger besuchen kommen«, sagte er und stand mithilfe seines Stocks auf. »Diese Reise hätte ich viel früher antreten sollen.«

Jordis reichte ihm ihren Arm, und er hakte sich unter. Sie spazierten langsam durch die Grünanlagen zum Ausgang.

»Was ist aus Helga geworden?«, fragte sie. »Lebt sie noch?«

Wolfgang antwortete nicht sofort.

Sie warf ihm einen skeptischen Seitenblick zu.

»Sag nicht, dass du es nicht weißt.«

Und weil er schwieg, rief sie empört: »Onkel Wolfgang!«

Es hatte keinen Zweck. Sie würde ohnehin keine Ruhe geben. Daher konnte er ihr ruhig auch dieses letzte Geheimnis offenbaren. Er zog einen sorgfältig zusammengefalteten Zeitungsartikel aus seiner Jackentasche.

»Hier. Lies.«

»Was ist das?«, fragte sie.

»Eine Seite der Landeszeitung. Die lag im Hotel aus.«

Es ging um ein Orgelkonzert in der Kirche St. Johannis, dem ältesten Gotteshaus in Lüneburg, in der die berühmte Orgel aus der Zeit der Renaissance stand. Es würde heute stattfinden. Auf dem Bild war vor der gotischen Kirche die Kantorin der Kirchengemeinde abgebildet, die das Konzert veranstaltete. Sie hieß Helga von Brengstorf.

Jordis brauchte einen Moment, bis sie begriff.

»Ist das deine Helga?«

»Ja. Ich hatte sie zuerst nicht wiedererkannt.«

Natürlich hatte sie sich verändert, genau wie er. Aber an ihren Augen hatte er sie wiedererkannt. Und an dieser typischen Art, wie sich die Mundwinkel beim Lachen leicht spöttisch nach unten zogen.

»Sie sieht nett aus«, sagte Jordis. »Lebt ihr Ehemann noch? Haben sie weitere Kinder?«

»Das weiß ich alles nicht. Ich habe nur das Foto gesehen.«

»Aber du gehst dahin, heute Abend?«

»Ich fahre später nach Hamburg zurück.«

»Onkel Wolfgang! Das kannst du nicht machen.«

Er hatte lange darüber nachgedacht. Am Ende hatte ihn der Mut verlassen.

»Wenn sie mich gar nicht sehen will? Es ist sechzig Jahre her.«

»Das musst du schon ihr überlassen. Das kannst du nicht für sie entscheiden.«

Wolfgang war zwiegespalten. Ein Teil von ihm würde nichts lieber tun, als Helga wiederzusehen. Nie hatte er eine Frau so geliebt wie sie. Er wollte sie noch einmal in den Arm nehmen, mit all den Narben und Veränderungen, die sie seitdem erlebt hatten. Andererseits hatte er Angst und fragte sich, ob es besser wäre, die Erinnerung nicht zu zerstören. Nach Hamburg zu fahren und Helga so in seinem Herzen zu behalten, wie er sie damals gekannt hatte.

Sie erreichten das Friedhofstor. Die Sonne brach zwischen den Wolken hervor und tauchte die Welt in goldenen Glanz.

»Lass uns heute Abend dahingehen, Onkel Wolfgang, bitte.«

Er war nicht sicher, ob es die richtige Entscheidung war.

»Abgemacht, Onkel Wolfgang?«, fragte Jordis. »Ich begleite dich. Dann sehen wir uns heute Abend.«

Jordis hatte eine Menge, worüber sie nachdenken musste, als sie zurück ins Rathaus ging. Onkel Wolfgang war in seinem Leben mit vielen Frauen zusammen gewesen, allein mit vieren war er verheiratet gewesen. Doch keine der Ehen hatte lange gehalten. Jordis hatte das auf seinen unsteten Charakter und auf das Showgeschäft geschoben. Jetzt begriff sie, es lag eher daran, dass seine große Liebe zeitlebens unerreichbar geblieben war.

Auf dem Weg durch die Rathausdiele dachte sie an ihre Großmutter, die sich ihr Leben lang an ihr Versprechen gehalten hatte, was das Fresebild anging. Trotzdem hätte Jordis gern gewusst, dass die wichtigste Arbeit des Familienbetriebs auf ihre Oma zurückging und nicht auf die Männer, die damals dazugehörten. Es hätte sie ermutigt, ihren eigenen Weg zu gehen.

Vor dem Treppenhaus blieb sie stehen. Dann nahm sie ein paar Stufen auf einmal, und das Monumentalgemälde rückte in ihr Blickfeld. Der gewaltige Figurenaufzug, die widerstreitenden Wesenseigenschaften des Menschen, der fortwährende

Kampf um die Wahrheit. Wie gern hätte sie mit ihrer Oma über das Gemälde gesprochen.

»Du liebst das Bild auch, oder?«

Jordis wandte sich um. Es war das Mädchen mit dem Zeichenblock, das sich wieder einmal ins Rathaus geschlichen haben musste.

»Wie schaffst du es nur immer wieder, hier ungesehen reinzukommen?«, fragte Jordis.

Das Mädchen zwinkerte ihr zu. Dann setzte sie sich auf die Stufen und holte den Zeichenblock hervor.

»Ich will heute die Sapientia malen.«

»Die Weisheit«, sagte Jordis und betrachtete die Figur der Sapientia, die über dem Thron des Richters schwebte, außerhalb der restlichen Figuren. »Eine gute Wahl.«

»Ich würde auch gern Bilder restaurieren, wenn ich groß bin. Das wäre echt krass.«

»Dann tu es.«

»Schon klar. Daraus wird sowieso nichts.«

»Wieso denn nicht?«

»Meine Mama will das auf keinen Fall. Ich soll Rechtsanwältin werden. Oder Ärztin. Wie alle bei uns in der Familie.«

Jordis betrachtete nachdenklich das Gemälde.

»Weißt du, dass meine Großmutter das Bild restauriert hat?«

Marie kräuselte skeptisch die Stirn.

»Wenn ich es doch sage. Das war Anfang der sechziger Jahre. Das Bild war in einem ziemlich schlechten Zustand, und es war eine Menge Arbeit, aber meine Oma hat es geschafft.«

»Echt? Ist ja krass.«

»Wenn sie das damals konnte, warum solltest du es heute nicht schaffen?« Jordis wandte sich dem Mädchen mit verschränkten Armen zu. »Du kannst alles werden, was du willst. Es ist deine Entscheidung.«

»Kann schon sein«, maulte sie.

»Das kann nicht nur sein, das ist so.«

Sie glaubte, ein Augenrollen zu erkennen.

»Ich liebe meine Arbeit, Marie. Ich möchte um nichts in der Welt was anderes machen. Und genug Geld verdiene ich auch. Dafür muss man nicht Anwältin werden.«

Wahrscheinlich lag es an dem Geheimnis ihrer Großmutter, dass sie sich jetzt so engagierte. Aber das war ihr egal. Sie zog eine Visitenkarte aus der Brusttasche. »Hier, nimm das. Wenn du möchtest, rede ich mal mit deiner Mutter.«

»Mit meiner *Mutter?*«

»Ich erkläre ihr, wie der Beruf funktioniert. Du könntest ein Praktikum bei mir im Betrieb machen. Dann kann sie sehen, wie gut du bist. Einen Versuch wäre es wert.«

»Das würdest du machen?«

Sie nahm die Karte entgegen und betrachtete sie, als würde es sich um Falschgeld handeln.

»Warum hilfst du mir? Wir kennen uns gar nicht.«

»Weil ich eben finde, dass du ausgesprochen talentiert bist. Es wäre eine Schande, wenn du nichts daraus machen würdest.«

Marie wusste offenbar nicht, was sie sagen sollte.

»Denk darüber nach. Ruf mich an, wenn du so weit bist. Abgemacht?«

Endlich tauchte ein Lächeln in ihrem Gesicht auf.

»Abgemacht«, sagte sie. »Echt krass.«

Jordis' Handy machte sich bemerkbar. Sie hob entschuldigend die Hand und zog es aus ihrer Tasche. Es war Emilian. Unschlüssig betrachtete sie das Display.

»Geh schon ran«, sagte Marie.

Jordis zwinkerte ihr zu und nahm das Gespräch entgegen. Sie trat in die Rathausdiele, aus dem Sichtfeld des Mädchens.

»Hast du heute Abend schon was vor?«, fragte Emilian.

»Leider ja. Ich bin mit Wolfgang verabredet.«

»Dann bleibt er noch eine Nacht in Lüneburg?«

»Er hat noch etwas zu erledigen. Es geht um seine große Liebe. Mehr will ich nicht verraten.«

»Seine große Liebe. Wie geheimnisvoll. Das hört sich vielversprechend an.«

»Wir treffen uns ein andermal, ja? Wir holen nach, was immer du für heute Abend geplant hast.«

»Das ist leider nicht möglich. Ich wollte dich nämlich zu einem Konzert einladen, das heute stattfindet.«

»Ein Konzert?«, fragte sie verwundert.

»Ein Orgelkonzert. Es wird Bach gespielt, und zwar auf der Barockorgel in der Johannis-Kirche. Ich dachte, es würde dir gefallen, die berühmte Orgel im Original zu hören. Dazu noch von einem namhaften Künstler.«

Jordis fragte sich, ob es nicht vielleicht gut wäre, wenn sie die Möglichkeit hätte, sich unauffällig aus dem Geschehen zu ziehen. Je nachdem, wie das Wiedersehen der beiden verliefe.

»Hast du die Karten schon?«, fragte sie.

»Ja, aber ich kann sie sicher umtauschen.«

»Nein, mach das nicht.« Ein Lächeln breitete sich in ihrem Gesicht aus. »Ich habe eine Idee.«

Kapitel sechsunddreißig

September 1962

Das riesige Gemälde dominierte die Werkstatt mit seinen leuchtenden Farben. Der kleine Raum ließ das Gemälde in all seiner Opulenz noch monumentaler wirken, als es ohnehin schon war.

Monika betrachtete das Ergebnis ihrer Restaurierung. Sie hätte stolz sein müssen auf das, was sie geleistet hatte. Überwältigt von der schieren Größe der Aufgabe. Demütig in Anbetracht der wiederhergestellten Schönheit, die der Renaissancemaler erschaffen hatte und die dank ihrer Hände wieder für alle sichtbar wurde.

Doch stattdessen fühlte sie sich seltsam taub. Seit dem Tod von Helmut war da eine Leere in ihr, die alle anderen Gefühle verschluckte.

Sie zuckte zusammen, als es von draußen gegen die Tür hämmerte.

»Monika!«, rief ihr Vater von nebenan. »Das müssen die Männer sein, die das Bild abholen. Höchste Zeit, dass sie kommen.«

Sie verlor sich in der zusammengesunkenen, qualvollen Gestalt des Angeklagten, der von den Lastern bedrängt wurde, der demütig jeden Schlag hinnahm und alles aushielt.

»Monika! Jetzt geh schon zur Tür.«

»Ja, Vater.«

Draußen standen Arbeiter in Overalls, die Filztücher unterm Arm trugen. Sie nickten knapp und traten an ihr vorbei ins Atelier. Ihr Vater kam nach vorn und dirigierte die Männer sofort herum.

»Seien Sie vorsichtig mit dem Rahmen. Und achten Sie darauf, die Leinwand nicht anzufassen. Schlagen Sie die Tücher hierüber, sehen Sie? Ganz sachte.«

Monika trat zurück. Keiner der Männer beachtete sie. Sie war wieder unsichtbar geworden.

»Tragen Sie das Bild zu Fuß hinüber ins Rathaus?«, wollte ihr Vater wissen. »Dann achten Sie auf das Kopfsteinpflaster. Sie transportieren einen wertvollen Kunstgegenstand, vergessen Sie das nicht.«

Sie hoben das in Filz eingepackte Gemälde an und trugen es mit vereinten Kräften zur Tür.

»Ich begleite Sie«, entschied ihr Vater und folgte ihnen. »Nur um sicherzugehen. Es sind ja nur hundert Meter bis zum Rathaus. Monika, du kannst schon mal durchputzen und alles zusammenräumen, was uns gehört.«

Damit war er verschwunden. Die Tür fiel hinter ihm ins Schloss, und sie blieb allein zurück in der leeren Werkstatt. Es wurde still. Sie hörte nur ihren eigenen Atem. Kraftlos ließ sie sich auf den Sessel am Fenster sinken und sah hinaus auf die Straße.

Clemens Bertram hatte eigentlich heute kommen wollen, um ihr beizustehen, aber dann war ihm ein Termin bei seiner Tante dazwischengekommen. Er wollte Agnes Priggen absagen, doch Monika hatte es ihm ausgeredet. Sie würden sich später sehen.

Clemens war in den vergangenen Wochen oft da gewesen, um mit ihr zu reden. Anfangs hatte Monika das nicht gewollt. Bei ihrem letzten Treffen im Hamburger Hafen war sie lustig und lebensfroh gewesen, doch nun, nach Helmuts Tod, war alles anders, und sie wollte ihm das nicht zumuten. Doch Clemens hatte Briefe geschrieben, ihr vorgeschlagen, sie in Lüneburg zu besuchen. Zuerst hatte sie nicht darauf reagiert. Doch dann war er persönlich aufgetaucht, hier in ihrer Werkstatt, und sie hatten lange gesprochen über ihre Trauer und die Leere, die sie in sich spürte. Sie hatte angefangen zu weinen, und als die Tränen erst einmal flossen, hatte sie nicht mehr aufhören können.

In den Wochen danach war Clemens eine große Stütze gewesen. Insgeheim fragte Monika sich, weshalb er das alles überhaupt tat.

Draußen auf der Straße war keine Menschenseele unterwegs. Die heruntergekommenen und abrissreifen Häuser *Auf dem Meere* wirkten wie ausgestorben. Eine Weile saß sie noch da, dann erhob sie sich und begann, ihr Material in Kisten zu packen. Sie stellte alles vor die Tür und putzte die leeren Räume.

Am nächsten Tag würde das Bild bei einer Feierstunde im Rathaus enthüllt werden. Danach würde es für sie weitergehen, nach Köln, wo ihr Vater seine Werkstatt aufmachen wollte. Nur wären, anders, als gedacht, Helmut und Wolfgang nicht mehr dabei.

Als sie fertig war, wurde es bereits dunkel. Der Sommer war vorüber. In der kühlen Abenddämmerung leuchtete der Himmel rosarot. Sie beschloss, einen letzten Spaziergang durch die Stadt zu machen. Durch die mittelalterlichen Gassen und über die historischen Plätze, die sie so lieb gewonnen hatte. Sie rechnete nicht damit, Lüneburg jemals wiederzusehen.

Sie fragte sich, ob Clemens noch bei Agnes Priggen wäre. Ihr wurde bewusst, wie sehr sie sich danach sehnte, mit ihm zu reden. Sich von ihm trösten zu lassen.

Stattdessen wanderte sie allein durch die Heiligengeiststraße, mit Blick auf den Turm der St. Johannis-Kirche, der sich in der Dämmerung abzeichnete, mit dem Giebelhäuserplatz *Am Sande* am Ende der Straße. Vor ihr tauchte der uralte Gebäudekomplex der Lüneburger Kronen-Brauerei auf, mit dem vertrauten Treppengiebel und den zahllosen Bogenfenstern. Im Vorbeigehen warf sie einen Blick in den Gastraum. Jenseits der Fenster herrschte eine gemütliche Kneipenatmosphäre mit bauchigen Kerzen und vielen bierseligen Männern, die lachten und scherzten. Da entdeckte sie ein vertrautes Gesicht: Clemens Bertram.

Sie hätte kaum überraschter sein können. Er saß an einem lauschigen Tischchen in einer Ecke. Eine junge und elegante Frau saß bei ihm. Sie war modisch gekleidet, wirkte vornehm und gebildet. Vor ihr auf dem Tisch lag eine Rose. Sie blickten sich tief in die Augen, redeten, lachten.

Es war ein Rendezvous, ohne Zweifel. Clemens und diese Frau, die offensichtlich aus einer der besseren Familien der Stadt stammte, flirteten miteinander. War alles nur eine Lüge gewesen?

Monika wollte sich abwenden und weglaufen. Doch sie konnte nicht. Sie musste das Pärchen anstarren, es war wie ein Zwang.

Die beschlagenen Eingangstüren wurden aufgestoßen. Neben ihr trat ein junger Mann aus dem Eingang, der sich den Mantel über die Schultern warf und die Gasse hinunterblickte, als suche er seinen Wagen. Ihre Blicke trafen sich, und es war zu spät, um sich abzuwenden. Es war Ludwig Priggen.

Erstaunt hielt er inne. Er erkannte Monika, sah zum Fenster und begriff sofort. Ein überlegenes Lächeln tauchte in seinem Gesicht auf.

Monika fühlte sich wie versteinert. Endlich hatte er ihre schwache Stelle gefunden.

»Fräulein Hansen«, säuselte er. »Was für eine Überraschung.«

Monika ging eilig weiter. Doch es war zu spät. Ludwig würde sie nicht einfach gehen lassen.

»Wollen Sie nicht kurz reingehen und Clemens Hallo sagen? Ich sage ihm, dass Sie hier sind. Kommen Sie.«

»Ich muss gehen. Es tut mir leid.«

»Aber dann lernen Sie gar nicht seine zukünftige Verlobte kennen. Ursula Hohenfels. Das wäre wirklich schade. Sie würden sie mögen.«

Monika konnte nicht verbergen, wie sehr die Worte sie trafen. Ludwig hatte sie genau dort, wo er sie haben wollte.

»Fräulein Hansen, Sie dachten doch nicht etwa, er würde ernsthaft an eine Verbindung mit Ihnen denken?« Er lachte. »Also wirklich.«

Monika wollte weglaufen, doch sie konnte nicht. Es war, als wäre sie in einem bösen Traum, in dem die Füße am Boden festklebten und sich weigerten zu rennen.

»Vielleicht hat er ein bisschen mit Ihnen gespielt«, wechselte Ludwig in einen verächtlichen Tonfall. »Aber Leute wie wir, die bleiben unter sich. Und so sollten Sie es ebenfalls machen.«

Schwungvoll setzte er sich seinen Hut auf und klappte den Mantelkragen hoch.

»Einen schönen Abend, Fräulein Hansen. Ich empfehle mich.«

Damit spazierte er gut gelaunt und pfeifend davon und ließ Monika elendig zurück.

Sie wusste, er hatte recht. Clemens mochte sich für jemanden wie sie interessieren. Er mochte Zeit mit ihr verbringen, weil er das Handwerk liebte und ihre Arbeit bewunderte. Aber mehr würde niemals passieren. Sie machte sich lächerlich.

Sie schaffte es mühsam nach Hause ins Gesindehaus, wo sie sich augenblicklich in ihrer Kammer im Bett verkroch. Sie zog sich die Decke über den Kopf, wollte nur noch fort von hier. Lüneburg verlassen und niemals mehr zurückkehren.

Am nächsten Tag packten sie ihre Koffer. Die Werkzeuge wurden auf den Lastwagen gehievt, die Abreise wurde vorbereitet. Monika putzte den halben Tag lang das Gesindehaus, um es den Priggens sauber und ordentlich zu übergeben. Als Letztes packte sie Helmuts Koffer, was sie einiges an Überwindung kostete.

Ihr Vater tauchte im oberen Stockwerk auf, sah, womit sie beschäftigt war, schwieg. Er vermied es noch immer, über Helmut zu sprechen.

»Es ist Zeit, Monika«, sagte er. »Die Feststunde im Rathaus beginnt.«

Sie trug den Koffer hinunter in die Wohnküche, stellte ihn zu dem restlichen Gepäck und folgte ihrem Vater und Johann zum Rathaus. Ihr Geselle würde sie im Anschluss an die Feststunde nach Köln begleiten. Er wollte gemeinsam mit ihrem Vater in der neuen Werkstatt arbeiten. Monika hatte noch keine Pläne, was ihre Zukunft in Köln anbelangte. Sie dachte kaum über den kommenden Tag hinaus. Es interessierte sie ohnehin nicht.

Die Feierstunde, die der festliche Abschluss ihrer Arbeit hätte sein sollen, entpuppte sich als Farce. Sämtliche hohen Tiere der Stadt und die Geldgeber der Landesbehörde waren gekommen, um sich selbst zu feiern. Ihr Vater musste das Bild enthüllen, wozu er sich kaum in der Lage sah. Da schlich sich Monika schon aus dem Saal, um das Gemälde nicht noch einmal sehen zu müssen, und wartete in der Rathausdiele, bis ihr Vater und Johann folgten und sie das Fest verlassen konnten.

Es dauerte gut eine Stunde, bis alles auf dem Hanomag verstaut war. Monika schob zuletzt den Koffer ihres kleinen Bruders Helmut auf die Ladefläche. Wolfgangs Koffer ließ sie im Haus zurück, er würde ihn später abholen kommen, wenn sie fort waren. Johann und ihr Vater nahmen im Führerhäuschen Platz, während Monika auf die Ladefläche kletterte, wo Wolfgang und sie immer gehockt hatten. Nun nahm sie diesen Platz allein ein. Sie warf einen letzten Blick auf das Patrizierhaus der Priggens, dann schlug sie mit der Hand gegen die Rückwand der Fahrerkabine und ihr Vater startete den Motor.

Sie holperten über das Kopfsteinpflaster, als Monika eine vertraute Stimme hörte, die ihren Namen rief. Es war Clemens. Er musste hinter dem Laster herlaufen.

»Warte doch! Monika!«

Er durfte sie nicht sehen. Sie blieb auf ihrem Platz sitzen, bewegte sich nicht. Nur ja nicht die Plane zur Seite schieben, sagte sie sich.

»Jetzt warte doch!«, rief er wieder, doch der Lastwagen nahm an Fahrt auf und die Rufe entfernten sich.

Was hatte er von ihr gewollt? Warum lief er ihr hinterher? Es gab ohnehin keine Zukunft für sie, also konnten sie gleich einen klaren Schnitt machen.

Sie verkroch sich zwischen den Koffern. Lauschte dem Verkehr und dem Rumpeln des Wagens. An einer roten Ampel hielt der Hanomag, und der Motor knatterte im Leerlauf. Monika hatte keine Ahnung, ob sie die Stadt schon verlassen hatten. Sie wartete ungeduldig, dass es weiterging.

Da hörte sie Geräusche am Wagen. Die Plane wurde zurückgerissen, und Clemens' Kopf tauchte auf. Er starrte sie an, nicht in der Lage, etwas zu sagen, er musste zuerst zu Atem kommen. Doch in seinen Augen lag ein flehentlicher Ausdruck.

»Clemens … lass mich in Ruhe, bitte.«

»Monika …«, keuchte er.

»Geh weg. Verschwinde von hier.«

Die Ampel schaltete auf Grün, und der Hanomag startete.

Obwohl er völlig abgekämpft war, hangelte sich Clemens mit letzter Kraft auf die Ladefläche. Schwer atmend ließ er sich auf den Rücken fallen, während der Laster wieder beschleunigte.

Die Kirchtürme der Stadt entfernten sich. Bäume tauchten am Straßenrand auf. Vorn im Führerhäuschen hatte keiner etwas bemerkt von dem blinden Passagier.

»Ich lass dich nicht gehen«, keuchte er. »Ich will bei dir sein.«

»Und was ist mit deiner Verlobten? War das nur ein Witz?«

»Ich weiß, dass du Ludwig getroffen hast. Er hat dir davon erzählt.«

»Also stimmt es!«

Er atmete immer noch schwer.

»Was willst du dann hier, Clemens?«

»Ich werde mich nicht verloben, Monika. Jedenfalls nicht mit Ursula Hohenfels. Ich habe mich nur meiner Tante zuliebe mit ihr getroffen. Sie wollte unbedingt, dass ich sie kennenlerne. Ursula ist nett, ich habe mich gut mit ihr verstanden. Aber …«

»Aber was?«

»Ich habe ihr gesagt, dass ich vergeben bin. Dass ich eine andere liebe.«

»Eine andere?«, fragte sie verwirrt.

»Ich will mit dir zusammen sein, Monika. Und nicht nur das. Ich will Restaurator werden. Ich will das tun, was ich mir für mein Leben wünsche. Und nicht, was meine verbohrte Verwandtschaft sagt. Mir egal, dass ich enterbt werde. Mir egal, wenn ich das schwarze Schaf der Familie bin. Sollen sie mich fallen lassen. Das ist mir alles egal. Denn ich weiß, was ich will – ich will mit dir zusammen sein. Für den Rest meines Lebens.«

Der Hanomag fuhr durch eine Kurve und schüttelte sie ordentlich durch. Die Koffer gerieten ins Rutschen, und Monika musste sich an der Ladeklappe festhalten. Doch sie hätte nicht sagen können, ob es tatsächlich das war, was ihr den Halt nahm. Sie starrte Clemens an, unfähig zu glauben, was hier passierte.

Clemens wirkte mit einem Mal unsicher. Er lächelte verlegen. Erst da verstand sie, dass er es wirklich ernst meinte.

»Willst du es denn auch?«, fragte er.

Sie fühlte sich benommen. Doch zum ersten Mal seit Helmuts Tod war da so etwas wie ein Licht in ihrem Herzen.

»Nimmst du mich mit, Monika?«

»Nun ja«, sagte sie und merkte, wie ihr leicht und froh ums Herz wurde, »wo du jetzt schon da bist …«

Clemens lächelte, begriff, wie sie fühlte. »Das bin ich«, sagte er. »Ich bin da.«

»Da wäre es doch unhöflich, dich fortzuschicken, oder?«, fragte sie mit breitem Lächeln.

Er umfasste ihr Gesicht mit den Händen, lachte erleichtert, nahm sie heftig in den Arm.

»Das wäre es, Monika«, flüsterte er, unfähig, sie wieder loszulassen. »Mein Gott, das wäre es.«

Nun schlang auch sie ihre Arme um ihn, lachte und weinte zugleich.

So hielten sie sich in den Armen, ohne zu reden, ließen einander nicht mehr los, und der Hanomag rumpelte über das unebene Pflaster aus Lüneburg hinaus in die Ferne.

Kapitel siebenunddreißig

Heute

Gedämpfte Orgelklänge drangen aus dem Kirchenschiff ins Freie und gaben einen Vorgeschmack auf das, was sie heute erwarten würde. Während seiner Zeit in Lüneburg hatte Wolfgang die Barockorgel niemals gehört, obwohl sie schon damals berühmt gewesen war. Er hatte sich eben für Beatmusik interessiert und nicht für Komponisten, die eine Ewigkeit tot waren.

»Der Organist kommt aus Italien«, erklärte Jordis, die das Programmheft in der Hand hielt. »Muss eine ziemliche Koryphäe sein. Das wird bestimmt ein besonderes Konzert.«

Vor dem Eingang von St. Johannis hatten sich zahlreiche Menschen versammelt, die in Trauben dastanden, plauderten und nach und nach im Innern der Kirche verschwanden.

»Eine Menge Leute sind extra aus Hamburg angereist, habe ich gehört. Wir können von Glück sagen, dass wir noch Karten bekommen haben. Kurz danach war die Veranstaltung ausverkauft.«

Sie redete ohne Unterlass, seit sie ihn vom Hotel abgeholt hatte, schien aufgeregter als er selbst zu sein. Sie hoffte, keinen Fehler gemacht zu haben.

»Ich finde, bei Orgelmusik kann man wunderbar abschalten und die Seele baumeln lassen«, sprach sie weiter. »Sie hat so etwas Meditatives, findest du nicht, Onkel Wolfgang?«

»Ja, da hast du recht.« Er blickte leicht befangen zum Kirchenportal. »Das finde ich auch.«

»Die Orgel habe ich natürlich schon besichtigt. Emilian hat sie mir gezeigt. Sie wurde in den Fünfzigern restauriert, kurz vor eurer Zeit. Aber sie ist mindestens so beeindruckend wie das Rathaus.«

»Hast du die Karten bei dir?«

Sie nickte und zog sie aus ihrer Handtasche.

»Dann lass uns reingehen«, sagte er.

Jordis setzte trotz aller Nervosität ein demonstratives Lächeln auf und ging entschlossen voran.

»Wir haben Plätze im Mittelschiff«, sagte sie. »Da soll die Akustik am besten sein.«

Wolfgang folgte ihr, nun mit leicht klopfendem Herzen.

Er hatte überlegt, ob er Helga eine Nachricht zukommen lassen sollte, damit sie vorgewarnt wäre. Doch dann fürchtete er, dass er schon dadurch eine Grenze überschreiten könnte. Helga hatte ihm das Versprechen abgenommen, niemals in ihr Leben zurückzukehren. Sie hätte jederzeit wieder auf ihn zukommen können, er war so viel in den Medien gewesen, sie hätte ihn gefunden, wenn sie gewollt hätte.

Sobald er ihr gegenüberstand, würde er spüren, ob sie ihn sehen wollte. Falls nicht, würde er sofort abtauchen. Er würde sie nicht in eine unangenehme Situation bringen.

Im Eingangsbereich gab es einen Tisch mit ehrenamtlichen Helferinnen. Sie nahmen die Karten entgegen und verkauften Programme. Gerade als Jordis ihre Karten vorzeigte, tauchte eine schlanke, hochgewachsene Gestalt am Tisch auf. Sie trug ein elegantes Kostüm, schwarz und hochgeschlossen. Helga.

Sie hob den Kopf und blickte zu Wolfgang und Jordis. Lächelte unverbindlich, wandte sich ihrer Helferin zu und flüsterte ihr etwas ins Ohr. Dann drehte sie sich um und stöckelte davon.

Sie hatte ihn nicht erkannt. Er hatte mit vielen Reaktionen gerechnet, doch diese Möglichkeit war ihm nicht in den Sinn gekommen. Es brachte ihn aus dem Konzept. Jordis erging es offenbar ähnlich. Sie wirkte regelrecht betroffen.

»Sollen wir ihr hinterher?«, fragte sie. »Sollen wir ihr sagen, wer wir sind?«

»Nein, Jordis. Wir gehen zu unseren Plätzen.«

Sie traten durch das Kirchenschiff. Links und rechts sprachen die Besucher leise und verhalten miteinander. Niemand vergaß, dass sie in einem Gotteshaus waren. In der Mitte des Gangs wandte Wolfgang sich um und legte den Kopf in den Nacken, um die Orgel zu betrachten. Sie war größer und gewaltiger, als er angenommen hatte. Die prächtigen Barockemporen, die überlebensgroßen Orgelpfeifen, die vielen Figuren und Ornamente, die das Bauwerk schmückten, ergaben ein beeindruckendes Gesamtbild.

Jordis führte ihn zu ihrer Bank. Helga stand am Einlass mit dem Organisten zusammen, dann wandte sie sich ab und verschwand erneut. Das Konzert würde gleich beginnen. Als sie saßen, blickte sich Jordis immer wieder um. Als würde sie nach jemandem Ausschau halten.

»Suchst du jemanden?«, fragte er leise.

»Ich muss dir was beichten, Onkel Wolfgang. Ich bin mit Emilian Adler verabredet. Ich muss ihm kurz Bescheid geben, dass ich nicht bei ihm sitzen werde.«

»Wie bitte? Du bist mit Herrn Adler verabredet?«

»Ich dachte, du und Helga, ihr würdet gerne allein sein. Dann hätte ich ihr meinen Platz angeboten, damit ihr beieinandersitzen könnt.« Sie seufzte. »Es tut mir leid. Ich sage Emilian kurz Bescheid.«

»Doch, setz dich ruhig zu ihm.«

»Nein, wir sind doch …«

»Aber du magst ihn. Setzt euch zusammen.«

»Auf keinen Fall. Ich lasse dich hier nicht allein. Ich sage ihm nur kurz Bescheid, damit er weiß, was los ist. Dann komme ich zurück.«

»Bitte, Jordis. Eigentlich wäre mir das sehr recht. Ich möchte gerne allein sein. Kannst du das verstehen?«

Es schien ihr nicht zu gefallen, doch sie respektierte seinen

Wunsch. Widerwillig stand sie auf und ließ ihn allein. Gleich darauf wurde es still in der Kirche, und die Orgel begann zu spielen.

Wolfgang war überwältigt von der Lautstärke und der Präsenz des Instruments. Das Prélude, mit der ihr Organist begann, blies ihn beinahe vom Platz. Er war ergriffener von der Musik, als er erwartet hätte.

Er musste daran denken, wie wenig Lust Helga gehabt hatte, Orgelmusik zu studieren. Sie fand es langweilig und wollte lieber Beatmusik hören. Genau wie Wolfgang alles langweilig fand, was nicht neu war. Wenn sie damals geahnt hätten, dass er einmal Schlagerkönig werden würde und sie Kantorin von St. Johannis in Lüneburg, sie hätten es nicht für möglich gehalten. Doch genauso war es gekommen, und zumindest für ihn hatte am Ende alles Sinn ergeben.

Damals im Star-Club konnte sich keine Frau so bewegen wie Helga in ihrem grünen taillierten Kleid und mit den hochtoupierten Haaren, keine sah so sinnlich und elegant aus, wenn sie tanzte. Auch der Dachboden kam ihm in den Sinn, die Nächte, die sie miteinander verbracht hatten, ihre stundenlangen Gespräche. Er wünschte, er könnte dorthin zurückkehren. In dieses muffige Versteck, das ihr Refugium gewesen war. An keinem anderen Ort in seinem Leben war er so glücklich gewesen wie dort.

Die Orgelklänge erfüllten das Kirchenschiff. Er schloss die Augen, und die Zeit schien sich aufzulösen. Er saß hier auf der Kirchenbank und zugleich übermannten ihn die Bilder der Vergangenheit.

Er hätte später nicht sagen können, wie lange er in diesem Zustand gewesen war, doch irgendwann war die Musik zu Ende. Menschen applaudierten, erhoben sich von ihren Plätzen. Es gab eine kurze Pause.

Er blieb einfach sitzen, während sich um ihn herum die Bänke leerten. Als er Absätze auf dem Steinboden hörte, sah er auf. Da war sie. Lief an den Kirchenbänken entlang, hielt

Small Talk mit einer Pastorin, ging weiter. Und dann sah sie ihm plötzlich direkt ins Gesicht.

Sie erkannte ihn.

Wolfgang spürte, wie seine Aufregung verflog. Nichts von der Sorge, die er angesichts dieses Treffens gespürt hatte, war verblieben. Im Gegenteil. Er spürte eine große Ruhe in sich. Er wusste, er liebte sie. Heute wie vor sechzig Jahren. Wenn sie weitergehen würde, änderte sich nichts daran. Es war alles, was er ihr geben konnte. Seine Liebe.

Sie ging nicht weiter. Besucher schoben sich an ihr vorbei, steuerten den Kirchhof an. Dann trat sie vor und nahm schweigend neben ihm Platz.

Sie saß aufrecht und elegant, den Blick in den Altarraum gerichtet. Wie schön sie war, dachte er. Das Alter hatte ihr eine Würde verliehen, die er so noch nicht an ihr gesehen hatte.

Er dachte an ihr letztes Treffen zurück. Wie er mit dem Vertrag für seinen ersten Schlager in der Tasche versucht hatte, sie davon zu überzeugen, mit ihm fortzugehen. Er hatte fest daran geglaubt, dass sie es schaffen konnten. Sie beide und ihr Kind.

»Wie war er?«, fragte er verhalten.

Ein trauriges Lächeln erschien in ihrem Gesicht.

»Er war wie du«, sagte sie.

Wolfgang hatte einmal ein Foto von ihm in der Zeitung gesehen, von einem Empfang im Lüneburger Rathaus. Balthasar hatte ausgesehen wie seine Mutter, die Ähnlichkeit war verblüffend. Sich selbst hatte er in dem Jungen nicht wiedererkannt.

»Er war spontan und draufgängerisch«, fuhr sie fort. »Hatte ein gutes Herz, war immer fröhlich und ein bisschen verrückt. So wie du eben.«

»Ich hätte für dich da sein müssen.«

»Ach, Wolfgang …«

»Doch. Ich hätte dir beistehen müssen. Ich hätte …«

Von Balthasars Tod hatte er ebenfalls aus der Zeitung erfahren. Der Lüneburger Unternehmererbe, der einen tragischen Unfall in Südfrankreich erlitten hatte. Wolfgang war wie betäubt gewesen.

»Ich hätte dir erlauben müssen, ihn kennenzulernen«, hielt Helga dagegen. »Das bereue ich sehr.«

Und endlich wandte sie ihm ihr Gesicht zu. Ihre Augen schwammen in Tränen.

»Du warst sein Vater ...«

»Nein, bitte. Mach dir keine Vorwürfe. Es waren andere Zeiten, Helga. Wir wussten es nicht besser.«

»Dein Sohn war alles, was ich hatte. Ich wünschte, du hättest ihn einmal gesehen.«

Sie fielen in Schweigen. Die Kirchenbänke füllten sich wieder mit Besuchern.

»Dein Mann, er ...«

»Er war ein guter Vater. Er hat sich um Balthasar gekümmert wie um ein eigenes Kind.«

Wolfgang hatte bereits nachgeforscht und erfahren, dass Helgas Ehemann vor vier Jahren an einem Herzinfarkt gestorben war. Er hatte sein Geheimnis mit in den Tod genommen.

»Wir haben uns gut verstanden, Otto und ich«, sagte sie. »Es hätte viel schlimmer kommen können.«

Sie richtete den Blick wieder auf den Altarraum. Das Konzert würde gleich weitergehen.

»Was machst du hier, Wolfgang?«

»Ich habe dich nie vergessen können.«

»Aber wieso ausgerechnet jetzt?«

»Wieso jetzt?«

Er räusperte sich. Die Antwort darauf war so einfach wie banal. »Na ja, die Firma Hansen restauriert gerade etwas im Lüneburger Rathaus.«

Jetzt lächelte sie. »Das hätte ich mir denken können.«

Es gab so viel zu sagen, doch Wolfgang wusste nicht, wo er

anfangen sollte. Die Besucher hatten allesamt Platz genommen, und die Orgel begann zu spielen. Helga blieb neben ihm sitzen. Offenbar erging es ihr ebenso wie ihm. Doch während des Konzertes war es ohnehin nicht möglich zu reden. Sie schenkte ihm ein Lächeln, sie saßen beieinander, und dann nahm Helga seine Hand in die ihre.

ꕥ

Jordis sah, wie Helga sich ihrem Großonkel näherte. Sie reckte den Kopf, doch im Durcheinander der umherlaufenden Leute war schwer zu erkennen, was passierte.

»Was ist da los?«, fragte Emilian verhalten. »Reden sie miteinander?«

»Ich kann es nicht sehen. Ich glaube nicht.«

Sie spähte an einer kräftigen Frau vorbei.

»Jetzt setzt sie sich zu ihm«, sagte sie.

»Also reden sie doch.«

»Es sieht so aus.«

Weitere Besucher schoben sich durch den Mittelgang, blieben stehen, betrachteten die Orgel. Onkel Wolfgang verschwand endgültig aus ihrem Blickfeld.

»Und du bist sicher, dass sie damals schwanger von Wolfgang war?«, fragte Emilian.

»Ja. Deswegen die arrangierte Ehe. Aber es war sein Kind.«

Soweit sie es erkennen konnte, saßen die beiden nur nebeneinander und schwiegen. Sie hoffte sehr, dass sie sich aussprechen würden.

»Inzwischen verstehe ich, warum die alten Leute tuscheln, wenn es um die Hansens geht«, meinte Jordis. »Nicht nur, dass meine Oma das Bild im Alleingang restauriert hat, während die Männer die Lorbeeren kassiert haben«, sagte sie lächelnd. »Onkel Wolfgang hat auch noch die Tochter des Stadtdirektors geschwängert.«

Die Pause wurde beendet, und die Gäste kehrten auf ihre

Plätze zurück. Der Organist begann zu spielen, und erneut war die Kirche erfüllt von der Wucht der barocken Kompositionen.

Jordis sah nun die Rücken von Wolfgang und Helga und fragte sich, was da vorn passierte. Nach einer Weile sah sie, wie Helga ihren Kopf an seine Schulter legte. Wie es aussah, hatten sie zueinandergefunden. Jordis stieß Emilian leicht an und deutete zu den beiden. Er lächelte und nahm ebenfalls ihre Hand.

»Ein schönes Bild«, flüsterte er ihr zu, und Jordis tat es Helga nach und lehnte ihren Kopf an seine Schulter.

Nach dem Konzert strömten die Besucher nach draußen. Jordis bat Emilian, zunächst abzuwarten und mit ihr im Hintergrund zu bleiben. Wolfgang und Helga sollten Zeit haben, miteinander zu sprechen.

Auf dem Vorplatz standen kleine Grüppchen beisammen und plauderten, einige Gäste spazierten weiter zu den Restaurants und Kneipen, die rund um den Platz *Am Sande* zu finden waren. Nach und nach löste sich die Konzertgesellschaft auf.

Emilian nahm Jordis an der Hand und zog sie unter einen der Bäume vor der Kirche.

»Es scheint ja jedes Mal eine Menge zu passieren, wenn die Hansens in Lüneburg sind«, sagte er.

»Dieses Mal ist doch gar nichts passiert, oder?«

»Findest du nicht? Schon wieder hat eine Hansen einem Historiker den Kopf verdreht.«

»Ist das so?«, schmunzelte Jordis. »Tja, das muss wohl in der Familie liegen.«

»Wie geht es weiter, wenn du fertig bist? Mit der heiligen Ursula? Lange wird es nicht mehr dauern.«

»Wenn wir fertig sind, ist erst mal Pause. Wir machen Urlaub, das habe ich Florian versprochen. Er fliegt mit seinem Freund nach La Palma und will, dass ich mitkomme. Ob sein Freund das auch so sieht, bezweifle ich allerdings.«

»La Palma? Ich hätte eine bessere Idee.«

»Ach ja?«, fragte sie.

»Ich habe noch eine Menge Resturlaub vom letzten Jahr. Wie wäre es, wenn wir nach Italien fahren? Nur wir zwei. Nach Florenz vielleicht. Oder Mailand. Du liebst doch die Renaissance?«

Und wie sie das tat. Es entspräche eher ihrer Vorstellung von Urlaub als Strand und Sonne.

»Was sagst du dazu?«, fragte er.

»Dass es sich toll anhört.«

Sie stellte sich auf die Zehenspitzen und küsste ihn.

»Florenz – ich bin dabei.«

Da tauchte Wolfgang hinter ihnen auf dem Kirchplatz auf. Er hielt Helgas Hand und trat auf die beiden zu. So, wie er und Helga strahlten, schien das Wiedersehen besser verlaufen zu sein, als sie je zu träumen gewagt hätte.

»Darf ich dir vorstellen?«, sagte Wolfgang. »Meine Großnichte Jordis. Ihr gehört die Firma Restaurierungen Hansen. Sie hat sie übernommen und sich einen guten Namen gemacht in der Szene.«

Helga gab ihr die Hand, lächelte vornehm.

»Sie erinnern mich an Ihre Großmutter. Sie sehen ihr ähnlich, wussten Sie das?«

»Ja, bis auf die blonden Haare.«

»Sie arbeiten also im Rathaus, habe ich gehört?«

»Wir restaurieren die heilige Ursula in der Gerichtslaube.«

»Ich hätte das eigentlich wissen müssen, als Lüneburgerin. Aber im Rathaus wird so oft etwas restauriert, da verliert man den Überblick.«

»Wir sind fast fertig. Es war ein toller Auftrag. Das Rathaus ist ein besonderer Ort.«

Emilian wurde ebenfalls vorgestellt, und eine Weile standen sie beisammen und plauderten. Jordis erkannte jedoch, dass Wolfgang gern mit Helga allein sein würde, und sie überlegte, wie sie sich von den beiden verabschieden konnte, ohne unhöflich zu wirken.

Da drang eine Stimme zu ihnen, und ein Kind lief aus dem Kircheneingang auf ihr Grüppchen zu.

»Oma Helga! Da bist du ja.«

Jordis erkannte das Mädchen, das auf sie zueilte, sofort. Es war Marie, die Figuren aus dem Monumentalgemälde abgemalt hatte.

»Ich hab dich überall gesucht. Mama sagt, der Organist möchte mit dir sprechen.«

»Ich muss mich hier noch um ein paar Dinge kümmern«, entschuldigte sich Helga. »Das hätte ich fast vergessen. Sag deiner Mama, ich komme sofort.«

Doch Marie hörte nicht mehr zu. Sie hatte Jordis entdeckt und strahlte übers Gesicht.

»Hallo, Jordis. Warst du gerade auch im Konzert?«

Jordis war zu überrascht, um zu antworten. In ihrem Kopf rasten die Gedanken. Wäre es möglich, dass dieses Mädchen ein Familientalent geerbt hatte? Die Leidenschaft für alte Kunst?

»Ihr kennt euch?«, fragte Helga überrascht.

»Das ist Jordis«, sagte Marie. »Die arbeitet im Rathaus. Sie ist Restauratorin, Oma. Glaubst du, Mama würde mir erlauben, bei Jordis ein Praktikum zu machen? Sie will ja, dass ich Jura studiere oder so. Ich möchte aber unbedingt Bilder restaurieren, wenn ich erwachsen bin.«

»Bilder restaurieren?« Helga ließ ihren Blick von Marie zu Jordis zu Wolfgang wandern. »Das ist ja eine Überraschung«, sagte sie amüsiert.

»Dann hast du nichts dagegen, Oma? Würdest du mit Mama sprechen? Ihr das erklären?«

»Wir werden sehen. Aber jetzt muss ich zum Organisten. Wolfgang, würdest du mich begleiten?«

Er hielt ihr bereitwillig den Arm, und sie hakte sich bei ihm ein. Jordis betrachtete verwundert dieses Mädchen. War es möglich, dass Balthasar bereits Vater war, als er mit Mitte zwanzig verunglückt war? Gehörte Marie auf geheimen und verschlungenen Wegen zur Familie Hansen? Hatte Wolfgang eine weitere Urenkelin?

Ungläubig sah sie zu ihrem Großonkel, der ihren Blick erwiderte und lächelte. Jordis verstand, dass sie ins Schwarze getroffen hatte mit ihrer Vermutung. Wolfgang hatte Spuren hinterlassen in Lüneburg. Er zwinkerte Jordis zu, bevor er sich abwandte, dann reichte er Helga den Arm und betrat mit ihr die Kirche.

Epilog

Herbst 1971

Wie an jedem Morgen ging Monikas erster Weg, nachdem sie die Kinder versorgt und zur Schule gebracht hatte, in die Werkstatt. Sie schaltete das Licht an, sog den Geruch von Ölfarben und Lösungsmitteln ein, ließ den Blick über Staffeleien und Werkzeuge schweifen und genoss die Ruhe und den Frieden.

Es gab immer irgendwas zu tun, und so verbrachte sie die Vormittage mit den Arbeiten, die im Betrieb anstanden. Die meisten Kollegen und Auftraggeber gingen davon aus, dass Clemens die Firma führte. Handelsrechtlich traten sie als Eheleute in Erscheinung. Letztlich war Monika aber diejenige, die verantwortlich war und alle wichtigen Entscheidungen traf. Clemens vertrat die Firma Hansen allerdings nach außen, das war die Bedingung ihres Vaters gewesen, als er sie ihnen überschrieben hatte. Doch das störte Monika nicht. Es gehörte eben dazu.

Jeden Tag blieben ihr fünf bis sechs Stunden, um an ihren Projekten zu arbeiten. Danach kamen die Kinder von der Schule, und sie verwandelte sich in eine Hausfrau und Mutter. Die Werkstatt lief gut. Für Clemens war es am Anfang hart gewesen, nachdem seine Familie ihn enterbt und jeden Kontakt abgebrochen hatte. Doch auch er hatte seinen Entschluss nie bereut. Er liebte diese Arbeit ebenso, wie er Monika liebte.

Im Moment arbeiteten sie an einem Gemälde aus dem neunzehnten Jahrhundert, das einem Privatsammler gehörte.

Monika war seit ein paar Tagen damit beschäftigt, die Holzoberflächen im Rahmen wiederherzustellen.

Sie goss sich einen Tee ein und stellte das Radio an. Der Nummer-eins-Hit einer neuen Schlagersängerin wurde gespielt. Sie war eine Entdeckung von Wolfgang, die eines seiner Stücke sang. Es verging kaum ein Tag, ohne dass eines seiner Lieder im Radio lief. Sie konnte nur ungläubig den Kopf schütteln.

Ihr Bruder war einer der bedeutendsten deutschen Musikproduzenten geworden, und in der Regenbogenpresse konnte sie oft über ihn lesen. Sicher stimmte nur die Hälfte von dem, was die Zeitungen schrieben. Trotzdem führte er ein wildes Leben.

Sie dachte daran, wie sie abends in ihren zahlreichen Unterkünften im Fenster gesessen und sich eine Zigarette geteilt hatten. Sie wünschte sich so sehr, Wolfgang würde glücklich sein. Doch sie wusste, dass er nie über Helga hinweggekommen war.

Gerade hatte sie den Holzrahmen eingespannt, da klingelte es an der Tür. Ein Gemälde wurde geliefert. Dick eingepackt in Karton wurde es von einem Fahrer in die Werkstatt getragen.

»Wo ist Herr Hansen?«, fragte er. »Ich brauche eine Unterschrift.«

»Ich bin Frau Hansen. Geben Sie her.«

»Das hilft mir nicht. Ihr Mann muss schon unterschreiben.«

»Ich bin Inhaberin der Firma.«

Er blickte sie genervt an, offenbar wollte er ihr erklären, dass die Unterschrift einer Ehefrau keinen Wert habe. Sie deutete auf das Firmenschild, das über ihrem Eingang prangte: *Restaurierungsbetrieb Monika und Clemens Hansen.*

»Ich bin unterschriftsberechtigt.«

»Das kann ich ja nicht wissen.«

»Sie können doch lesen, oder?« Obwohl sie es besser wusste, wurde ihr Tonfall scharf.

Er warf ihr noch einen bösen Blick zu, ließ den Lieferschein unterschreiben und verschwand ohne ein weiteres Wort.

Es war so typisch. Doch Monika wollte sich nicht darüber ärgern. Vorsichtig öffnete sie den Karton. Schnitt ihn seitlich auf und legte das Bild frei. Es war ein Porträt einer bürgerlichen Frau aus dem achtzehnten Jahrhundert. Offensichtlich die Tochter eines Händlers.

Sie lächelte. Die junge Frau erinnerte sie an Helga Priggen. Sie musste Wolfgang dringend mal wieder anrufen. Doch nicht heute. Ihr blieben nur ein paar Stunden, bevor die Kinder von der Schule kämen, und die wollte sie nutzen. Sie tat, was sie liebte, und sie wusste, dass dies ein großes Glück war. Nicht nur für sie. Das wäre es für jedermann.

Nachbemerkung

Die Restaurierung der Deckenmalereien der Großen Ratsstube im Lüneburger Rathaus fand bereits in den Jahren 1954 und 1955 statt und nicht, wie in diesem Roman beschrieben, in den frühen Sechzigern. Um die Geschichte Wolfgangs und seiner Begeisterung für die Beatmusik plausibel erzählen zu können, habe ich mich jedoch entschlossen, die Arbeiten in die Zeit zu verlegen, kurz bevor die Beatles in Hamburg ihren Durchbruch erlebten. Durchgeführt wurden sie von einem Restaurator aus Hannover, Christian Buhmann, dessen Werkstatt im Laufe der Zeit zahlreiche Aufträge im Lüneburger Rathaus ausgeführt hat. Während des Zweiten Weltkriegs waren Gemälde und Schnitzarbeiten der Großen Ratsstube ausgelagert worden, im Zuge der Wiederherrichtung des Saals im Jahr 1950 fanden Handwerker die Deckenmalereien dann unter mehreren Farbschichten verborgen. Anlässlich der 1000-Jahr-Feier der Stadt Lüneburg, die 1956 stattfand, wurde die Decke schließlich restauriert. Während dieser Arbeiten entdeckte Christian Buhmann im Rathaus ein bis dahin unbekanntes Bild Daniel Freses, das heute an der Ostwand der Großen Ratsstube hängt: das Gemälde des Himmlischen Jerusalem und des Erscheinens Christi am Jüngsten Tag. Zuvor hing an dieser Stelle ein Gemälde, das den bekannten Lüneburger Bürgermeister Töbing darstellt und das nicht in die Reihe der allegorischen Ölgemälde von Daniel Frese gehört. Die Stadt entschied sich, Christian Buhmann neben den Deckenarbeiten auch mit der Restaurierung des stark beschädigten Frese-

Gemäldes zu beauftragen. Das in diesem Roman beschriebene Gemälde des ›gerechten Richters‹ hingegen, das damals unter dem Titel ›Der Sieg der Tugend über das Laster‹ bekannt war, wurde zwar ebenfalls restauriert, allerdings in viel geringerem Umfang als beschrieben. Eine lesenswerte Übersicht zu diesem wie auch zu anderen Bildern im Lüneburger Rathaus findet sich in dem Onlineportal »Deutsche Inschriften Online«.

Ich danke Doktor Thomas Lux vom Stadtarchiv Lüneburg, Professor Doktor Edgar Ring vom Museum Lüneburg und Stefan Tillwick von der Restaurationswerkstatt Blohm & Tillwick, die ich mit meinen Fragen zur Geschichte der Lüneburger Kunstschätze und zu ihrer Restaurierung löchern durfte. Für alle Fehler und Ungenauigkeiten bin ich allein verantwortlich. Außerdem danke ich Maike Grunwald und Monika Renken für ihre unschätzbare Hilfe bei diesem Projekt.

Die Handlung und alle handelnden Personen sind frei erfunden. Jegliche Ähnlichkeit mit lebenden oder realen Personen wäre rein zufällig und nicht von mir beabsichtigt.

Jan Steinbach

Jan Steinbach
Willems letzte Reise
Roman
302 Seiten. Broschur
ISBN 978-3-7466-3671-9
Auch als E-Book lieferbar

Charmanter Roadtrip eines Großvaters mit seinem Enkel.

Mit seiner Familie zerstritten, lebt Willem auf seinem Bauernhof in Ostfriesland. Dann bringt seine Tochter ungefragt ihren Sohn Finn bei ihm unter. Und so sehr sich der alte Mann auch dagegen wehrt – der bezaubernde kleine Junge erobert sein Herz. Ausgerechnet jetzt erhält Willem eine fatale Nachricht. Aber um ein Versprechen zu erfüllen, das er Finn gegeben hat, begibt er sich mit seinem alten Traktor auf eine Reise quer durch Deutschland. Und schon bald wird klar, dass Willem nicht länger drum herumkommt, sich seinen Fehlern von damals zu stellen.

Ein so bewegender wie humorvoller Roman über die Wunden, die sich in der Geschichte jeder Familie finden.

»Einfühlsam und berührend« Münsterland Zeitung

Regelmäßige Informationen erhalten Sie über unseren Newsletter.
Jetzt anmelden unter: www.aufbau-verlage.de/newsletter

atb aufbau taschenbuch